서강

행복하세요. ♡

울보
내 각시

-下-

울보 내 각시 下

2017년 3월 22일 초판 1쇄 인쇄
2017년 3월 27일 초판 1쇄 발행

지은이 세련
발행인 이종주

기획 편집 주수지 이은정
경영 지원 배진경 이미현
마케팅 김정수

발행처 (주)로크미디어
출판등록 2003년 3월 24일
주소 서울시 마포구 성암로 330(상암동) DMC첨단산업센터 B동 314호
Tel (02)3273-5135 **Fax** (02)3273-5134
홈페이지 rokmedia.blog.me
E-mail romance@rokmedia.com

ⓒ 세련, 2017

값 10,000원

ISBN 979-11-6130-241-6 04810 (2권)
ISBN 979-11-6130-239-3 04810 (세트)

울보
내
각시

下

세련
장편소설

ᄅᄀᄀ
ROCOCO

천여,
그 새로운 세상으로

천여의 국경에 가까이 다가선 이들의 앞에 익숙한 이들이 달려오는 모습이 보였다. 우헌이 이끄는 도성 수비대가 황자 일행을 마중 온 것이었다.

1년 전 전장에서 기억을 잃고 깨어난 서하를 남겨 두고 돌아서야 했던 우헌이었다. 강건한 모습으로 다시 만난 황자의 모습이 너무도 기쁜지 우헌의 얼굴에 환한 미소가 담겨 있었다. 뼛속까지 무인인 그의 얼굴에 좀처럼 담기지 않는 미소였다.

"건강해 보이셔서 노신의 마음이 놓입니다."

"못난 모습을 보여 드렸습니다. 스승님."

독초를 먹고 사경을 헤매던 자신을 놓고 돌아서야 했던 노스승의 마음이 어땠을지 상상이 되는 서하였다.

우헌이 부드러운 미소를 지으며, 서하의 가슴에 안기다시피 앉아 있는 연우를 향해 고개를 숙였다.

연우도 고개를 숙여 예를 취했다. 누구인지 확실하게 알지는 못하지만 서하가 스승님이라 부르고 무운도 아는 사람인 것을 보면 전장에서 함께했던 이인 모양이었다.

"이분이…… 공주마마시군요."

부드러운 미소가 우헌의 주름진 얼굴 가득 담겼다.

1년 전 서하가 했던 말들이 떠올랐다. 상상했던 모습이 눈앞에 있어 행복한 우헌이었다. 차갑게 닫혀 있던 서하 황자의 마음에 따스한 바람을 만들어 준 이가 눈앞에 보이는 작은 소녀일 것임은 의심할 여지가 없어 보였다.

지금도 혹 말에서 떨어질까 커다란 품 안에 꼭 안고 있는 모습만으로도 두 사람의 마음이 여실히 보였다.

"이곳에서부터는 저희가 모시겠습니다. 무운 황자님."

무운은 이제 이곳에서 돌아가야 한다. 이곳에서부터는 천여의 영토로, 요청 없이는 무운의 적월부가 들어갈 수 없는 곳이기에.

혹여 있을지 모르는 위험으로부터 서하와 연우, 그리고 그들을 따르는 화궁의 이들을 호위하기 위해 이곳까지 함께했던 무운이었다.

하지만 이제 천여의 수비대가 그들을 호위해 천여로 들어갈 것이다. 아무리 동맹국이라 해도 검을 든 무사들이 특별한 이유 없이 상대의 국경을 넘을 수는 없었다. 이제 서하 일행의 안전은 천여의 일이니까.

무운의 얼굴에 그늘이 담겼다.

"화운위."

무운의 부름에 서하가 무운을 바라보았다. 따스한 무운의 눈빛 속에 담긴 서운함이 온전히 느껴져 오는 서하였다.

"화운위는 내 누이의 남편이기 전에, 내 친우입니다."

"……그랬습니까."

"내 기억 속에는 분명 그러하니 언제든 화운위에게 내가 필요하면 달려갈 것입니다. 아시겠습니까."

단단함을 담은 무운의 눈이 다짐하듯 서하를 응시했다. 그 눈빛 속에 담긴 진한 사내의 마음을 느끼며 서하가 고개를 끄덕였다.

기억을 잃은 후 언제나 자신을 따스하게 바라보던 무운의 마음이 어떠한 모습이었는지 이 순간 확연하게 느낄 수 있는 서하였다.

서하에게는 자신에 대한 기억이 남아 있지 않다 하여도 자신에게는 서하가 온전히 남아 있기에, 무운에게 서하는 세상 가장 소중한 친우인 것이다.

"그리고 연우야."

오라비의 부름에 벌써 눈물이 글썽해지는 누이를 아픈 눈빛으로 바라보던 무운이 힘겹게 숨을 삼키고 미소를 머금었다.

"행복해야 한다. 우리 꼬마 공주님."

"오라버니……."

"내 누이 부탁합니다. 화운위."

"걱정 마십시오."

서하와 무운의 시선이 따스하게 맞닿았다. 무운이 그대로 말 머리를 돌렸다.

"돌아간다. 적월부."

일부러 그쪽으로는 시선도 주지 않으려 했었다. 천여의 국경 지역에서 조금만 벗어나면 드러날 그곳임을 알기에 더 그러했다. 죽도록 보고 싶은 만큼 또 그만큼 보고 싶지 않기에, 볼 용기가 없기에 그쪽으로는 시선도 돌리지 않을 작정이었다.

"선족 무사들입니다. 마족의 국경을 살피고 오는 모양입니다."

자경의 목소리가 귓속으로 스며드는 순간 무운의 눈이 자신도 모르게 그쪽으로 향했다. 저 멀리 벌판을 달려오는 하얀색 무리가 무운의 시선 안에 들어왔다.

벌판 속에 잠긴 듯 모래바람을 일으키는 그들의 모습이 너무도 익숙했다. 익숙함이 아픔이 되는 것은 처음이었다.

무리가 점점 다가오는 모습에 무운의 심장이 거세게 뛰기 시작했다. 누르려, 막으려 이를 악물어도 심장은 주인의 의지와는 상관없이 터질 듯 뛰어 대는 것이다.

눈앞에 그리운 이가 나타날 것을 기대하는 심장의 열기가 온몸으로 퍼져 가고 있었다.

조금씩 가까워지는 그들에게서 시선을 떼지 못하는 무운의 심장이 이제는 거의 숨조차 내쉬기 힘들게 두근거렸다. 자신들을 알아본 그들의 움직임이 가까워지고 있었다.

조금 더 오면, 조금만 더 오면…… 그녀가 보일까.

"어?"

자경의 입에서 터져 나온 목소리가 무운의 귓가로 스며들었다. 다가서는 그들의 맨 앞에 있는 이는 카린이 아니었다. 언제나 카린의 뒤에 있던 선족의 무장이었다.

"가여의 무운 황자님 아니십니까. 오랜만에 뵙습니다."

"마족 국경을 순찰하고 오는 길입니까."

숨소리조차 느껴지지 않는 무운을 한번 돌아본 자경이 맨 앞에 있는 이에게 물었다. 조금 전부터 무운은 움직임조차 없었다.

"예. 요즘 조용하기는 하지만 언제 이상한 움직임을 보일지 모르니까요. 보름에 한 번씩은 확인하고 있습니다."

"한데, 카린 대장은?"

자경의 입에서 나온 물음에 무운의 심장이 덜컹 흔들렸다.

"아, 대장께서는 요즘 몸이……."

그 순간이었다. 갑자기 달려 나가는 무운의 모습에 자경이 경악 어린 시선을 들어 올렸다.

"황자님!"

아무것도 생각할 수 없었다. 그녀의 몸에 무슨 문제가 생겼다는 것이다.

그렇지 않다면, 많이 아픈 것이 아니라면 절대 국경 순찰에 빠질 그녀가 아님을 누구보다 잘 아는 자신이었다. 숨이 넘어가는 순간이 와도 무사로 살 여인임을 너무도 잘 아는데 그런 그녀가 마족 국경 순찰을 다른 이에게 맡겼다 한다.

턱까지 차오르는 지독한 두려움을 겨우겨우 눌러 담으며 무운이 눈에조차 담지 않으려 한 선족 마을 쪽으로 거칠게 달리기 시작했다.

모래바람이 온몸을 할퀴고 지나갔지만 그런 것은 느껴지지도 않았다. 뒤에서 자신을 따라 달려오는 이들의 존재도 상관없었다.

지금 이 순간 무운의 가슴속에는 그저 카린만이 존재했다. 그녀에게 무슨 일이 생겼다는 것이다. 그녀에게.

"황자님?"

달려오는 말을 보고 놀라 경계를 담으며 창을 잡아 쥐던 선족의 문지기가 검붉은 무복을 알아보고 얼른 창을 거두었다. 그 사이를 질주하는 무운의 말이 입에서 단내를 거칠게 뿜어냈다.

기억 속에 너무도 선명한 카린의 게르 앞에 말을 멈춘 무운이 날듯 말에서 뛰어내렸다. 숨 쉴 틈도 없이 말을 달렸던 게 거짓인 것처럼, 게르 입구에 선 무운의 발은 못 박힌 듯 그 자리에서 움직이지 못했다.

게르의 입구를 막고 있는 천막에 닿은 무운의 손끝이 아프게 떨려 왔다. 차마 열지 못하는 그에게서 묻어나는 지독한 망설임이 고스란히 느껴질 지경이었다.

그때였다. 안쪽에서 아이의 울음소리가 들린 것은. 그 순간 자신도 모르게 무운의 손이 게르의 입구를 들어 올렸다.

눈앞에 펼쳐진 낯선 모습에 무운이 숨을 삼켰다. 침상에 누워 있는 카린이 보였다. 흐트러진 머리에 새하얗게 바랜 조금은 낯선 얼굴의 그녀가 잠들어 있었다. 그리고 그런 그녀의 곁에 작은 아기가 있었다.

막 잠에서 깬 듯 너무도 작은 얼굴을 찡그리며 칭얼거리듯 움직이는 아이의 모습에 무운의 멍한 시선이 닿았다.

자신의 주먹보다도 한참이나 작은 머리에 짙은 다갈색 머리카락이 소복한 아이. 칭얼거리다가도 한 번씩 동그랗게 뜨는 눈동자가 투명한 다갈색을 띤 작고 작은 아이.

무운의 가슴 저 깊은 곳에서 무엇인가가 날갯짓을 하기 시작했다. 알 수 없는 간질거림이 심장을 채우고, 그것으로도 모자라 온몸을 가득 채우고 있었다.

"응애."

짜증스러운지 미간을 좁힌 아기의 입에서 다시 울음소리가 새어 나오는 순간 무운의 커다란 손이 그대로 작은 아이를 들어 안았다. 커다란 손안에 작은 아기가 어색하게 올려졌다. 무운의 두 손보다도 아기는 작게 느껴졌다.

커다란 손 위에 올려진 것이 편안한지 울음을 터뜨리려던 아기가 입가를 조금 끌어 올리며 천천히 동그란 눈을 떴다. 눈 안을 가득 채운 다갈색 눈동자가 무운을 향해 있었다.

작은 다갈색 눈동자와 커다란 다갈색 눈동자가 마주쳤다. 아기의 투명한 눈동자 안에 자신이 온전히 담겨 있었다. 무운이 그대로 숨을 멈췄다.

"아흠…… 에오."

아기의 작은 입술이 방긋 웃었다. 웃는 것인지 하품을 하는 것인지 알 수 없었지만 무운과 눈을 마주친 아기는 무운에게서 시선을 떼지 않고 입술을 오물거렸다.

작고 도톰한 붉은 입술이 무엇인가를 찾는 듯 오물거리는 모습에 넋을 잃은 듯 무운의 시선이 닿았다. 그 작은 입술의 움직임에 심장이 떨려 왔다.

아기에게 정신을 빼앗겨 있느라 느끼지 못했던 앞쪽의 인기척에 아기에게 닿아 있던 무운의 시선이 천천히 들어 올려졌다. 어느새 일어난 것인지 카린이 앉은 채 그를 바라보고 있었다.

하얗게 바랜 듯한 그녀의 모습이 무운의 시야를 가득 채워 왔다. 그녀가 흐려지는 것인지 자신의 시선이 흐려지는 것인지 무운은 알 수 없었다.

세상이 멈춘 듯 고요가 흘렀다. 그녀도 무운도 아무 말도 하지 않았다. 서로를 향해 입을 열지 못하는 두 사람 사이의 지독한 고요를 깨듯 아이의 칭얼거리는 울음이 섞여 들었다.

무운에게만 고정되어 있던 카린의 시선이 무운의 손에 들려 있는 아기를 향했다. 아무것도 담겨 있지 않던 카린의 회색빛 시선에 따스함이 가득 찼다. 그녀가 그를 향해 손을 들어 올렸다. 무운이 그녀의 팔에 아기를 안겨 주었다.

아기가 카린의 새하얀 젖무덤에 얼굴을 묻고 힘차게 도리질을 하며 젖을 빨고 있었다.

그 너무도 낯선 모습이 이상하게도 너무도 어울린다고 무운이 무심히 생각했다. 익숙한 듯 느껴지는 그 모습이 나쁘지 않다고. 아니, 너무도 아름다워 가슴 저 깊은 곳이 알 수 없는 뻐근함에 잠식당하고 있었다.

"당신…… 아이예요."

아이에게 고정된 시선을 움직이지 못하는 무운을 향해 카린이 처음으로 입을 열었다. 서로가 이 공간에 함께한 이후 처음

나온 누군가의 목소리였다.

그녀의 말에 무운이 아기에게 고정되어 있던 시선을 천천히 들어 올려 카린의 눈을 바라보았다. 그의 눈동자는 전혀 흔들리지 않았다.

이미 알고 있었던 것을 들은 듯 그는 아무런 대꾸도 하지 않고 그저 천천히 고개를 끄덕였다.

"알아."

모르려야 모를 수가 없었으니까. 그 진한 다갈색 머리카락도, 자신과 너무도 똑같은 다갈색 눈동자도 그 아이가 자신의 아이라는 낙인처럼 다가와 무운은 아이를 본 순간 본능적으로 느낄 수 있었다. 그리고 알고 있던 것이리라. 그녀에게 자신 외의 다른 사내는 존재할 수 없음도.

지독한 고요 속에 잠겨 있는 게르 안으로 한 어린 소녀가 들어섰다. 카린에게 주려는 것인지 음식을 들고 들어서던 소녀가 무운의 모습에 놀라 음식을 떨어뜨렸다.

놀란 얼굴로 무운을 바라보는 소녀를 향해 카린이 미소를 지어 보였다.

"괜찮아. 파야. 린 잠들었는데 좀 데리고 있어 줄래?"

"예. 카린 님."

힐끔힐끔 무운을 살피며 카린의 품에서 아기를 받아 든 소녀가 급한 걸음으로 게르를 빠져나갔다. 아이가 없어진 게르 안이 텅 빈 것처럼 적막해졌다.

"아이의 존재도 알려 주지 않을 작정이었나."

아무 말도 하지 않는 카린을 한참 텅 빈 시선으로 바라보던 무운이 아픈 미소를 지으며 카린에게 물었다.

화도 나지 않았다. 그저…… 가슴 저 깊은 곳이 아득해져 올 뿐이었다.

"린은…… 선족의 아이예요."

"가여의 황손이기도 하지."

"그래서…… 알릴 수 없었어요. 린은 당신 아들이니까. 가여의 황손인 아이니까. 가여에서 알면 데려가려 할 거니까."

"난 아들만 데려가진 않아."

무운의 미간이 거칠게 일그러졌다. 그런 무운을 말없이 바라보던 카린이 하얗게 바랜 입술을 열어 깊게 호흡을 내뱉었다.

무운의 시선이 아프게 카린의 입술에 닿았다. 아까 잠든 카린의 모습을 보았을 때부터 느끼고 있었다. 어딘가 좋지 않아 보이는 그녀의 모습을.

"내가, 가여로 갈 수 있다고 생각하나요?"

"나에게 오고 싶은 적이 한 번도 없었나? 진심으로?"

다시는 묻지 않으려 한 물음이었다. 이곳을 떠날 때 그렇게 말했었다. 그때의 그녀는 아니라고, 한 번도 그랬던 적이 없다고 했었다. 한데 지금 자신을 바라보고 있는 그녀의 눈은 다른 말을 하고 있었다.

"……가고 싶었어요. 죽을 만큼."

숨이 막힐 듯 겨우겨우 뱉어 내는 목소리 끝에 카린의 눈에서 눈물이 주르륵 흘러내렸다. 창백한 뺨으로 흘러내리는 투명한 물기가 무운의 시선을 사로잡았다. 자신도 모르게 무운이 그녀의 앞으로 움직였다.

"하지만 난, 갈 수 없어요."

그녀의 볼 위로 손을 올리던 무운의 움직임이 멈춰졌다. 알 수 없는 그녀의 말이 화가 나는지 그의 차분하게 빛나던 다갈색 눈동자가 천천히 타오르기 시작했다.

"왜인지…… 물어도 되나?"

그녀의 볼 가까이 닿았던 손을 꼭 움켜쥐며 묻는 무운을 카린의 회갈색 눈이 올려다보았다. 투명한 물기에 젖은 아름다운 눈이 그를 비추고 있었다.

"아버지에게도 수리안에게도 내가 필요하니까. 병든 아버지는 시간이 많지 않아요. 수리안은…… 여전히 어린아이고. 그런데 나에게 이곳을 떠나 당신의 품으로 오라고요? 그렇게 나만을 생각하며 살라고요? 내가…… 그럴 수 있다고 생각해요?"

"……."

"나도! 나도 그러고 싶었어요. 당신이 물었을 때, 당신이 함께 가자고 했을 때…… 미치도록 그러고 싶었다고요. 아무것도 생각하지 않고 당신만을, 나만을 생각하고 싶었으니까. 당신 품에 안겨 그렇게 여인으로 살고 싶었으니까. 그렇지만 난 이곳을 버릴 수 없어요. 죽을 만큼 힘들게 당신은 놓을 수 있지만 이곳은 놓을 수 없으니까. 죽을 만큼 힘들어도 이곳에서 견뎌야 하니까. 나는…… 선족의 카린이니까."

무운이 천천히 눈을 감았다 다시 떴다. 눈앞에 있는 여인의 아프게 힘겨워 보이는 얼굴이 시선을 채우고 있었다.

그렇게 당당하고 그렇게 아름답던 무사 카린이 아니라 한 여인으로 힘겨워하는 그녀의 모습은 낯설었다. 그리고 아팠다. 그리도 그립던 그녀가 이젠 아픔이었다.

"아이의 이름이…… 린인가."

"네. 아버지가 지으셨어요."

"좋은 이름이군. 린."

무운의 입가에 씁쓸한 미소가 번졌다. 눈앞에 두고도 아무것도 할 수 없는 가슴이 텅 비어 버린 듯 느껴졌다.

손에 잡아도, 아무리 움켜쥐려 해도 다 빠져나가고 아무것도 남지 않는 바람처럼 그녀는 그에게 그런 사람인 모양이었다. 이렇게 눈앞에 있는데, 아들까지 있는데도 그녀는 너무도 멀리 있었다.

"그런데 어디가…… 아픈 건가."

처음부터 견딜 수 없게 거슬렸다. 타오를 듯 빛나던 그녀의 시선이 탁하게 바래 보이는 것이, 붉디붉은 꽃잎처럼 아름답던 그녀의 입술이 파리한 것도. 무운의 물음에 카린이 연한 미소를 지어 보이며 고개를 저었다.

"많이 힘들었어요. 린이 쉽게 세상에 나와 주지 않아서."

"…….."

"시간이 조금 걸리겠지만 괜찮아질 거예요. 걱정…… 마요."

"그런 거…… 안 해."

돌아서려던 무운이 걸음을 멈추고 카린의 앞으로 다가섰다. 커다란 무운의 손이 자신을 올려다보는 그녀의 더 작아진 얼굴을 가만히 감쌌다.

소중한 것을 다루듯 그렇게 조심조심 그녀의 얼굴을 감싼 채 그의 입술이 그녀의 하얗게 바랜 입술에 가만히 내려앉았다.

그렇게 아주 잠시 따스한 온기를 머금었던 무운이 거짓말처럼 그녀에게서 떨어져 몸을 돌렸다. 그리고 무운은 한 번도 뒤돌아보지 않고 게르를 나섰다.

한 번도 돌아보지 않는 사내의 뒷모습만을 한없이 바라보던 카린의 입에서 작은 목소리가 새어 나왔다.

"고마워요, 린을 내게 주어서."

❋

천여의 도성 문이 저 멀리에 보이기 시작하자 연우가 깊게 심호흡을 했다. 각오했던 일이지만 오라비인 무운과 국경에서 헤어진 이후로 두려움과 슬픔이 자꾸만 가슴을 채워 힘겨웠던 연우였다.

국경을 넘어 천여의 호위부원들만이 자신들 곁에 남는 순간 연우는 확실하게 느낄 수 있었다. 이제 정말 자신의 곁에는 오라버니들도, 부모님도 없다는 것을. 태어나 처음 겪는 두려움이 작은 몸을 온전히 채워 갔다.

"두렵습니까."

긴장으로 움츠러든 작은 몸을 뒤에서 커다란 팔이 끌어안았다. 그 따스한 온기에 연우가 가슴을 꽉 막고 있던 숨을 토해 냈다. 온몸이 따스한 물속에 잠기듯 그의 부드러운 목소리가 온몸의 긴장을 풀어 주었다.

"아닙니다."

"언제나 내가 그대 곁에 있을 것입니다. 지금처럼 내 품에서만 거하고 내 품 안에서만 행복하게 해 줄 것입니다. 하니 두려워도, 무서워도 하지 마요."

"예. 서방님."

"저곳이 천여의 궁입니다. 내가 나고 자란 곳이지요."

"정말 거대합니다. 저희의 궁과는 많이 다른 듯합니다."

따스한 서하의 가슴에서 전해지는 심장의 울림이 온몸을 편안하게 풀리게 해 주고 있었다. 가슴을 온통 채우던 두려움을 서하의 목소리로 밀어내 버리고 연우가 시선을 올려 멀리 보이는 천여의 성곽을 바라보았다.

나직하고 넓게 펼쳐진 가여의 궁과는 사뭇 달라 보이는 천여의 궁이었다. 높은 성곽이 솟아 있는 그곳은 꼭 높은 산봉우리 같았다.

가여의 궁이 평야처럼 넓고 평탄한 느낌이라면 천여의 궁은 깎아지른 절벽 같았다. 강하고 웅장해 보였다. 그리고 조금은 무서워 보이기도 했다.

"그런데…… 조금 무서워 보입니다. 너무 높아서요."

"이런, 우리 공주님이 조금 무서우시군요."

따스한 숨결이 연우의 정수리에 퍼져 나갔다. 서하의 약한 웃음도 그녀의 귀로 스며들었다. 그 따스한 서하의 웃음소리에 마음이 편안하게 풀려 갔다.

조금은 다르지만 가여의 황궁과 비슷한 모습의 황궁으로 들어서며 연우가 자신의 손을 꼭 잡은 서하를 올려다보았다. 가슴이 터질 듯 뛰어 댔지만 곁에 서하가 있기에 견딜 수 있을 것 같았다.

5년 전의 기억이 뇌리에 떠올랐다. 그때 서하는 가여의 황궁에 홀로 서 있었다. 지금 자신의 나이였는데 그는 어떻게 그것을 홀로 견뎌 냈던 것일까. 새삼 그때의 서하가 안쓰러워지는 연우였다.

　꼭 손을 맞잡은 두 사람 앞에서 황궁의 문이 열렸다. 넓은 황궁이 쥐 죽은 듯 고요를 머금은 모습이 천여 황궁의 첫인상이었다. 그 지독한 고요에 숨이 막힐 것 같아 억지로 숨을 토해 내며 연우가 천천히 고개를 들었다.

　거대한 옥좌에 앉아 있는 이의 모습이 선명하게 시선에 들어왔다. 차디찬 흑요석 같은 눈동자를 가진 중년 사내의 모습이 시야를 가득 채웠다.

　압도적인 위압감을 느끼게 하는 중년 사내의 모습이 이 공간을 가득 채우고 있는 것만 같았다. 그 정도로 옥좌에 앉아 있는 이의 존재감은 엄청났다.

　그 차디찬 눈동자가 자신을 훑어 내리는 것을 느끼며 연우가 급히 고개를 숙였다.

　"황자 서하, 가여에서 돌아와 폐하를 뵈옵니다."

　딱딱하게 굳은 서하의 목소리가 황궁을 울렸다. 이제껏 연우가 보지 못한 서하의 모습이었다.

　"오랜만이구나."

　차디찬 음성이 황궁을 울렸다. 두 개의 차가운 기운이 맞부딪치는 감각에 황궁에 모여 선 모두의 어깨가 움찔 떨렸다.

　"가여의 화운 공주 연우, 천여의 폐하를 뵈옵니다."

　차가운 두 기운이 공간을 가득 채우는 순간, 그 차가움을 깨우듯 작고 귀여운 목소리가 황궁을 울렸다. 황궁에 모여 선 이들의 시선이 자신들도 모르게 들어 올려졌다.

서하의 시선 또한 자신의 뒤에 있는 연우를 향해 돌려졌다. 연우가 자신을 바라보는 서하를 향해 아주 살짝 미소를 지어 보였다.

그때였다.

"누가 저 아이를 이곳에 들이라 하였느냐."

차디차게 울리는 목소리가 무엇을 말하는 것인지 연우는 알아듣지 못했다. 처음에는. 동그란 연우의 눈에 의아함이 실렸다. 차디찬 시선은 연우가 아닌 서하에게 닿아 있었다.

싸늘하게 굳어 있는 서하의 얼굴이 연우의 시선에 들어왔다. 무엇인지 모를 두려움이 담긴 연우의 시선 안에 천천히 황제를 향해 고개를 드는 서하의 모습이 보였다.

"공주는 이곳에 들어올 자격이 충분하다 생각합니다. 공주는 가여 그 자체이기 때문입니다."

그때서야 연우는 알 수 있었다. 황제가 싸늘하게 토해 내던 그 말이 누구를 향했던 것인지. 무엇인가 서늘한 냉기가 심장으로 스미듯 온몸이 서늘하게 식는 연우였다.

"황궁에 여인은 들이지 않는 천여의 예법을 잊은 것이냐."

천여의 예법? 여인은 황궁에 들이지 않는다고? 연우의 눈이 커다랗게 열렸다.

"공주는 그저 여인이 아니옵니다. 공주는 가여를 대표하는 이름입니다. 저 역시 가여에서 천여의 이름으로 대우를 받았습니다. 공주도 그렇게 예우해 주십시오."

황궁에 모여 선 모두의 얼굴이 하얗게 질려 왔다.

　5년 만에 돌아온 이 순간 황자 서하가 황제의 말에 반박을 하고 있는 것이다. 그 누구의 반박도 허용하지 않는 황제의 앞에서.

　"공주를 가여의 이름으로 예우하라…… 이런. 우습구나. 네가 가여에 오래 있다 보니 우리의 예법까지 잊은 것이더냐."

　"폐하."

　"물러가라. 긴 여정에 힘이 들 터이니."

　닿아 있던 시선을 차갑게 외면하는 황제의 말에 잠시 황제를 바라보던 서하가 그대로 몸을 돌리며 연우를 잡아끌었다. 거칠게 황궁을 벗어나는 서하의 뒤를 따르느라 거의 달려야 하는 연우였다.

　황궁을 벗어나자마자 거칠게 숨을 토해 내는 서하의 모습에 연우가 걱정스러움을 담고 서하의 곁에 다가섰다. 그런 연우를 느낀 서하의 시선이 연우를 돌아보았다.

　치밀어 오르는 분노를 겨우겨우 누르며 서하가 연우의 볼 위로 가만히 손을 올렸다. 차디차게 굳어 있던 서하의 손끝이 연우의 볼을 어루만지며 따스해져 갔다. 연우가 커다란 눈에 미소를 담았다.

　"신경 쓰지 마십시오. 예법을 어긴 것이 우리이지 않습니까. 폐하께서 화가 나실 수도 있을 것입니다. 이제부터 황궁에는 들어가지 않겠습니다. 여인은 황궁에 들어갈 수 없는 것이 이곳의 예법이라면서요."

"들어가야 할 일이 있으면 나는 언제든 공주와 함께 들어갈 것입니다. 앞으로도 언제나."

"서방님."

"갑시다. 내 궁을 보여 드리겠습니다."

걱정스러운 눈으로 자신을 올려다보는 연우의 애틋한 시선을 외면하며 서하가 그녀의 손을 잡아끌었다.

"와……."

연우의 입에서 감탄사가 흘러나왔다. 웅장한 중문을 넘어서자 커다란 못이 펼쳐져 있었다. 그 못을 중심으로 심어져 있는 짙푸른 나무들이 만들어 내는 그늘 아래로 서하가 연우를 이끌었다. 연못 안이 연꽃과 붕어들로 가득했다.

"물고기가 정말 많습니다. 엄청나게 큰 놈들입니다."

"5년 전에는 자그마한 녀석들이었는데 그동안 많이 큰 모양입니다."

"이런 커다란 못은 처음 봅니다. 그것도 서방님의 궁 안에 이리 만들어져 있다니 정말 좋습니다."

"공주가 마음에 드신다니 다행입니다. 이곳이 이제부터 공주의 집이 될 것이니까요."

내 집? 연우가 연못 안을 바라보던 시선을 가만히 들어 올렸다.

그저 새로운 것들에 시선을 빼앗겨 잠시 잊고 있었다. 이 거대한 천여의 성이, 그 안에 있는 이 서하의 작은 궁이 이제부터 자신의 집인 것이다. 벗어날 수도 없고 벗어나서도 안 되는 자신의 공간이리라.

환하게 웃고 있던 연우의 눈동자가 약하게 떨리는 모습에 서하가 연우의 작은 손을 잡았다. 연우의 시선이 그런 서하를 향했다. 서하의 입가에 환한 미소가 번져 왔다.

"제 어릴 때의 시간들이 궁금하지 않으십니까?"

입가에 너무도 환한 미소를 담고 있었지만 그런 서하의 미소 뒤에 담긴 힘겨움을 연우는 느낄 수 있었다. 천여 폐하의 그 냉정함에 자신보다 더 상처를 받은 서하일 것이다. 그의 눈으로 알 수 있었다.

그가 자신을 이곳으로 데려오는 것을 왜 망설였는지 한순간에 알아 버린 연우였다. 이곳은 자신이 살던 가여와는 너무도 다르다는 것을.

그것을 너무도 잘 알기에 서하는 망설였을 것이다. 지금도 미소를 담고 있지만 아프게 일그러진 서하의 눈빛을 연우는 읽을 수 있었다.

"그것은 천천히 보아도 됩니다. 이제부터 이곳이 저의 집인걸요. 이곳의 모든 것이 제 것이지 않습니까?"

"예. 제 것은 모두 공주의 것이기도 합니다."

"그러니…… 황후께 먼저 인사를 드리러 갔으면 합니다. 태자께도 가 보아야 하지 않습니까?"

방실방실 고운 미소를 지으며 말하는 연우의 모습에 서하의 몸이 굳어졌다.

분명 상처를 입었을 것인데 아무렇지도 않은 듯 보이려 애쓰는 연우가 안쓰러워 미칠 지경인 서하였다.

냉정한 아비가 그 정도에서 끝낸 것은 그나마 그녀를 배려한 것임을 아는 서하였다. 자신의 뜻을 절대 그 누구도 거역하는 것을 견디지 못하는 강한 왕이니까. 자신의 아버지라는 이는.

하지만. 알고 있었지만 처음 인사를 드리는 그녀 앞에서 그런 모습을 보이는 것은 정말 견디기 힘들었다. 따스하고 인자하던 가여의 황제와, 언제나 모든 일에 합리적으로 판단하던 경운의 모습을 보고 자랐을 그녀가 대체 무엇을 느끼고 어떤 상처를 받았을지 두렵기만 했다.

한데 그녀는 지금 오히려 자신을 배려하고 있는 것이다. 가슴 저 깊은 곳이 저릿하게 아파 왔다.

"5년이나 서방님을 보지 못하셨습니다. 얼마나 기다리셨을지 상상도 못 하시겠지요? 어서 가세요. 저도 황후마마를 뵙고 싶습니다."

익숙하지 않은 말에 시달리며 이틀을 달려온 길이었다. 그녀의 붉은 기 어린 눈과 피곤이 확연하게 드러나는 얼굴을 보는 서하의 눈이 약하게 일그러졌다.

차라리 투정을 하고 화를 내면 더 마음이 편할 것 같았다. 저리 자신을 배려하지 않아도 되는데, 저리 힘겹게 모든 일을 생각하지 않아도 되는데.

서하가 자신의 팔을 잡아당기는 연우를 그대로 품 안으로 끌어당겼다. 작은 몸이 휘청거리며 그의 커다란 품 안에 안겨 왔다.

"그대가 내 여인이라서…… 다행입니다."

따스한 서하의 입술이 연우의 동그란 이마에 닿았다. 서하의

26

옷깃을 꼭 움켜쥔 연우의 눈에 가득 차오르는 눈물을 그녀를 안고 있는 서하는 알지 못했다.

❃

연우의 가는 어깨를 끌어안은 서하가 가만가만 그녀를 다독였다. 짙은 어둠이 내려앉은 침전 안에는 두 사람의 낮은 숨소리만이 약하게 울렸다.

힘겹게 말을 달렸고 새로운 세계에 발을 들여놓은 첫날이건만 두 사람 다 잠들 수가 없는 밤이었다. 지독한 피곤이 온몸을 덮고 있었지만 머릿속은 점점 더 투명해져 가고 있었다.

달라진 것은 하나도 없었다. 5년 전과 아무것도 달라진 것이 없다는 것이 서하를 절망하게 만들었다. 차디차게 자신만의 모습으로 군림하는 아버지와 그런 아버지의 숨소리 하나에도 바르르 떨며 아무것도 할 수 없는 어머니.

그리고 그런 아버지의 밑에서 너무도 힘겨웠던 것일까. 파리한 얼굴로 자신을 바라보던 태자 주하의 모습까지, 모든 것이 서하를 숨 막히게 하고 있었다.

강한 왕인 아버지는 선대 때보다 훨씬 강해진 군권과 영토를 만들어 놓았다. 그것은 그 누구라도 인정하는 사실이었다. 척박한 천여가 가여와 비슷한 힘을 가지고 동맹을 맺을 수 있게 된 것도 아버지의 철권통치의 힘일 것이다. 알고 있다.

하지만…… 그것이 곁의 이들을 얼마나 숨 막히게 하는지 아버지인 황제는 여전히 모르고 있었다.

알려 하지 않았다. 단 한 번도.

그런 아버지에게 나약하고 마음이 여린 태자는 마음에 들 수가 없을 것이었다. 강한 아들을 원하는 아비이니까. 문제는 강한 아들을 원할 뿐 강한 아들을 만드는 법 따위 아비는 모르고 있었다.

'이것 돌려 드립니다.'

병색이 완연한 태자 주하의 앞에 태자의 보검을 내어놓았었다. 태자의 것이니, 그의 힘의 상징인 것이니 그에게 돌려주는 것이 맞으니까.

그의 아들에게 주고 싶다 했던 소망은 이루어지지 않았다 해도 태자의 보검은 태자에게 돌아가는 것이 맞는 것이었다.

'이걸 내가 무엇에다 쓰라고 주는 것이냐.'

푸른 기가 번져 있는 입술 끝에 연한 미소를 담으며 태자가 서하를 바라보았다. 5년 전보다 너무도 마른 모습에 심장이 뼈근해 오는 서하였다.

그리 강건한 몸은 아니었다 해도 이렇게 병색이 완연하리라고는 상상도 하지 못했었다. 사내로서 한창일 나이에 대체 무슨 병이기에 이렇게 야위어만 가는 것인가.

'강건해지셔서 쓰셔야지요. 형님.'

'아니, 내가 쓸 날은 오지 않을 것이다.'

슬픈 표정이 아니었다. 그래서 화도 낼 수 없었다. 희미한 웃음을 담으며 자신을 바라보던 그 눈빛이 차라리 편안해 보여서 형의 말에 아무런 반박도 할 수 없었다. 쓸 수 없는 것이 아니라 쓰고 싶지 않아 하는 것처럼 보여서.

'네가 오니…… 좋구나.'

그 환한 미소가 너무도 슬퍼서 이를 악물어야 했다.

머릿속에 가득 차 있던 태자의 모습을 고개를 저어 지우며 서하가 자신의 품 안에 있는 연우를 물끄러미 내려다보았다. 어둠 속이었지만 이미 어둠에 익숙해진 눈에는 그녀의 작은 얼굴이 보였다.

자는 척하느라 숨소리마저 편히 내지 못하는 그녀임을 처음부터 알고 있었다. 그녀 역시 잠들 수 없는 밤일 것이다.

"이야기해 주겠습니까."

머리 위에서 낮게 울리는 부드러운 서하의 목소리에 일부러 눈을 꼭 감고 있던 연우가 살며시 눈을 떴다.

서하가 잠들지 못하는 것을 알기에 자는 척을 하려 애쓰고 있었다. 자신이 잠들지 못한 것을 알면 그가 걱정을 할 것 같아서였다. 예상대로 서하는 이미 알고 있었던 모양이었다.

그의 가슴에 여전히 얼굴을 묻은 채 연우가 그의 자리옷 옷깃을 가만히 만지작거렸다.

"무엇을 말씀하시는 것입니까."

"우리가 처음 만나서 무엇을 했었는지를요. 매일매일 우리가 함께했던 것들을요."

따스한 서하의 음성에 연우의 심장이 쿵, 울렸다. 그리고 애써 누르고 있던 마음속 빗장이 그대로 열려 버렸다. 그립고 그리운 가여의 궁 안이 머릿속에 가득 떠올랐다.

"매일매일 눈을 뜨면 외궁으로 달려갔었습니다. 서방님께서 기침 전이시면 정원을 뛰어다니며 기다렸고요. 건 님이 제발 내궁에 가서 기다리시라 해도 전 외궁에서 기다렸습니다. 기다리는 것도 너무 좋았으니까요. 서방님께서 아침에 맨 처음 보는 게 저인 것도 좋았고 서방님의 모습을 가장 먼저 보는 것이 저인 것도 그저 좋았습니다."

자꾸만 메는 목을 달래며 연우가 조잘조잘 즐거운 듯 이야기를 늘어놓았다. 황궁을 나선 이후부터 황후마마를 뵙고 태자를 만나고 나서 서하의 가슴이 더욱 답답해졌음을 누구보다 잘 아는 연우였다.

그런 서하를 조금은 편하게 해 주고 싶었다. 옛날 그때를 떠올리는 것만으로도 자꾸만 눈물이 나려 했지만 연우는 꾹 눌러 참으며 재미있는 이야기를 하듯 목소리를 높였다.

목소리 끝에 묻어나는 울음을 삼키는 어린 아내를 느끼며 서하가 가만가만 연우의 몸을 더 깊이 품어 안았다.

그녀의 종알거리는 목소리에 가슴이 울렸다. 그녀의 목소리가 귀가 아닌 심장으로 스미는 듯했다. 기억에는 없지만 머릿속에 그려 볼 수 있었다.

그래서일까. 그때의 그녀를 더욱 기억하고 싶어지는 것은.

"제가 무엇이 그리 좋았습니까. 그리 좋은 남편은 아니었을 것인데요."

서하의 물음에 연우가 얼굴을 들어 올렸다. 조금 붉어진 눈시울을 감추고 싶은지 눈을 한 번 감았다 뜬 연우가 생긋 입가를 끌어 올렸다. 심장이 녹을 듯 고운 미소에 서하가 자신도 모르게 그녀의 이마에 입술을 가져다 댔다.

"그저 좋았습니다. 그 웃음도, 그 서늘함도, 그 멋진 검술 실력도…… 정말 한숨이 나올 만큼 좋았습니다. 서방님이."

그랬다고. 정말 그렇게 너무너무 좋아서 울었고 가슴앓이를 했었다고. 그 고운 미소가 자신을 향하지 않아서, 그 아름다운 검은 눈동자에 자신이 온전히 담겨 있지 않아서 너무도 아프고 많이 울었다고는 말할 수 없었다. 그가 미안해할 테니까. 그가 슬퍼할 테니까.

"가여에서처럼 항상 곁에 있을 수는 없을 것입니다."

나직하게 흘러나오는 서하의 말에 연우가 숨을 멈췄다.

"형님이…… 많이 좋지 않으십니다. 내가 대신해야 할 일들이 많을 것 같습니다. 해서 혼자 계셔야 할 시간이 많을 겁니다."

"압니다. 이곳은 가여가 아니니까요. 그곳에서는 부마의 위치로 계셨기에 정사에 관여하시지 않았고 저와만 지내시면 되었지만 이곳에서는 다르니까요. 알고 있습니다. 경운 오라버니처럼 여러 가지 일을 하셔야 하는 것이지요? 그래야 하기 때문에 폐하께서 서방님을 부르신 것이 아닙니까? 저도 알고 있습니다. 하니 걱정하지 마셔요. 저는 황후마마와 태자비마마를 살펴 드리겠습니다."

의외의 말에 서하가 연우를 조금 자신에게서 떼어 내며 그녀를 내려다보았다.

"두 분 다 힘겨워 보이셨습니다. 태자 전하의 건강이 걱정되어 그러시는 듯 느껴졌습니다. 제가 말동무도 되어 드리고 함께 시간을 보내 드리려 합니다. 제가 귀찮게 해 드리면 시간이 조금 빨리 간다 느끼시지 않겠습니까? 두 분 다 말입니다."

아무런 말도 하지 못한 채 가만히 자신을 바라만 보고 있는 서하의 시선에 연우가 의아함을 담고 그를 올려다보았다.

울고 싶은 듯도 보이고 웃고 싶은 듯도 한 서하의 표정이 불안한 연우였다. 자신이 무엇인가 또 실수를 한 것인지 고개를 갸웃거리는 연우의 작은 머리를 그대로 끌어당긴 서하가 그녀의 입술을 베어 물었다.

뜨거운 열기가 가득 담긴 서하의 입술이 연우의 작고 보드라운 입술을 삼키며 그녀를 품 안으로 깊이 당겨 안았다. 그렇게 천여에서의 첫 밤이 지나고 있었다.

❀

병부의 국경 배치에 관한 장계를 살피느라 밤을 새우고 있는 무운을 바라보는 자경의 얼굴에 깊은 그늘이 담겼다.

1년 전 마족과의 전쟁을 끝내고 귀환한 후에도 지금처럼 미치도록 일만을 파고들던 무운을 기억하는 그였다.

그때는 부마를 일찍 구출하지 못해 문제가 생겼다는 자책감에 그러는 것이라 여겼다. 한데 이번에는 무엇인가 또 다르게 불안한 자경이었다.

"황자님."

장계에 시선을 박고 있던 무운이 자경의 부름에 천천히 고개를 들었다.

벌써 사흘째 밤을 새운 무운의 눈동자는 검붉은 핏빛을 품고 있었다. 실핏줄이 다 터진 눈에 피곤과 알 수 없는 힘겨움이 가득 고인 것이 보일 지경이었다.

"이러다 쓰러지십니다. 좀 주무셔야 합니다."

"하……."

무운이 자경의 말에 들고 있던 장계를 던지듯 내려놓고는 얼굴을 쓸어내렸다. 바삭하게 마른 얼굴이 까칠하게 손에 느껴졌다.

"잘 수가 없어……."

억누르듯 흘러나오는 무운의 목소리는 깊게 잠겨 있었다. 걱정스러움을 얼굴 가득 담고 무운의 집무실을 나서던 자경이 자신의 앞에 다가서는 이의 모습에 깊이 고개를 숙였다.

"오셨습니까."

지운이었다. 자경이 나온 집무실 쪽을 바라보던 지운이 낮은 목소리로 자경을 향해 물었다.

"안에 계시는가."

"예. 벌써 사흘째 저곳에서만 계십니다. 주무시지를 못하십니다."

"그때와 같군."

"……예."

지운도 기억하고 있었다. 마족과의 싸움에서 큰 승리를 거두고 돌아와서도 무운은 저렇게 한동안 잠도 자지 못하고 먹지도 못했었다.

그때는 서하의 문제까지 겹쳐 크게 신경 쓰지 못했는데 이번에는 아무래도 그냥 넘어갈 수 없는 지운이었다.

"천여의 국경에서 바로 돌아온 것인가."

"돌아오는 길에 선족의 무사들을 만나 잠시 선족 마을에 들르셨습니다. 저희는 입구에만 있었는데 황자께서 잠시 마을 안으로 들어갔다 오셨습니다. 그것 외에는 아무 일도 없었습니다."

"선족?"

지운의 머리에 떠오르는 것이 있었다. 선족의 무사 여인을 무운이 품었다던 이야기가. 그리도 '보고 싶고, 안고 싶은데…….'라고 중얼거리던 무운의 목소리가.

지운이 무운의 집무실로 들어섰다.

"어쩐 일이냐. 화연비가 입덧으로 고생이 많아 그 곁을 떠나지 않는다고 궁 안에 소문이 파다하던데."

들어서는 지운의 모습에 무운이 푸른 기를 담고 있는 입가에 미소를 지으며 고개를 들었다.

지운의 아내인 화연비가 얼마 전 회임을 하였다. 태자 경운에게 이미 두 명의 태손이 있었지만 오랜만에 들려온 황실의 경사였다.

회임을 해 입덧이 심한 화연비의 곁을 지운이 떠나지 않는다고 궁녀들이 떠드는 소문이 무운의 귀에까지 들려올 정도로 지운은 아내에게 애정을 가진 남편이었다.

"어의전에 들렀다 오는 길입니다."

순간, 부드러운 미소를 담으며 다시 장계에 손을 올리던 무운의 움직임이 멈춰졌다.

"화연비의 탕약에 대해 물으려 간 것인데…… 어의가 이상한 이야기를 해서요."

"……."

차갑게 식은 무운의 시선이 천천히 지운을 향해 들어 올려졌다.

"형님께서 산후에 좋은 약재를 부탁하셨다 들었습니다. 누가…… 출산을 한 것입니까."

이미 다 알고 있다는 듯 그 짙고 총명함이 가득한 다갈색 눈동자에 반짝임을 담고 말하는 지운을 무운이 물끄러미 바라보았다.

터질 듯 갑갑한 가슴속을 누군가 한 사람에게라도 내보이고 싶었다. 그것이 이 눈앞의 동생이라면 가능하지 않을까 무운이 생각했다.

"내 아이. 내 아이가 태어났다, 지운아."

혹여 그런 일일 수도 있다고 분명 생각했다. 근 1년 전 무운이 선족의 무사 여인과 밤을 보냈다는 소식을 들었고, 며칠 전 연우를 배웅하러 천여의 국경에 다녀온 무운이었다.

천여의 국경 곁에 선족의 마을이 있다는 것은 모르는 이가 없을 것이다. 그리고 화연비의 탕제에 대해 물으려고 들렀던 어의전에서 어의가 다른 이에게 하던 말을 들었다.

'무운 황자님께서 출산 후 산모에게 가장 좋은 약재를 준비해 달라 하셨네. 급하다 하시니 어서 서두르게.'

그래서 생각했었다. 일어날 수 있는 모든 변수를. 그리고 그 생각의 끝에 아이가 있었다. 형님의 아이가.

한데, 우습게도 머리로는 이미 생각했던 일이건만 직접 형님의 입에서 나온 말은 가슴을 거세게 강타해 왔다. 지운의 얼굴이 하얗게 변했다.

"선족의…… 여인에게서 말입니까."

무운이 천천히 고개를 끄덕였다.

이미 어느 정도는 알고 묻는 지운임을 안다. 그래서 차라리 말하고 싶은 것이다. 누군가에게 털어놓아야 한다면, 그리고 싶다면 눈앞의 이가 가장 편할 테니까.

"이번에 보셨군요."

"……그래."

"한데…… 왜 데리고 오지 않으시는 것입니까. 보고 싶다고 하셨지 않습니까. 선족의 여인이라 해도 형님이 품으셨고 아이까지 낳았다면 궁으로 데려와 후비로 삼으시면 되는 일이 아닙니까. 그리 어려운 일이 아닐 것인데 어째서……."

"후비라……. 정비도 싫다는 여인이다."

"예?"

지운의 눈이 커다랗게 열렸다.

선족은 제대로 된 국가가 아니다. 만약 선족 수장의 딸이라 해도 가여의 황자인 무운의 정비가 되는 것은 분명 문제가 있을

36

것이다.

태자가 아니라 해도 정실의 몸에서 태어난 황자인 무운이었다. 만에 하나 태자에게 무슨 문제가 생기면 어린 태손들을 대신해 정사를 돌봐야 하는 후계의 위치에 있는 것이 그와 자신이니까.

그런 형님에기에 선족의 여인은 정비로 맞을 수가 없을 것이다. 만약 형님이 그 여인을 정비로 들이고 싶다 해도 황실에서는 절대 쉽게 허락하지 않을 것이 분명했다.

한데…… 이곳에서 받아들이지 않음이 문제가 아니라 여인이 원하지 않는단 말인가? 무운의 비로 사는 것을?

"그 여인은 그곳을 떠나서는 살 수 없다. 궁 안에서 꽃으로 살라 하면…… 말라 죽을 거다. 아마도."

"그렇다 하면…… 아이라도 데려와야 합니다. 형님. 그 아이는 황손입니다. 그곳에서 키울 수는 없습니다. 가여의 황손을 선족에서 키우다니요. 데려오시면 제가 맡겠습니다."

"아니, 난 그렇게 하지 않는다."

"형님."

"그 아이를 그 여인에게서 빼앗아 오는 짓 따위 하지 않아."

"하지만 형님!"

안타까이 무운을 부르던 지운이 장계로 시선을 돌리는 무운을 보며 깊은 한숨을 내쉬었다.

엄청난 일이건만 이 사실을 아무에게도 말할 수 없었다. 차라리 어의에게 입단속을 시켜야 할 판이었다. 가여의 황손이 선족의 마을에서 크다니. 이곳으로 데려오지 않겠다니 대체 어쩌자는 것인가.

하지만 무운은 절대 그 아이만을 이곳으로 데려오지 않을 것임을 의심하지 않는 지운이었다. 자신의 입으로 뱉은 저 말은 죽어도 지킬 무운임을 알기에.

그렇게 그곳에 마음을 두고 몸만 이곳에 있는 그에게 더는 아무런 말도 할 수 없는 지운이었다.

❀

"폐하, 서하 황자님 드셨사옵니다."

"들라 해라."

차디차게 울리는 목소리에 서하가 깊은숨을 삼키며 황제의 집무실로 들어섰다.

조금의 흐트러짐도 없는 모습으로 옥좌에 앉은 채 장계들을 살피고 있던 황제의 시선이 아들을 향해 천천히 들어 올려졌다.

시리도록 차가운 검은 눈동자를 외면하며 서하가 깊이 고개를 숙여 예를 취했다.

어려서부터 그랬다. 저 눈은 마주하고 싶지 않았으니까. 언제나.

"앉거라."

서하가 깊게 숨을 내쉬며 황제의 앞에 무릎을 꿇었다. 앉으라는 말은 결코 반갑지 않은 말이었다. 이 집무실 안에서는. 간단하게 서서 보고를 하는 것으로 마무리되길 바랐다.

천천히 들어 올려진 서하의 검은 눈동자에 차갑게 식어 있는 아비의 눈이 들어왔다.

자신의 마음 저 깊은 곳까지 파고들고 싶은 듯 반짝이고 있는 아비의 눈은 언제나처럼 숨이 막혔다. 하지만 이제는 저 눈빛을 피하고 싶어 도망치지 않을 것이었다.

"전장에서 제법이었다고 하더구나. 우헌이 칭찬한 정도면 나쁘지는 않았다는 것이겠지."

궁녀가 앞에 따르는 찻잔을 흔들림 없는 손짓으로 들어 올린 황제가 서하를 가만히 바라보며 입을 열었다.

익숙지 않은 칭찬이었다. 1년 전 마족과 치른 전쟁의 결과가 나쁘지 않았던 모양이었다. 싸움은 이겼다 해도 득이 없었다면 이런 식의 칭찬은 없었을 것임을 알기에.

"가여의 무운 황자께서 이끄신 전투였습니다."

"둘째라던가…… 그 무운이라는 자가."

"예."

"첫째 태자가 모든 정사를 돌보고 있고, 둘째가 병부를, 셋째는 지략가라 하던데…… 그 말이 맞는 것이냐."

무엇을 말하고자 함인지 가늠할 수 없는 아비의 말에 서하가 잠시 숨을 삼켰다. 어떻게 말해야 할지 망설이는 서하의 머릿속이 서늘하게 식었다.

"모든 정사를 태자께서 보시는 것은 아닙니다. 하지만 오랜 시간 정사에 관여해 오셨기에 많은 부분을 관여하시는 것으로 알고 있습니다. 그리고 둘째 무운 황자님은 병법에 능통하셔서 군사훈련 등을 맡고 계십니다. 셋째인 지운 황자는, 특별한 것은 알지 못합니다."

찻잔을 들어 올리던 황제의 서늘한 시선이 서하를 향했다. 무엇인가를 탐색하듯 찬찬히 자신을 훑어 내리는 시선을 외면하며 서하도 눈앞에 놓인 찻잔을 들었다. 유난히 차 맛이 쓰게 느껴졌다.

"부럽군."

나직하게 새어 나오는 황제의 말에 서하가 고개를 들었다.

"세 아들이 다 그리 출중하니 말이다. 특히 태자가 탐이 나는구나."

"……."

비릿하게 입꼬리를 끌어 올리며 차를 마시는 황제의 말에 서하가 입술을 악물었다. 태자인 형님의 부족함을 말하고 있는 것이다.

"네가 보기에 네 형이 경운처럼 될 수 있다고 보느냐."

잔인한 말이었다. 자신의 몸조차 제대로 가누지 못하고 사는 사람에게 경운처럼 되라 하는 것은. 그렇게 될 수 없음을 너무도 잘 알면서 내뱉는 황제의 차디찬 말에 서하가 끓어오르는 숨을 겨우겨우 눌러 삼켰다.

"용체가 굳건해지신다면 그리되실 수 있을 것입니다."

"어느 세월에? 큭."

"폐하."

"내가, 왜 널 불러들였다고 생각하느냐."

심장이 쿵, 떨어져 내렸다. 짐작하고 있었지만 조금의 망설임도 없이 뱉어 내는 아비의 속내에 두려움이 일었다.

떨리는 심장을 지그시 누르며 서하가 흔들림 없는 시선으로 아비인 황제를 향했다.

흔들리지 않아야 한다. 절대.

"형님 전하를 보필하라 부르신 것으로 알고 있습니다."

"입에 발린 말 따위 집어치우고. 이미 알고 있을 것이니 길게 설명할 필요도 없겠지. 난 너에게 걸려 한다."

"저는 하지 않을 것입니다."

"뭐라…….."

차갑기만 하던 황제의 눈동자가 이글거리기 시작했다. 자신의 뜻을 전하였음에도 한마디로 잘라 버리는 아들에 대한 터질 듯한 분노가 그 눈에 천천히 떠올랐다. 하지만 서하는 시선을 돌리지 않았다.

"태어나면서 태자로 정해져 살아온 형님이십니다. 지금 몸이 심약하신 상태라 하나 그것은 시간이 가고 마음이 편안해지신다면 충분히 회복되실 수 있습니다. 저는 형님이 그렇게 되실 때까지만 형님의 곁에서 형님을 도울 것입니다. 그 외에는 아무것도 하지 않습니다."

"이 자리가 장난인 줄 아느냐. 천여의 모든 것을 관장해야 하는 자리이다. 그런데! 그런 이 자리를 자신의 몸 하나도 건사하지 못하는 녀석에게 맡기라는 것이냐!"

"장난이 아니니 더욱더 그리할 수는 없습니다. 천여의 모든 것을 관장하는 자리라 하셨습니까? 그러시면서 어찌 아들의 몸은 상관치 않으십니까. 천여의 모든 것을 관장하시는 폐하라면 태자인 형님의 모든 것도 떠안으셔야지요. 기다려 주셔야 하는 것입니다."

"……제법이구나."

터질 듯 화를 낼 것이라 여겼다. 엄청난 벼락이 떨어질 줄 알았다. 한데 황제의 입가에는 미소가 번지고 있었다. 만족스러움을 담은 그 미소가 무서운 분노를 담은 눈빛보다 더 두려운 서하였다.

"하, 그건 그렇고…… 그 아이와는 합궁은 제대로 되는 것이냐. 그리 작고 어려서야."

비꼬는 듯 말하는 황제의 말에 서하의 눈에 불꽃이 튀었다.

"제 비입니다. 가여의 공주입니다. 제대로 불러 주십시오."

"아끼느냐."

"소중한 이입니다."

"소중한 이라…… 이런. 문제구나, 그것은."

알 수 없는 서늘함이 등줄기를 주욱 훑어 내리는 느낌에 질끈 눈을 감았다 뜬 서하가 황제를 바라보았다. 황제의 붉은 입가에 맺힌 알 수 없는 미소가 끔찍하게 싫었다.

"네 애미에게 괜찮은 가문의 여식 하나를 골라 보라 할 테니 곁에 두거라. 가여에서는 그 아이 하나만 보아야 했다 하나 이곳에서는 다르니."

"무슨…… 말씀입니까."

"아끼는 것은 네 마음이지만 그 아이에게서 태손은 볼 마음이 없다는 것이다, 나는."

가슴에 벼락이 떨어졌다.

하얗게 바래는 머리에 숨을 불어넣으려 서하가 이를 악물었다. 하얗게 바래는 아들의 얼굴이 재미나다는 듯 바라보던 황제가 얼굴을 서하에게 가까이 대었다. 뜨거운 숨결이 얼굴에 퍼지는 지독한 느낌에 서하가 몸을 뒤로 물렸다.

"그 아이에게서 태손이 태어나면 그 아이는 가여의 태손이기도 하지 않느냐. 그것은 곤란하지. 가여의 피를 이어받은 아이가 왕이 될 수는 없으니까. 이 천여에서……."

"저는! 태자가 되지 않는다고 말씀드렸습니다! 형님 전하 아직 강건하십니다. 무슨 일이 있어도 제가 태자가 되는 일은 없을 것입니다. 그리고."

터질 듯한 심장을 겨우겨우 다잡은 서하의 가슴이 거칠게 들썩거렸다.

미칠 듯 거칠어지는 스스로의 분노를 이를 악물며 삼킨 서하가 왕을 뚫어지게 응시했다. 파란 불꽃이 튀는 아들의 눈을 황제의 차갑게 식어 있는 눈이 마주 바라보았다.

"그녀 이외의 그 어떤 여인도 저는 안지 않습니다. 폐하께서 그것을 원하신 것이라면…… 저는 이곳에 머물 수 없습니다."

황제의 여유롭던 미간에 그 순간 거세게 빗금이 그어졌다. 터질 듯한 검은 눈동자 네 개가 허공에서 서로를 죽일 듯 응시했다.

"네 놈이 감히…… 뭐라? 머물 수 없다?"

"천여의 황자로서 해야 할 모든 것을 할 것입니다. 하나 형님의 자리를 넘보거나 제 지어미를 아프게 하는 것은 절대 하지 않을 것입니다. 폐하."

터질 듯한 화를 참지 못한 황제의 입가가 씰룩거렸다. 정말 금방이라도 뒤쪽에 걸린 보검을 끌어 내려 아들의 목을 베어 버릴 듯 황제의 화가 들끓고 있었다. 하지만 서하는 그 끔찍한 열기 속에서 차디차게 얼어 있었다.

흔들릴 수 없었다. 한 번의 흔들림은 돌이킬 수 없는 결과를 가져올 것임을 아는 그였다. 한 번 흔들린다면 아비는 계속 흔들어 댈 것이다. 처음 이 순간, 견뎌 내야 하는 것이다.

"그래, 어디 두고 보자. 네놈이 이기나 내가 이기나. 재미있는 놀이가 되겠구나."

붉게 타오르던 눈빛을 다시 차갑게 얼린 황제가 서하를 향해 내뱉고는 자리에서 몸을 일으켰다. 그제야 서하의 심장이 다시 뛰기 시작하고 있었다.

"차 맛이 정말 좋습니다."

연우가 차를 따른 잔을 들어 입안에 한 모금 머금은 황후가 입가에 연한 미소를 머금었다. 연우가 가여에서 가져온 차를 대접하고 싶어 황후와 태자비를 모신 자리였다.

연우가 따른 차를 맛있게 마시는 황후와 달리 태자비는 찻잔에 손도 대지 않았다. 의아함을 담은 연우의 시선이 차갑게 굳어 있는 태자비를 향했다.

"태자비마마께서는 차를 좋아하지 않으십니까? 다른 것으로 올리라 할까요?"

"되었습니다. 제가 원래 먹는 것을 좋아하지 않습니다."

차갑게 굳은 태자비의 얼굴에 황후가 입가에 담았던 미소를 지웠다. 서늘함이 고인 분위기를 바꾸고 싶은 듯 연우가 황후를 향해 입을 열었다.

"천여의 궁은 정말 웅장하고 멋집니다. 황후마마. 멀리서도 엄청난 규모가 느껴질 정도였습니다."

"그랬습니까. 가여의 궁과는 많이 다른 것이겠지요."

"예. 가여의 궁은 아늑한 느낌이 드는 곳입니다. 그리 높게 솟은 전각들은 없으니까요. 그것에 비해 천여의 궁은 거대한 산처럼 보였습니다."

연우가 팔까지 크게 벌리며 놀란 듯한 눈으로 재잘거리는 모습에 황후가 물끄러미 그런 연우를 바라보았다. 저리 곱고 저리 밝으니 아들이 그리 귀히 여기는 모양이었다.

처음 함께 자신을 찾았을 때 저 아이를 바라보던 아들의 눈빛을 잊을 수 없는 황후였다. 자신의 배에서 나온 아들이지만 그런 눈빛은 처음 보았다.

"화운비는 말을 타고 왔다던데, 맞습니까?"

재잘거리는 연우를 차디찬 얼굴로 바라보던 태자비가 갑자기 묻는 말에 연우가 고개를 돌렸다. 자신에게 말을 걸어 주는 태자비의 모습이 좋았다.

"예. 말을 타고 오느라 죽을 뻔하였습니다."

"어찌 가마를 타지 않고 말을 타고 온 것입니까?"

서늘한 눈빛이 연우의 입술에 닿았다.

"제가 가마를 타면 힘들어하기에 서방님, 아니, 황자께서는 외출하거나 할 때면 언제나 저를 말에 태워 주십니다. 잠시 타는 것은 좋았는데 이번에는 하루를 온전히 말을 타려니 무척 힘이 들었습니다."

"가여는 예법 따위 가르치지 않는 것입니까?"

45

"!"

재미있는 이야기를 하듯 편안하게 말을 내뱉던 연우의 얼굴이 순간 얼음처럼 굳었다. 서늘한 입가에 진득한 미소를 담은 태자비의 얼굴에 황후의 얼굴에서도 미소가 사라졌다.

"일개 귀족 여인이라 해도 그런 법은 본 적이 없는데 가여의 공주이며 우리 천여의 황자비인 그대가 황자님의 품에 안겨 말을 타고 오가는 모습을 모든 백성의 눈에 보인 것입니다. 황실의 위엄에 누가 된다는 생각은 하지 않았습니까?"

"그것이…… 왜 황실에 누가 되옵니까."

힘겹게 숨을 삼킨 연우가 묻는 말에 태자비의 얼굴에 노기가 가득 서렸다. 차디차게 얼어붙은 여인의 시선이 연우를 가만히 노려보았다.

"우리는 그저 한 사내의 지어미로 사는 여인들이 아닙니다. 그것도 모르십니까. 그대의 행동 하나하나를 모두가 보고 있고, 모두가 그것으로 황실의 위엄과 황실의 권위를 말합니다. 이제부터 행동거지 하나하나를 조심해야 할 것입니다. 태자비로서 내가 내리는 명입니다."

작은 공간이 숨 막히게 얼어붙었다. 황후의 앞인데도 아무런 망설임 없이 자신의 권위를 말하는 태자비에게 황후는 아무런 말도 하지 않고 있었다. 아니, 하지 못하는 듯 보였다.

그런 황후의 난감함이 가득한 얼굴을 한 번 바라본 연우가 살짝 고개를 숙였다. 파리하게 변한 연우의 입술이 힘겹게 열렸다.

"명심하겠습니다. 태자비마마."

하얗게 질린 채 시선을 내리는 연우를 본 후에야 태자비가 찻잔에 손을 대었다.

짙은 어둠이 깔린 자신의 궁에 들어서며 서하가 마른 얼굴을 쓸어내렸다. 깊은 밤이 되어서야 궁으로 돌아올 수 있었다.

태자가 맡고 있는 업무의 양은 예상보다 엄청나게 많았다. 대체 그 몸에 그런 업무량을 감당하게 했다는 것이 이해가 되지 않는 서하였다.

하지만 일단 자신이 돌아왔으니 그것들을 자신이 맡아야 했다. 그래야 태자의 업무가 줄어들면서도 정무가 원활하게 돌아갈 테니까.

이제껏 한 번도 접해 보지 않았던 천여의 정무를 익히는 것만도 힘이 드는 서하였다. 가여에서는 부마로 살아야 했기에 어차피 정무에는 조금도 관여할 수 없었다. 그래서 한량처럼 살 수 있었을 것이다. 하지만 이곳에서는 이제 자신이 태자를 대신해 모든 것을 해야 하는 것이다.

들어서는 자신을 보고 앉아서 졸고 있던 하정이 일어서는 기척에 서하가 고개를 저었다.

"들어가 쉬거라. 이제부터 이리 기다릴 거 없다."

"공주께서는 방금 전에 잠이 드신 듯하옵니다."

"그래……."

아쉬움이 가슴속으로 밀려들었다. 그녀의 웃는 얼굴을 보고 그 동그란 눈을 마주해야 이 갑갑한 마음이 조금은 풀릴 것 같았는데 자고 있다니.

작은 호롱불이 밝혀져 있는 안으로 들어선 서하의 시선 안에 옷도 갈아입지 못한 채 침상에 옆으로 누워 있는 연우의 모습이 보였다.

자신을 기다리다 잠이 든 모양이었다. 저렇게 앉아 한참을 기다렸을 것이다.

가여에서라면 자신이 어디에 있든지 쫓아라도 왔을 연우가 그러지도 못했으니 얼마나 답답했을지 모르지 않는다. 이곳은 그녀에게 가여처럼 쉽고 편하지 않은 곳이니까.

가만히 그녀의 곁으로 다가선 서하가 그녀의 앞에 무릎을 꿇고 앉았다. 작고 보드라운 그녀의 얼굴이라도 눈 안에 담아야 숨을 쉴 수 있을 것 같아서였다.

서하의 손이 가만히 연우의 볼 위에 닿았다. 그리고 그 순간, 서하의 얼굴이 차갑게 일그러졌다. 흥건하게 젖어 있는 연우의 볼. 그리고 그의 시선 안에 보이는 그녀의 촉촉하게 물기로 젖은 속눈썹.

그녀의 모습에 편안하게 뛰기 시작하던 심장이 다시 거칠어지고 있었다.

눈꺼풀 안으로 스미는 빛을 느끼며 연우가 천천히 눈을 떴다. 흐릿한 시선 안에는 아직 아무것도 들어오지 않았다.

눈이 부셔서인지 잘 떠지지 않는 눈을 다시 감았다 천천히 뜨는 연우의 얼굴로 익숙하고 따스한 손길이 닿아 왔다.

눈으로 스며드는 아침 햇살을 가려 주려는 듯 커다란 손이 그녀의 눈앞을 가로막았다. 그 단단하고 커다란 손에서 따스한 온기가 느껴졌다.

"언제 오셨습니까? 제가 잠이 들었던 것입니까? 얼굴 뵈려고 기다렸는데……."

얼마나 울었는지 퉁퉁 부어 버린 눈을 하고도 방긋 미소를 담는 연우의 얼굴을 서하가 가만히 바라보았다.

밤새 잠들 수 없었다. 이제 겨우 이틀째, 그런데 그녀를 울려 버렸다. 이제껏 끝없이 울린 것도 모자라 이곳에 오자마자 또 울게 했다. 스스로에 대한 지독한 환멸이 서하의 심장을 들끓게 하고 있었다.

자신의 물음에는 답하지 않은 채 그대로 자신을 끌어 품 안에 안는 서하의 움직임에 연우가 긴장을 하고 서하를 올려다보았다. 자리옷을 입고 있었지만 서하의 눈엔 피곤함이 가득 고여 있었다.

그래서 느낄 수 있었다. 그가 밤새 저런 모습으로 잠들지 못했다는 것을. 그의 눈에 어리는 피곤함이나 고통을 그보다 더 잘 느끼는 연우의 눈에 그것이 보이지 않았을 리가 없었다.

"주무시지 못하셨습니까? 무엇이 힘드십니까? 저에게 이야기해 주십시오. 혹시 압니까? 제가 도와 드릴 수 있을지도요."

"어제, 무엇을 하셨습니까?"

갑자기 물어 오는 서하의 말에 연우가 잠깐 말을 멈췄다. 그의 시선이 자신을 안쓰럽게 바라보고 있음을 이제야 느끼는 연우였다.

그러고 보니 눈이 부은 모양이었다. 그가 자신의 얼굴을 보고 있었다.

"아, 제가 좀 울었습니다. 어머니가 보고 싶어서 그런 것입니다. 황후마마를 뵈니 갑자기 어머니가 보고 싶어서요. 그저 그런 것이니 걱정하지 마십시오. 서방님, 아니, 황자께서 오시지 않으니 괜히 심통이 나서 어머니 생각이 났습니다."

"무엇을 하셨냐 물었습니다."

차디차게 울리는 서하의 목소리에 연우가 꿀꺽 마른침을 삼켰다. 서하가 저런 말투로 이야기를 하면 절대 그냥 넘어가지 않음을 아는 그녀였다.

"황후마마와 태자비마마와 함께 차를 마셨습니다. 그것이 다입니다."

"알겠습니다."

더 이상 그녀에게 물어도 다른 말은 하지 않을 그녀임을 아는 서하였다. 하지만 그녀가 어떤 상처를 받았을지는 짐작이 가고도 남았다.

첫날 황궁에 들었다 황후를 뵈러 갔을 때 동석했던 태자비의 모습을 기억하는 서하였다. 예전과 너무도 많이 달라진 형수의 모습은 당황스러울 지경이었다.

그리 날카롭지 않았고 그리 차갑지도 않았던 사람이었다. 차라리 따스하고 다정한 성품이었던 것으로 기억한다.

가까이 지낼 일은 없었지만 태자를 대하는 모습이나 황후인 어미를 대하는 모습이 그리 문제가 될 것은 없었던 5년 전 태자비를 기억하고 있는데, 첫날의 태자비는 전혀 다른 사람 같았다.

물론 그녀의 상황이 지금 얼마나 최악일지 모르지 않는다. 혼인한 지 거의 10년이 다 되어 가는데도 아직 태손이 없다. 자신이 없는 사이에 태자가 후궁을 보았다는 것도 알고 있었다.

하지만 태자비가 문제가 아니라 태자의 몸이 문제이니 후궁을 몇을 두어도 그것은 어차피 허사였을 것이다. 그런 상황에서 자신이 돌아왔다.

아버지인 황제를 누구보다 잘 아는 태자비였다. 그녀의 아버지가 재상이니 당연한 일이었다. 그런 황제가 어떤 마음을 품고 자신을 이곳으로 불러들였는지 알기에 태자비의 눈에 자신도 연우도 결코 반가울 리 없었다.

하지만…… 이해하는 것과 화가 나는 것은 달랐다. 힘겨운 상황의 모든 화를 혹여 그녀에게 풀어낼까 두려운 서하였다. 그것은 결단코 용납할 수 없으니까.

"오늘은 무엇을 할 생각입니까."

자리에서 일어나 그녀가 내미는 관복을 입은 서하가 묻자 연우가 망설이는 듯 눈동자를 굴렸다. 아마도 생각지 못했을 것이다. 이곳의 모든 것이 아직은 너무도 낯선 그녀이니까.

"오늘은 낮에 잠시 짬이 날 듯합니다. 해서 좋은 곳 구경시켜 드릴 수 있습니다."

"정말입니까? 함께 가 주실 수 있습니까?"

서하가 가장 좋아하는 해맑은 환한 미소가 연우의 얼굴에 가득 피어올랐다. 서하의 심장도 따스함을 머금은 듯 편안해졌다.

관복을 입고 자신의 궁을 나서는 서하의 뒤로 건이 다가와 섰다. 서하의 시선이 건을 돌아보았다.

"사택은 지낼 만한 거야?"

"예. 왜 그리 커다란 저택을 준비하신 것입니까."

"그래도 신혼집인데 나름 시선을 의식해야지. 안 그래?"

"황자님."

난감함을 담고 붉어지는 건의 모습에 서하가 싱긋 미소를 지었다.

난을 이곳으로 데려온 건이었다. 얼마 후면 혼인식도 할 예정이었다. 오랜 시간 자신만을 위해 살다 이제 자신의 삶을 살아가는 건의 모습이 보기 좋은 서하였다.

"참. 그런데 누이가 궁녀로 있다고 했었지, 예전에?"

"지금은 황후궁에 있습니다만, 왜 그러십니까."

"황후궁? 이름이 뭐야?"

"재희라 하옵니다."

"재희라…… 알았어. 병부로 가기 전에 어머님께 잠시 들러야겠어."

"예? 왜 황후궁에?"

의아함을 담고 묻는 건에게 서하는 대답을 해 주지 않았다. 무엇인지 모를 차가움을 풍기는 서하의 모습에 걱정이 앞서는 건이었다.

이곳에 돌아온 지 이제 사흘인데 한순간도 긴장을 놓지 못하고 날카로워져 있는 서하였다. 상황이 그랬다.

태자의 몸은 예상보다 많이 좋지 않았고 태자의 모든 정무를 그가 맡도록 황명이 이미 내려져 있었다. 그가 움직이지 않으면 조정의 많은 부서에 문제가 생기는 상황을 황제는 미리 만들어

놓은 것이다. 그를 옭아맬 준비를 다 해 놓은 듯했다.

그런 속에서 태자의 권위를 침해하지는 않으면서 조정의 모든 일을 돌보아야 하는 서하는 이중삼중의 고충을 겪어야 할 것이다. 이제 시작인데 정말 눈앞이 아득한 일투성이였다.

황후가 잔잔한 미소를 머금은 눈으로 앞에 앉은 아들을 응시했다. 5년 만에 소년에서 사내가 되어 돌아온 아들의 존재가 가슴을 가득 채울 만큼 듬직하고 편안했다.

요 몇 년간 하루도 마음을 졸이지 않은 날이 없을 정도로 황궁 안은 살얼음판 같았다. 하루하루 나약해져 가는 태자를 황제는 용납하지 않고 몰아붙였다. 잠도 제대로 자지 못하는 아들에게 나약해서라며 화를 내던 황제였다.

엄청난 업무를 맡기고 그것을 해결하지 못한다고 모든 대신들이 보는 앞에서 아들을 힐책하는 날이 늘어 갔다. 태자보다 황후의 피가 더 말라 가던 시간들이었다.

그런데 둘째 아들이 돌아왔다. 어려서부터 강건하고 못하는 것이 없던 아들이었다. 욕심을 부리지 않고 바람처럼 사는 것을 좋아한 둘째 아들은 맑았고 강했다.

어렸지만 너무 섬세해 상처를 잘 받던 큰아들과 달리 지독히도 이성적이었다. 그런 아들이 이곳으로 돌아온 것이다.

이 아들을 태자의 위치에 앉히려 남편이 욕심을 부리고 있음을 모르지 않는다. 그렇게 되면 큰아들의 입지가 어떻게 될지도 알고 있었다.

하지만, 황후는 그것이 더 나을지도 모른다고 생각했다. 단한 번도 다른 이에게 이런 자신의 마음을 내어 보인 적은 없지만, 숨이 턱턱 막힐 정도로 중압감에 사는 큰아들이 차라리 모든 것을 놓을 수 있다면 좋겠다고 생각했었다.

자신이 그러하기에. 자신을 똑같이 닮은 약한 심성의 큰아들도 자신처럼 모든 것을 놓고 싶을 것임을 그녀는 너무도 잘 알고 있었다.

"피곤해 보이는구나. 정무가 많이 힘이 드는 게지."

따스한 미소를 담고 말하는 어미의 앞에서 서하가 고개를 끄덕였다.

"쉽지는 않사옵니다. 쉬운 일이 아니니까요. 하지만 너무 심려 마십시오. 곧 익숙해질 것입니다. 어차피 형님께서 하시던 일들이니 형님께서 하시던 대로 할 계획입니다. 중요한 것은 여전히 형님의 재가를 받을 생각이고요."

"……그래. 그것이 좋겠구나."

"어마마마께서 잘 살펴 주십시오."

"응?"

의아함을 품고 고개를 드는 따스한 어미의 눈길을 마주하며 서하가 그녀의 촉촉하게 젖어 있던 눈을 떠올렸다. 그저 떠올리는 것만으로도 가슴이 싸하게 아파 오는 사람.

"그 사람 말입니다."

황후의 시선이 살짝 흔들리는 것을 서하는 놓치지 않았다. 마음이 여린 어머니는 감정을 속이지 못한다.

자신이 무엇인가를 느끼고 하는 말임을 알아차린 어머니의 마음이 불안함을 담기 시작함을 보며 서하가 깊게 한숨을 내쉬었다.

"제가 많이 힘들게 했었습니다. 제가 그 사람에게 갚아야 할 것이 많습니다. 해서…… 절대 아프게 하지 않을 것입니다."

"……."

"다른 여인은, 죽어도 보지 않습니다."

"서하야."

아들이 오기 전부터 황제는 황후에게 준비를 해 두라 지시했었다. 기함할 노릇이었다. 귀족 가문의 그렇고 그런 아이도 아니고 동맹국인 가여의 공주인데 그런 며느리가 오자마자 아들에게 첩을 들이게 하라니.

하지만 언제나처럼 그녀는 아무것도 거부할 수 없었다. 그저 그 명을 조금 늦추고 있을 뿐이었다. 한데 이미 아들에게 이야기를 한 모양이었다.

하얗게 변하는 어미의 얼굴을 서하가 응시했다. 마음이 약한 어머니는 아버지의 명을 어기지 못한다. 하지만 아무리 그렇다 해도 이런 일을 어머니를 위해 행할 수는 없었다. 결단코 그런 짓을 할 수 없으니까.

"그냥 계십시오. 대신 절대 어느 여인도 궁에 들이지 마십시오. 그렇게 되면 저는 이 궁 안에 거할 수 없습니다."

"서하야!"

파랗게 질린 어미의 입에서 비명 같은 부름이 터져 나왔다. 서하가 짙은 눈을 천천히 감았다 떴다.

강해져야 하고 지독해져야 한다. 흔들리지 않아야 한다. 그 무엇에도. 그래야 자신과 그녀를, 그리고 이 모든 것을 온전히 지켜 낼 수 있을 것이다.

"모든 수습은 제가 합니다. 폐하께도 이미 말씀드렸습니다. 하니 그렇게 아시면 됩니다."

"괜……찮겠느냐."

"괜찮습니다. 제가 감당할 수 있습니다. 하니 심려치 마십시오."

불안으로 흔들리던 황후의 눈이 조금 평안을 찾았다. 태자는 절대 들려주지 못하는 그 말을 이 아들은 단단하게 내뱉고 있었다. 모든 것을 감당할 수 있다는 저 말이 얼마나 고마운지 아들은 모를 것이다.

"그리고 한 가지 청이 있습니다. 어마마마."

"청이라니, 무엇이냐."

"재희라는 아이가 황후궁에 있다고 알고 있습니다."

"그래, 내 곁에 두는 아이인데 왜 그러느냐. 그 아이가 왜."

"그 아이를 공주의 곁에 두었으면 합니다."

황후의 눈이 커다랗게 열렸다. 자신의 궁에 있는 궁녀를 아내의 곁에 두고 싶다는 의중을 알 길이 없어서였다.

"연유가 무엇이냐."

"재희라는 아이는 건의 누이입니다. 해서 이 궁이 낯선 공주에게 도움이 될 듯하여 그렇습니다. 공주를 따라온 가여의 궁녀들은 어차피 이곳을 잘 모르니 이곳을 잘 알고 공주를 각별하게 여겨 줄 아이가 필요합니다."

황후의 눈빛이 짙게 가라앉은 아들의 눈을 바라보았다. 자신의 여인을 생각하는 아들의 깊은 마음이 오롯이 보였다. 태자비를 경계하려는 뜻일 것이다.

태자비의 마음이 어떠할지 모르지 않는 황후였다. 믿고 의지할 수 없는 여린 남편과 끔찍하도록 강하고 마음대로인 시아버지, 그리고 아무런 힘도 돼 주지 못하는 자신 때문에 불안하고 힘겨운 태자비에게 남편의 지극한 돌봄을 받는 공주는 좋게 보일 리가 없었다. 여인의 마음이란 그런 것이니까. 얼마나 부럽고 얼마나 샘이 날지 황후는 알고 있었다.

하지만 그것이 태자와 서하를 갈라놓을 수도 있음을 태자비는 모르고 있을 것이다. 자신의 감정에 빠져 큰 것을 보지 못할 테니까.

"그래, 그렇겠구나. 심지가 올곧고 참한 아이다. 많은 도움이 될 것이야."

"감사합니다. 그럼 소자 이만 물러가겠습니다."

"서하야."

일어서려던 서하가 어미의 부름에 고개를 돌렸다. 따스한 빛이 감도는 황후의 눈 안에 물기가 어른거리고 있었다.

"네 형을…… 부탁하마."

아프게 일그러진 황후의 눈에서 끝내 물기가 떨어져 내렸다.

황후궁을 나서는 서하의 얼굴에 차가운 바람이 가득 고여 있는 모습에 건이 깊게 한숨을 내쉬었다.

5년 만에 돌아온 고향이건만 모두가 서하를 품어 주기보다는 자신들의 기대를 채우려고만 하고 있었다.

모두가 다른 목적으로 그를 원한다. 그것을 자신이 그 누구보다 잘 알기에 한순간도 편하지 않을 서하였다.

힘겨운 걸음을 옮기던 서하가 저 멀리서 다가오는 이의 모습에 걸음을 멈췄다.

아마도 황후에게 아침 문안을 오는 모양이었다. 힘겨운 모습으로 걸음을 옮기던 태자비가 자신을 기다리는 서하를 보고 움찔 그 자리에 멈춰 섰다.

놀란 듯 자신을 바라보는 태자비의 앞으로 서하가 천천히 걸음을 옮겼다. 처음 형수로서 그녀를 보았을 때가 그녀가 지금 연우처럼 열일곱이었던 것으로 서하는 기억한다.

너무도 곱고 아름다운 형수님이 그저 좋았다. 자애롭고 부드러운 소녀의 모습이 한참이나 어린 소년에겐 고와 보이기만 했으니까.

한데 지금 이렇게 마주한 태자비는 긴 세월 이 끔찍한 궁 안에서 퇴색해 버린 듯 싱그러움이라고는 하나도 찾을 수 없는 모습을 하고 있었다.

"아침 문안을 가시는 길입니까."

"예. 문안을 오셨습니까. 황자님."

아무것도 읽히지 않는 서하의 짙고 푸른 눈동자를 똑바로 바라보지 못하며 태자비가 살짝 고개를 숙였다.

황제를 그대로 빼닮은 서하의 검은 눈동자는 처음부터 편치 않았던 그녀였다. 웃고 있어도, 자신을 향해 즐거운 말을 뱉어 내던 어린 소년일 때도 빛을 가득 품고 반짝이는 그 검은 눈동자는 알 수 없는 두려움을 느끼게 했었다. 그 두려움의 정체를 이제 확연하게 깨닫는 태자비였다.

"고생이 많으시겠습니다."

예를 취하려는 듯 말을 뱉으며 황후궁 쪽으로 걸음을 옮기는 태자비 앞을 서하가 막아섰다.

태자비의 의아함이 담긴 눈동자가 서하를 올려다보았다. 커다란 사내의 눈에 담긴 짙은 어둠이 서리서리 심장으로 박히는 느낌에 태자비가 숨을 삼켰다.

"형님께선 그 몸으로 버티셨는데 이런 것을 고생이라 할 수 있겠습니까. 태자비마마께서 더 잘 아시지 않겠습니까. 형님께서 얼마나 힘이 드셨었는지요."

"태자 전하께선 저에게 말씀을 해 주시지 않아 저는 모릅니다."

"부군인 태자께선 말씀을 해 주지 않아 모르셨는데 제가 고생하는 것은 어찌 아십니까."

"!"

태자비의 얼굴이 약하게 굳어 왔다. 서하의 입가에 연한 미소가 번져 왔다. 그가 아주 조금 고개를 숙였다.

"제가 돌아온 이유를 아십니까."

"……."

두려움이 가득 찬 태자비의 얼굴이 서하를 올려다보지 못한 채 바르르 떨렸다.

"형님의 검과 방패가 되기 위해서입니다. 온전히 그러기 위해서입니다."

"……."

"하나, 검은 강할수록 지독히도 날카롭기에 잘못하면 주인이

다칠 수도 있지요. 그래서 날 선 검을 다룰 때에는 언제나 조심하여야 하는 법입니다."

태자비의 입술이 새하얗게 질리는 모습을 곁눈질로 바라보며 서하가 몸을 움직였다. 움직이지 못하는 태자비의 그림자가 커다란 정원 한가운데 못 박히듯 서 있었다.

정원 양지 바른 곳에 가만히 선 채 연우가 금방이라도 푸른 물이 떨어져 내릴 듯 푸른 하늘을 가만히 올려다보았다.

가여에서와 조금도 다르지 않은 하늘이었다. 한데 이상하게도 푸른 하늘의 맑은 빛이 눈을 시리게 하고 있었다. 가여에서는 느껴 보지 못한 느낌이었다. 그냥 무엇을 보고만 있어도 눈이 시리고 눈물이 났다.

손등으로 눈물을 닦아 내다 등 뒤에서 느껴지는 인기척에 연우가 고개를 돌리려는 순간 낯익은 단단한 팔이 그녀의 작은 몸을 뒤에서부터 끌어안았다.

누구인지 알기에 연우는 자신을 감싼 이의 손을 앞에서 꼭 잡았다. 자신이 제일 좋아하는 그의 커다랗고 단단한 손이 절대 놓지 않겠다는 듯 자신의 작은 몸을 꼭 안고 있었다. 그 느낌이 너무 좋아 심장이 두둥실 떠오르는 것 같았다.

"진짜 오셨네요? 오시지 못할 수도 있겠다고 생각했는데."

"이런, 내가 약속을 지키지 않은 적이 있는 겁니까? 공주에게 그리 믿음을 주지 못하였다니."

"많이 바쁘시지 않습니까. 저 때문에 중요한 일정을 혹여 파하신 것은 아니시지요?"

"엄청난 일을 미뤄 두고 온 길이긴 합니다."

"예?"

놀라며 동그랗게 눈을 뜬 연우가 고개를 뒤로 젖히는 순간 서하의 뜨거운 입술이 연우의 작은 입술을 그대로 덮어 버렸다. 연우의 작은 손이 서하의 커다란 손을 힘주어 잡았다.

한참을 그렇게 연우의 숨결을 훔치던 서하가 가만히 연우를 떼어 놓았다. 서하에게서 벗어나고 나서야 겨우 숨을 내뱉은 연우가 저 멀리 서 있는 궁녀들을 보고는 놀라 서하의 몸을 반사적으로 밀어냈다.

연우의 작은 손에 밀려난 서하가 미간을 확 일그러뜨렸다. 하지만 서하의 눈은 웃고 있었다. 붉게 물든 연우의 고운 볼이 너무도 고와서였다.

"모두가 보고 있습니다."

"문제가 있습니까? 제가 제 여인에게 접문을 하는 것이 어때서요? 제가 외간 여자에게 하는 것도 아니고 말입니다."

"하지만……."

"말릴 생각일랑 마십시오. 이제부터는 그대가 어여뻐 보이면 황궁에서라도 접문을 할 것입니다. 장난 아닙니다."

"헉!"

놀란 연우가 자신의 손으로 입을 가리는 모습에 서하가 크게 웃음을 터뜨렸다. 궁 안 가득 시원한 서하의 웃음이 가득 찼다.

"여긴 어딥니까?"

재미있는 곳을 보여 주겠다며 손을 잡아끄는 서하를 따라 걸음을 옮기던 연우가 서하의 등 뒤로 다가서며 조심스럽게 물었다.

이상한 곳이었다. 궁 안 구석진 곳인데 제단들이 있었고 위패들이 놓여 있었다. 사람이 손이 닿지 않는 느낌의 음산한 공간은 바깥의 따스한 공기는 닿지 않는 듯 서늘하기까지 했다.

자꾸만 자신의 등 뒤로 다가서는 연우를 느낀 서하의 입가에 장난기가 어렸다.

"궁 안에서 사고 등으로 죽은 이들의 혼백을 모신 곳입니다."

"예?"

연우의 커다란 눈이 더욱 커다랗게 열렸다. 그녀가 서하의 품 안으로 파고들듯 안겨 오자 서하가 커다란 품을 열어 그녀를 품어 안았다.

"어려서 제 숨바꼭질 공간이었던 곳입니다."

서하의 품 안으로 자꾸만 파고들던 연우가 그의 말에 놀라 고개를 들었다. 그리운 것들을 바라보듯 주변을 살피는 서하의 눈에 따스함이 번지는 것을 보며 연우도 주변을 살폈다.

"어린아이였던 제겐 폐하가 시키시는 공부도 검술 연습도 다너무나 벅찬 것들뿐이었습니다. 아무 반항도 하지 못하고 그저 시키는 대로 따르던 형님과 달리 저는 기회만 되면 도망을 치곤했지요. 그때 자주 숨어들던 곳입니다."

'형님이신 태자께서는 폐하의 명을 거역하신 적이 없어 혼나신 적도 없지만 저는 무척이나 많이 혼이 났었지요. 장난이 심했으니까요.'

예전에 죽을 고비를 넘겼던 자신을 품에 안고 서하가 속삭여 주던 말이 떠올랐다. 그 시간들이 이곳에 남아 있는 모양이었다.

"무섭지 않으셨습니까? 여기?"

음산하기가 이를 데 없는 공간이었다. 사람의 온기가 아닌 귀신이 머무는 공간이니 그러한 모양이었다.

게다가 궁 안에 이런 공간이 있다는 것을 아는 이들조차 거의 없을 것이다. 보통의 경우 궁녀나 내관들은 죽으면 궁 밖으로 시신을 내보내는 법이니까. 피치 못할 사정으로 내보내지 못한 혼백들을 이곳에 모아 놓은 듯 보였다.

"잡히는 것이 가장 무서운 꼬마에게 귀신은 하나도 무섭지 않았습니다. 가장 무서운 것은…… 아비였으니까요."

장난스럽게 뱉어 내던 서하의 말끝이 차갑게 얼어붙었다. 그것을 느낀 연우가 서하를 꼭 끌어안았다.

지난 시간 동안 그가 지나가는 말처럼 흘린 말들 속에서도 언제나 느낄 수 있었다. 그는 따스한 아비의 품 따위 알지 못하는 사람이라는 것을.

어린 시절 언제나 황제인 아버지의 품에서 장난을 하고 귀염을 독차지하며 자라 온 자신은 절대 이해할 수 없는 일일 것이다. 어린아이가 부모의 품에 안기지 못한다는 것이 어떤 느낌인지. 그저 아버지가 아닌 황제라는 모습을 각인하며 커야 하는 것이 어떤 것인지.

서하에게 황제는 아비가 아니라 그저 왕일 뿐이었다.

"한데 우습군요."

서하의 입가에 비릿하게 떠오르는 냉소에 연우가 미간을 좁히며 그를 올려다보았다. 서늘함이 고인 그의 미소가 낯설고 싫었다.

"기억해 보니…… 이 무서운 곳에서도 떠올렸던 이는 없다는 것이. 그저 잡히지 않기만을 바랐을 뿐, 누군가가 날 데리러 오길 기다려 본 적도 없으니 말입니다."

아프게 슬픈 표정이 그의 얼굴에 어리는 모습에 연우가 그를 안은 팔에 더욱 힘을 주었다. 무서울 때도 떠올릴 수 있는 이가 없었다는 그의 말이 너무도 슬퍼서 가슴이 먹먹해져 왔다.

그렇게 그를 안고 있던 연우가 동그란 눈을 뜨고 그를 올려다보았다.

"제가 무서운 이야기 해 드릴까요?"

갑자기 물어 오는 연우의 말에 서하가 무슨 소리를 하는 것인가 의아함을 담고 그녀를 바라보았다.

연우가 서하의 품에서 떨어져 나오더니 꽁꽁 땋아 올린 머리카락을 천천히 풀어 내렸다.

길고 탐스러운 그녀의 머리카락이 그녀의 어깨 위로 흩어져 내렸다. 그의 시선이 그녀의 머리카락에 닿았다.

"옛날에 저희 궁엔 이렇게 머리를 풀어 헤친 처녀 귀신이 밤마다 나왔었답니다. 혼인도 못 해 보고 일찍 병에 걸려 죽은 궁녀의 혼백이 떠나지 못해서 자꾸만 누군가를 찾고 다녔거든요. 이렇게요."

연우가 머리를 풀어 헤친 그 모습 그대로 천천히 서하에게로 다가섰다. 무섭기는커녕 그 동그란 눈이 커다랗게 떠진 모습에 서하가 웃음을 참지 못하자 연우가 미간을 확 구겼다.

"웃지 마십시오. 이거 지금 굉장히 무서운 것입니다."

"큭, 알았습니다. 예. 무서운 처녀 귀신이라 생각하겠습니다. 한데 그 처녀 귀신은 누구를 그리 찾아다닌 것입니까?"

"궁금하십니까."

서하가 관심을 가지는 것이 좋은지 방긋 미소를 지으며 눈을 빛내는 연우의 모습에 서하가 고개를 크게 끄덕였다.

처녀 귀신 따위 아무래도 상관없지만 그녀를 실망시키고 싶지 않았다. 그리고 자신의 눈앞에서 저리 우습지도 않은 모습을 보이며 자신을 웃게 해 주려는 그녀의 노력 때문이라도 지금은 그녀의 모습을 그저 바라보고 싶었다.

"멋지고 잘생긴 사내를 만나고 싶어서였답니다. 그런 사내를 만나면 꼭 해 보고 싶은 것이 있었거든요."

"해 보고 싶은 것?"

"이것요."

보드라운 감촉이 자신의 입술에 닿아 왔다. 너무도 따스하고 너무도 소중해서 그대로 삼키고 싶을 만큼 좋은 것이. 서하가 그것을 온전히 삼킬 듯 자신의 품에 스며든 작은 것을 꼭 끌어안았다.

커다란 품 안에 파고든 작은 몸은 자신의 뜨거운 몸 안에서 그대로 사라질 것처럼 작고 보드라웠다.

차라리 이대로 자신의 품 안으로 녹아들면 좋겠다고, 그렇게 그녀가 자신의 모든 것이 되면 좋겠다고 생각하면서, 머뭇거리며 자신의 숨결을 훔치고 있는 연우의 작은 혀를 감아올렸다.

파르르 떨리는 작은 온기가 미치도록 좋았다. 머릿속이 텅 비어 버릴 정도로, 뇌가 녹아내릴 것처럼.

오늘부터 이 서늘한 공간을 떠올리면 이 작은 온기가 떠오를 것임을 서하는 의심하지 않았다.

갈등

깊고 깊은 한숨을 토해 내며 자신의 궁으로 들어서던 지운이 무슨 일인지 안절부절못하며 서성이고 있는 화연비의 모습을 보고 멈춰 섰다.

한동안 잠도 제대로 자지 못하고 일에만 빠져 있던 무운이 쓰러졌다는 소식에 달려갔다 오는 길이었다.

심한 열에 시달리고 있는 무운이었다. 원래 강건한 체력이라 푹 쉬면서 몸을 보하면 괜찮을 것이라는 의원의 말을 들었지만 그래도 맘이 편치 않았다.

한데 그런 지운의 눈앞에 또 무슨 문제인가가 터진 것이다.

"무슨…… 일입니까."

무엇인가 엄청난 일이 있음을 여실히 보여 주고 있는 화연비의 얼굴에 지운의 시선이 멎었다. 일그러진 얼굴을 한 화연비가 지운에게로 달려왔다. 조심하느라 잘 움직이지도 않는 사람이 뛰는 모습에 지운이 심장이 쿵 내려앉았다.

"어찌합니까. 황자님. 황후마마께서 무운 황자님에 대해 어디서 들으셨는지 저에게 물으셔서…… 말씀드릴 수밖에 없었습니다. 의녀들의 이야기를 들으신 듯했습니다. 다 알고 물으시는 것을 제가 거짓을 고할 수 없어."

머릿속이 하얗게 바래 왔다. 무운의 아이가 선족 여인의 몸에서 태어났고 지금 그곳에서 자라고 있다는 사실을 황후가 알았다는 것인가?

"그래서요."

터질 듯한 열기를 겨우 눌러 담으며 지운이 물었다. 화연비의 파랗게 질린 입술이 다시 열렸다.

"적월부를 보내신다 하셨습니다. 그곳으로. 아이를 데려오게 하신다고."

"뭐……라고요?"

화연비에게만 알고 있으라고 귀띔을 했던 문제였다. 혹여 무운의 아이를 이곳으로 데려올 수 있게 되면 누군가 아이를 맡아야 할 것이니.

여인은 오지 않는다 하여도 어떻게든 아이는 데려와야 한다고 느끼고 있었기에 혹여 아이를 데려오게 되면 자신이 아이를 맡을 작정이었다. 화연비에게 그렇게 하겠다는 확약도 받은 지운이었다.

한데…… 그것을 벌써 황후가 알게 되었다는 것이다. 그리고 적월부를 보냈다는 것이다. 그곳으로, 아이를 데려오기 위해.

"젠장!"

거칠게 말을 뱉어 낸 지운이 뒤돌아 뛰기 시작했다.

"형님!"

겨우 일으킨 몸을 벽에 기대고 탕약을 들이켜던 무운이 조금 전 돌아갔던 지운이 뛰어 들어오는 모습에 고개를 들다 숨을 멈췄다. 하얗게 바랜 지운이 거친 숨을 토해 내는 모습이 시야를 가득 채웠다.

단 한 번도 본 적 없는 흐트러진 동생의 모습이, 그 낯선 거친 숨결이 무엇인가 엄청난 것이 잘못되었음을 보여 주고 있었다. 웬만한 일에는 절대 흥분하는 법이 없는 지운이었다.

"뭐야."

"어머님께서…… 적월부를 선족에게로 보냈다 합니다. 아이를, 데려오라 하셨답니다."

힘겹게 뱉어 내는 지운의 말이 지끈거리고 있는 머리를 가득 채웠다. 무운이 잠시 말을 잊은 채 지운을 물끄러미 바라보았다. 지운이 한 말이 무슨 소리인지 그 순간 해석되지 않아서였다.

그리고 그다음 순간 무운이 그대로 몸을 일으켰다. 휘청거리는 그의 몸이 넘어질 듯 침상에서 내려섰다. 그리고 지운은 자신의 곁을 달려 나가는 무운의 뜨거운 몸을 느껴야 했다.

게르의 앞을 막아서고 있던 적월부원들이 뒤쪽에서 들려오는 기척에 고개를 돌리다 그대로 얼음처럼 굳어 버렸다. 자신들을 향해 달려오는 검은 말 때문이었다.

그대로 자신들에게로 돌진해 오는 말에 놀라 뒤로 물러선 적월부 대원들의 눈에 그제야 말 위에 있는 이의 모습이 보였다.

금방이라도 그 발굽으로 자신들을 짓밟을 것처럼 속도를 내던 말이 거짓말처럼 자신들의 앞에 멈춰 섰다. 그리고 그 위에서 뛰어내리는 익숙한 이의 모습에 모두가 놀라 커다랗게 눈을 떴다.

"자경!"

무복도 입고 있지 않은 황자의 입에서 마른 고함이 터져 나왔다.

궁 안 침전에서나 입을 법한 평상복은 모래바람으로 흐트러져 있었고 대충 묶어 내린 듯한 머리카락은 바람을 얼마나 맞은 것인지 온몸을 감아 돌 듯 형클어져 있었다.

그리고 바라보는 이들을 가장 경악하게 하는 것은 그의 새하얗게 바랜 얼굴과, 푸른 기마저 도는 입술이었다.

선족 주변을 둘러싼 모래처럼 바싹 마른 모습의 무운이 터질 듯한 목소리로 자경을 부르며 거칠게 게르의 안으로 달려 들어가는 모습에 적월부원 모두가 숨을 죽였다.

게르 안의 전경에 무운이 터져 나오려는 숨을 또 한 번 멈춰야 했다. 한 손에는 린을 안고 다른 한 손으로 검을 쥔 새파랗게 질린 카린이 자경 앞에 서 있었다. 그리고 그런 카린을 앞에 둔 자경의 손이 검집 위에 놓여 있었다.

붉게 물들어 있는 카린의 눈이 가장 먼저 무운의 심장으로 덮쳐 왔다. 물기 어린 그녀의 검붉은 눈이 막 게르로 들어선 자신을 보고 놀라 커다랗게 열리는 것을 마주 보며 무운이 카린과 자경의 사이로 스미듯 들어섰다.

놀란 자경의 손이 검집에서 떨어져 나왔다.

"황자님!"

"하아, 하아. 물러서."

이제야 그에게서 숨결이 터져 나왔다. 한나절을 달리면서도 터져 나오지 못했던 숨이 카린의 앞에서야 터져 나오는 무운이었다. 숨결 속에 느껴지는 핏빛 내음을 겨우 삼키며 무운이 자경을 노려보았다.

"황자님, 황제 폐하의 친명입니다. 비켜 주십시오."

물러서지 않겠다는 듯 이를 악무는 자경의 모습에 무운이 들고 있던 검집에서 천천히 검을 뽑아 들었다. 그리고 그 검이 적월부를 향해 들어 올려졌다. 모두의 시선에 경악이 어렸다.

"폐하의 명을 수행하려면…… 나를 베어야겠구나."

"황자님!"

"내 여인과 내 아이에게 손대지 마라. 내 허락 없이는."

카린의 시선이 무운의 뒷모습에 닿았다.

미칠 듯 뛰어 대던 심장이 게르로 뛰어 들어오는 그의 모습에 다시 제자리를 찾았다.

그가 보냈을 리 없다고 생각했지만, 황명이라는 말에 이 상황을 안 가여 황제의 명임을 알았지만 마음속에 그를 향한 절망이 차오르고 있던 카린이었다. 한데 지금 눈앞에 선 사내의 모습은 그런 그녀의 마음을 어루만지고도 남았다.

그가 약속을 지키지 않은 것이 아니다. 그는 무슨 짓을 해서든 약속을 지켜 주려는 것이다. 그것으로 인해 어떤 대가를 치르더라도 상관없이.

"황자님이시라 해도 황명 수행을 이리 방해하시면…… 커다란 책임을 면하실 수 없습니다. 하니 제발 황자님."

"황명을 거부한 대가는 내가 다 받을 것이다. 하니 여기서 나가라. 당장!"

파란 불꽃을 품은 무운의 눈빛을 바라보던 자경이 어쩔 수 없다는 듯 깊게 숨을 삼켰다. 그리고 그가 몸을 돌리자 적월부 모두가 게르를 빠져나갔다.

모두가 물러나는 것을 바라보던 무운이 갑자기 느껴지는 현기증에 고개를 저었다. 눈앞이 뿌옇게 흐려지고 있었다.

지운의 입에서 자경이 선족 마을로 출발했다는 소리를 들은 직후 한나절 이상을 쉬지 않고 말을 달렸다. 카린을 떠올릴 때에는 아무것도 느껴지지 않던 온몸이 긴장이 풀리자 무너져 내렸다.

펄펄 끓어 대던 온몸이 천천히 떨리기 시작했다. 검을 들고 있는 손끝에 아무런 감각이 느껴지지 않았다. 머리가 터질 듯 아파 오고 목에서 핏물이 구역질처럼 끓어올랐다.

그가 이를 악물었다. 카린에게 이런 모습을 보여 주고 싶지 않다. 이 모습은. 빙빙 도는 허공을 견딜 수 없어 질끈 눈을 감은 무운이 힘겨운 몸을 억지로 세웠다.

"늦어서…… 미안하다."

이를 갈듯 힘겹게 새어 나오는 무운의 목소리가 들렸다. 그리고 카린의 눈앞에서 허깨비처럼 무운의 몸이 그대로 바닥으로 쓰러져 내렸다.

"무운!"

무운의 귓가로 낯선 부름이 스며들었다. 그녀가 처음으로 불러 주는 자신의 이름이었다. 그 부름이 생각보다 나쁘지 않다고, 하얗게 바래는 머릿속으로 무운이 생각했다. 그리고 암흑이 찾아왔다.

✿

자신의 무복 소매 끈을 조심스러운 손짓으로 묶고 있는 연우의 얼굴을 서하가 물끄러미 바라보았다.

어젯밤에도 잘 자지 못하는 듯 느껴졌는데 여전히 얼굴을 풀지 못하고 있는 그녀였다. 그녀가 이리 오랜 시간 동안 자신을 보고 웃지 않는 일은 드물었다. 펴지지 않는 그녀의 얼굴 자체가 그에겐 고통이었다.

"그리 불안합니까."

부드럽게 묻는 서하의 말에도 연우는 고개를 들지 않았다. 아래만을 향한 눈에 매달린 속눈썹이 힘없이 늘어져 있었다. 금방이라도 울 듯 젖어 든 눈동자가 보지 않아도 느껴져 올 지경이었다.

"내가 사냥에서 위험했던 적이 있었던 겁니까."

기억에 없다. 가여에서의 사냥은. 하지만 알고 있었다. 자신이 무운과 수없이 사냥을 갔었고 그렇게 사냥을 가던 자신을 어린 공주는 자주 따라다녔다는 것을 건에게 이미 들었다.

그러던 어느 날 많이 놀랐던 공주가 그다음부터는 사냥에 다시는 따라오지 않았다는 것도 들어 알고 있었다.

하지만 기억 속에 없는 위험이 대체 무엇이었기에 그녀가 이리 얼굴을 펴지 못하는지 갑갑한 서하였다.

서하의 물음에 손을 잠시 멈춘 연우가 고개를 들었다. 짙게 가라앉은 투명한 다갈색 눈동자가 아프게 흔들리고 있었다.

오늘은 황제의 탄신일 기념 사냥이 있는 날이다. 천여에서는 매년 황제의 탄신일에 태자가 사냥을 해 황제의 만수무강을 비는 제를 올리는 것이 1년 중 가장 큰 황실의 행사라 재희가 알려 주었다.

지난 몇 년 동안 몸이 약한 태자는 사냥 자체를 할 수 없었고, 그런 태자 대신 수비대의 수장 우헌이 노장의 몸으로 사냥을 해 그 재물로 태자가 제를 지내 왔다고 했다.

그래서 재희는 오늘 사냥을 모두가 기대하고 있다는 말도 했다. 5년 전 가여로 가기 전에도 서하는 우헌, 건과 겨룰 만큼 성장해 있었고 가여에서 가여 제일 검으로 불렸다는 것을 모두가 알고 있기 때문이라고 했다. 그 말은 오늘 범 사냥을 서하가 해야 한다는 것이다.

범 사냥. 끔찍한 붉은 피로 칠갑을 했던 서하의 모습이 뇌리에 떠올랐다.

"공주?"

하얗게 바래는 연우의 입술에 서하가 놀라며 연우의 어깨를 그러안았다. 작은 몸이 떨리는 감각이 온전히 느껴져 왔다. 대체 자신이 사냥에서 무슨 일이 있었기에 연우가 이러는 것인지 기억나지 않아 미칠 것 같은 서하였다.

"조심하셔야 합니다. 약조해 주십시오."

서하의 품 안에 안긴 채 연우가 작은 소리로 속삭였다.

가여에서라면 가지 말라고 화를 낼 수도 애원을 할 수도 있었을 것이지만 여기서는 그래선 안 되는 것을 너무도 잘 아는 그녀였다. 게다가 오늘은 서하가 모든 관료들 앞에 첫 선을 보이는 자리이기도 하다.

모든 귀족들이 모이는 곳이니까. 사냥터에서 물러설 수 없을 것이다. 위험한 상황이 와도. 그것이 가장 무서운 연우였다.

"약조합니다. 내 약조 믿으시지요?"

서하가 가는 등을 가만가만 쓸어내렸다. 그녀가 무서워하지 않았으면 좋겠다는 간절함을 담아 그가 작은 그녀를 품에 안고 또 안았다.

검날을 살피고 활과 단검까지 꼼꼼하게 챙기는 건의 옆에서 난이 불안한 시선으로 그를 살폈다. 유난히 오늘 사냥을 신경 쓰는 모습이 어딘지 모르게 불안해 보여서였다.

웬만해선 감정을 드러내지 않는 건은 언제나 검을 살펴 두기에 저리 신경을 쓰는 것은 본 적이 없기 때문이다.

"오늘 사냥이 그리 신경 쓰이시는 겁니까?"

고운 눈매에 걱정을 담고 묻는 난을 향해 건이 부드럽게 고개를 끄덕였다.

"오늘 황자께서 모두의 앞에 그 존재를 확연하게 드러내 보이셔야 합니다. 태자께서 저리 나약해지시고 나서 병부와 각 부서

들이 황실의 존재를 겁내지 않는 것 같습니다. 예전 폐하께서 확실하게 장악하셨던 때와는 분명 달라졌습니다. 그것을 이번 기회에 황자께서 확실하게 잡으시려는 것입니다. 태자께서 보이지 못하시는 황실의 위엄을 대신 보이셔야 하는 상황이니까요. 오늘의 자리가 확실한 기회가 될 수도 있다고 여기고 계십니다."

"하면, 범 사냥을 하시려는 것입니까?"

두려움이 고인 난의 얼굴에 시선을 고정한 채 건이 얕은 한숨을 내쉬었다.

"그러시려고 생각하시지만 범 사냥은 너무 위험한 것이고 또 범이 나와 줄지도 모르니 확실하지 않습니다."

"공주께서…… 불안하시겠습니다. 예전에 황자께서 커다란 멧돼지에게 공격당하시는 것을 보신 후로 사냥을 정말 무서워하시지 않습니까."

"그렇지요. 황자께선 기억하지 못하시지만 공주껜 지울 수 없는 두려움을 심어 준 일이었으니까요."

"그리 좋아하시던 사냥 구경도 그 후로는 가지 못하셨는데…… 오늘은 공주께서도 함께 가셔야 한다면서요."

"황실의 모두가 참석해야 하는 자리입니다. 귀족들도 모두 모이는 자리이고요."

"건 님도…… 조심하셔요."

수줍은 듯 말하는 난을 물끄러미 바라보던 건이 가만히 난의 얼굴에 손을 올렸다. 보드라운 난의 얼굴이 커다란 손안에 느껴졌다.

"다녀오겠습니다."

부드럽게 속삭인 건의 입술이 살짝 난의 이마에 닿았다 떨어졌다. 난의 시선 안에 흔들림 없이 걸음을 옮기는 커다란 사내의 모습이 보였다.

출발할 시각이 되어 밖으로 나온 서하가 기다리고 있는 가마를 보고 미간을 좁혔다.

분명 가마는 필요 없다 하정에게 이르라 했는데 가마가 준비되어 있고 하정과 재희가 가마 옆에 서 있었다.

"왜 가마를……."

자신의 옆으로 다가서는 연우를 향해 서하가 물었다. 연우가 옅은 미소를 지어 보였다.

"황후마마와 태자비마마를 비롯해 모든 황실의 여인들이 모이는 자리라면서요. 아무래도 이번에는 가마를 타는 것이 좋을 것 같아서 준비하라 일렀습니다."

"힘들어하시지 않습니까."

"그리 오래 가지 않으니 괜찮을 것입니다."

활달하게 말하며 가마로 들어가는 연우의 모습을 잠시 바라보던 서하가 낮은 한숨을 뱉어 냈다.

엄청난 숫자의 백성들이 사냥터로 향하는 황실가를 보기 위해 몰려들어 있었다. 매년 이리 사냥터로 향하는 황실의 이들을 보았을 그들이 유난히 올해 많이 모인 이유는 서하 때문임을 모르는 이는 없었다.

가여로 볼모처럼 혼인 조약을 맺어 가 있었던 황자가 돌아와 몸이 약해 힘겨운 태자를 보필하고 있다는 소식은 백성들에게 든든함과 기대를 모두 안겨 주고 있었기 때문일 것이다. 올해야말로 제대로 된 황제의 탄신 기념 사냥을 볼 수 있을 것이라는 기대가 모두의 가슴에 가득 차 있었다.

백성들의 시선이 자연스럽게 흑마 위에 앉아 황제 일행을 이끄는 서하에게 닿았다. 어린 시절의 서하가 아름다운 소년이었다면 이제 그는 한숨이 나올 만큼 아름다움과 강건함을 함께 지닌 사내가 되어 있었다.

모여 있는 무리들 속의 여인들에게서 한숨이 터져 나오는 것도 무리가 아니었다. 병약한 태자의 모습과는 너무도 다른 강건하고 아름다운 황자는 매력적일 수밖에 없으니까.

그렇게 서하를 향해 움직이던 백성들의 시선이 자연스럽게 연우를 찾았다. 하지만 가마 안에 앉아 있는 연우의 모습이 그들에게 보일 리 만무했다.

꼭 닫혀 있는 가마의 문을 향한 백성들의 아쉬움이 그 가마를 좇는 시선에 고스란히 담겨 있었다.

얼마를 왔을까. 사냥터로 들어서는 입구에 선 서하의 시선이 꼭 닫혀 있는 연우의 가마에 닿았다.

연우는 지독하게도 가마를 힘겨워한다. 그런 그녀가 지금 힘겨움도 내색하지 못한 채 저 안에서 초죽음이 되어 가고 있을 것임을 너무도 잘 아는 서하였다. 서하의 시선이 자신의 뒤쪽을 향했다. 거대한 가교 위에 앉은 황제의 모습이 보였다.

아무런 표정도 없는 황제의 시선이 자신을 향해 있음을 모르지 않는 서하였다. 지금 황제의 관심은 오직 자신뿐일 것이다. 모두의 앞에 자신의 존재를 확연하게 내어 보일 수 있는 확실한 자리이니까.

뒤로 향했던 고개를 돌린 서하가 깊은숨을 몰아쉬고는 말 머리를 연우의 가마 쪽으로 돌렸다. 갑자기 앞으로 향하던 움직임을 멈춘 서하의 모습에 행렬이 모두 멈춰졌다.

"열어라."

연우의 가마 앞으로 다가선 서하가 말에서 내렸다. 하정과 재희가 놀라며 가마의 문을 열었다.

가마 안으로 고개를 숙인 서하의 얼굴이 차갑게 일그러졌다. 하얗게 바랜 얼굴로 겨우겨우 숨을 내쉬고 있는 연우의 모습이 보였기 때문이다.

갑자기 열린 가마에 퀭한 눈을 커다랗게 뜨는 연우의 앞으로 서하가 손을 내밀었다.

"안 되겠습니다. 이대로는."

"아닙니다. 괜찮습니다. 견딜 만합니다."

"끌어낼까요?"

서늘한 서하의 말에 연우의 눈에 놀라움과 걱정이 가득 담겼지만 서하는 꿈쩍도 하지 않고 연우를 향해 내민 손을 거두지 않았다. 주변이 웅성거리기 시작했다. 어서 출발해야 하는 행렬이 자꾸만 늦어지고 있었다.

움직이려 하지 않는 서하를 난감한 표정으로 바라보던 연우가 할 수 없다는 듯 손을 내밀자 서하가 그녀를 부드럽게 당겨 가마 밖으로 내렸다. 그리고 그대로 연우를 안아 들어 말 위에 올렸다. 백성들의 눈이 가마에서 나온 연우를 향했다.

소중한 것을 품듯 작고 가는 자신의 비를 품에 안은 채 말을 달리기 시작하는 황자의 모습을 백성들이 끝없이 좇고 있었다.

거세게 일그러진 얼굴로 앞에서 말을 달리는 서하를 바라보던 황제의 시선이 서늘하게 식어 갔다. 그 모습에 황제의 곁에서 말을 달리던 이들이 서로를 바라보았다. 금방이라도 터질 듯 이글거리는 황제의 시선에 그들은 두려움을 느꼈다.

황제가 모든 백성들에게 보이고 싶은 서하의 모습은 강건함을 가진 타고난 왕제의 모습일 것이다.

한데 자신의 비를 저리 살피는 황자의 모습이라니. 사냥을 시작하기도 전에 이미 시작된 황제와 황자의 싸움에 모두의 등에서 식은땀이 흘러내렸다.

"모두가 보고 있습니다."

모두의 시선이 자신과 서하에게로 향한 것을 느끼며 연우가 불안함을 담은 목소리로 말하자 서하가 그런 연우의 허리를 더욱 강하게 끌어안았다.

"보라고 이러는 것입니다."

"예?"

"내 비가 그대 하나임을 누구라도 확실하게 알 수 있도록 할 겁니다."

"서방님."

"아무것도 무서워 마요. 내가 다 알아서 합니다."

태산처럼 느껴졌다. 가여에서의 서하가 아무것도 할 수 없는 갑갑함을 지니고서도 때론 바람처럼 자유로운 존재였다면 천여

80

로 돌아온 서하는 그때와 너무도 달랐다.

세상이 모두 그의 어깨에 얹혀 있는 듯 모든 것을 책임지고 있었지만 그는 두려워하지도 물러서려 하지도 않았다. 그 엄청난 무게를 온전히 두 어깨로 감당하며 걷고 있었다. 그런 그가 태산처럼 든든했다.

넓은 사냥터가 한눈에 보이는 높은 벌판에 웅장한 장막이 설치되어 있었다. 황실의 일가가 거할 곳이었다.

황제가 가교에서 내려 장막 안 황제의 자리에 앉자 황실의 모든 이들이 그 곁의 자리에 앉았다. 서하의 곁을 떠난 연우도 태자비의 옆 자신의 자리에 앉았다.

차갑게 일그러진 표정을 띤 태자비는 연우를 바라보지 않았다. 황후만 연우를 보며 연한 미소를 지어 보일 뿐이었다.

웅성거리던 모든 이들을 향해 황제가 손을 들어 올리자 넓은 사냥터를 가득 메우고 있던 모든 이들이 숨을 죽였다. 그 공간을 낮은 북소리가 채우기 시작하자 서하가 모습을 드러냈다.

한 번도 입은 적이 없는 태양처럼 붉디붉은 사냥복을 입은 서하의 뒤로 황궁 수비대의 우헌을 위시한 무사들이 서 있었다. 황제 앞에 무릎을 꿇은 서하의 모습에 사냥터에 모인 모두의 시선이 닿았다.

아주 잠시 연우를 시선에 담던 서하가 황제에게로 고개를 들었다. 똑같이 서늘하게 반짝이는 검은 눈동자가 허공에서 강하게 맞부딪쳤다.

"천여의 둘째 황자 서하, 폐하의 만수무강을 위한 제를 준비할 것입니다."

모두의 귀에 단단한 서하의 음성이 메아리치자 모여 있던 무사들과 병사들이 환호성을 울렸다. 사냥터가 떠나갈 듯 울려 퍼지는 함성에 연우의 얼굴이 하얗게 바랬다.

이미 범의 은신처를 찾아 불을 놓을 준비를 해 놓았던 이들이 이쪽의 신호에 불을 지폈다. 온 산을 빽빽이 감싼 병사들이 은신처를 나오는 범을 몰아낼 것이다. 그 범을 쫓아 숨통을 끊어 놓는 것이 서하가 할 일이었다.

핏빛처럼 붉은 옷을 입은 서하가 말을 내달리기 시작하는 모습에 모두가 환호성을 지르기 시작했다. 눈앞에 보이는 서하의 모습에 시선을 멈춘 채 연우가 숨을 멈췄다. 온몸이 굳어 오는 것처럼 무서웠다.

"화운비는 이리로."

그때였다. 눈으로 멀어지는 서하만을 쫓고 있던 연우에게로 나직하고 서늘한 음성이 닿아 왔다. 황제가 그녀를 손짓으로 부르고 있었다.

서하에게서 시선을 떼지 못한 채 연우가 조심스러운 걸음으로 황제의 곁으로 다가섰다. 연우의 시선 안에 병사들이 무엇인가를 몰아붙이고 있는 것이 보였다. 온몸으로 서늘함이 주욱 스치고 지나갔다.

"걱정이 되느냐."

느릿하게 입꼬리를 올리며 묻는 황제의 얼굴에 그제야 연우의 시선이 닿았다. 황제의 부름에 다른 곳은 더 이상 바라볼 수 없었다.

아무런 흔들림도 담겨 있지 않은 평온하기까지 한 황제의 눈빛이 놀잇감을 바라보듯 연우를 응시하고 있었다. 재미난 장난감을 가지기 직전처럼 황제의 눈은 반짝였다.

"황자님을 믿기에 괜찮습니다."

"무슨 근거로 그리 믿느냐?"

말장난처럼 자신을 향해 묻는 황제의 물음에 연우가 참고 있던 숨을 토해 내고는 시선을 똑바로 맞췄다.

"제게 아무런 일도 없을 것이라 약조하셨고 황자께서는 한 번도 저에게 한 약조를 어기신 적이 없기 때문입니다. 해서 저는 걱정하지 않습니다."

"그래…… 네 믿음이 깊구나."

"황송하옵니다."

"공주로서 잘 배운 것을 보니 마음이 좋구나. 하면 다른 것도 잘 알고 있겠지."

"……."

심장이 쿵, 떨어지는 것처럼 울렸다. 무슨 뜻으로 하는 말인지 가늠할 수 없는 황제의 말이 소름 끼치게 무서웠다.

천천히 시선을 들어 올리는 연우에게서 시선을 거둔 황제의 시선이 귀족들이 모여 있는 곳으로 향했다. 그리고 그쪽으로 황제의 손이 들어 올려졌다. 용포의 소맷자락이 바람에 나부꼈다.

"저 아이들이 보이느냐."

연우의 시선이 황제의 손가락이 가리키는 곳으로 향했다. 귀족들 중 어린 소녀들이 모여 있는 곳이었다. 연우의 눈이 차갑게 굳어 왔다.

"황후에게 준비하라 일렀는데 아직 준비하지 않은 듯하니 네가 정하는 것이 좋겠구나. 잘 배운 너이니 가장 좋은 선택을 하겠지. 너와 함께 황자를 보필할 아이니 잘 보고 정하여 보거라."

순간 주변의 공기가 서늘하게 내려앉았다. 황후의 얼굴이 새하얗게 바랬고 태자비의 얼굴에도 경악이 어렸다. 모두가 어쩔 줄 모르는 얼굴로 연우를 응시했다. 파랗게 바랜 연우의 입술이 바르르 떨려 왔다.

겨우겨우 숨을 삼키며 연우가 고개를 들어 서하의 모습을 찾았다. 멀어져 있는 서하의 붉은 사냥복만이 시선 안에 들어왔다. 엄청난 크기의 범이 병사들에게 쫓기며 으르렁거리는 소리가 이곳까지 들려왔다. 심장이 터질 듯한 불안과 미칠 듯한 화가 작은 몸을 온전히 태울 것만 같았다.

연우가 서하 쪽으로 향했던 시선을 거두며 주먹을 꼭 그러쥐었다. 악문 입술이 파랗게 변해 있었다. 하지만 연우는 물러서지 않았다.

연우의 차갑게 반짝이는 시선이 재미있다는 듯 미소까지 머금고 있는 황제의 얼굴을 마주 바라보았다. 연우의 시선에 황제의 얼굴에 어려 있던 미소가 천천히 사라져 갔다.

"폐하께 한 가지만 여쭙겠사옵니다."

"무엇이냐."

"폐하께선 하늘이 몇 개라 생각하십니까."

"무슨 소리더냐. 하늘이 몇 개라니. 하늘이 하나 말고 또 있더냐."

"하면…… 하늘에는 몇 개의 땅이 존재한다 생각하십니까."

"뭐……라?"

천천히 일그러지는 황제의 얼굴에서 시선을 떼지 않고 연우가 파랗게 변한 입술을 천천히 열었다.

"저에게 하늘은 황자님 한 분뿐입니다. 죽는 순간까지 분명 그러할 것입니다. 그리고 황자님에게 땅 또한 저 하나뿐이라 생각하옵니다. 태양을 품은 하늘이 세상에 단 하나이듯이 그 하늘에게도 땅은 하나여야 하니까요."

모두가 숨을 죽인 가운데 터질 듯 이글거리는 황제의 눈이 연우를 노려보았지만 연우는 절대 눈을 돌리지 않았다.

파랗게 바들바들 떨리는 입술을 하고도, 꼭 움켜쥔 작은 주먹을 보기에도 안쓰러울 정도로 바르르 떨면서도 절대 자신에게서 시선을 떼지 않는 연우를 황제가 아무 말 없이 노려보기만 했다.

그리고 마침내 황제의 검붉은 입술이 열렸다.

"네 하늘은 세상을 모두 덮어야 한다. 하면 너는 그렇게 네 하늘이 품은 모든 세상을 품어 안을 수 있더냐. 그 하늘의 기운으로 새로운 하늘을 잉태할 수 있더냐. 그러하지 않다면, 그럴 수 있음을 약속하지 않는다면 너는 하늘이 품을 수 있는 하나의 땅이 될 자격이 없을 것이다. 어떠하냐? 화운비. 너는 내게 그것을 보여 줄 수 있더냐. 증명해 보일 수 있더냐. 대답해 보거라."

연우의 시선이 다시 서하를 찾았다. 그 순간 연우의 숨이 그대로 멈춰 버렸다. 너무 멀어 자세히 보이지는 않았지만 그가 타고 있는 말로 범이 달려드는 것이 시선에 들어왔고 그 순간 서하가 날듯 땅으로 내려서는 것이 보였다.

그 곁에 무사들이 있다 하여도 범의 끔찍한 화는 붉디붉은 핏빛의 서하에게로 향할 것이었다. 그 모습을 바라보는 연우의 심장이 그대로 멈춰 버릴 것처럼 뛰었다.

연우가 눈을 감았다. 그리고 천천히 황제 쪽을 향해 시선을 열었다.

서하는 더 이상 보이지 않았다. 그 대신 귓가로 병사들과 수많은 사람들의 함성만이 가득 들려왔다. 무슨 일인가가 벌어진 것이다.

하지만 연우는 그쪽으로 시선을 돌리지 않았다. 그녀의 시선은 황제만을 향해 있었다.

"폐하께 분명…… 약조드릴 것입니다. 저는 제 하늘에 하나뿐인 땅이 되어 모든 것을 품을 것이며 제 하늘을 잉태할 것입니다."

"그만! 하세요. 제발."

그 순간이었다. 비명처럼 황후의 입에서 절규가 터져 나왔다. 모두의 시선이 황후에게로 향했다. 온몸을 바르르 떨고 있는 황후의 모습이 보였다.

"저 아이가 지금 목숨을 걸고 있습니다! 한데…… 어찌 지금 그러실 수가 있습니까. 아들 둘을 다 잃으셔야 만족하시렵니까? 그렇게 아들들까지 다 잡아먹으려 하십니까!"

아드득, 황후가 이를 가는 소리가 연우의 귀로 스며들었다. 고개를 든 연우의 눈에 붉게 터져 버린 핏물로 가득한 황후의 눈이 들어왔다. 악귀처럼 붉은 눈을 한 황후의 나직한 절규가 다시 황제를 향했다.

"서하는…… 건드리지 마세요. 제가 죽는 것을 보고 싶지 않으시다면."

금방이라도 자신을 향해 몸을 날릴 듯 범은 으르렁거리고 있었다. 범의 포효에 놀란 말이 뛰어오르는 순간 몸을 날린 서하였다. 뛰어내리며 다리에 조금의 고통이 느껴져 왔지만 크지 않은 부상인 듯했다.

터질 듯 일렁이는 범의 눈에 마주한 시선을 거두지 않고 서하도 범을 노려보았다. 거리가 있음에도 범의 입에서 거세게 품어져 나오는 숨결이 느껴졌다. 노린내가 주변으로 진동을 하고 있었다.

뒤쪽에 우헌도 건도 있었지만 범의 공격은 한순간이기에 어차피 자신이 감당해야 할 몫이었다. 여전히 범에게서 시선을 떼지 않은 채 서하의 감각이 저 멀리를 향했다.

자신들은 그쪽이 보이지 않지만 그쪽에서는 이곳이 보일 것이다. 그녀가 지금 얼마나 두려워하고 있을지 보지 않아도 알수 있었다. 그 작은 몸이 얼마나 두려움에 떨리고 있을지 생각하는 것만으로도 서하의 머리는 터질 듯 아파 왔다.

서하가 지그시 입술을 악물었다. 조금 전 범의 눈을 마주한 순간부터 무엇인가 머릿속에 자꾸만 떠오르고 있었다.

분명 언제인가 지금과 똑같은 상황에 놓여 있었던 것 같다. 저 범의 노린내와 붉은 눈, 그리고 거친 으르렁거림이 낯설지 않았다. 그리고 그런 기억이 뇌리 속에 떠오르며 머리가 아파오기 시작했다.

"황자님?"

조금씩 거칠어지는 서하의 호흡을 느낀 건이 불안을 담고 서하를 불렀다. 차분하게 범을 마주하던 서하의 어깨가 조금씩 흔들리고 있는 것이 보였기 때문이다. 거칠어지는 그의 숨결도 고스란히 느껴져 왔다. 건의 머릿속으로 불안이 번개처럼 스치고 지나갔다.

천여로 돌아와서도 공주 모르게 선족이 준 탕약을 마시고 있는 황자였다. 공주에게는 절대 알리지 못하게 하면서 기억이 돌아오게 하는 약을 먹고 있는 그에게 언제 그 끔직한 두통이 다가올지 항상 불안했었다.

한데 지금 이 순간 무엇인가 잘못되어 가고 있음을 느끼는 건이었다. 그리고 건의 뇌리에 서하와 무운이 함께 했던 범 사냥이 떠올랐다.

지금처럼 범을 마주하고 있었다. 그때는 무운이 저 자리에 있었고 서하가 자신처럼 그 곁에 있었다. 그때를 혹여 떠올리는 것일까.

그 순간이었다. 머릿속을 덮쳐 오는 고통과 밀려드는 기억 속에 이를 악무는 서하를 향해 범이 몸을 움직인 것은. 그리고 그 모습에 놀라 고개를 드는 우헌과 건의 눈에 경악스러운 모습이 담겼다.

"무운!"

누군가를 거칠게 부르며 서하가 그대로 몸을 날리는 모습이 모두의 시선을 사로잡았다. 그리고 그렇게 범을 마주하고 달린 서하의 몸이 그대로 범의 등 위로 날듯 올라타며 그의 손에서 검이 허공을 갈랐다. 붉은 핏물이 허공으로 치솟아 올랐다.

"우와아!"

파랗게 힘줄이 돋아날 정도로 주먹을 움켜쥐고 숨을 죽이고 있던 연우가 저 멀리서 들려오는 엄청난 함성에 고개를 들었다. 모두가 자리에서 일어났다.

"황자님이세요. 저기 보이세요? 공주님?"

반가움에 흥분을 감추지 못하며 하정이 공주의 팔을 끌어당겼다. 멀리서 보아도 엄청난 크기의 범을 군사들 수십이 떠메고 오는 맨 앞에 당당하게 걸음을 옮기는 이의 모습이 천천히 다가오고 있었다.

붉디붉은 그의 무복이 한눈에 들어왔다. 한 점 흐트러짐 없는 그의 걸음걸이도 느껴져 왔다. 일어나서 그를 보고 싶은데 다리가 마음대로 움직여 주지 않는 연우였다.

터질 듯 뛰어 대던 심장도 너덜거리는 것처럼 숨이 잘 쉬어지지 않았고, 다리는 일어나려 해도 힘이 들어가지 않았다. 연우의 손이 힘겹게 의자를 움켜잡았다.

그때였다. 차가운 작은 손이 연우의 팔을 잡아 그녀가 일어나는 것을 도왔다. 놀란 연우의 시선이 그 차가운 손의 주인에게로 향했다. 아무 표정도 담고 있지 않은 태자비의 옆얼굴이 보였다.

"황자님을 믿는다더니 거짓이었던 모양입니다. 이리 떨고 계시니."

"태자비마마."

"나도 그대처럼 떨어 볼 수나 있으면 좋겠습니다."

제대로 몸을 일으킨 연우가 태자비를 향해 고개를 드는 순간 태자비의 차갑던 손이 그녀의 팔에서 떨어져 나갔다. 언제 다가섰었냐는 듯 자신의 자리로 돌아가 선 태자비의 얼굴은 언제나와 같이 차가움을 가득 두르고 있었다.

이 커다란 들판이 함성에 묻힐 것처럼 엄청나게 울리는 소리 속에서 서하가 황제의 앞으로 다가왔다. 붉은 무복이라서 눈에 띄지는 않았지만 다가서는 그에게서 모두가 느낄 수 있었다. 엄청난 혈 향을.

그의 붉은 무복은 검붉은 범의 피로 흥건하게 젖어 있었다. 그의 새하얀 얼굴도 점점이 튄 핏물로 붉게 물들어 있었다.

황제의 앞에 다가선 서하가 고개를 돌리자 뒤에서 범을 운반해 오던 무사들이 범의 축 늘어져 있는 사체를 황제의 앞에 내려놓았다. 정확하게 목이 베어진 범은 자신의 피로 붉게 젖어 있었다. 죽어 있는 범이었건만 그 앞에 있는 이들은 그 엄청난 존재감에 숨을 죽일 수밖에 없었다.

이제까지 숨소리 하나도 달라지지 않은 채 다가서는 아들을 바라만 보던 황제가 천천히 몸을 일으켜 세웠다. 그리고 한 발 앞으로 나아갔다. 황제의 모습에 무사들과 병사들 모두가 무릎을 꿇었다.

"천여의 하늘이신 폐하께 천여 땅 만물의 주인인 범의 피로 축원을 올리옵니다."

무릎을 꿇은 채 고개를 들어 황제를 바라보는 서하의 시선과 선 채로 아들을 내려다보는 황제의 시선이 마주쳤다. 그리고 황제의 얼굴에 순간 흐릿한 미소가 번졌다 사라졌다.

연우는 멍하게 앞을 바라보고 있었다. 자신만을 시선에 담으며 다가오는 서하의 모습에서 시선을 떼지 못하고 있는 연우였다.

그때처럼 범의 핏물을 뒤집어쓴 서하가 흔들림 없는 모습으로 다가오고 있었다. 조금의 흐트러짐도 없는 그의 걸음이 연우의 시선을 사로잡았다.

다치지 않았다는 것을 증명이라도 하려는 듯 여유롭고 꼿꼿한 걸음을 옮기는 서하의 모습에 연우가 입꼬리를 천천히 올렸다. 눈에는 물기가 천천히 차오르는데 입가에는 참을 수 없는 미소가 자꾸만 번지고 있었다.

한 걸음 앞으로 다가선 서하의 모습에 연우의 작은 심장이 거칠게 울렸다.

"다녀……왔습니다."

"……."

붉은 핏물로 칠갑을 한 채 여유롭게 말하는 서하를 연우가 그저 바라보기만 했다. 아무런 말도 입 밖으로 나오지 않았다. 그저 눈앞의 그만이 보일 뿐 세상은 지금 그녀에겐 아무런 의미도 없었다. 아무것도 감각 안으로 들어오지 않는 연우의 세계는 지금 단지 서하만이 존재할 뿐이었다.

대답도 하지 못한 채 새하얗게 바랜 입술로 겨우겨우 숨만을 내쉬고 있는 연우에게로 한 발 더 다가선 서하가 그녀를 품 안으로 끌어당겼다. 지독한 혈 향이 숨이 막히게 코끝으로 스며들었다.

"오늘은 화내지 않을 것입니까? 오늘도 범 위에 올라탔는데 말입니다."

그의 말이 몸으로 전해지는 것 같았다. 듣기 좋은 중저음의 목소리가 온몸을 타고 그녀의 작은 몸으로 스며드는 것 같은 느낌이 좋았다. 그가 안고 속삭여 줄 때면 언제나 이런 느낌이어서 좋은 그녀였다.

행복한 미소를 입가에 담으며 그의 말을 다시 한 번 머릿속에 떠올리던 연우가 멈칫 숨을 삼켰다.

'오늘은 화내지 않을 것입니까?'

오늘은?

그녀의 고개가 거세게 들어 올려졌다.

"화내지 않깁니다. 그때처럼. 그때 공주가 엄청 화를 내서 얼마나 무서웠는지 아십니까."

"그날이 혹여…… 기억이 나셨습니까?"

커다랗게 열린 채 그 커다란 눈 가득 또 물기를 담기 시작하는 연우를 따스하게 바라보며 서하가 고개를 끄덕였다. 범의 피로 붉게 물든 그의 커다란 손이 연우의 볼 위에 닿았다.

"아까 범이 뛰어오르는 순간 무운 황자가 그 범에게 깔려 있는 것으로 착각했었습니다. 그때의 기억이 그대로 눈앞에 떠올랐거든요."

"오라버니가 기억나십니까?"

서하가 크게 고개를 끄덕였다. 연우가 두 손으로 입을 막았다. 가슴이 터질 것 같았다. 그에게 또 하나의 기억이 돌아온 것이다.

오라비를 기억해 냈다. 가여에서 보낸 시간 동안 유일한 친우였던 오라비를 기억해 냈다.

연우의 가는 팔이 서하의 커다란 몸을 꼭 끌어안았다.

"오라버니가 아시면 정말 기뻐하실 것입니다."

어려서처럼 또다시 자신의 가슴에 얼굴을 비비며 안겨 오는 연우의 작은 몸을 서하가 꼭 품어 안았다.

이 작은 몸이 숨이 막히게 좋아서 심장이 뛴다. 이 작은 소녀에게만 반응하는 자신의 심장을 느끼며 서하가 그녀의 동그란 정수리 위에 가만히 입술을 내렸다.

❊

서하의 시선이 품 안에 잠겨 있는 작은 이의 얼굴에 닿았다. 조금 전부터 움직임이 느껴지지 않더니 어느새 잠들어 버린 연우였다. 말 위에서 안고 있는데 잠이 들어 버려 난감한 서하가 한 팔로 그녀를 꼭 끌어안아 자신의 어깨에 기대게 한 채 말을 몰았다.

어젯밤부터 잠도 제대로 자지 못했던 그녀가 이제 긴장이 풀려 버린 모양이었다. 기절한 듯 잠에 빠진 연우의 작은 몸이 혹시라도 흔들림에 불편할까 그녀를 안고 있는 서하의 손길에 힘이 들어갔다.

"가마로 모실까요?"

서하의 말 곁으로 다가선 재희가 묻는 말에 서하가 고개를 저었다.

"가마가 더 불편할 것이다. 내가 모시고 갈 테니 걱정 말거라."

"많이 놀라셨을 것입니다. 황자님의 사냥을 지켜보시는 것만으로도 힘이 들어 보이셨는데 폐하께서도 부르셨거든요."

지나가듯 말하는 재희의 말에 서하가 순간 말을 멈췄다. 이에 재희가 시선을 올렸다. 따스함만이 가득 담겼던 서하의 시선이 차갑게 일렁이고 있었다. 재희가 숨을 삼켰다.

"폐하께서 공주를 부르셨다고 했느냐."

"⋯⋯예."

서하의 시선이 앞쪽에 있는 가교로 향했다. 가교 안쪽에 앉아 있는 황제의 뒷모습이 보였다. 한 점 흔들림도 없이 꼿꼿하게 버티고 앉아 있는 그 뒷모습이 보였다.

알 수 없는 두려움과 분노가 가슴속을 일렁이게 했다. 핏빛 범의 눈빛 앞에서도 느껴지지 않던 기분 나쁜 두려움이 심장을 채우고 있었다.

품 안의 무게조차 느껴지지 않는 이 작은 몸이 사그라들 것처럼 안타까움이 몰려왔다. 무슨 일이 있었는지 모르기에 더 두려움이 짙었다.

그녀에게 어떤 상처가 만들어졌을지 가늠도 되지 않기에 피가 차갑게 식어 버리는 것 같다. 참고 참아도 거친 숨이 입술에서 새어 나왔다. 파란 불꽃이 검은 눈동자를 가득 채우고 있었다.

너무도 힘들었던 것일까. 자신의 기척을 느끼면 자다가도 바로 일어나곤 했던 연우가 잠에서 깨어나지 못하는 모습을 안쓰럽게 바라보던 서하가 자리에서 일어났다.

어제 범을 사냥하면서 무리한 근육들이 힘겨웠지만 견디지 못할 정도는 아니었다. 연우의 기척이 없었는데 방을 나오는 서하의 모습에 하정과 재희가 놀라며 앞으로 다가와 고개를 숙였다.

"많이 힘드셨던 모양이다. 깨실 때까지 절대 기척도 내선 안 된다."

"예. 황자님."

따스함이 가득한 눈길로 안쪽을 한 번 뒤돌아본 서하가 걸음을 옮기자 기다리고 있던 건이 그 뒤를 따랐다.

"서하 황자님 정말 화운비마마를 끔찍하게 아끼시는 것 같아. 요즘 궁녀들 사이에서 서하 황자님과 화운비마마의 연모가 완전 인기잖아."

재희가 부러움이 뚝뚝 묻어나는 얼굴로 말하자 하정이 한숨을 내쉬며 고개를 저었다.

"저리되신 지 그리 오래 안 되었어."

"정말?"

"처음에는 어찌나 찬바람이 부셨는지 우리 공주님 혼자 얼마나 가슴앓이를 하셨는데. 정말 너무 무심하고 차가우셔서 난 화가 날 때도 많았어."

"하긴 가여로 가시기 전까지 얼음 황자라고 소문이 돌 만큼 지독하게 차가웠던 분이야. 궁녀들이 말 한 번 건네기도 힘들었으니까. 그런데 어쩌다가 저리 따스한 분이 되신 거야?”

재희의 눈이 반짝반짝 빛이 났다.

보기만 해도 심장이 두근거릴 정도로 자신의 비를 아끼는 황자의 모습은 환상적이었다. 재희의 눈에는 그렇게 보였다.

금슬이라고는 찾아볼 수 없는 황제 내외와, 그저 그림처럼 사는 태자 내외와는 달라도 너무 다른 서하 황자 부부의 모습은 이 궁 안의 새로움이었으니까.

“우리 공주님이 얼마나 정성을 들이셨는지 말도 마라. 그런 정성이라면 아마 망부석도 돌아보았을 테니까. 그런 공주님의 마음을 아신 거지. 그리고 시작되신 거 같아, 황자님의 마음도.”

“아, 정말 너무 낭만적이다. 두 분의 사랑은.”

“낭만 두 번만 했다가는 우리 공주님 울다가 돌아가실 거거든. 낭만은 무슨 얼어 죽을.”

하정이 퉁명스럽게 말했다.

서하가 연우를 저리 아끼는 것은 좋았지만 이곳에 와서 한 번도 마음 편히 지내지 못하는 연우 때문에 속이 상할 대로 상하는 하정이었다.

가여의 모든 이들은 서하를 존중해 주었고 아껴 주었다.

한데 어찌 천여의 이들은 공주를 저리 힘들게 하는 것인지. 다행히 서하가 다 막아 주고 그녀를 아껴 주니 다행이긴 하지만 때때로 부아가 나서 미칠 것 같았다.

가여의 세 황자님들이 보았다면 당장 연우를 가여로 다시 데려가겠다고 할 것이었다. 특히 무운 황자가 보았다면.

＊

　호롱불이 일렁이는 게르 안이 짙은 어둠으로 가득 차 있었다. 어둠이 가득 내린 무운의 얼굴에 카린의 아픈 시선이 닿았다. 짙은 음영이 그의 날카로운 콧날과 턱선, 그리고 아름다운 이마에 드리워져 갔다.

　어딘가 문제가 생긴 것은 아니지만 긴 시간 동안 누적된 피곤과 힘겨움을 더 이상 견디지 못한 몸이 무너져 내린 것이라 의원은 말했다.

　죽은 듯 자고 나야 괜찮아질 거라고. 그에게 지금 필요한 것은 죽은 듯 쉬는 것이라고 했다. 지금은 편해서 저리 자는 것이라고, 크게 걱정하지 않아도 된다고도 했다.

　하지만 벌써 사흘째였다. 규칙적인 숨소리로 그가 자고 있음을 느낄 수 있었지만 그 길고 긴 시간이 두려운 카린이었다.

　그 없이 1년이 넘는 시간을 견뎌 냈는데 지금 그가 눈앞에 있으니 사흘의 이 짧은 시간이 견뎌지지가 않았다.

　그의 눈빛이 보고 싶고 그의 목소리가 듣고 싶다. 그의 커다란 가슴이 그립다.

　참지 못한 카린의 손가락이 무운의 얼굴에 닿았다. 거칠어진 그의 볼 위로 그녀의 가는 손가락이 너무도 조심스럽게 스쳐 갔다. 따스한 온기가 느껴지는 것이 못내 반가웠고 그래서 더 조급증이 생기는 느낌이었다.

　볼 위를 더듬던 그녀의 손이 그의 짙게 어둠이 내려앉은 눈 밑에 닿았다. 푸른 기마저 도는 그의 눈가를 손끝으로 배회하던 카린이 살짝 몸을 일으켰다.

그녀의 얼굴이 무운의 얼굴로 다가갔다. 자신의 솜털에 그의 온기가 닿아 오는 것이 느껴졌다.

그녀의 입술이 가만히 그의 눈가에 내려앉았다. 그리고 그 움직임에 그녀의 눈가에 맺혀 있던 물기가 그 순간 무운의 눈으로 떨어져 내렸다.

"카린……."

그리고 그렇게 자신의 눈물이 떨어지는 것에 놀라 몸을 일으키려는 자신의 허리에 강인한 팔이 둘러졌다.

놀란 카린의 눈이 무운의 얼굴을 응시했다. 천천히 들어 올려지는 무운의 눈꺼풀 안에서 그녀가 그리도 그리워하던 투명한 다갈색 눈동자가 드러났다.

그녀가 그의 손을 떼어 내며 그에게서 물러났다. 안타까움이 담긴 다갈색 눈동자가 더 이상 그녀를 잡지 못하고 천천히 감겼다.

"다시 이런 일이 생기면…… 우리는 여기를 떠나야 해요."

나직하게 울리는 카린의 목소리에 무운이 감고 있던 눈을 떴다. 붉은 기가 어린 눈동자가 담담하게 카린을 바라보며 고개를 저었다.

"다신 이번 같은 일 생기지 않을 거야. 내가 약속해."

"나와 린이 없어지는 것이…… 당신에게 더 좋을 거 같아요."

차갑게 울려오는 카린의 말에 무운의 눈이 차갑게 식었다. 일부러 시선을 마주치지 않으려는 카린을 무운의 짙은 눈이 끝없이 응시했다. 허공을 배회하던 카린의 눈이 더 이상 참지 못하고 그의 눈을 마주 보았다.

"만약 내가 모르는 곳으로 떠나거나 사라진다면 난 죽을 때까지 너를 찾을 거야. 세상 끝까지라도. 그러니 나에게서 숨을 생각 따위 하지 마. 내 곁으로 오지 않아도 괜찮지만…… 사라지는 것은 용서하지 않아."

"우리가 당신의 족쇄가 될 거예요. 그리고 가여의 왕실은 린을 포기하지 않을 거고요."

"내가! 그렇게 하게 놔두지 않아. 무슨 짓을 해서든 너에게서 린을 빼앗아 가게 하지 않을 거니까…… 여기 있어. 내가 아는 곳에, 내 손이 닿을 수 있는 이곳에 있어."

열기를 터뜨려서일까. 머리가 아픈지 무운의 손이 자신을 머리를 짚었다. 푸른 그의 입술에서 힘겨운 숨이 새어 나오는 모습에 카린이 숨을 들이마셨다.

손가락이 움찔거렸다. 그에게 닿고 싶은 몸이 자신의 말을 듣지 않았다.

그녀의 의지를 배신한 손이 그의 얼굴에 닿았다. 무운의 시선이 들어 올려졌다. 그리고 무운의 손이 그녀의 목 뒤로 돌아가 그녀의 얼굴을 끌어당겼다.

"읍!"

그대로 무운이 그녀의 입술을 집어삼켰다. 다시는 놓지 않을 것처럼 그녀의 입술을 빨고 그녀의 숨결을 훔쳤다.

절대 열지 않을 것처럼 닫혀 있던 카린의 입술이 그의 열기를 감당하지 못하고 작게 열리자 무운의 숨결이 그 안으로 물밀 듯 밀려 들어갔다.

그녀의 모든 것을 빨아 삼킬 듯, 자신의 숨결 모두를 그녀에게 밀어 넣을 듯 무운이 그녀를 안은 손에 온 힘을 실었다.

"카린 님."

누군가가 게르 안으로 들어서는 기척이 느껴지고서야 무운은 그녀를 놓아주었다. 곧 린을 안은 소녀가 들어섰다. 일전에 본 적이 있는 소녀였다.

무운의 시선이 소녀가 안고 있는 작은 아이에게 닿았다. 전에 보았을 때보다 부쩍 아이는 자라 있었다.

"죄송해요. 그런데 린이 자꾸만 보채서요. 카린 님을 찾는 것 같아요."

"고맙다. 파야. 린을 이리 주겠니?"

소녀가 버둥거리는 린을 카린의 품에 안기고는 살며시 무운을 돌아본 후 수줍은 듯 게르를 나갔다.

무운의 시선이 카린의 품에 안긴 린에게 닿았다. 린의 작은 다갈색 눈도 무운에게 닿아 있었다. 낯선 이가 신기한 것인지 꼬마의 작은 눈에 호기심이 가득 담겨 있었다.

자신에게 닿은 시선을 돌리지 않는 린에게로 무운이 커다란 손을 내밀었다. 잠시 망설이던 카린이 누워 있는 무운의 가슴에 작은 린을 올려놓았다.

첫 느낌은 솜털 같다는 것이었다. 아기의 피부란 것이 이렇게 보드랍고 촉촉하다는 것을 알지 못했다. 연우가 어렸을 때에도 한 번 안아 본 적도 없는 무운이었다. 여동생을 안다니…… 그런 것은 상상도 해 보지 못했었으니까.

한데 이 작은 아이의 눈을 마주한 순간 품에 안아 보고 싶어졌다. 알 수 없는 감정이 물밀 듯이 밀려와 이렇게 몸도 가누지 못하면서 손을 뻗었다.

무운의 넓은 가슴 위에 엎드린 린은 고개가 들고 싶은지 연신 고개를 내저으며 무운의 가슴에 자신의 얼굴을 비벼 댔다. 따스하고 말캉한 무엇인가가 자꾸만 심장을 두드리는 느낌에 무운이 깊게 숨을 들이마셨다.

작은 몸짓에 시선을 뗄 수가 없었다. 동그란 정수리가 자꾸만 도리질을 치는 모습이 심장에 박혀 왔다. 자신의 손가락 한 마디나 될 듯한 작은 손에 닿은 시선이 움직여지지 않았다.

그렇게 자꾸만 무운의 가슴에 얼굴을 비벼 대던 린이 고개를 들어 올렸다. 그리고 똑 닮은 다갈색 눈동자가 서로를 바라보았다.

"에오."

작은 혀가 낼름 내밀어졌다가 다시 입속으로 쏙 들어가며 그 작은 입술이 방긋 미소를 담았다. 작고 동그란 눈가가 작게 휘었다. 그 모습에 무운의 심장이 움직이는 것을 멈춰 버렸다.

게르를 나서던 카린이 급한 걸음으로 다가서는 이를 보고 그 자리에 멈춰 섰다.

처음 보는 이였지만 한눈에 그가 누구인지 알 수 있었다. 느낌은 많이 다르지만 무운과 너무도 닮은 이였다. 귀태가 흐르는 모습과 화려한 무복이 눈앞의 이가 분명 무운의 형제임을 알려 주고 있었다.

"가여의 셋째 황자, 지운이라고 합니다. 카린 님이십니까."

첫눈에 알 수 있었다. 여인으로서는 시원하게 보일 정도로 큰 키와 길고 단단한 팔다리가 그녀가 검을 드는 이임을 여실히 보여 주었기 때문이다.

그리고 가장 확신할 수 있었던 것은 그녀의 눈동자 때문이었다. 진회색의 낯선 눈동자가 지독한 차가움과 지독한 뜨거움을 함께 지니고 있었다.

그 눈동자만으로도 지운은 눈앞의 이가 그 어느 여인에게도 마음을 준 적 없는 형님의 마음을 빼앗은 여인이라는 것을 알 수 있었다. 저 차가운 불꽃에 형님은 갇혀 버린 모양이었다.

"조금 전 깨어났습니다."

지운을 향해 살짝 고개를 숙여 보인 카린이 나오고 있던 게르의 문을 열었다. 그녀가 열어 주는 문 안으로 지운이 한 발을 들여놓았다. 그리고 굳은 듯 그 자리에 멈춰 서 버렸다.

침상에서 일어나 벽에 몸을 기댄 무운의 커다란 품 안에 작고 작은 아기가 안겨 있었다. 그 커다랗고 긴 팔 안에 너무도 작은 생명을 안고 있는 형님은 낯설었다. 힘겨움에 초췌한 모습도 낯설기만 한데 그 커다란 품에 아기라니.

한데 우습게도 그 낯선 모습이 가슴이 아리게 좋아 지운이 숨을 삼켜야 했다. 온기가 가득한 눈빛으로 조그마한 아기를 바라보는 형님의 모습도 그런 형님을 작고 동그란 눈으로 바라보며 연신 옹알이를 하듯 입술을 오물거리는 작은 꼬마의 모습도 지운의 심장에 각인되었다.

아기에게만 닿아 있던 무운의 시선이 이쪽의 움직임을 느꼈는지 천천히 움직였다. 그제야 지운이 무운에게로 다가설 수 있었다.

다가서는 지운을 확인한 무운이 본능적인 움직임으로 아기를 품 안으로 끌어안았다. 지운의 미간이 아프게 일그러졌다.

"린은 데려갈게요."

카린이 무운의 품에서 린을 떼어 내 게르를 나갔다.

"너까지 보내신 거냐?"

무운이 힘겨움을 담은 숨결을 토해 내며 몸을 겨우 추슬러 앉았다. 아직 앉는 것만으로도 숨이 차는 상태였다. 힘겨운 몸으로 한나절 이상을 전속력으로 말을 달렸으니 몸이 상하지 않았다면 그것이 이상할 것이다.

미간을 찡그린 채 자신을 경계하는 무운의 모습에 지운이 깊게 한숨을 토해 냈다.

모두를 이해할 수 있기에 더 힘겨운 지운이었다. 무운의 핏줄이 있다는 말에 경운도 부모님도 모른 척할 수는 없었을 것이다. 선족의 여인에게서 태어났다고 해도 무운의 아이는 가여의 왕족이며 분명 왕위 계승 서열까지 받을 수 있는 존재이기 때문이다.

"쓰러졌다는 말에 온 거야. 아이를 데려가려 온 게 아니라."

지운의 말에 무운이 그제야 숨을 토해 내며 몸을 온전히 기대고 앉았다. 그동안 저리 수척해졌는지 모르고 있었다는 것이 스스로에게 화가 나는 지운이었다. 1년 가까운 시간 동안 혼자 얼마나 힘겨워했는지 알아차리지 못했던 것이다.

"쉽지 않을 거야. 폐하와 어머니 두 분 다 완강하셔. 가여의 황족인데 여기서 이렇게 살게 할 수는 없다고. 큰형님도 그렇게

103

생각하시는 것 같고."

지운의 말에 무운이 눈을 감았다. 모르고 있었다면 몰라도, 알게 된 이상 부모님과도 담판을 지어야 할 것이다. 린이 차라리 여자아이였다면 조금 더 쉬울 수도 있었을 테지만 린은 아들이다. 황실의 피를 이어받은 사내아이를 포기할 황제는 없을 것이다.

"내가 약속했었어. 아이는 절대 데려가지 않겠다고."

"알아. 알아서 내가 온 거잖아. 다시 적월부를 보내겠다고 하시는 것을 겨우 말린 거야. 형님에게 시간을 주어야 한다고 말씀도 드렸고. 하지만 내가 도와줄 수 있는 것은 여기까지야."

"……."

"이제 온전히 형님이 감당해야 한다는 말이지."

"……알아."

"형님의 상태를 걱정하셔서 보고 온다고 설득해서 온 거야. 시간도 좀 벌 수 있을 것 같고 해서. 며칠 움직일 수 없다고 전할게. 이곳에서 생각도 좀 정리할 시간이 필요할 거 같아서."

"고맙다."

형의 입에서 어울리지 않는 말이 나오자 지운이 얼굴을 찡그렸다. 안 그래도 너무 상한 모습에 화가 나 죽겠는데 평소와 다른 말투가 자꾸만 불안했다.

"내 생각엔…… 그분을 설득하는 게 가장 좋은 거 아닐까? 하긴…… 첫눈에도 그리 쉬운 분은 아니던데."

무운이 큭, 입가를 끌어 올리며 웃음을 토해 냈다.

카린을 마주했을 때 지운이 어떻게 느꼈을지 상상이 되었다.

여인의 모습보다는 무사의 모습이 느껴졌을 것이다. 한 번도 본적 없는 여인 무사의 모습 앞에 지운이 어떤 것을 느꼈을지 알고 있다.

"쉬운 사람…… 아니지. 절대."

"불꽃같은 분이던데."

불꽃. 무운이 푸른 입가를 끌어 올리며 고개를 끄덕였다. 차갑고 치열한, 그러면서도 심장을 다 태울 듯 뜨거운 불꽃이다. 카린, 그녀는.

그런 그녀가 자신의 심장마저 삼켜 버린 모양이었다. 다 타 버린 심장이 다른 이에게는 다신 뛸 수 없도록.

지운의 무리가 떠나는 모습을 바라보던 카린이 몸을 돌렸다. 이해할 수 없었다. 린을 데리러 온 것도 아니고 무운을 데리러 온 것도 아니었다. 무엇을 하려는 것인가, 저들은.

힘겨운지 한쪽 다리 위에 팔을 올린 채 고개를 떨구고 있던 무운이 카린이 들어오는 기척에 천천히 고개를 들어 올렸다. 짙은 다갈색 눈동자가 그녀를 그저 담담하게 바라보고 있었다.

아무것도 담기지 않은 듯 보이는 그 눈동자가 더 불안해 카린이 주먹을 꼭 그러쥐었다.

"그 후로 마족은 아무런 움직임도 없었던 건가?"

뜻밖의 물음에 카린이 살짝 고개를 끄덕였다.

"다행이군."

"혹시…… 가여에서 당신을……."

불안이 담긴 카린의 목소리에 무운이 큭, 약한 웃음을 터뜨렸다. 불안해하는 그녀의 말속에 무슨 뜻이 들었는지 느낄 수 있었다. 가여가 날 버린 것이냐고 묻고 싶은 것이리라.

지운이 왔는데 자신을 데려가지 않은 것이 이상할 것이다. 가마라도 가져와 데려가면 될 텐데 이리 자신을 방치하듯 떠났으니까. 자신도 데려가지 않고 린에 대해서도 아무런 말도 없는 것이 오히려 카린을 불안하게 만든 듯했다.

"버린 거냐고?"

"……."

"차라리 그래 주면 고맙겠다."

"무운!"

"……듣기 좋다. 다시 한 번만 불러 주면 안 될까?"

"……."

"욕심이겠지?"

무엇이 욕심이냐고 묻고 싶었지만 카린은 더 이상 아무런 말도 할 수 없었다. 다시 고개를 숙이는 사내의 어깨가 너무도 무겁게 보였다. 그 어깨가 무거워 금방이라도 부서져 내릴 것 같아 보는 카린의 가슴이 쿵쿵 뛰었다.

❋

병부의 부장들과 조회를 끝낸 서하가 관복을 고쳐 입고 집무실을 나서자 건이 곁으로 다가섰다.

"황궁으로 간다."

"……예?"

그때였다. 막 집무실을 벗어나 황궁으로 향하는 서하의 앞에 황궁 내관이 다가온 것은.

"폐하께서 들라 하십니다."

황제를 만나려는 서하와 서하를 찾는 황제. 건의 얼굴에 불안이 어렸지만 서하는 기다렸다는 듯 입가를 살짝 끌어 올렸다.

"하실 말씀이 있으시겠지. 아마도."

어느새 입가에 담겼던 미소는 서늘한 표정에 사라져 있었다. 이를 악물고 앞을 응시한 서하가 천천히 걸음을 옮기기 시작했다.

황궁 앞에 선 서하의 얼굴에 난감함이 고였다. 태자의 내관이 황궁 앞에 있었기 때문이다. 내관이 이곳에 있는 것은 태자인 형님이 황궁에 들었다는 뜻이었다.

"태자께서 들어 계시는가."

"예. 폐하께서 태자 전하를 부르셨습니다."

서하의 얼굴에 의아함과 불안이 함께 고였다.

"태자 전하를 부르시고, 또 나를 부르셨다는 것인가?"

"예. 두 분을 함께 부르라 하셨습니다. 기다리고 계십니다."

서하의 앞에서 거대한 황궁의 문이 천천히 열렸다.

"용봉차라더구나. 사내에게 더없이 좋다지, 아마?"

궁녀들이 초긴장한 상태로 황제와 태자, 그리고 서하의 앞에 차를 따랐다. 따스한 차에서 풍기는 약초의 은은한 내음이 커다란 황궁 안을 가득 메우고 있었다.

황제의 앞에 서로를 마주 보고 앉은 태자와 서하의 시선이 허공에서 마주쳤다.

그저 무심한 듯 아무것도 담기지 않은 비어 버린 태자의 시선에 서하가 깊게 숨을 삼켰다. 5년 전, 강건하진 않아도 맑고 따스하던 형님의 미소는 이제 어디서도 찾아볼 수 없었다.

"어제는 다행스럽게도 서하가 범을 잡아 제대로 된 제를 올렸구나. 몇 년 만이던가, 제대로 된 제를 올린 것이. 기억하느냐. 태자?"

눈꼬리를 살며시 올리며 나직하게 묻는 황제의 물음에 태자가 턱을 악물었다.

범 사냥은 해 본 적도 없고 약식으로 하는 사냥조차 3년 전부터는 자신을 대신해 우헌이 해 왔다. 태자의 본분을 지키지 못하는 자신을 질책하는 황제의 비아냥이 끔찍한 태자였다.

"소신이 미흡하여 제대로 된 제를 올리지 못하였습니다. 송구하옵니다. 폐하."

"그렇다면…… 앞으로는 어찌할 것이냐. 앞으로도 계속 송구하기만 할 것이냐."

바람 한 점 들어오지 않는 황궁 안에 서늘한 냉기가 휘몰아쳤다. 비릿한 냉소를 머금은 황제의 입에서 쏟아져 나온 말들이 태자 주하의 심장을 얼려 버렸다. 그 모습을 바라보던 서하가 이를 악물며 입을 열었다.

"제가 태자 전하 대신 이루어 드렸습니다. 그러면 된 것이 아닙니까."

"네놈이 태자더냐!"

황궁을 쩌렁쩌렁 울리는 황제의 벽력같은 호통에 황궁 바깥쪽에 서 있던 내관들까지 움찔 몸을 떨었다.

"태자란 놈이 저리 나약한데 네놈이 그저 범을 잡고 병부를 주관한다 하여 세상이, 대신들이 이 왕실을 경외할 것 같으냐? 다음 보위는 저 나약한 놈이 앉을 것인데?"

"폐하!"

"내 말이 틀렸더냐?"

"태자 전하 곧 강건해지실 것입니다. 강건해지실 때까지 제가 그 책무를 대신 지려 돌아온 것입니다. 하니 기다려 주십시오. 조금만 기다려 주신다면 태자께서는 분명 강건해지실 수 있습니다."

"아니."

황제를 향해 피를 토하듯 말하는 서하의 말끝에 태자의 목소리가 스며들었다. 아무런 높낮이도 없고 아무런 감정도 담기지 않은 듯한 그 목소리에 황제를 향했던 서하의 시선이 주하를 향했다.

"형님……."

"강건해져야 한다, 꼭 강건해질 것이다. 강건! 강건! 그 말에 미칠 것 같음을 아느냐?"

아무것도 담겨 있지 않았던 태자의 눈에 핏빛이 점점 퍼져 나갔다. 그런 태자의 모습을 황제가 재미난 듯 응시하고 있었다.

"난 강건해질 수 없다. 강건해 본 적이나 있더냐, 내가? 너처럼 범을 잡고 병부의 훈련을 통솔하고…… 그런 것 한 번도 해 본 적 없으니까."

허탈한 미소를 담은 시선을 들어 올려 태자가 황제를 바라보앉다. 울듯 웃고 있는 태자의 눈이 황제의 반짝이는 눈동자와 부딪쳤다.

"이런 모습을 원하신 것 아닙니까. 저 스스로 저를 부정하고 저 스스로 물러서는 것을 말입니다."

"해서…… 물러설 것이냐. 네가 물러설 용기라도 있더냐."

"……."

"놓지도 못하면서 잡을 용기도 없는 것이 아니더냐, 너란 녀석은."

"저는…… 언제나 최선을 다해 왔습니다."

태자의 목소리가 짓이기듯 울려 나왔다. 목 안에서 그르렁거리는 소리가 느껴질 정도로 태자의 목에서 핏빛 숨결이 새어 나왔다. 서하의 걱정 어린 시선이 그런 태자에게서 떨어지지 못했다.

"폐하의 마음에 드는 태자가 되고 싶어 한 번도 거역해 본 적 없었습니다. 할 수 없는 것이라 해도 포기한 적은 없었습니다. 결과가 언제나 미흡했다 해도…… 저는 폐하의 뜻으로 살고자 했습니다. 한데 왜 한 번도 저는 인정치 않으십니까. 언제나 폐하의 뜻대로, 폐하가 원하시는 대로 살기 위해 애쓰는 저는 보려 하지 않으십니까. 대체 왜……."

바들바들 떨면서도 태자는 외치고 있었다. 한 번도 황제 앞에서 자신의 마음을 이야기해 본 적 없는 태자였다. 서하의 기억에는 분명 그러했다. 그 태자가 처음으로 황제인 아비 앞에서 자신의 이야기를 하고 있었다.

피가 맺힌 아들의 눈을 잠시 바라보던 황제가 어느새 다시 서늘한 표정으로 돌아와 태자를 똑바로 응시했다. 차가움이 담긴 그 입술이 다시 열렸다.

"그렇기 때문이다."

황제가 천천히 내뱉었다. 태자의 얼굴에 의아함이 번져 갔다.

"너는…… 내 뜻대로만 사는 녀석이니까. 네 스스로의 뜻 따 윈 없는 녀석이니까."

태자의 미간이 거세게 일그러졌다.

"황제의 자리가 뭐라고 생각하느냐. 이 자리에 앉아서도 내 뜻을 살필 것이냐. 내 뜻이 무엇인지 물어볼 것이냐. 너는! 이 자리가 무엇인지 단 한 번도 생각하지 않았다. 해서 너는 황제 가 될 수 없는 것이다."

태자의 흔들리던 시선이 커다랗게 열렸다. 하얗게 바랜 입술 이 바르르 떨렸다. 그 모습이 안타까워 서하가 질끈 눈을 감았 다.

"혼자 생각하고 혼자 결정하고 혼자 책임지는 자리다, 황제 는. 아느냐. 누군가에게 의지할 수 있는 자리가 아니란 말이다. 한데…… 내 뜻대로 살았다고?"

휘청거리는 걸음으로 황궁을 나선 주하가 천천히 걸음을 옮 겼다. 힘이 하나도 실리지 않은 걸음이 자꾸만 헛발질을 했다. 곁에 선 내관들이 놀라 태자의 몸을 잡으려 했지만 태자는 그들 의 몸짓을 거부했다.

"큭, 큭."

금방이라도 쓰러질 듯 휘청거리던 태자의 입에서 목이 꽉 잠긴 듯한 소리가 스며 나왔다. 웃는 것인지 우는 것인지 알 수 없는 몸짓으로 몸을 굽히며 낯선 신음 소리를 내뱉는 태자의 모습에 내관들이 어쩔 줄 모르며 그 주변을 서성였다.

태자가 나가고 한참 동안 허공을 바라보던 황제가 움직임도 없이 앉은 자세 그대로 서하를 향해 입을 열었다.

"아직도…… 내가 네 결정을 기다려야 하는 것이냐."

바닥만을 바라보고 있는 아들의 모습을 뚫어지게 바라보는 황제의 얼굴에 처음으로 낯선 초조가 걸려 있었다.

"이미 결정한 것이지 않더냐. 너는."

차갑게 일렁이는 짙푸른 눈을 천천히 들어 올리는 아들의 모습을 바라보던 황제의 입가에 환한 미소가 어린 것은 그 순간이었다.

하늘이 되겠습니다

청하궁으로 들어서던 서하가 눈앞에 보이는 모습에 걸음을
멈췄다.

따스한 오후의 햇볕 아래 연우가 하정과 재희를 데리고 해바
라기를 하고 있었다. 연못 옆 커다란 나무 그늘 아래 깔개를 깔
고 앉은 세 여인의 앞에는 주전부리가 놓여 있었다.

무슨 이야기를 하는 것인지 하정이 팔까지 휘두르며 무엇인
가를 열심히 설명하고 있었고 연우는 까르르 웃음을 터트렸다.
그런 모습을 재미나다는 듯 바라보는 재희의 얼굴에도 미소가
가득 고여 있었다.

'이미 결정한 것이지 않더냐. 너는.'

머릿속을 울리는 차가운 목소리에 서하가 눈을 감았다.

그 목소리가 끔찍한 것이 아니었다. 그 말에 아무런 대답도 하지 못한 자신의 저 깊은 마음속 그곳이 끔찍한 서하였다. 스스로도 깨닫지 못했던 자신의 속내가 아비의 한마디에 모두 드러나 버린 것 같았다. 아비의 물음에 망설이던 자신의 마음을 이해할 수 없었다.

"서방님!"

눈을 감은 채 서 있던 서하가 듣기만 해도 숨이 막히게 좋은 목소리에 눈을 떴다. 어느새 자신을 본 것인지 연우가 치맛자락을 날리며 자신을 향해 뛰어오고 있었다.

피곤함이 아직도 남은 눈가에 너무도 고운 미소를 담은 그녀가 보였다. 환한 햇볕을 가득 품은 그 다갈색 눈동자가 너무 맑아서 숨이 막혀 왔다.

그 고운 눈이 오로지 자신만을 담는 것을 알기에 가슴 저 깊은 곳이 뿌듯하게 차올랐다. 지옥을 담고 있던 마음속이 지금 이 순간만큼은 따스하게 젖어 왔다.

서하가 자신을 향해 달려오는 그 작은 몸을 향해 한 발을 내디디며 그대로 그녀를 품 안에 안았다. 작은 팔이 그를 감쌌다. 그 느낌이 지독하게 좋았다. 이 품 안에서는 그 무엇도 자신을 힘겹게 할 수 없으니까.

"어쩐 일이십니까? 해가 중천에 떠 있는데."

행복함이 가득하면서도 조금은 불안한지 동그란 눈동자를 굴리며 조심스럽게 묻는 연우를 물끄러미 바라보던 서하가 그대로 그 작은 몸을 들어 안았다. 정원에 있던 모두의 눈이 화등잔만하게 커져 버렸다.

"황자님!"

갑자기 자신을 들어 안는 그의 움직임에 놀라 붉어진 연우의 목덜미에 얼굴을 묻은 서하가 그대로 침전을 향해 걸음을 옮겼다. 하정과 재희, 그리고 서하의 뒤에 서 있던 건이 서로를 향해 천천히 고개를 돌렸다.

"중문 닫아요. 오라버니!"

재희의 일갈에 건이 놀라며 중문을 걸어 잠갔다. 오후의 찬란한 햇빛이 청하궁을 가득 감싸고 있었다.

숨이 막힐 것만 같았다. 문조차 제대로 닫지 않은 채 자신의 저고리를 벗겨 내는 서하의 몸짓이 너무도 낯설고 불안했다. 연우가 눈을 마주 보고 싶어 하는 것을 허락하지 않겠다는 듯 서하는 그녀의 얼굴을 보지 않았다.

무엇인지 모를 절실함이 가득 담긴 거친 숨결만을 내뱉을 뿐 달콤한 입맞춤도, 따스한 눈짓도 그 어느 것 하나 허락하지 않았다. 그저 그녀의 온몸을 탐하고 그녀의 온몸을 자신의 안에 가두려 미친 듯 탐할 뿐이었다.

그에게 안긴 이후로 처음 느껴지는 그의 모습에 연우가 그의 열기를 따라갈 수 없어 겨우겨우 숨을 토해 낼 뿐이었다.

그런데도 서하는 그런 연우의 힘겨움조차 느끼지 못하는 듯 보였다. 바르르 떨고 있는 그녀의 손길도, 힘겨움에 겨우 토해져 나오는 숨결도 모른 채 그저 그녀의 온몸에 자신을 새겨 놓는 것만을 반복하고 있었다.

저고리는 이미 방에 들어서면서 찢겨져 나갔고 치마 속으로 거칠게 스며든 서하의 손이 그녀의 속곳을 그대로 벗겨 내렸다. 그리고 그의 거친 손이 그녀의 비림으로 파고들었다.

거칠게 온몸을 휘며 연우가 그의 팔을 움켜쥐고 입술을 악물었다. 터질 듯 느껴지는 쾌감과 낯선 거침에 그녀의 머릿속은 하얗게 흩어져 내리는 것 같았다.

한낮의 빛이 여전히 가득한 방 안에서 질펀하게 울리는 끈적이는 소리도 힘든데 자신의 입에서 자꾸만 새어 나오려는 신음이 난감하기만 한 그녀였다.

그의 손길로 인해 비림에서 새어 나오는 질척이는 소리에 귀를 막고 싶을 정도였다. 하지만 그의 움직임은 멈출 생각 따위 머금고 있지 않았다.

그의 손길이 거세지는 순간, 연우의 작은 몸이 뒤로 휘어져 내리며 그녀의 입에서 참고 참았던 신음이 터져 나왔다.

"하아, 하아. 아흑!"

그가 입술을 삼킬 때면 숨을 참아야 했고 그의 혀가 온몸을 감아 돌 때면 그 끔찍하도록 아찔한 감각에 머릿속이 하얗게 바래 왔다.

언제나 부서질까 두려운 듯 조심스럽고 부드럽게 자신을 안던 서하가 아닌 다른 이처럼 그는 조금도 망설이지 않고 있었다. 불에 달궈진 듯 뜨거운 서하의 열기가 그녀의 작은 몸을 태울 듯해도 서하는 멈추지 않았다.

그를 따라가기 너무도 힘겨웠지만 연우는 그를 밀어내지도, 신음 소리를 뱉어 내지도 않았다. 그저 그에게 매달려 그를 안고 그를 품었다.

그녀에게 모든 것을 쏟아 내기를, 그의 말할 수 없는 심장 속 그 모든 열기가 자신에게 토해져 나오기를 그녀는 바랐다.

그저 그녀의 작은 몸을 감출 수 있을 정도로만 걸쳐져 있던 치마가 그의 손길에 거칠게 끌어 내려졌다. 그녀의 새하얗고 작은 몸이 고스란히 밝은 빛 안에 드러나자 서하가 침을 삼켰다.

터질 듯 이글거리는 사내의 눈빛이 그것만으로도 여인의 몸을 삼켜 버릴 듯 그녀의 아름다운 몸을 응시했다. 연붉은 꽃이 가득 핀 작은 몸이 수줍게 자신의 앞에 열려 있음을 느끼는 사내의 욕망이 그대로 그녀를 향해 끓어올랐다.

그의 손길이 그녀의 다리를 벌렸다. 연우가 숨을 삼키며 눈을 감았다. 이미 그의 손길에 촉촉하게 젖은 그녀의 꽃길로 그가 그대로 밀고 들어왔다. 서하의 어깨를 움켜잡은 그녀의 손마디가 하얗게 굳어졌다.

서하의 머리카락 향내에 섞인 그만의 땀 내음을 느끼며 연우가 그를 끌어안았다. 그 움직임에 벌겋게 달아오른 시선이 연우를 물끄러미 내려다보다 그녀의 상체를 그대로 끌어당겼다.

"아흑!"

바뀐 자세에 더욱 지독하게 밀려오는 쾌감을 이기지 못한 연우가 그의 어깨에 얼굴을 묻었다.

끈적이는 그의 어깨에 얼굴을 묻고 겨우겨우 뜨거운 숨을 토해 내는 그녀의 가는 허리를 움켜잡은 그가 더욱 거세게 그녀를 몰아붙였다.

끝이 나지 않을 것처럼 터져 나오는 그의 뜨거움에 온몸이 바스라질것 같은 연우의 입에서 힘겨운 숨결이 흩어져 내렸다.

"하아."

끝도 없이 그녀 안에 자신을 묻던 서하가 여전히 뜨거움이 가득한 자신의 몸을 그녀의 작은 품에 묻었다.

언제나 이렇게 그녀를 안고 나면 작은 몸을 자신의 품 안에 안고 가만가만 그녀를 다독이던 그였다. 하지만 오늘의 그는 자신을 그녀의 품 안에 묻은 채 깊은 숨을 토해 내고만 있었다.

연우가 작고 가는 팔을 들어 그의 몸을 둘렀다. 그녀의 짧고 가는 팔에 다 안기지도 않는 커다란 몸이었지만 연우는 자신의 작은 품 안에 그를 안았다.

그의 뜨거운 숨결이 가슴으로 느껴져 왔다. 아직도 그는 무엇인가 알 수 없는 열기를 다 떨쳐 내지 못하고 있었다. 그의 숨결에서 느낄 수 있었다. 터질 듯 여전히 뛰고 있는 그의 심장에 온기를 주고 싶어졌다.

"어제 폐하께서 뭐라고 하셨는지 아십니까?"

열기가 식지 않은 얼굴을 서하의 가슴에 묻은 채 연우가 묻는 말에 서하의 심장이 두근, 커다랗게 울렸다. 그 울림을 연우는 온전히 느낄 수 있었다. 그를 감싸고 싶은 듯 연우가 그를 더욱 깊이 끌어안았다.

"저에게 직접 모여 있던 귀족 소녀들 사이에서 황자님의 후궁을 찾아보라 하셨습니다."

뜨거운 몸이 그대로 굳어 버렸다. 그 움직임이 아파서 연우가 그의 등을 가만가만 쓸어내렸다.

"제가 어떻게 했을 거 같으십니까?"

그는 숨도 쉬지 않고 있는 것 같았다. 거칠게 터져 나오던 그의 뜨거운 숨결이 잦아졌고 그의 온몸은 안타까우리만치 굳어 있었다.

연우가 조심스러운 손길로 그의 품을 밀어냈다. 아무런 힘도 없는 듯 그녀에게 밀려난 서하가 그녀의 눈을 응시했다.

번들거리는 서하의 검은 눈동자에 뜨거운 열기와 물기가 고여 있었다.

연우가 그런 그의 눈을 보며 고개를 살래살래 저었다. 그녀의 가느다란 붉은 입술이 환하게 끌어 올려졌다. 서하의 시선이 그런 연우를 멍하게 바라보았다.

"싫다고 했습니다. 황자님이 제 하나뿐인 하늘이시듯 저는 황자님의 하나뿐인 땅이 될 것이라고요."

"하……."

서하의 입에서 이제껏 참은 듯 한숨이 터져 나왔다. 숨조차 제대로 내쉬지 못하던 커다란 사내의 입에서 새어 나오는 얕은 신음 같은 한숨에 연우가 빙그레 웃었다. 그녀의 고운 눈이 반달처럼 휘어졌다.

"저 잘했습니까?"

입가를 어여쁘게 끌어 올리며 생긋 웃는 연우의 얼굴을 보고서야 서하의 얼굴에 천천히 온기가 돌아왔다.

서하가 그녀의 작은 머리를 가만히 두 손으로 잡고 그녀의 이마에 입술을 가져다 댔다. 자신의 열기를 견디느라 촉촉하게 젖은 그녀의 머리카락이 그의 손가락 사이로 파고들었다. 그 부드러운 머리카락을 서하가 천천히 쓰다듬었다.

커다란 손이 자신의 머리카락을 소중하게 쓰다듬는 손짓에 연우가 살며시 눈을 감고 그 감각에 취했다.

언제나 그는 이렇게 자신의 머리카락을 쓰다듬어 준다. 이 느낌이 얼마나 좋은지 그는 알고 있을까. 이렇게 그가 머리카락을 만져 줄 때면 한없이 편안하고 행복하다는 것도.

어려서부터 가끔 그와 이야기를 나누다 잠이 들면 그는 이렇게 머리를 만져 주곤 했었다. 어린 누이처럼 느껴져서겠지만 그 손길이 그때부터 얼마나 자신을 설레게 했었는지 서하는 모를 것이다.

"이곳에서 서방님께서 어떤 짐을 지고 계신지, 얼마나 힘겨운 선택들을 하셔야 하는지 압니다. 하니 제 일은 제가 알아서 할 것입니다. 제가 다칠까, 제가 아플까 너무 마음 쓰지 마십시오. 폐하 앞에서도 절대 기죽지 않은 저입니다. 무엇인들 못 이겨 내겠습니까. 저 때문에 마음 상하시는 거, 힘드시는 거 싫습니다. 그것 말고도 품으셔야 할 것들이 너무도 많으시지 않습니까."

동그란 고개를 가만히 들어 올린 연우가 따스함이 고인 서하의 눈을 올려다보며 나직하게 속삭였다. 그 한 마디 한 마디가 심장에 너무도 아리게 박혀 와 서하가 미간을 좁혔다.

고맙고 고마운 말들이 너무도 아파서 명치가 조여 왔다. 이 여리고 작은 소녀가 자신을 위로하고 있었다. 그것도 이곳, 그녀에겐 너무도 낯설고 힘겨운 곳에서.

"어떤 선택을 하셔도 저는 서방님의 땅이 되어서 그 모든 것을 품어 안을 것입니다. 그리할 것이라 폐하께 약조드렸습니다.

그 약조를 전 꼭 지킬 것입니다."

연우의 맑은 눈이 환한 웃음을 담았다.

황제의 말 한마디에 모든 것을 알 수 있었던 연우였다. 서하가 모든 것을 품어야 하는 하늘이라 하였다. 그것이 무엇을 말함인지 가여의 공주로 살아온 연우가 모를 리 없었다.

큰오라비 경운처럼, 이 천여를 품어야 하는 하늘로 황제는 태자가 아닌 서하를 택한 것이다. 그것이 얼마나 위험한 일이며 얼마나 엄청난 일인지도 연우는 잘 알고 있었다.

만약 큰오라비인 경운이 문제가 생겨 둘째 오라비인 무운이 태자의 자리를 맡아야 한다면…… 그것은 엄청난 폭풍이 될 것이다. 그 폭풍이 이곳에 몰아치려 하고 있었다.

그리고 그 끔찍한 폭풍 한가운데 그가 서 있는 것이다. 그 폭풍의 모든 바람을 그는 혼자 감당해야 할 것이다. 어떤 선택을 하더라도.

너무도 힘겨운 말들을 너무도 어여쁜 미소를 지으며 하는 어린 신부를 서하가 물끄러미 내려다보았다.

대체 이 어린 공주의 열두 살은 어떤 모습이었을까. 지금처럼 저리 아름다웠을까. 아니면 더 사랑스러웠던 것 아닐까. 갑갑증이 치밀어 올랐다.

"무섭지 않으십니까."

서하가 가만히 연우의 작고 동그란 볼을 쓰다듬으며 물었다.

오라비만 셋인 황실에서 귀염둥이로 자랐다. 그것은 기억나지 않는다 하여도 알고 있는 일이었다. 가여 황실에서 그녀가 어떤 존재였는지 너무도 잘 알기에.

그리고 그녀는 천여의 태자가 아닌 둘째 황자인 자신과 혼인을 했다. 황후의 자리나 하늘을 품어야 하는 땅은 그녀가 상상도 하지 못했던 삶일 것이다. 한데 지금 자신도 그녀도 이 엄청난 회오리 한가운데 들어와 있는 것이다.

그런데 이 한없이 여려 보이는 소녀가 자신을 위로한다. 자신을 품고 있는 것이다. 이 작은 여인의 가슴속에는 대체 얼마나 커다란 마음이 숨어 있는 걸까.

"혼자라면 못 한다고 가여로 도망갔을 것입니다. 뭐, 도망가면 되지 않겠습니까? 오라비들을 불러 데려가 달라고 해도 아마 달려올 것이고요."

"그럴 겁니다."

그러고도 남을 것이다. 가여의 그 오라비들은. 지금 그녀가 이곳에서 견디고 있는 일들만 알아도 쫓아올지도 모를 일이다. 그 못 말리는 처남들은.

"하지만 전 하나도 무섭지 않습니다. 서방님께서 계시는데 무엇이 무섭겠습니까? 전 폐하도 하나도 무섭지 않습니다."

무섭지 않은 것은 아니다. 사실 엄청 무서웠다. 하지만 황제에 대한 무서움보다 그의 마음을 다른 이에게 빼앗길 수도 있다는 것이 더 무서웠기에 다른 무서움은 그 순간 차라리 잊고 있었던 연우였다.

"정말입니까? 폐하가 무섭지 않으셨습니까."

서하가 동그랗게 눈을 떴다. 이 조그마한 소녀의 배짱이 놀라울 뿐이었다. 그리고 너무도 사랑스러웠다. 자신을 지키기 위해 이 소녀가 그 서릿발 같은 황제의 앞에서 자신이 원하는 바를 똑바로 말했다니.

"실은…… 조금 무서웠지만 참을 수 있었습니다."

그 순간 서하가 그대로 그녀를 품 안으로 끌어당겼다. 미치도록 사랑스러워 금방이라도 안지 않으면 죽을 것 같았다. 난감한 듯 커다란 눈동자를 굴리며 볼을 부풀린 채 조금 무서웠다 말하는 그 모습을 그대로 삼켜 버리고 싶은 서하였다.

태자궁으로 들어서던 태자가 자신의 침전 앞에서 자신을 기다리고 있는 태자비의 모습에 걸음을 멈췄다.

불안이 가득 고인 태자비의 얼굴로 알 수 있었다. 자신이 지금 누구를 만나고 오는 길인지 그녀가 알고 있다는 것을. 그것이 궁금해 참지 못하고 이곳으로 달려온 모양이었다.

휘청거리던 몸을 꼿꼿이 세우며 태자가 태자비의 앞으로 다가섰다.

"들어가세요."

"폐하께서…… 서하 황자님도 함께 부르셨다면서요."

앉기가 무섭게 물어 오는 태자비의 물음에 태자가 큭, 낮은 웃음을 토해 내며 고개를 저었다.

궁 안 모든 곳에는 태자비의 눈과 귀가 있다. 아니, 그것은 태자비의 눈과 귀가 아니라 자신의 장인인 시중의 눈과 귀일 것이다. 그리고 그 눈과 귀의 위에는 황제의 눈과 귀가 있다. 황실은 그런 곳이다.

"내가 태자 하지 않겠다는 말이라도 하고 왔을까 그리 두려우십니까."

"전하!"

하얗게 질리며 태자비가 소리쳤다. 앙상하게 마른 그녀의 얼굴에 어린 두려움이 그대로 느껴져 왔다.

열다섯, 너무도 어리고 어여쁠 때 태자비로 궁에 들어와 살갑지도 건강하지도 않은 자신의 곁에서 그림자처럼 살고 있는 태자비였다.

자신의 부족함 때문에 아이가 생기지 않음에도 황제의 명에 후궁을 들이는 것도 받아들였던 여인이었다. 그 모든 것이 미안했고 안타까웠었다.

한데…… 가끔 이리 황제의 말 한 마디에 어쩔 줄 몰라 하는 그녀를 보면 그녀에겐 태자비라는 자리만이 소중하다는 느낌이 드는 그였다. 그녀에게 자신의 존재는 무엇인 것일까.

"피곤합니다. 그만 돌아가세요."

하얗게 바랜 입술을 지그시 깨물며 무엇인가 이야기를 더 하고 싶은 듯 보이는 태자비에게서 태자가 고개를 돌렸다.

아무 이야기도 듣고 싶지 않았다. 그녀의 입에서 나올 말들은 뻔한 것이기에. 하지만 오늘은 그녀도 물러설 마음이 없는 모양이었다.

"약조를…… 받으셔야 합니다."

"약조라. 누구에게 무슨 약조를 말입니까."

"서하 황자님에게 받으셔야 합니다. 폐하의 뜻이 서하 황자님께 닿아 있다는 것은 모르는 이가 없습니다. 하지만 서하 황자님은 아니시지 않습니까. 황자님께 태자 전하는 특별한 형님이시니까요. 황제 폐하의 뜻에 황자님이 흔들리시기 전에 확답을 받아 두셔야 합니다."

간절함을 담는 태자비의 눈을 태자가 멍하게 바라보았다. 저리 절실할까 싶었다. 지아비인 자신의 사랑이나 손길은 조금도 원하지 않으면서 저리 황후의 자리는 간절한 것일까.

"사가의 아버님께서 그리해야 한다 하시던가요?"

태자의 물음에 태자비의 얼굴이 차갑게 굳었다.

황제의 마음을 얻지 못한 태자가 이 자리를 지키기 위해서는 대신들의 마음까지 잃어선 안 됐다. 그리고 그 대신들의 마음은 시중인 자신의 아비에게서 나온다는 걸 모르는 이가 없을 것이다.

황제가 이미 마음을 정했으면서도 서하를 태자로 올리지 못하는 이유는 바로 대신들 때문이었다. 강건하지 못하다는 이유로 큰 잘못이 없는 태자를 폐할 수는 없는 것이다. 그것으로는 분명 명분이 부족하기에.

"대신들은 여전히 장자이신 태자께서 보위를 이으셔야 한다고 믿고 있습니다. 서하 황자님이 병부를 관할하게 되었다 해도, 모두의 관심이 그런 서하 황자님께 닿아 있다고 해도 태자께서 여전히 굳건하심은 바뀌지 않는 사실이니까요. 이럴 때일수록 심지를 굳건하게 하셔야 합니다."

"태자비."

"예. 전하."

마른 입술을 꼭 다물며 대답하는 태자비의 얼굴을 태자가 물끄러미 바라보았다.

"정말 내가 진정한 황제가 될 수 있다고 보시는 것은 아니지 않습니까?"

"……전하."

"시중의 보호를 받는 황제, 그런 황제 아닌 황제가 되겠지요. 내가 만약 보위에 오른다면 말입니다. 태자비께서 원하시는 것은 그렇게라도 황후가 되는 것입니까."

"……예."

망설임도 없이 흘러나오는 태자비의 대답에 태자의 얼굴이 아프게 일그러졌다. 무참하게 일그러지는 지아비의 얼굴을 바라보던 태자비가 이를 악물었다.

"열다섯 살 때부터였습니다. 곁도 내어 주시지 않는 병약한 지아비 곁에서 숨조차 제대로 내쉬지 못하고 태자궁만을 지켜온 것이요. 무엇이든 폐하의 뜻대로 살아야 했습니다."

흐느끼듯 흘러나오는 태자비의 음성이 태자의 귓가로 스며들었다.

"품도 내어 주시지 않는 지아비의 아이를 잉태해야 한다고 수도 없이 진맥과 시료를 받아야 했습니다. 예. 폐하께서 내리신 명이어서 거역할 수도 없었습니다. 그럴 때 전하께서는 무엇을 하셨습니까? 전하의 품도 모르는 제가 아이를 가질 방법 따위 하늘이 두 쪽 나도 없음을 아시면서도 폐하께 말씀하실 수 없으셨지요. 해서 저 혼자 견뎌야 했습니다. 제가 모두 지고 가야 했습니다. 아십니까."

태자비의 입술이 바르르 떨리기 시작했다. 태자비의 푸르게 변한 입술에서 새어 나오는 끔찍한 말들에 태자가 눈을 감았다. 모르지 않는 일이었다. 모르고 싶었을 뿐.

"차라리 후궁을 들이라 폐하의 하명이 내려왔을 때 행복했습니다. 이제 저에게서는 기대를 버리신 것일 테니까요. 차라리 후궁이 들어오는 것이 행복했단 말입니다!"

이제 떨리는 태자비의 입에서는 절규가 쏟아져 나오고 있었다. 태자의 얼굴이 더욱더 아프게 젖어 갔다. 그녀를 저리 만든 것이 대체 누구일까. 자신일까? 폐하일까? 아니면…… 그녀 스스로일까.

"말할 수 있지 않았습니까. 내가 그대를 안지 않는다고. 나는 여인을 안을 수 있을 만큼 강건하지 않다고. ……내가 말하지 않아서 참았던 것이 아니지 않습니까. 폐하께서 그것을 아시는 것이 두려우셨던 것 아닙니까. 폐하의 명을 거역하는 것이 무엇보다 겁이 나셨던 것 아닙니까. 그 자리를 내어놓아야 할지도 모른다는 것이 가장 두려웠던 것 아닙니까. 그렇게 그 자리가 좋았습니까."

미간을 좁힌 채 아프게 묻는 태자의 말에 태자비의 얼굴이 가늘게 떨렸다.

"그럼 어쩌란 말씀입니까? 열 살이 된 해에 전하의 정혼자로 내정된 저입니다. 사가에서조차 전 미래의 태자비로 살아야 했습니다. 그런 제가 다른 삶을 사는 것이 가능할 것 같으십니까? 다른 삶이 뭔지도 모르는 제가요? 그런 저에게 왜 그렇게만 살려 하냐고 묻지 마십시오. 태자께서도 태자 자리를 놓겠다는 말씀만은 못하시지 않습니까. 왜입니까? 그리 버거우시면서, 그리 힘드시면서 왜 이 자리를 그리 잡고 계십니까?"

태자의 눈빛이 거세게 흔들렸다. 그의 얼굴이 아프게 일그러졌다.

"태자께서도 다른 삶을 택할 용기가…… 없으신 것이 아닙니까."

붉게 물든 네 개의 눈동자가 서로를 바라보았다. 똑같이 흔들리고 있는 그 눈동자가 서로의 가슴에 만들어진 생채기에 박혀들고 있었다.

❋

무사 훈련 회의를 다른 이의 게르에서 할 테니 그냥 누워 있으라는 카린의 만류에도 조금 움직이고 싶다는 핑계로 카린의 게르를 나선 무운이었다. 아직 몸을 움직이기에는 힘이 달렸지만 며칠이나 그녀의 게르를 독차지할 수가 없었기 때문이다.

자신이 움직이지 못할 때에는 그녀가 다른 이들의 게르로 가서 일을 처리하곤 했다. 한데 그것이 하루에 한두 번 있는 일이 아니었다.

선족에서 일어나는 거의 모든 일은 그녀에게 보고되었고 그녀가 처리해야 했다. 족장이 있다 해도 실질적인 족장은 그녀였다. 그것을 그 누구도 부정할 수 없음을 요 며칠간의 모습으로 확인한 그였다.

편치 않은 다리에 힘을 주어 걸음을 옮기던 무운이 눈앞에 보이는 광경에 그 자리에 멈춰 섰다. 아이들이 모여 놀고 있었다. 그 아이들 속에는 언제나 린을 보살피는 파야란 아이도 함께였다. 언제나처럼 파야의 등에는 어린 린이 업혀 있었다.

다른 아이들과 노느라 정신이 없는 파야의 등에서 잠이 든 린이 파야의 움직임에 따라 이리저리 흔들리는 모습에 무운의 얼굴이 어둡게 가라앉았다.

"나오셨다!"

무운이 다가서자 놀던 아이들이 깜짝 놀라며 그 자리에 멈춰 섰다. 아이들의 눈에는 다른 머리색과 다른 눈동자 색을 가진 이가 낯설어 보일 것이었다. 그래도 낯을 몇 번 익혀서인지 파야가 무운의 앞으로 다가왔다.

"이렇게 나오셔도 되는 거예요? 많이 아프시다고 하던데."

"다 나았다. 놀기 불편할 텐데 린 이리 다오."

"정말요?"

아기 돌보기에서 해방된다는 것이 기쁜지 파야가 눈을 빛내며 등을 무운에게 내밀었다. 무운의 커다란 손이 조심스럽게 파야의 작은 등에서 린을 내려 품 안에 안았다.

커다란 품이 편안한 것일까. 린이 쌕쌕 낮은 숨소리를 내며 무운의 품 안으로 파고들었다. 따스하고 말캉한 감촉이 무운의 심장을 만지는 것 같았다.

린을 안고 천천히 걸었다. 무엇인가 목적을 가지지 않고 산보하듯 걸음을 옮기는 것이 무운에게는 낯선 경험이었다. 이런 식으로 낯선 곳을 걸어 본 적은 없었으니까. 1년 전 전쟁을 위해 왔을 때 이곳은 마족의 침공을 두려워해 이렇게 평안한 모습을 하고 있지 못했었다.

가여의 도성과는 비교도 되지 않을 작은 촌락 안에 모든 것이 고스란히 들어 있었다. 어린아이들의 재잘거리는 소음과 일을 하러 떠나는 이들의 바쁜 걸음. 그리고 아기를 돌보느라 바쁘게만 보이는 여인들까지. 작은 세상이 이 작은 촌락 안에 다 들어 있었다.

그리고 느낄 수 있었다. 이 작은 촌락은 비록 작지만 이들의 삶의 공간이며 이들이 끝없이 대를 이어 살아가야 하는 곳임을. 이 소중한 작은 세상을 온전히 책임지고 있는 것이 그녀, 카린 이라는 것도.

죽을 만큼 자신에게 오고 싶어도 그 맘을 누를 수 있게 해 주고 견디게 하는 곳이 이곳이리라. 이곳에서 이렇게 린을 안고 자신에 대한 그리움을 이겨 내며 그녀는 이들을 책임지고 있는 것이리라.

무운의 가라앉은 다갈색 눈동자가 하늘을 올려다보았다. 눈이 시리게 푸른 하늘이 두 눈 가득 담겨 왔다. 무운의 눈 안에 푸른 하늘이 가득 담겼다.

탁자 위에 놓인 문서들을 살피던 카린이 린을 안고 들어서는 무운의 모습에 놀라 그에게로 다가서자 무운이 고개를 저었다. 잠이 든 린이 깰까 조심스러운 걸음으로 린의 요람 앞으로 간 무운이 너무도 조심스러운 손짓으로 린을 요람 안에 눕혔다.

무운의 모습을 바라보는 카린의 두 눈에 천천히 물기가 고여 왔다. 너무도 소중한 것을 다루듯 조심스러워하는 그의 낯선 모습이 심장을 아리게 할 만큼 좋고 행복했다. 그런데 또 그만큼 그 모습이 아파 오는 카린이었다.

저리 좋은 아빠를 린은 모르고 자라야 할 것이다. 저리 굳건하고 강한 아비를 느끼지도 못하고 커야 할 것이다. 그저 존재만으로 세상을 무섭지 않게 해 줄 존재를 자신의 아들은 갖지 못할 것이다.

카린의 입술이 바르르 떨려 왔다. 참으려 이를 악무는 그녀의 입에서 신음 같은 울음이 토해지기 시작했다. 무운이 그녀를 향해 돌아섰다.

"흑!"

움직이지도 못하고 무운을 응시한 채 카린이 눈을 감고 이를 악물었다. 눈에서 흘러내리는 눈물도, 입에서 새어 나오는 신음도 그에게 보이고 싶지 않은데…….

더 이상 참을 수 없는 카린이 그대로 주저앉으려는 순간 어느새 다가온 무운의 커다란 품이 그녀를 끌어당겼다.

"흑, 으윽! 흑!"

가슴 저 깊은 곳의 아픔을 제대로 뱉어 내지도 못하는 그녀의 울음이 무운을 아프게 했다. 제대로 울 줄도 모르는 이 여인의 울음이 너무도 아프고 힘겨워 자신의 심장이 조여드는 것 같았다.

차라리 크게 울고 화라도 낸다면 마음이 조금은 편할 것 같았다. 자신에게 아무것도 원하지 못하는 그녀를 이해하기에 더 아픈 무운이었다.

"내일…… 떠날 거야."

"!"

울음을 삼키던 그녀의 어깨가 딱딱하게 굳었다. 그 어깨를 무운이 가만히 끌어안았다.

"그리고…… 돌아올게. 나에게 사흘만 시간을 줘."

그녀가 그를 밀어내며 고개를 들었다. 그가 하는 말이 무슨 뜻인지 이해하지 못했다는 듯 그녀의 촉촉하게 젖어 있는 눈이 그를 응시했다. 무운이 그런 그녀를 바라보며 입가에 미소를 담았다. 따스하고 단단한 미소였다.

"온전히 너와 린에게 돌아올 거야."

"당신……."

"혹시 내가 오는 것이 싫은 건 아니겠지? 카린 대장?"

그가, 그의 나라를 버린다. 그가 스스로를 버리려 하는 것이다.

하얗게 바래는 그녀의 얼굴을 보기 싫어 그가 자신의 품 안으로 그녀를 끌어당겼다. 품 안에서 빠져나가려 몸부림치는 그녀를 그의 강한 팔이 놓지 않았다. 잠시 그를 밀어내던 카린이 그의 어깨에 머리를 기댔다.

"대체 당신이란 사람은……."

울먹이는 카린의 얼굴을 무운이 가만히 들어 올렸다. 눈물로 얼룩진 그녀의 얼굴이 그를 올려다보고 있었다. 그 아름다운 진회색 눈동자를 바라보다 무운이 그녀의 입술을 베어 물었다. 그리고 그녀를 두 팔로 가만히 들어 안았다.

"린…… 깨는 건 아니겠지?"

자신의 귓가에 속삭이는 무운의 말에 카린의 귓불이 발갛게 물들었다. 환하게 웃는 무운의 웃음이 카린의 눈동자를 가득 채워 왔다.

여전히 짙은 어둠이 가시지 않은 침전 안에서 장계를 펼쳐 놓은 채 앉아 있던 황제가 밖에서 들리는 기척에 천천히 고개를 들었다. 이 새벽, 누구도 깨어 있지 않을 듯한 시간에 업무를 시작하는 것이 황제의 일상이었다.

잠을 깨울 수 있는 차 한 잔만을 옆에 두고 침의 그대로 장계에 시선을 주던 황제의 곁으로 내관이 조용히 다가왔다.

"폐하, 서하 황자께서 뵙기를 청하시옵니다."

무심하던 황제의 표정에 균열이 가기 시작했다. 무엇을 담는지 모를 황제를 응시하는 내관에게 고개를 끄덕이자 내관이 성급한 걸음으로 나갔다.

황제가 천천히 앞에 놓여 있는 탁자를 밀어내었다. 그리고 새벽의 어둠을 두른 채 자신의 앞으로 다가서는 둘째 아들을 응시했다. 황제의 숨결이 잦아들었다.

"소신 서하, 폐하를 뵈옵니다."

"그따위 치례 필요 없고, 무슨 일이냐."

다급함이 황제의 말투에 배어 나왔다. 다급함 따위 가져 본 적 없는 황제의 말투에 서하가 입가를 비릿하게 끌어 올렸다. 약하게 밝혀진 등잔불 아래 시리도록 차가운 검은 눈동자가 조용히 일렁이고 있었다.

황제의 미간이 살짝 굳어졌다.

"폐하께 청할 것이 있어 들었사옵니다."

"……청할 것? 무엇이더냐."

"오늘부터 이레 동안 황궁회의와 각부의 회의를 저와 태자 전하가 주관하게 해 주십시오."

"……뭐라?"

"이레이옵니다. 제게 이레의 시간을 윤허하여 주십시오. 폐하."

한순간도 흔들리지 않는 황제의 숨소리가 순간 흐트러졌다. 그리고 황제의 거친 숨소리가 분명하게 서하의 귓가에 들려왔다.

처음 듣는 아비의 불안함이 담긴 숨소리였다. 그러나 그것은 꼭 거짓말처럼 그 순간 사라져 버렸다.

"윤허한다."

서서히 떠오르는 해의 온기를 온몸으로 느끼며 연우가 침상에서 일어나 앉았다.

서하가 새벽의 한기를 온몸에 두른 채 조심스럽게 일어나 나가는 것을 느꼈지만 알은척하지 않은 그녀였다. 그는 밤새 한숨도 이루지 못했다. 그녀 역시 마찬가지였다.

연우는 느낄 수 있었다. 어제 그가 자신을 억누르지 못하고 그녀를 안고 또 안으며 무엇을 그리 망설였는지. 스스로의 심장에서 터져 나오는 열기를 누르려 그가 얼마나 힘겹게 자신과의 싸움을 했는지. 그리고 이제 결정을 한 것이리라.

그 결정이 무엇이든 상관없었다. 그가 결정했고 그가 해야 한다고 느낀 것이라면 그것이 어떤 일이라 하여도 그녀는 그를 따를 것이고 그를 응원할 것이다.

그리고 강해질 것이다. 그가 택한 길을 함께하려면 자신은 모든 것을 품는 땅이 되어야 하니까. 자신의 하나뿐인 하늘까지도 온전히 품을 수 있는, 넓고 끝없이 강한 땅이 되어야 하니까.

밝아 오는 새벽의 빛을 응시하는 연우의 눈이 차갑게 반짝였다.

깨질 듯한 머리를 겨우 들어 올려 내관이 내미는 탕약을 받아든 주하가 탕약의 내음에 미간을 좁혔다.

어려서부터 끝도 없이 마셔 온 것이건만 오늘따라 유난히 탕약 내음이 비위 상하는 그였다. 어젯밤 내내 두통과 불면에 시달려서일 것이다.

"미열이 있사옵니다. 어의를 들라 할까요?"

서 내관이 안절부절못하며 묻는 말에 주하가 천천히 시선을 들어 올렸다. 언제나 있던 일인데 오늘따라 불안해하는 서 내관의 모습이 의아한 그였다.

"무슨 일이냐."

"……."

"서 내관."

어려서부터 태자의 수족으로 살아온 그였다. 한순간도 떨어져 본 적 없는 서 내관의 불편한 얼굴을 주하가 알아차리지 못할 리 없었다.

곤혹스러움을 담은 서 내관의 입이 조심스럽게 열렸다.

"폐하께서 오늘부터 이레 동안 태자 전하와 서하 황자님께 모든 정무를 일임한다는 교지를 내리셨다 하옵니다."

"······뭐?"

"사시에 있을 황궁회의부터 집전하셔야 하옵니다."

"나 혼자가 아니라, 서하와 함께 말이냐."

"예. 전하."

주하의 얼굴에서 하얗게 핏기가 빠져나갔다. 빈 탕약 그릇을 든 손이 바르르 떨리자 서 내관이 놀라며 주하의 손에서 탕약 그릇을 받아 들었다. 새하얀 주하의 야윈 손이 툭, 바닥으로 떨어져 내렸다.

황자의 정복을 입은 서하의 모습에 연우의 시선이 닿은 채 움직일 줄 몰랐다.

처음 보는 모습이었다. 가례 때나 황제의 즉위식 또는 황제의 탄신 연회 같은 국가 대사에만 입는 옷이기에 이제껏 연우는 그가 이 정복을 입는 모습을 보지 못했던 것이다.

범의 문양으로 이루어진 정복은 사내다운 서하의 풍모를 더욱 강하게 보이게 만들어 주었다. 긴 팔다리와, 새하얗지만 차디차게 뚜렷한 이목구비, 짙은 눈동자가 검붉은 정복에 너무도 잘 어울렸다. 어린 신부의 반짝이는 시선이 자꾸만 자신의 부군에게로 향했다.

"혹······ 어디가 이상합니까."

자신에게서 시선을 떼지 못하는 연우의 눈길이 의아한지 서하가 자신의 모습을 내려다보며 물었다. 연우가 살래살래 고개를 저었다. 그녀의 머리에 달린 은색 나비잠이 한들한들 춤추듯 흔들렸다.

"너무 멋져서 그러는 것입니다. 이 정복은 어찌 이리 멋지답니까? 서방님께 정말 잘 어울리거든요."

"나쁘지 않다니 다행입니다."

연우의 똘망똘망한 눈을 보고도 쉽게 미소가 나오지 않는 서하였다.

오늘은 태자와 함께 처음으로 황궁회의를 주관하는 날이다. 엄청난 신경전과 불안이 황궁 안을 메울 것은 의심할 여지도 없는 일이다. 그것을 상상하는 것만으로도 숨이 막혀 왔다.

굳은 채 얼굴을 풀지 못하는 서하를 가만히 바라보던 연우가 서하의 앞으로 한 걸음 다가섰다. 서하의 어깨에 겨우 미치는 연우가 그를 올려다보았다. 투명한 다갈색 눈동자가 서하의 시선을 좇았다.

"선택하셨다면, 결심하셨다면 망설이지 마십시오. 황자님의 선택은 분명 옳은 것이니까요."

서하의 잔잔한 눈빛에 흐린 미소가 번졌다.

"다녀오겠소."

황궁 앞에 있던 태자가 다가서는 검붉은 인영의 모습에 천천히 고개를 돌렸다. 태자의 붉은 정복과 황자의 검붉은 정복이 다가서고 있었다. 서로를 삼킬 듯 붉게 타오르는 두 사람의 모습에 모여 선 이들이 모두 숨을 죽여야만 했다.

황제의 자리 앞에 두 개의 새로운 옥좌가 놓여 있었다. 나란히 놓여 있는 두 개의 옥좌. 황제의 마음이 대신들 앞에 고스란히 내보여지고 있었다.

시중의 얼굴에 어린 짙은 어둠을 놓치지 않으며 서하가 하나의 옥좌 앞에 섰다. 태자가 자리에 앉고 나서야 자신의 옥좌에 앉는 서하였다.

"모두 놀라셨으리라 생각합니다. 저 역시 폐하의 갑작스러운 하교에 당황했었음을 부인하지 않겠습니다. 하지만 폐하의 명에는 언제나 깊은 뜻이 숨어 있는 법이지요. 해서 오늘부터 이레 동안 저와 서하 황자가 폐하를 대신해 정무를 볼 것입니다. 그리들 알고 폐하를 대하듯 저와 황자 서하를 대해 주시면 됩니다."

태자의 말에 대신들 모두가 깊이 고개를 숙였다.

난감해도 이리 난감할 수는 없는 노릇이었다. 두 명의 대리청정이라니. 세상에 듣도 보도 못한 사태에 대신들은 서로의 눈치를 보느라 정신이 없었다.

"곤란해하실 필요 없습니다. 저와 태자께서 각부의 보고를 받고 질의를 드리고 또 결정을 해야 하는 사항에서는 결정을 해 드릴 것입니다. 폐하께서 결정권을 저희에게 일임하셨으니 이 모든 것은 아무런 문제가 되지 않습니다. 하면…… 오늘의 주요 안건이 병부의 새로운 장군 임명이라 알고 있으니 병부령부터 시작하시겠습니까."

서하의 말에 고개를 숙이고 있던 병부령이 살며시 시중 쪽을 바라보았다. 하지만 시중의 시선은 지금 막 서하에게 지목을 받은 병부령에게 향해 있지 않았다.

차분하게 반짝이는 시중의 시선은 서하에게 닿아 있었다. 당황스러움을 감추지 못하고 하얗게 바랜 태자의 얼굴과 달리 서하의 얼굴에는 여유가 엿보였다. 그렇다면 그것은 준비를 해 왔었다는 것이리라.

시중이 깊은 한숨을 토해 내며 이를 지그시 악물었다.

서늘함이 황궁을 가득 채우고 있었다. 새로이 병부의 장군으로 병부령이 추천하는 이들에 대한 서하의 의문이 모두의 등골을 오싹하게 만들었다.

간단히 보고하려 했던 병부령은 서하의 날카로운 질문 하나하나에 식은땀을 뚝뚝 흘려야만 했다. 특히 그 명단에 병부령의 조카가 있다는 것이 서하를 화나게 만든 것 같았다.

"모두가 납득할 수 없는 인사는 허용할 수 없습니다. 그 자리가 결코 쉬운 자리가 아니지 않습니까. 그리고……."

차가움을 두른 서하의 시선이 병부령을 지나 시중에게로 닿았다. 서하의 시선을 마주한 시중의 눈빛도 낮게 가라앉았다.

"이제부터 그 어떤 장계도 월권 수결은 용납하지 않을 것입니다. 예를 든다면…… 태자 전하의 인이 필요한 문서에 시중의 인이 찍혀 있는 것 같은 상황 말입니다."

일그러지는 태자 주하의 얼굴과 하얗게 식어 내리는 시중의 얼굴이 모두 서하를 향했다. 서하의 파란 불꽃이 이글거리는 그 눈빛이 대신들 모두의 가슴으로 박혀 들었다. 저 자리에 황제가 앉아 있다는 착각이 들 만큼 서하 황자의 눈빛은 젊은 시절 황제를 떠올리게 했다.

"이런 상황은 모두 만들지 않으실 것이라 믿습니다. 아니 그렇습니까. 태자 전하."

정중한 목소리였다. 하지만 그렇게 부드러운 미소를 지으며 태자를 바라보는 서하의 눈빛은 절대 부드럽지 않았다. 두 형제의 눈동자가 허공에서 얽혀 들었다.

천룡전 후원 앞에 선 연우가 걸음을 멈추고 천천히 숨을 들이 마셨다 다시 내뱉었다. 연우의 곁에 선 하정과 재희도 긴장감을 감추지 못하고 연우를 따라 숨을 내쉬었다.

하얗게 질려 있는 연우의 작은 얼굴이 안쓰럽기만 한 하정이 었다. 안 그래도 지금 태자와 서하가 황궁회의를 주관하는 중이라는 소문이 궁 안을 가득 채우고 있어서 온 궁이 떠들썩한 마당에 꽃구경을 하자며 황제가 연우를 천룡전 후원으로 불러들인 것이다.

꽃구경. 재희가 고개를 저었다. 이 궁 안에서 살아온 지 10년도 넘은 재희도 처음 들어 본 말이었다. 황제가 꽃구경을 하다니. 그것도 황후와 황자비를 데리고. 황당함을 넘어 알 수 없는 두려움이 느껴질 지경이었다.

"나 괜찮지?"

다시 한 번 옷매무새를 살피는 연우의 모습에 하정과 재희도 빠른 눈길로 연우의 차림을 살폈다.

"괜찮으세요. 걱정 마세요."

"꽃구경하다가 심장마비 걸렸다는 전설이 생기는 거 아니겠지? 나 꽃구경에 안 좋은 기억이 있는데. 그렇지? 하정아?"

"공주님! 지금 왜 그런 이야기를 하세요! 안 그래도 미치겠는데!"

하정이 버럭 고함을 지르다 자신의 목소리에 놀라 주저앉아 버렸다. 재희가 놀라며 하정의 몸을 일으켰다.

"무슨 말이야? 꽃구경에 안 좋은 기억이시라니?"

"몰라. 이야기하고 싶지 않아."

불안해 죽을 것 같은 얼굴로 말하는 하정을 보며 연우가 큭, 웃음을 토해 냈다. 자신보다 열 배는 더 떨고 있는 하정의 모습이 우스운 연우였다.

"웃음이 나오세요? 지금?"

"그럼 울어? 하, 됐어. 들어가자."

깊이 숨을 들이마신 연우가 꼿꼿하게 허리를 펴고 걸음을 옮기기 시작했다. 그 뒤를 따르며 재희가 못내 궁금해 미치겠다는 듯 하정을 보며 속삭였다.

"뭔데? 안 좋은 기억이?"

"돌아가실 뻔했었어. 황자님 앞에서."

"……뭐? 헉!"

천룡전 후원으로 들어서는 연우의 뒷모습에 닿은 재희의 눈이 커다랗게 열렸다.

연우가 천룡전으로 들어서자 기다리고 있었던 듯 궁녀가 그녀를 후원 정자로 안내했다. 이미 정자에는 황제와 황후 그리고 태자비가 앉아 차를 마시고 있었다. 쥐 죽은 듯한 공간으로 들어서며 연우가 살며시 고개를 숙였다.

"화운비, 폐하와 황후마마를 뵈옵니다."

"어서 오세요."

그저 무심한 시선으로 연우를 훑어 내리듯 살피는 황제 대신

141

황후가 부드러운 미소를 지으며 연우를 반겼다. 아무것도 담기지 않은 시선을 들어 자신을 응시하는 태자비에게도 연우가 살짝 고개를 숙였다.

머리가 아플 정도로 꽃향기가 가득한 후원이었다.

그러고 보니 재희에게 들은 기억이 났다. 정사에는 조금도 관여치 않는 황후가 소일거리로 즐기는 것이 황궁 안의 꽃밭들 가꾸기라고 재희가 지나가는 말처럼 했던 것이 떠오르는 연우였다.

내명부의 모든 일을 관장하느라 바쁘지만 늘 쾌활하셨던 자신의 어머니와는 많이 다른 황후였다. 궁 안에서 황후의 존재감은 거의 없다고 해야 할 정도였다.

예전에 서하가 말했었다. 황제에게 아무런 말도 하지 못하는 황후가 힘겨울까 봐 하고 싶지 않은 것도 말할 수 없었다고. 초조함이 가득 고인 황후의 얼굴에 연우가 살짝 한숨을 뱉어 냈다.

"그래, 이제 조금 이곳에서의 생활은 익숙해지고 있습니까."

그저 찻잔을 드는 소음만이 가끔 들리는 고요한 공간이 힘겨운지 황후가 연우를 보며 나직하게 물었다.

느긋하게 정자 기둥에 몸을 기대고 있던 황제의 나른한 시선이 연우를 물끄러미 바라보았다. 연우가 무슨 대답을 할지 기다리고 있는 듯 보였다.

연우가 황후를 향해 부드럽게 웃었다.

"예. 조금씩 익히고 있는 중입니다."

"가여에서는 서하 황자가 많이 함께해 주었을 것인데 이곳에서는 그게 힘들어 외롭겠습니다."

황후의 말에 찻잔을 들어 올리던 태자비의 손이 아주 잠시 흔들렸다. 황제의 시선이 그 손끝에 닿았다.

"가여에서 황자님의 위치와 이곳에서의 위치가 다르시니 당연한 일이라 생각하옵니다. 걱정하지 마십시오. 황후마마."

"어마마마라 불러도 됩니다."

"진정 그리해도 되옵니까?"

수줍은 듯 발그레 물든 볼을 하고 묻는 연우의 모습이 곱게 느껴져 황후가 옅은 미소를 지으며 고개를 끄덕였다. 연우의 얼굴에 환한 미소가 번졌다.

"감사합니다. 어마마마."

동그란 눈에 환한 미소를 담으며 황후를 향해 밝게 웃어 보이는 연우의 모습을 무심한 듯 한참을 바라보던 황제가 기대고 있던 몸을 천천히 일으켰다. 세 여인의 시선이 살짝 굳어 왔다.

"이런, 내가 잡아먹는 건가. 이리들 굳어서야."

살짝 미간을 좁힌 황제가 자신의 작은 움직임에도 움찔하는 황후와 태자비를 향해 농담처럼 뱉어 냈다. 그 말에 더욱 긴장하는 황후와 태자비의 모습에 연우가 얕게 한숨을 뱉었다.

"태자비."

갑작스러운 황제의 부름에 태자비가 놀라 고개를 들었다. 언제나 파리한 입술이 더욱 파래지고 있었다.

그 모습을 무시하듯 황제의 시선이 올곧은 시선으로 자신을 바라보고 있는 연우를 바라보다 태자비 쪽으로 나른한 시선을 옮겼다. 황제와 시선을 마주친 태자비의 얼굴이 하얗게 굳었다.

"예. 폐하."

"너는 황후의 자리가 무엇이라 생각하느냐."

갑작스러운 황제의 질문에 놀란 태자비의 눈동자가 거칠게 흔들렸다.

이제껏 단 한 번도 이런 물음이나 대화를 황제와 해 본 적 없는 그녀였다. 황제는 언제나 명을 내리기만 했었고 그녀는 그 명을 지키는 관계였다.

무슨 의견인가를 묻고 답해 본 적은 한 번도 없었다. 어떤 대답을 해야 할지 알 수 없는 그녀의 온몸에서 식은땀이 축축하게 배어 나왔다.

지금 황궁에서는 태자와 서하가 황궁회의를 집전 중이다. 그 것은 두 사람의 왕위 계승을 황제가 염두에 두고 있다는 것을 만천하에 드러내는 것이다.

그런 상황에서 자신에게 이런 황당한 질문을 하는 의도를 알 길이 없기에 더욱 두려운 그녀였다.

"한 번도 생각해 본 적이 없더냐."

황제의 짙은 눈썹이 비웃듯 치켜 올라갔다. 황제의 입가에 비 릿하게 맺혀진 미소를 바라보던 태자비가 천천히 푸른 입술을 열었다.

"저는, 황후의 자리란 모든 황족과 황실을 아울러야 하는 자리라 생각하옵니다. 황실의 모든 위계질서와 권위를 지켜야 하며 모든 이들의 모범이 되어야 하는 자리이옵니다."

긴장을 담았지만 담담하게 말하는 태자비의 말에 황후의 표정에 약한 안도가 서렸다. 황제의 물음에 똑똑하게 답하는 모습에 마음이 놓이는 것이다.

만족스러움을 담는 황후의 표정과는 대조적으로 심드렁한 표정으로 태자비를 바라보던 황제가 이번에는 연우에게로 시선을 돌렸다.

연우에게 닿는 황제의 시선에 태자비의 눈이 차갑게 굳었다.

"화운비."

"예. 폐하."

한 점 흔들림이 없는 연우의 목소리가 맑게 울렸다.

"너의 생각은 어떠하냐? 태자비와 같은 생각인 것이냐."

재미있는 것을 기다리는 듯 황제의 눈가에 자잘한 미소가 번졌다. 서하의 후궁을 고르라는 명에 그 자리에서 그 명을 거부하던 연우의 대답이 어떠할지 못내 궁금한 황제의 속내가 고스란히 그 눈빛에 묻어났다.

연우가 잠깐 숨을 참으며 주변을 둘러보았다. 걱정이 가득 고인 눈으로 자신을 보고 있는 황후와 지독한 경계를 품고 자신을 향한 태자비의 시선, 그리고 알 수 없는 의미의 미소를 담고 있는 황제의 시선까지 모두를 한 번씩 바라본 연우가 작고 붉은 입술을 열었다.

"제게 황후란, 황제의 안식처라 생각하옵니다. 그 어느 곳에서도 긴장을 내려놓을 수 없는 황제라는 이름을 황후의 옆에서만은 내려놓을 수 있는 그런 자리를 만드는 것. 그것이 황후의 소임이라 생각하옵니다."

황제가 살짝 눈썹을 치켜뜨며 연우를 가만히 응시했다. 아무것도 담고 있지 않은 황제의 눈빛이 무엇을 의미하는지 그 자리

의 누구도 알 수 없었다. 그녀의 말에 황제는 아무런 답도 하지
않았다.

거대한 황궁 안을 가득 채운 고요 속에 두 사내의 시선이 천
천히 서로를 향했다. 황궁회의가 끝나고 모든 대신들이 밀물처
럼 빠져나간 서늘한 황궁을 나가지 않고 있던 두 사람이었다.

무엇을 담고 있는지 가늠도 되지 않는 동생의 눈을, 파리한
입술을 꽉 악문 태자가 응시했다.

황궁회의 내내 서하는 한 가지 한 가지를 꺼내 놓으며 각부의
수장들과 시중을 공격했다. 태자는 알지 못한 일들이었다. 자신
이 확인하고 수결해야 하는 장계들이 그리 많은 것도 태자는 알
지 못했다.

황제가 자신에게 일임한 일들을 시중이 살피고 있다는 것은
어렴풋이 알았지만 그렇게 시중의 독단으로 자신의 의결권이 남
용되고 있음은 알지 못했다.

그 누구도 자신에게 그런 것을 알려 주지 않았다. 그런데 천
여로 돌아온 지 얼마 되지 않은 서하는 그 모든 것을 이미 파악
하고 있었다.

"서하야."

나직하게 부르는 형의 목소리에 서하의 짙은 눈동자가 어둡
게 가라앉았다.

"무엇을 확인하고 싶은 것이냐."

꿈틀, 서하의 짙은 눈썹이 흔들렸다. 맑아서 더 아픈 형의 눈
동자에 어려 있는 조금의 온기가 더 힘겨운 그였다. 차라리 화

를 낸다면, 서늘함만을 담고 있다면 이리 가슴이 아리지 않을 것이다. 하지만 저 눈빛이 여전히 따스하다 하여도 이 모든 것을 덮을 수는 없음을 잘 아는 그였다.

"진정 모르셨습니까."

서하의 차갑게 식은 검은 눈동자가 태자를 응시했다. 자신의 심장까지 내어 보이는 듯 느껴지는 서하의 눈빛에 태자가 지그시 입술을 베어 물었다.

"모르셨다 하여도, 아셨다 하여도 문제는 달라지지 않겠지요. 하지만 모르셨다면 그것은 스스로의 의무를 저버리신 선택이며, 아셨다면 그것은 스스로의 권리를 저버리신 선택이십니다. 어떤 선택이었다 해도 아무런 변명도 하실 수 없습니다."

"시중께서 나보다 현명한 선택을 하실 것이라 믿었다. 아무것도 모르는 내가 결정하는 것보다⋯⋯."

"모르시는 것도 직무유기십니다."

"내 몸이 어떠한지 알지 않느냐."

"그렇다면⋯⋯ 놓으셔야 했습니다. 폐하께 말씀드리셔야 했단 말입니다. 그렇게 그저 폐하의 눈을 가리고 모두의 눈을 가리는 선택은 하지 않으셨어야 했습니다."

"그게⋯⋯ 쉬울 것 같더냐. 나의 무엇 하나 마음에 들어 하시지 않는 폐하께 제대로 할 수 없으니 명을 거두어 달라고 하는 것이? 겨우 태자로서의 자리를 인정해 주시는 것인데 너라면 그리할 수 있었겠느냐."

"그래서⋯⋯ 모르셨을 것이라 여기십니까?"

태자의 얼굴이 차갑게 굳었다. 안타까움이 서린 서하의 얼굴이 태자에게서 황궁 안을 향해 돌려졌다.

"정녕 폐하께서 모르셔서 그리 두었을까요? 제가 발견할 수 있었던 그 일을, 모르셔서 그리 두셨을 것이라 여기셨단 말입니까. 그리도 폐하를 알지 못하십니까."

"그게, 무슨 소리냐? 폐하께서 그 일을 아시고 계신다는 것이냐? 어느 것을?"

이 순간에도 폐하가 어느 만큼을 알고 계신지에 연연해하는 태자의 물음에 서하가 질끈 눈을 감았다. 가슴 저 깊은 곳이 먹먹해서 숨이 잘 쉬어지지 않았다.

"처음부터 다 알고 계십니다. 모든 것을."

"……."

"한데 왜 지금까지 아무런 말씀도 없으셨을까요? 이유가 무엇이라 생각하십니까?"

"그건! 날 몰아세우기 위한 기회를 만들려 하신 것이겠지."

체념과 화가 어린 태자의 숨결이 점점 거칠어지고 있었다. 황제가 모든 것을 이미 알고 있었다는 말에 온몸의 피가 발밑으로 빠져나가는 것 같았던 태자였다.

그리그 그 순간 떠올랐다. 알면서 가만히 있을 황제는 절대 아니다. 자신의 아비는 절대 그럴 사람이 아니다.

그러니까 지금 이 사실들을 다 알면서도 황제가 침묵을 지켰던 건, 서하를 기다리고 있었기 때문이다. 자신을 몰아낼 이유로 써먹어야 하기에.

"확실하게 내 목을 조이시려면 이보다 좋은 빌미도 없으실 것이니까."

"진정…… 그리 생각하십니까."

짙은 어둠을 품은 동생의 눈을 이해할 수 없었다. 자신에게 가장 좋은 패인데, 그걸 황제가 그리 이용할 것이란 것을 동생도 알고 있을 것인데 저 눈빛은 무엇이란 말인가.

"아니라면, 날 걱정해서라는 황당한 말이라도 하고 싶은 것이냐? 날 놀리고 싶으냐?"

"……3년입니다."

태자의 미간이 꿈틀거렸다. 서하의 얼굴에 지독하게 아픈 미소가 번졌다.

"전하께서 이렇게 인사를 처리하신 지, 폐하께서 그것을 알고 계셨던 것이. 한데…… 그 긴 시간 동안 그저 형님의 목을 조르려 기다렸다고 생각하십니까."

태자의 눈이 알 수 없는 의아함에 거칠게 흔들렸다. 자신도 자신의 머릿속을 이해할 수 없었다. 3년. 처음 이 일이 시작된 그때부터 모든 것을 알고도…… 이제까지 기다렸다고? 대체 왜?

"기다리셨을 것입니다. 스스로 바로잡기를. 스스로 자신의 자리를 찾아가시길. 너무 늦기 전에."

이를 악물며 지그시 눈을 감는 동생을 바라보는 태자 주하의 얼굴에 경련이 일기 시작했다. 머릿속이 하얗게 바래 왔다.

"형님!"

태웅전으로 들어서던 무운이 뒤쪽에서 들리는 목소리에 고개를 돌렸다. 궁으로 들어선 것이 조금 전인데 그새 연통이 간 것인지 지운이 달려오고 있었다.

불안과 안도가 함께 서린 지운의 눈동자가 무운을 가득 담으며 무운의 앞에 다가섰다.

"괜찮으신 것입니까? 어찌 그 몸으로 벌써."

불안을 담고 자신의 몸을 훑어 내리는 지운의 시선에 무운이 고개를 저었다.

"견딜 만하니 말을 탄 것이다. 폐하를 뵙고 이야기하자."

"많이 기다리셨습니다. 명을 어기신 벌은…… 각오하셔야 할 것입니다."

"알고 있다."

무운의 뒤를 따르는 지운의 얼굴에 편안한 미소가 번졌다.

혹여 돌아오지 않으면 어쩌나 태산 같은 걱정을 하고 있던 지운이었다. 사랑하는 여인과 아들이 있는 곳에서 다시 이곳으로 돌아오는 일이 결코 쉽지 않을 것임을 그곳에 가서 카린과 아이를 보고 확실하게 느꼈으니까.

자신이라 해도 쉽지 않을 것임을 알기에 지운은 무운의 선택을 두려운 마음으로 기다리고 있었던 것이다.

만약 무운이 돌아오지 않았다면 기다리던 황제는 분명 적월부에게 명을 내렸을 것이다. 황자 무운과 왕손 린을 데려오라고.

다행스럽게도 무운이 돌아왔으니 일단 황제의 불같은 노여움은 잠재울 수 있을 것이라 확신하는 지운이었다. 마음이 독하지 않으신 폐하는 무운을 조금은 이해하실 것이다.

"정말 몸은 괜찮으신 것인가?"

무운의 뒤를 따르는 자경을 향해 지운이 물었다. 굳은 얼굴의 자경이 살짝 고개를 끄덕였다.

"돌아오기로 마음먹기가 쉽지 않았을 것인데, 괜찮았던 건가?"

지운의 물음에 자경이 입을 열지 못했다. 대체 뭐라고 한단 말인가. 지금 무운이 무슨 마음으로 돌아온 것인지, 무슨 선택을 한 것인지 자신의 입으로는 말을 할 수가 없는 자경이었다.

입을 열지 못하는 자경의 어두움이 가득한 얼굴을 바라보던 지운이 더 이상 묻지 못하고 태웅전으로 들어서는 무운의 뒤를 따랐다.

무엇인지 가늠할 수 없는 불안이 등을 타고 흘러드는 느낌을 지울 수 없는 지운이었다.

장계를 살피던 왕이 자리에서 벌떡 일어나는 모습을 보며 무운이 그 앞에 무릎을 꿇었다. 황제 앞에 무릎을 꿇은 무운의 눈에 꽉 움켜쥔 황제의 주먹이 바르르 떨리는 것이 보였다.

"너란 녀석은…… 대체!"

"소자 무운, 폐하의 명을 어긴 벌은 무엇이든 달게 받겠사옵니다."

"받아야지! 감히 내 명을 어기고, 내 손주를 네 마음대로 그곳에 거하게 해? 우리 가여의 황손이니라! 어찌 모든 것이 네 마음대로더냐! 네놈이 아무리 천방지축이고 네 마음대로 하는 놈이라 하여도 어찌 우리 가여의 황손을 그리!"

"폐하."

어느새 들어온 것인지 황제의 곁으로 다가선 황후가 조용한 목소리로 황제를 만류했다.

안도가 서린 따스한 황후의 시선이 황제의 앞에 무릎을 꿇고 있는 아들을 가만히 내려다보았다. 아들이 무사히 돌아와 주었다는 것만으로도 마음이 놓이는 황후였다.

"앉으십시오. 앉아서 이야기하세요. 폐하. 너도 일어서거라."

황후가 이끄는 대로 자신의 옥좌에 앉은 황제가 여전히 치밀어 오르는 화를 참지 못하고 힘겹게 숨을 내쉬는 모습에 지운이 깊은 한숨을 토해 냈다.

웬만한 일로는 저리 화를 내는 법이 없는 아버지였다. 이번 일이 얼마나 엄청난 일인지 황제의 모습으로도 느낄 수 있었다.

"몸은…… 괜찮은 것이냐. 아직 좋지 않다고 지운이 이야기하던데."

무운을 보는 순간 터져 나오는 화를 참지 못했던 황제가 그제야 아들의 몸을 살피며 물었다.

한동안 몸을 추슬러야 해서 당장 돌아오지 못할 것이라 지운이 이야기했었다. 자신의 명을 목숨 걸고 어겼다는 것은 너무도 화가 났지만 그리 강건한 녀석이 며칠이나 움직이지 못할 정도로 몸이 상했다는 것 또한 몹시도 걱정이 되었었다.

큰아들 경운이 총명하고 침착한 왕제의 모습을 지녀서 어려서부터 듬직했다면 둘째 무운은 천생 사내며 무사의 모습을 가지고 있어서 또 다르게 의지가 되었던 황제였다.

경운의 부족한 부분을 메워 주는 둘째 아들에 대한 마음이 결코 큰아들인 태자에 비해 부족하지 않았던 황제에게 이번 일은 엄청난 충격이었고 고통이었다. 하지만 이리 무사한 모습으로 돌아왔으니 다 되었다 안도하는 그였다.

"폐하."

자신의 몸을 걱정스럽게 살피는 황제와 황후의 모습을 아프게 일그러진 얼굴로 바라보던 무운이 힘겹게 입을 열었다. 불안을 담은 지운의 눈동자가 그런 무운을 말없이 바라보았다.

"소신 가여의 둘째 황자 무운, 폐하께 목숨 걸고 간할 것이 있사옵니다."

안도를 담고 미소를 머금던 황제와 황후의 얼굴이 순간 차갑게 굳어졌다. 지운의 커다랗게 열린 눈도 무운을 향했다.

터져 나오려는 힘겨운 숨을 겨우 삼킨 무운이 천천히 시선을 들어 올렸다. 불안을 담은 황제의 시선이 그런 아들을 말없이 응시하고 있었다. 쥐 죽은 듯한 고요가 태웅전을 가득 채웠다.

"소신 무운, 가여 황자의 자리를 버리고 한 여인의 사내로, 한 아이의 아비로 살고자 합니다. 윤허하여 주십시오. 폐하."

"뭐……라 하였느냐?"

모두의 시선이 문 쪽으로 향했다. 언제 온 것인지 문 앞에 선 경운의 모습이 보였다.

파리하게 굳은 경운의 붉은 눈빛이 무운을 향해 터질 듯 이글거리는 것을 느끼며 지운이 눈을 감았다. 짙은 어둠이 똬리를 튼 채 이 자리에 있는 모두를 향해 입을 벌리고 있었다.

한 번도 본 적 없는 경운의 모습이었다. 파랗게 질린 입술을 피가 날 것처럼 꽉 악물고 핏줄이 터져 버려 붉게 물든 눈을 한 채 경운이 천천히 무운의 앞으로 걸어와 섰다.

너무도 섬뜩한 경운의 표정에 황제마저도 입을 열지 못하는 그 순간, 경운이 그대로 오른손을 들어 올려 무운의 왼뺨을 그대로 내려쳤다. 무운의 얼굴이 거세게 오른쪽으로 돌아갔다.

"태자!"

황후의 입에서 단말마의 비명이 새어 나왔다. 지운이 달려가 경운의 팔을 잡았지만 경운은 그런 지운을 밀어내고 무운의 멱살을 쥐어 잡았다.

경운보다 큰 무운의 몸이 힘없이 경운의 팔에 끌려갔다. 경운의 손이 내려친 무운의 입술 끝에서 피가 흘러내렸다.

금방이라도 터질 듯 붉게 타오르는 시선으로 경운이 무운을 노려보았다. 이를 악무는 경운을 무운의 아무것도 담겨 있지 않은 다갈색 눈이 말없이 응시했다.

"다시 한 번 말해 보아라."

"황자의 자리를 내려놓겠…… 윽!"

우당탕!

무운의 말을 끝까지 듣지도 않고 경운이 그대로 무운의 몸을 벽 쪽으로 거세게 밀어 버리자 힘이 들어가지 않은 무운의 몸이 벽에 거칠게 부딪치며 그대로 무너져 내렸다.

벽에 머리를 부딪친 그대로 무운의 몸이 주르륵 쓰러져 내렸지만 아무도 그에게 다가설 수 없었다. 금방이라도 터질 듯한 태자의 모습 때문이었다.

"폐하."

벽에 기댄 채 입가에서 흘러내리는 핏물을 닦아 내는 무운을 바라보던 경운이 여전히 들끓고 있는 시선으로 황제를 바라보았다. 차디차게 굳은 황제의 시선이 경운을 향했다.

아프게 얼굴을 일그러뜨린 황제가 깊은숨을 토해 내며 천천히 고개를 끄덕였다. 경운이 밖을 향해 외쳤다.

"적월부! 죄인 무운을 황자궁에 유폐하라!"

❋

긴장으로 바짝 마른 입술을 달싹이며 지난 황제 탄신일의 결과 보고와 얼마 후면 돌아올 가베 행사의 준비 상황을 설명하는 예부령 하찬이었다.

서하의 서늘한 시선이 자신에게 제대로 시선을 맞추지 못하는 하찬을 물끄러미 바라보았다. 황제의 명으로 자신을 데리러 가여로 왔을 때에도 이상하리만치 자신을 불안해하던 그의 모습이 떠올랐다.

그때도 이상하다 여기고 있었는데 지금 하찬의 모습은 예전 자신이 알고 있고 들었던 이의 모습이 아니었다. 분명 자신과 저자 사이에 무슨 일이 있었던 것이다. 자신의 기억 속에 없는 그 시간들 동안.

"해서……."

하찬의 설명이 끝나자마자 입을 여는 서하의 모습에 모두가 긴장을 담고 그를 바라보았다. 하찬의 눈동자가 불안을 담고 흔들렸다.

"폐하의 탄신일에 쓴 만큼의 예산을 또다시 황궁 행사에 지출

하겠다는 것입니까. 가베 행사에 말입니까."

"가베 행사는 1년의 풍년을 감축하고 내년의 풍년을 기원하는 행사입니다. 황자님. 소홀히 할 수 없기에 조금 예산을 쓰더라도……."

"누구를 위한 풍년입니까."

"예?"

서하의 물음에 하찬뿐만 아니라 예부의 다른 부장들도 의아함을 담고 서로를 바라보았다. 황자의 물음이 무슨 뜻인지 바로 이해가 되지 않는 그들이었다.

"그리 모든 것을 바쳐 기원하는 것이 풍년이라 하셨지요. 예부령."

차디차게 자신을 노려보는 서하의 눈동자에 하찬이 잊고 싶던 기억을 떠올리며 몸을 부르르 떨었다. 태어나 처음으로 끔찍하게 느껴졌던 죽음 앞에서의 기억이 다시 떠올랐다.

질린 얼굴로 대답을 하지 못하는 하찬을 잠시 바라보던 서하가 시선을 돌렸다. 그제야 하찬이 숨을 내쉬는 모습이 태자 주하의 눈에 들어왔다. 주하의 입술이 악물어졌다.

자신의 앞에서는 단 한 번도 경외의 모습을 보여 준 적도 없던 예부령 하찬이었다. 한데 서하의 앞에서는 그 천하의 예부령 하찬이 숨조차 제대로 내쉬지 못하고 있는 것이다. 알 수 없는 비틀림이 심장을 조이고 있었다.

"누가 풍년을 만듭니까? 하늘입니까? 폐하십니까?"

"……."

서하가 원하는 대답을 알지 못하는 이들이 서로를 바라만 볼 뿐 입을 열지 못했다. 한 번도 들어 본 적도, 생각해 본 적도 없는 물음이었기에 쉽사리 대답을 할 수 없는 것이다.

"풍년을 만드는 이들은 백성입니다. 아닙니까? 풍년을 여러분들이 만들었습니까? 귀족들이 만들었습니까? 아니면 왕실이 만들었습니까?"

"그것은 물론 백성들이 농사를 짓는 것입니다만 폐하의 은혜로……"

"이런…… 그렇다면 폐하의 은혜로 씨가 뿌려지고, 열매가 익고, 수확을 하는 것이군요."

"……"

"풍년을 만든 주체는 백성입니다. 그들의 피와 땀이 풍년을 만드는 것입니다. 물론 폐하의 성심과 하늘의 뜻도 있어야겠지요. 하지만 주체는, 분명 백성입니다. 한데 그런 백성들에게 가베의 행사는 아무런 의미가 없는 것 같습니다. 그저 황실과 귀족들만의 행사가 되는 것을 보면 말입니다."

차가움이 뚝뚝 떨어지는 서하의 말에 예부령 하찬의 시선이 아프게 흔들렸다. 그런 모습을 바라보며 깊게 한숨을 토해 낸 서하가 모두를 향해 다시 입을 열었다.

"가여는 매년 가베 때 백성들에게 황실의 창고를 열어 줍니다. 조세로 받은 곡식들의 일부를 풀어 그들에게 하루의 풍요를 만들어 줍니다. 각 영지의 군주들도 황실의 명으로 그렇게 합니다. 단 하루지만 그렇게 모두가 풍족한 시간을 만들어 줍니다. 1년 동안 그들의 고생에 대한 고마움인 것이지요."

"하지만 그것을 어찌 감당한단 말입니까."

"황실 행사를 최소화하면 됩니다."

모두가 입을 다물었다. 무겁게 일그러진 태자 주하의 얼굴을 잠시 바라본 서하가 다시 앞을 바라보았다.

"황실 행사를 최소화하고 그 예산을 백성들을 위해 쓸 방법을 다시 검토해 보고하세요. 가베 행사에 대한 건은 일단 보류합니다."

차디차게 울리는 서하의 목소리에 모두가 숨을 죽였다. 서하가 천천히 태자를 향해 고개를 돌렸다.

"제 판단이 틀렸다고 보십니까. 태자 전하."

"……."

앞만을 똑바로 응시하고 있던 태자의 시선이 자신을 바라보는 동생을 돌아보았다.

처참하게 일그러진 태자의 시선이 서하를 바라보았다. 칠흑처럼 검어 아무것도 보이지 않는 서하의 시선이 자신을 마주 보는 태자의 시선을 외면하지 않고 똑바로 응시했다.

"서하 황자의 명대로 진행하세요. 예부령."

"예. 태자 전하."

"황공하옵니다. 태자 전하."

서하가 공손히 태자를 향해 고개를 숙였다.

천룡전 황제의 집무실 앞으로 다가서는 시중을 보고 황궁의 내관이 황급히 다가와 고개를 숙였다.

"지금, 꼭 뵈어야 한다 전하시게."

"폐하께서는 지금 아니 계십니다. 시중 어르신."

"뭐……라?"

시중의 눈이 커다랗게 열렸다.

"오늘 새벽 사냥을 떠나셨사옵니다. 그리고 앞으로 닷새 동안은 아무도 들이지 말라는 명이 있었사옵니다. 그 누구도 만나지 않는다고 하셨사옵니다. 폐하께서 부르시지 않는 이상 황후께서도 드실 수 없사옵니다."

닷새, 태자와 서하에게 업무를 맡긴 기간 중 남은 시간이다. 대리청정을 맡긴 시간 동안은 그 누구라도 그들의 명을 따르라는, 자신은 전혀 관여하지 않겠다는 황제의 확고한 의지인 것이다.

굳게 닫힌 황제의 집무실을 바라보는 시중의 눈이 붉은 열기로 번들거렸다. 참을 수 없는 화를 삭이느라 그의 주름진 얼굴이 자꾸만 일그러지고 있었다.

휘익!

너무도 시원하고 간결하게 황제의 손에서 떠나는 활을 우헌이 응시했다. 흔들림 없이 허공을 가른 활이 수풀 사이에서 나뭇잎을 뜯어먹고 있던 사슴의 목덜미에 그대로 박혀 들었다.

"실력이 여전하십니다. 그리 오랜 시간 들지 않으셨던 활인데도 말입니다."

"그리웠거든. 이 느낌이."

입가를 시원하게 끌어 올리는 황제의 모습에 우헌이 마족과의 전쟁터에서 보았던 서하의 모습을 떠올렸다. 어찌 이리 닮은 것일까 의아할 정도였다.

"똑같으십니다."

"뭐가 말인가?"

활을 내려놓던 황제가 우헌의 따스함이 가득 담긴 눈빛을 마주하며 물었다. 시원하게 벌판을 지나 불어오는 바람에 황제의 사냥복이 펄럭였다.

"전장에서 뵈었던 서하 황자님과 폐하의 예전 모습이 말입니다. 너무 똑같으셔서 놀랐었습니다."

"그랬나."

"폐하의 예전 모습 그대로이십니다. 어려서부터 그러셨지 않습니까."

"그랬지. 천방지축인 것도. 고집이 센 것도. 자기 마음대로 하는 것도. 그리고…… 무엇인가를 지켜야 한다고 믿으면 더 강해지는 것도."

"예. 분명 그러하십니다."

"예전에는 그게 싫었다. 날 너무도 닮은 녀석의 모습이."

바람을 느끼며 잠시 눈을 감는 황제의 모습을 우헌이 지그시 바라보았다.

열일곱 살, 그 나이에 반란을 진압하고 황제의 자리에 올랐던 소년은 이제 중년의 사내가 되어 있었다. 한데도 우헌의 눈에는 여전히 그때의 그 모습이 보였다.

"나처럼 너무 치열하게 살게 될까 봐. 지독하고 잔인하게 살아야 할까 봐."

아주 잠시 어둠을 품는 황제의 모습에 우헌히 미간을 좁히며 한숨을 토해 냈다.

"그래서…… 주하에게 다 걸고 싶었다. 나와는 다른 따스하고 부드러운 아이에게."

"……폐하."

"부드러움이 나약함으로, 따스함이 무책임으로 변할 수 있다는 것은 몰랐으니까."

"……."

"나와 똑같은 놈에게 또다시 같은 길을 걷게 해야 하는 모양이다. 젠장."

"잘하실 것입니다."

"아플 거다. 그놈은. 무척이나 아파야겠지. 스스로의 결정을 스스로 인정하기 위해서는."

우헌의 아픈 눈빛이 황제를 바라보다 끝없이 넓은 벌판을 향했다. 저 멀리 지독하게 가파르고 척박한 산들이 시선을 사로잡았다.

끝도 없이 솟아 있는 수많은 산맥들. 그 사이로 조금씩 보이는 좁은 평야. 끝없이 펼쳐진 평야를 가지고 있는 가여와는 너무도 다른 이 땅. 그래서일까. 이 치열한 땅의 황제들은 치열하지 않으면 버틸 수 없는 이유가.

"시중은…… 쉽지 않을 것입니다."

"패가 아니라고 생각되면 쉽게 놓는다. 그자는."

"그리 생각하십니까."

"나와 반평생을 함께해 온 자다. 그자를 좋아하지는 않지만 그자의 실력은 믿거든. 자신에게 불리한 모험 따위 하지 않을 테니까. 다만……."

161

살짝 어둠을 품는 황제의 검은 눈동자가 저 멀리 보이는 척박한 산야를 바라보았다.

어둠이 몰려오는 벌판에 시리도록 차가운 바람이 불어오고 있었다.

장계에 시선을 두고 있던 서하가 거칠게 고개를 젓는 모습에 건이 책상 앞으로 다가섰다. 안 그래도 오늘 밤은 제발 청하궁에서 주무셔야 한다 아뢰려던 건이었다.

이틀째 이곳에서 밤을 지새운 서하였다. 그전에도 편히 잠을 이루지 못했음도 알고 있다. 저런 상태로는 아무리 서하라 해도 견딜 수 없을 것이었다.

"오늘은 잠을 좀 주무셔야 합니다."

"괜찮아. 이거 다 보고."

"황자님. 공주님 생각은 아니 하십니까?"

공주라는 말 한 마디에 들어 올려지는 서하의 시선에 건이 깊게 한숨을 내쉬며 입가를 살짝 끌어 올렸다. 철벽같은 서하에게 통하는 말은 언제나 공주님뿐이니까.

"황자님께서 이곳에서 밤을 새우시는 동안은 공주께서도 거의 잠을 이루시지 못한다고 들었습니다."

이 말은 사실 거짓이었다. 물론 공주의 성격상 그럴 수도 있지만 자신도 이곳에만 머무느라 청하궁의 소식은 듣지도 못하고 있는 건이었다.

하지만 황자가 조금이라도 잠을 청하게 만들기 위해선 어쩔 수 없는 선의의 거짓말이 필요했다.

"······."

건의 말에 서하의 눈동자가 아주 약하게 흔들렸다. 피곤이 가득 담긴 붉은 눈 안에 안타까움이 어리는 것을 확인한 건이 다시 입을 열었다.

"게다가 저도 지금 사흘째 이곳에만 머물고 있습니다. 아십니까."

"큭."

퉁명스럽게 말하는 건의 말에 서하가 드디어 웃음을 토해 냈다. 장난은 할 줄도 모르는 건이 이리 솔직하게 나오는 것은 본 적이 없던 서하였다.

"알았어. 난이 목 빠지게 기다린다고? 아주 못 보겠다. 못봐."

"전 그런 모습을 5년이나 보면서 살았습니다."

건이 입을 뾰로통하게 내밀며 말했다. 건의 말에 서하의 입가에 아련한 미소가 천천히 번져 갔다.

"내게 있는 건 1년의 기억과 지난 기억의 조각들뿐인데······."

그녀가 온전히 기억 속에 남아 있지 않다는 허전함이 밀려온다.

심장이 저리도록 소중한 그녀인데. 분명 자신이 그녀의 곁에서 함께했었고 그녀의 숨결, 그녀의 체위는 기억 속에 있는데 그녀와의 시간들은 아쉽게 조각들만이 남아 있다.

그 조각들을 하나하나 다 맞춰서라도 꼭 찾고 싶다. 그녀와의 모든 시간을.

"그러니 오늘 밤 또 기억을 만드셔야지요. 안 그래도 부족한 기억이시지 않습니까.”

“알았거든. 아, 진짜. 늦게 배운 도적질이 무섭다더니 저러면서 이제껏 혼자 어떻게 산 거야?”

“몰랐으니 살았던 것 같습니다.”

“가자. 못 듣겠다.”

서하가 고개를 저으며 일어서자 건의 얼굴에 환한 미소가 번졌다.

“공주님! 황자님 오신대요!”

밖에서 들리는 하정의 호들갑스러운 목소리에 명경 앞에서 젖은 머리를 천천히 빗질하고 있던 연우가 자리에서 벌떡 일어났다.

오늘도 혼자 밤을 새워야 한다고 이미 각오하고 있었던 연우였다. 천여에 온 그날부터 서하는 가여에서와는 비교도 할 수 없는 일정으로 정신없는 하루하루를 보내고 있었다. 게다가 이틀 전부터는 황제 폐하를 대신해 모든 국정을 태자와 함께 돌보고 있는 것이다.

그가 자신을 챙겨 주길 기대하는 것부터가 말도 안 되는 무리임을 이미 알고 있던 연우였다. 그리고 자신도 그런 것을 신경 쓰지 말라고 서하에게 다짐하고 또 다짐했었다.

하지만…… 포기하고 있으면서도 그를 기다리고 있는 자신을 느끼지 않을 수 없는 것이다. 보고 싶고 만지고 싶고, 목소리도 듣고 싶어 심장이 아파 왔다.

같은 궁 안에 있지만 가여에서처럼 원할 때면 뛰어가 그를 볼 수도 부를 수도 없어서 더 가슴이 아리는 연우였다.

같은 궁 안에 있다는 것만으로도 위안을 삼아 보려 스스로에게 주문을 걸기도 한다. 전장에도 보냈던 자신이니까 이 궁 안에 계신데 무엇이 그리 그리운 것이냐고 스스로를 혼내고 또 다그쳤다. 하지만 그래도 그리운 것은 그리운 것이었다.

서하가 도착한 것인지 바깥쪽이 조금 소란해지는 소리에 연우의 심장이 쿵쿵 격하게 뛰기 시작했다. 이틀 만에 보는 그였다. 문이 열렸다.

"서방님!"

피곤이 가득한 눈에 연한 미소를 담으며 들어서는 그의 모습에 연우가 달려가 그의 커다란 몸을 꼭 끌어안았다. 언제나 그에게서 느껴지는 향기가 났다. 푸른 새벽에 풀잎에서 느껴지는 그런 향. 언제나 그녀를 행복하게 하는 그만의 향이다.

자신을 끌어안은 채 가슴에 얼굴을 비벼 대는 그녀의 작은 몸을 그도 마주 끌어안았다. 조금 전 따스한 탕에서 나온 것인지 그녀의 몸에서는 연한 꽃 내음이 풍겼다.

며칠이나 편히 잠들지 못한 감각이 그 따스하고 달큰한 향에 취하는 것처럼 느껴지는 서하였다.

"잘 지낸 것입니까."

부드럽게 머리 위에서 울리는 목소리에 연우가 크게 고개를 끄덕였다. 알 수 없는 서러움이 북받쳐 올라 눈물이 차오르고 있었다.

당황스러웠다. 그가 보면 무슨 일이 있는지 걱정을 할 게 뻔한데 주책없는 눈물은 이내 흘러내리기 시작하고 있었다.

그에게 들킬 것 같아 얼른 얼굴을 떼려는 그녀의 턱에 그의 손길이 닿았다. 그리고 그의 커다란 손이 조심스럽게 그녀의 얼굴을 들어 올렸다. 눈물이 고여 어른거리는 시선 안에 그의 불안이 어린 눈동자가 보였다.

"웁니까? 왜 우는 것입니까? 무슨 일이…… 있었습니까?"

"흑, 아닙니다. 아무 일도 없었습니다. 그저…… 황자님을 보니 좋아서요. 좋아서 나는 눈물입니다. 흑, 흑."

"이런……."

입은 웃고 있으면서 여전히 동그란 눈에서 줄줄 흘러내리는 눈물을 서하가 커다란 손으로 닦아 내었다.

자신은 잘 버티니 걱정 말라고 큰소리를 치던 소녀는 어디로 간 것인지 펑펑 울음을 쏟아 내는 어린 아내의 모습이 난감하면서도 고운 서하였다.

"제가 보고 싶으셨습니까."

부드럽게 미소 지으며 묻는 서하를 올려다보며 연우가 고개를 끄덕였다. 그녀의 움직임에 흐르던 눈물이 턱에 매달렸다. 서하의 손길이 그 눈물을 가만히 닦아 내고는 그녀의 턱을 쥐어 잡았다.

"전 공주가 그리워 미칠 것 같았습니다."

따스한 목소리가 가까워졌다 느낀 순간 서하의 숨결이 눈물로 촉촉하게 젖어 있는 연우의 입술을 가르며 스며들었다. 연우의 작은 손이 서하의 옷깃을 꼭 움켜잡았다.

뜨거운 입맞춤만으로도 힘겨운지 겨우겨우 숨을 토해 내며 자신에게 매달리는 연우를 두 팔로 안아 들려던 서하가 자신의 팔을 제지하는 연우의 움직임에 고개를 숙였다.

의아함을 담는 서하의 눈을 바라보며 연우가 그의 커다란 몸을 가만히 밀었다.

이해할 수 없는 연우의 움직임에 그저 밀려가던 서하의 몸이 침상에 닿았다. 그리고 커다랗게 열린 서하의 눈을 마주하며 빙그레 미소를 담은 연우가 그대로 서하의 몸을 침상 위로 밀어 버렸다.

침상에 누운 서하의 시선이 어지럽게 흔들렸다. 낯선 연우의 손길 때문이었다. 연우가 자신의 겉옷을 천천히 벗기기 시작했다. 긴장이 담긴 게 확연한 손길이었지만 그 작은 손은 멈추지 않았다. 서하의 눈빛이 반짝였다.

그가 그녀를 향해 뻗으려던 손길을 거둔 채 그저 그녀의 하는 행동을 가만히 바라보았다. 커다란 그의 몸에서 옷을 벗겨 내느라 그녀의 작은 몸이 쉴 새 없이 움직이고 있었다. 매듭을 풀어 낸 겉옷을 어깨에서 끌어 내리는 그녀의 귓불이 발갛게 달아올라 있었다.

손길이 움직일 때마다 자신의 가슴을 스치는 것이 난감한지 그의 가슴에 자신의 손가락이 닿을 때마다 놀라며 손가락을 그에게서 떼어 내는 그녀였다. 그 움직임이 얼마나 그를 자극하는지 그녀는 모르는 듯했다.

그렇게 힘겹게 움직이는 그녀의 손길이 바지 매듭을 잡았을 때 서하는 자신의 인내가 이리 대단한 것을 다시 한 번 깨달아야 했다.

그저 눈앞에 있다는 것만으로도 자신의 심장을 열기로 채우는 여인이 지금 자신의 옷깃을 하나씩 벗겨 내리고 있는 것이다. 그 손길 하나하나에 몸의 온도가 점점 치솟고 있었다. 어찌 그러지 않을 수 있을까.

하늘하늘 그녀의 야장의가 눈앞에서 살랑거렸다. 아직 젖어 있는 칠흑 같은 머리카락에서 움직일 때마다 창포 향이 느껴졌다. 온몸이 뻐근해질 정도로 그녀를 그대로 안고 싶은 욕망이 치솟았지만 서하는 지그시 그 욕망을 눌러 참으며 그녀를 가만히 바라보기만 했다.

그의 옷들이 침상 아래로 흘러내렸다. 그리고 온전히 드러난 자신의 맨살에 그녀의 작고 따스한 손길이 닿자 서하가 움찔 몸을 떨었다. 그의 눈앞에 그녀의 작은 얼굴이 드리워졌다.

"오늘은 제가 편하게 해 드릴 것입니다. 그저 가만히 계십시오."

큭, 서하가 웃음이 터지려는 입술을 악물며 발갛게 물든 연우의 작은 얼굴을 응시했다. 자신이 하는 말이 얼마나 무서운 말인지 아마 그녀는 모를 것이다. 대체 무엇을 편하게 해 준다는 것인지 스스로 알고나 하는 말인지 의아한 서하였다.

작고 서툰 손이 가만히 그의 얼굴을 쓰다듬었다. 따스하고 작은 손가락이 닿는 감촉만으로도 가슴속은 가득 차올랐다.

쑥스러운지 시선을 잘 맞추지 못하는 그녀가 그의 입술에 자신의 입술을 살며시 가져다 댔다. 보드랍고 달큰한 향기가 코끝으로 스며들었다. 서하가 깊게 숨을 삼켰다.

장난기를 품은 그가 입술을 열지 않으니 잠깐 난감함을 느끼는지 머뭇거리던 그녀의 입술이 그저 톡톡 건드리듯 서하의 입술에 닿았다 떨어졌다.

보드라운 감촉이 감질나게 자신을 건드리는 감각에 금방이라도 몸이 터질 것 같은 서하였다. 이 어색하고 순진한 움직임이 이리 자극적일 수 있으리라고는 생각해 본 적이 없었다.

그의 입술을 두드리던 그녀의 입술이 그의 볼과 코 그리고 눈가에 내려앉았다. 보드라운 감촉이 미칠 것처럼 좋았다.

잠시 그의 얼굴에서 방황하던 그녀의 작은 입술이 어느새 그의 목으로 내려가고 있었다. 그의 빗장뼈에 닿는 그녀의 숨결이 느껴졌다. 이를 악물고 눌러 삼키고 있던 서하의 인내력도 더 이상은 견딜 수 없어져 버렸다.

"헉!"

심장이 터질 듯 창피하고 난감한데도 그를 편하고 행복하게 해 주고 싶었다. 언제나 그가 자신을 안고 자신을 품어 주었으니 오늘은 자신이 그를 안아 주고 싶었다. 그는 정말 아무것도 하지 않아도 되게, 그저 편히 쉴 수 있게 해 주고 싶었다.

한데…… 생각처럼 그것이 쉽지 않았다. 그가 자신을 안고, 그의 입술이 자신의 온몸에 화인을 찍을 때에는 그리 행복하고 죽을 것처럼 나른했었는데 자신이 해야 하니 대체 어떻게 해야 하는지 생각이 나지 않았다. 머릿속이 텅 비어 버린 것 같았고 심장은 터질 것처럼 뛰었다.

그렇게 힘겨운 숨을 내쉬며 그의 목덜미에 입술을 대었을 때였다. 그의 팔에 안겨 그대로 그녀의 몸이 돌려져 버렸다. 자신이 침상에 눕혀졌고 그가 자신을 내려다보고 있었다.

언제나처럼. 아니, 평소와 다른 점은 그 어느 때보다 그의 숨결이 거칠어져 있다는 것이었다.

"편한 것은 여기까지."

그녀의 목덜미로 뜨거운 그의 숨결이 내려앉았다. 아득해지는 머리를 느끼며 연우가 서하의 목을 끌어안았다. 금방이라도 터질 듯 뜨겁고 단단한 그의 몸이 그녀의 작은 몸에 겹쳐졌다.

"한데 말입니다. 공주."

가만가만 그녀의 머리카락을 쓸어내리던 그가 촉촉하게 젖은 눈으로 그녀를 내려다보며 입을 열기 시작했다.

여전히 뜨거움을 담고 흔들리는 눈을 하고 있으면서 자신에게 달려들지 않고 장난스러움을 담고 묻는 서하의 모습에 연우의 눈이 동그랗게 커졌다. 바로 자신의 품으로 달려들 줄 알았던 서하가 그저 자신을 내려다보고 있는 모습이 의아했기 때문이다.

게다가 우습게도 서하를 애무하느라 이미 자신의 몸도 뜨거움을 품기 시작하고 있었다. 한데…… 이야기를 하자는 것일까?

"지금 공주가 무슨 위험한 일을 벌인 것인지는 알고 있는 것입니까?"

그의 칠흑같이 검은 눈동자가 지독하게 아름답게 웃고 있었다. 알 수 없는 두려움이 가슴으로 퍼져 갔다.

안 그래도 뜨거움을 서리서리 두른 그의 커다란 나신이 위에서 누르듯 마주하고 있는 것만으로도 온몸이 달아오르는데 지독하게 색기를 두른 그의 눈동자는 보는 것만으로도 심장을 두근거리게 했다.

알 수 없는 전율에 온몸이 바르르 떨렸다. 그의 손길을 기다리는 몸이 움찔움찔 떨렸다. 그녀의 그런 반응을 이미 알고 있는 듯 재미나다는 미소를 담은 그의 손길이 천천히 내려오기 시작했다.

머리카락에서 시작된 부드러운 손짓이 눈가를 스치고 턱을 지났다. 그리고 쇄골을 가만히 쓸어 내는 그의 손길에 연우가 흠칫 몸을 떨었다. 옹이가 박힌 단단한 손바닥이 스치는 것만으로도 몸은 이미 주인을 기다리는 듯 열기를 담았다.

"아직 저는 시작도 하지 않았습니다."

이미 천천히 열기에 싸이는 몸을 어쩌지 못하고 그의 팔을 붙잡자 서하가 입가를 살짝 끌어 올렸다. 붉디붉은 입가에 맺히는 잔인하리만치 아름다운 미소가 심장을 울렸다.

"하아, 아흑! 하아."

귓가로 그녀의 달뜬 신음 소리를 들으며 서하가 그녀의 허리를 더욱 끌어당겼다. 새하얀 등이 자신의 움직임을 따라 흔들렸다. 그 등을 타고 그녀의 검은 머리가 흘러내렸다.

그가 그녀의 머리카락에 얼굴을 묻었다. 그 움직임에 더욱 깊이 들어차는 그를 느끼는 그녀의 가는 몸이 활처럼 휘며 그녀의 입에서 달뜬 숨소리가 터져 나왔다.

뇌리가 녹아내릴 듯 소름 끼치게 좋은 그녀의 그 소리에 서하가 입술을 지그시 악물며 그녀의 안으로 더욱 깊이 스스로를 박아 넣었다.

끝없이 갖고 또 가져도 허기가 지는 여인이었다. 품속에 품고도 모자라 차라리 다 삼켜 온전히 갖고 싶은 여인.

코끝으로 스미는 그녀의 향기에 더욱 단단해지는 자신의 몸을 더 깊이 묻으며 그녀의 새하얀 등에 그가 이를 박았다.

그녀의 가는 허리가 휘청거리자 그의 단단한 팔이 그녀를 끌어 자신의 위에 앉혔다. 그의 가슴에 기대어 오는 그녀의 새하얀 등은 이미 빈 곳도 없이 붉은 흔적으로 가득했다.

자신의 몸 위에 앉은 채 여전히 흔들리는 그녀의 어깨에 그가 입술을 가져다 댔다. 붉은 기운들 위로 또다시 더 진한 붉은 꽃이 피어났다. 촉촉하게 땀이 배어 나오는 그녀의 피부에서 자신의 냄새가 풍겨 나오고 있었다.

행복했다. 그녀의 향기가 자신에게서 느껴지고 자신에게서 그녀의 향기가 느껴지는 것이. 온전히 그렇게 서로를 품는 것이. 그렇게 마음 또한 향기처럼 서로에게 배어들고 있었다.

가시지 않은 열기에 힘겹게 오르내리는 서하의 단단하고 커다란 가슴에 안긴 연우가 눈을 감았다. 촉촉하게 땀이 배어 있는 그의 가슴이 좋았다. 너무도 넓고 단단해서 그 안에 안겨 있으면 그 무엇도 무섭지 않은 느낌이 들어 더 좋았다.

은은하게 코끝으로 스미는 그의 향을 가슴 가득 들이마시는 연우였다. 새벽이면 또다시 그는 소리 없는 정치의 전장으로 돌아갈 것이고, 자신은 이 내음을 기억하며 또 기다림을 견뎌야 할 테니까.

"갑갑하시지요?"

"……."

다정한 서하의 물음에 아니라고, 괜찮다고 대답하고 싶지만 입이 열리지 않는 연우였다. 사실은 너무 답답하고 외로우니까.

아직 아는 이도 없고 해야 할 일도 없는 이 궁 안이 그녀에게는 숨 막히게 답답한 공간이었다. 서하가 있다면 그런 일들도 별것 아닐 테지만 요즘 서하도 없이 보내는 그녀의 하루해는 너무도 길었다.

"건을 데리고 외출이라도 하시렵니까. 도성 구경을."

"아닙니다."

기뻐할 줄 알았는데 단박에 고개를 저으며 거절하는 그녀를 서하가 가만히 내려다보았다. 아직 다 떨치지 못한 열기에 촉촉하게 젖은 그녀의 얼굴이 그를 올려다보았다. 반짝이는 그녀의 눈동자가 아름다웠다.

"당분간은 외출 같은 것은 하지 않을 것입니다. 그 어떤 것도 하지 않을 것입니다. 그저 기다릴 것입니다."

서하가 깊은 한숨을 내쉬며 그녀를 다시 품어 안았다.

그 어떤 잡음도 새어 나와서는 안 되는 요즘이었다. 한 순간 한 순간 궁 안의 모든 이들이 신경을 곤두세우고 있었다. 사상초유의 상황이 하루하루 이어지고 있었다. 그 누구도 말하지 않지만 모두가 알고 있는 일이었다.

황제의 뜻은 서하에게 있으며 이번 대리청정의 시간이 지나고 나면 어느 쪽으로라도 황제는 확실한 결정을 할 것이다. 숨 막히는 순간들이 지나고 있는 이때 그 어떤 잡음도 조심해야 함을 그녀는 알고 있었다.

"이렇게 살게 하고 싶지 않았습니다."

"압니다."

아프게 토해져 나오는 서하의 말에 연우가 따스한 목소리로 대답을 했다.

서하 본인도 상상조차 해 보지 않은 상황이란 것을 연우는 누구보다 잘 알고 있었다. 그와 지낸 시간 동안 한 번도 이런 선택을 해야 한다는 것은 생각지 못했으니까. 그도 자신도.

"공주와 함께 자유롭게 살고자 했습니다."

"예."

"한데…… 그게 어려울 것 같습니다."

　너무도 아프게 흘러나오는 그의 말에 연우의 심장이 쿵 내려앉았다.

　겨우겨우 숨을 삼키는 연우를 느끼며 서하가 그녀를 더욱 깊이 끌어안았다. 작은 그녀의 심장이 쿵쿵 울리고 있었다. 그 작은 몸이 심장만으로 가득 찬 듯 그녀의 작은 몸이 울려 왔다.

　그 울림을 온전히 자신의 온몸으로 품으며 서하가 가만히 그녀의 머리에 입을 맞췄다.

❋

"열어."

　나직하게 들리는 문 안에서의 목소리에 자경이 이를 악물었다.

"열어! 당장!"

"황자님……."

"가야 한다고. 나가야 한단 말이야! 알잖아! 기다린다고…… 그녀가 날, 기다린단 말이다! 열어!"

　그대로 문에 몸을 부딪친 것일까. 엄청난 힘에 굳건하게 닫힌

174

문이 덜컹거렸다.

하지만 문은 그 누구라도 열 수 없게 되어 있었다. 그대로 문이라도 부수고 나올 무운임을 알기에 경운의 지시로 문은 이중삼중으로 잠겨 있었다. 그렇게 절대 열리지 않을 문을 향해 무운은 돌진하고 또 돌진하고 있었다.

저러다 몸이 박살이 날 것 같아 두려운 자경이었다. 저 성질에 저리 견디지 못하고 어디가 부러지고 말 것이다.

엄청난 무게가 또다시 문에 부딪쳐 왔다. 그 소음에 적월부 대원들이 질끈 눈을 감았다.

갈비뼈에 금이라도 간 것일까. 문에 온몸의 무게를 실어 부딪친 무운이 이를 악물며 주르륵 주저앉았다. 숨이 쉬어지지 않을 만큼의 고통이 상반신으로 몰려왔다.

하지만 그보다 더 아픈 것은 심장이었다. 붉은 물이 심장에서 터져 나오듯 울컥울컥했다. 목에선 혈 향까지 느껴졌다.

절대 열리지 않는 문에 등을 기대고 앉은 무운이 눈을 감았다. 두려움이 어린 눈으로 자신을 배웅하던 카린과 방긋방긋 미소를 지어 보이던 작은 린의 얼굴이 떠올랐다.

꼭 감은 무운의 눈에서 눈물이 흘러내렸다.

❀

조부의 장계 뭉치를 눈앞에 둔 채 아까부터 숨소리조차 내지 않는 서하의 모습에 건이 불안을 담은 눈으로 밖을 살폈다.

곧 황궁회의가 시작될 시간이었다. 나흘째의 일정이었다. 한

데 조부의 지난 장계들을 앞에 둔 서하가 움직일 생각도 하고 있
지 않았다.

"황자님, 시간이……."

"황자님. 시중께서 들어 계시옵니다."

밖에서 들리는 내관의 목소리에 서하의 눈이 번쩍 열렸다. 차
디차게 이글거리는 서하의 눈빛에 건이 순간 숨을 삼켰다.

"모셔라."

끔찍하게 낮아서 두려운 서하의 목소리에 건이 입술을 악물
었다. 올 것이 온 것이다. 시중과의 피할 수 없는 싸움이 시작될
모양이었다.

조그마한 몸을 공손히 숙이며 들어서는 시중의 모습을 응시
하는 서하의 시선이 얼음송곳처럼 차갑게 식어 있었다. 그가 누
군가를 볼 때 저리 서늘한 냉기를 풍기는 것은 이제껏 본 적이
없는 건이었다.

"시중 사준원, 황자님을 뵈옵니다."

부드럽게 휘는 눈웃음 속 작은 눈이 반짝이는 빛을 품고 있었
다. 그 눈을 바라보는 서하의 심장이 거세게 뛰기 시작했다. 심
장을 가득 채우는 지독한 적개심에 목이 탔다.

"어서 오세요. 시중."

앉아 있던 의자에서 일어서지도 않고 무심하게 응대하는 서
하의 모습에 시중의 눈썹이 아주 살짝 꿈틀거렸다. 하지만 그것
이 그저 버릇인 듯 다시 눈에 따스하고 부드러운 미소를 담으며
시중이 서하의 앞에 마주 앉았다.

"아무래도 황궁회의 전에 황자님과 이야기를 해야 할 듯해서

왔습니다. 황자께서도 그리 생각하실 듯도 하여서요."

"무슨 뜻이신지 모르겠습니다만."

평생 그 누구에게도 화를 내 본 적 없는 듯 부드러운 미소를 지으며 말하는 시중의 말에 서하는 동조해 줄 마음이 없다는 듯 싸늘하게 내뱉었다. 시중의 눈이 부드럽게 휘었다.

"저는 일생을 도박꾼으로 살아왔습니다."

옛날이야기를 하는 것처럼 시중이 입가에 환한 미소를 지으며 서하를 향해 입을 열었다. 차디차게 굳은 서하의 눈이 시중을 노려보고 있었다.

"한데 한 번도 실패한 적이 없지요. 그 비결이 무엇인지 아십니까."

"……."

"패를 바꿔야 할 때를 아는 것이지요. 쓸모가 없는 패를 주저 없이 버리고 내게 쓸모가 있는 패에 모든 것을 거는 것입니다."

조그마한 사내의 눈가에 맺힌 진득한 미소가 이제껏 부드럽던 미소를 뒤덮었다. 그 끔찍한 미소를 바라보는 서하의 눈이 거칠게 일그러졌다.

"버릴 패와 가져야 할 패라……."

"정치란 서로가 서로의 패가 되는 장난이지요. 황자님에게 제가 꼭 쥐셔야 하는 패가 될 수도, 꼭 버리셔야 하는 패가 될 수도 있듯이 황제라는 자리도 관리들에게 그런 것입니다."

"해서 지금 시중께서 그 뛰어난 안목으로 패를 바꿔야 할 시기임을 아셨다는 것입니까."

서하가 비릿하게 입가를 끌어 올리는 것을 나른한 시선으로

177

바라보며 시중이 천천히 고개를 끄덕였다. 볼품없는 사내의 얼굴에서 작은 눈만이 치열하게 반짝이고 있었다.

"한데 그 패가 시중 마음대로 되지 않을 것인데…… 그것을 패라 여기실 수 있겠습니까."

"마음대로 되는 패가 헛패였으니 이제는 조금 힘들어도 진패에 걸어야 하지 않겠습니까. 원래 갖기 힘든 패가 제대로 된 패인 법이니까요."

"……."

"세상 모두를 품으셔야 하는 자리를 선택하셨다면…… 마음에 들지 않으셔도 품으셔야 하는 법입니다. 황자님. 신하인 저희도 하늘이라 정하고 나면 그 하늘에서 천둥이 내리고 벼락이 쳐도 감내하는 것처럼 말입니다. 언제나 맑은 하늘일 수만은 없지 않겠습니까."

딱딱하게 굳은 서하의 얼굴을 재미나다는 듯 바라보던 시중이 천천히 자리에서 일어났다.

"황궁에서 뵙겠습니다."

일어날 생각을 하지 못하는 서하를 바라보는 건의 얼굴에 어둠이 내렸다. 이제 거대한 수레바퀴가 돌아가기 시작한 것이다.

시중마저 서하를 선택했다. 한데 왜 이리 가슴이 알 수 없게 불안한지 모르겠는 건이었다. 서하의 하얗게 바랜 얼굴이 안타깝고 아픈 것은 이 알 수 없는 불안을 서하 역시 느끼고 있기 때문일 터다. 황궁회의 시각은 이미 한참을 지나가고 있었다.

휘적휘적 그 길고 야윈 몸을 움직이는 태자를 따르는 사 내관이 터지려는 울음을 삼키느라 이를 악물었다.

태자의 뒷모습을 똑바로 바라볼 수가 없는 그였다. 자꾸만 터지는 눈물을 누르는 것만도 숨을 쉬기 어려울 정도로 힘겨워 주인의 모습을 볼 수가 없었다.

황궁회의 장소에 반 시진이나 늦게 도착한 서하였건만 대신들 모두가 서하를 반기는 모습은 당황스러울 정도였다. 서하가 오지 않던 시간 동안 태자 주하의 존재는 거의 없는 듯 여기던 대신들이었다.

그런 그들이 늦게 도착한 서하는 화색이 돌 정도로 반겼다. 그리고 이어진 황궁회의 동안 서하는 황제였다. 그것도 아무도 거역할 수 없는 무소불위의 힘을 가진 황제로 그 자리에 있었다. 그들 모두에게 태자는 그 자리에 존재하지 않는 이였다.

그 모든 것의 중심에 시중 사준원이 있었다. 태자의 장인인 그가 태자를 버린 것이었다.

태자궁으로 들어서던 태자가 자신을 기다리고 있었던 듯한 태자비의 모습을 보며 큭, 입가를 비틀었다.

무엇이 또 궁금해서 저리 기다리고 있는 것일까 무심히 생각하는 태자였다. 이리 쉽고 너무도 어이없이 끝날 일에 대체 자신과 저 여인은 무엇을 걸고 있었던 것일까 의아함마저 드는 주하였다.

"오셨습니까."

"괜……찮으십니까. 전하."

득달같이 어떻게 되었냐고 물어 올 줄 알았던 태자비의 젖은 음성에 태자의 얼굴에 의아함이 떠올랐다.

언제나 황제에게 다녀오거나 황궁에 다녀오면 그녀는 어떤 일이 있었는지 캐묻고 또 확인하곤 했다. 한데 오늘은 그녀는 다른 때와 달랐다. 너무도 낯선 모습에 태자 주하의 얼굴이 천천히 일그러졌다.

"태자비."

"제가 약과를 만들어 왔습니다. 좋아하시지 않습니까."

처연한 미소를 지으며 안으로 걸음을 옮기는 태자비의 모습을 잠시 멍하게 바라보던 태자가 그녀를 따라 안으로 들어섰다. 언제 준비해 둔 것인지, 침전 안에는 고운 빛깔의 약과와 따스한 차가 마련되어 있었다.

"드셔 보셔요. 맛이 있는지 모르겠습니다."

"직접…… 만드셨단 말입니까."

"예. 다과방 나인에게 도움을 받았지만 제가 해 보았습니다."

처음 듣는 말이었다. 혼인 후 지금까지 그녀는 한 번도 수라방 가까이에 가 본 적이 없을 것이었다.

난감했지만 직접 만들었다며 건네는 것을 마다할 수가 없어 태자가 그녀가 건네는 약과를 받아 들었다.

그리고 그 순간, 태자 주하의 눈빛이 아프게 떨려 왔다. 약과를 건네는 그녀의 핏기 없는 가녀린 손이 약하게 떨리는 모습이 그의 시야에 들어왔기 때문이다. 떨리는 손을 바로 치마 밑으로 숨기며 그녀가 입가를 끌어 올렸다.

입술 끝이 떨려 오는 그녀의 눈에 천천히 물기가 어리기 시작했다. 참으려 이를 악문 그녀의 목에 파란 힘줄이 돋아났다.

"단것을 드시면 기분이 조금…… 조금은 괜찮아지실 듯하여,

그러니까…….”

　더 이상 말을 잊지 못하고 그녀가 고개를 숙였다. 툭, 바닥으로 그녀의 눈물이 떨어져 내렸다. 그리고 그 순간 태자 주하가 그녀의 떨리는 어깨를 그대로 끌어당겨 품에 안았다.

　이리 가냘픈 줄 몰랐다. 이리 떨고 있음도 알지 못했다. 이 떨림이 이리 가슴이 아플 줄은 상상도 해 보지 못했었다.

　“전하…….”

　자신의 품 안에서 굳은 채 어쩔 줄 몰라 하는 태자비의 어깨를 주하가 더욱 깊이 끌어안았다. 약하게 떨리던 그녀의 어깨가 거세게 흔들리기 시작했다. 이를 악문 그녀의 입에서 신음 같은 울음이 쏟아져 나오기 시작했다.

　“흑! 흑흑.”

　끝나지 않을 것 같은 그 울음이 잦아들 때까지 주하는 그녀를 품 안에서 놓지 않았다.

　불을 밝히지 않은 황궁에 칠흑 같은 어둠이 내려앉은 지 벌써 오래였다. 하지만 건은 황궁 앞에서 움직일 수가 없었다. 모두가 떠난 후 한참의 시간이 흘렀지만 자신의 주인은 나오지 않고 있었다.

　어둠에 익숙해진 눈에 들어오는 황궁의 모습을 서하가 그저 멍하게 바라보고 있었다. 자신의 말 한 마디에 기다렸다는 듯 조세안을 수정하고, 무릎을 꿇고, 자신이 원하는 새로운 세제안을 가결하던 대신들의 모습이 눈앞에 있는 것처럼 또렷이 떠올랐다.

그런 그들 사이에 앉아 말없이 있던 시중의 모습. 그렇게 한 마디도 하지 않았지만 모두가 시중을 보고 시중의 눈빛에 움직이고 있었다.

겉으로는 자신의 말 한 마디에 움직이는 것처럼 보였지만 그것은 다 시중이 미리 만들어 놓은 각본이었다. 어차피 시중이 만든 우스운 연극이라는 것을 그들은 숨길 생각조차 하지 않았다.

"큭."

일그러진 얼굴에 비웃음이 어렸다. 스스로를 비웃어 주고 싶었다. 그 우스운 짓거리 한가운데서 허수아비처럼 앉아 있던 자신의 모습에 화가 나 미칠 것만 같은 그였다.

이제 이 자리가 자신의 자리가 될 것인데 숨이 막힐 듯 덮쳐 오는 이 무력감과 불안감에 목이 조여 왔다.

시중은 곧 패를 내어놓을 것이다. 오늘의 이 모든 것에는 대가가 따를 것이고 그 대가가 만족스러울 경우 그들은 오늘 같은 상황을 또다시 만들 것이다. 하지만…… 자신이 그들의 패를 거절한다면 그들과의 전쟁이 시작될 것이다.

❋

'연우 공주십니까.'

그의 얼굴에 부드러운 미소가 가득 담겨 있었다. 숨 막히게 아름다운 얼굴에 담긴 미소가 너무도 환했다.

한데…… 그 시선은 자신을 보고 있지 않았다. 자신의 뒤쪽 그 어딘가로 시선을 준 채 그가 묻고 있었다. 어둠 속 그 어딘가를 향해.

"헉!"

벌떡 몸을 일으킨 연우가 시야를 가리는 짙은 어둠에 깊은숨을 토해 내며 이마에 맺힌 땀을 닦았다. 꿈이었음을 느낀 심장이 여전히 거칠게 뛰어 댔다.

그날, 서하가 기억을 읽고 화연비에게 건넸던 그 물음이 왜 갑자기 꿈속에 나타난 것인지 이해할 수 없는 그녀였다. 어둠속을 향하던 그의 시선이, 너무도 환하고 아름답던 그 시선이 더 섬뜩해서 온몸이 떨리는 그녀였다.

그가 없어서 마음이 좋지 않아 그런 꿈을 꾼 것이었을까. 연우가 비어 있는 침상의 옆자리에 가만히 손을 올렸다. 온기라고는 하나도 없는 차디찬 감각. 그 손끝에 느껴지는 감각이 심장으로 스미는 느낌에 연우가 몸을 떨었다.

그 순간이었다. 그녀가 번쩍 고개를 들었다.

하정이 약하게 밝혀 놓은 촛불의 빛이 하나도 닿지 않는, 어둠만이 가득한 침전 안의 가장 깊숙한 곳이었다.

그쪽에서 무엇인가 기척을 느낀 연우가 놀라 소리치려다 입을 막았다. 어둠에 익숙해지면서 그 어둠 속에 잠겨 있는 것의 형체가 아주 조금 느껴졌기 때문이다.

분명 익숙한 무엇인가가 그 안에 있었다. 그리고 그녀는 깨달았다. 그것의 정체가 무엇인지. 그것이 무엇인지 알지 못했을 때보다 더 심장이 아프게 뛰었다.

거칠게 뛰는 심장을 겨우 붙잡고 연우가 천천히 침상에서 일어났다. 어둠 속에 웅크리고 있는 이는 그녀의 움직임을 느낄 텐데도 미동도 하지 않았다.

연우가 천천히 어둠 속으로 걸어갔다. 그리고 그를 향해 손을 내밀었다.

"이리 오십시오. 제가 여기 있는데 왜 거기 계십니까."

어둠이 가리고 있었지만 연우는 알 수 있었다. 그의 눈빛이 자신이 내민 작은 손에 닿아 있다는 것을. 그리고 그녀의 믿음처럼 내밀어진 작은 손을 커다란 손이 붙잡았다.

자신의 손을 꼭 쥐어 잡는 차디찬 손의 주인을 연우가 그대로 끌어당겨 자신의 품에 안았다.

어둠 속에 잠겨 있어서였을까. 그의 몸은 시리도록 차가웠다. 몸만이 아니라 그의 심장마저 차디차게 얼어 있는 것 같아 연우가 오싹함을 느껴야 할 정도였다.

연우가 자신의 품 안에서 아무런 미동도 없는 서하를 당겨 침상으로 끌었다. 허깨비처럼 털썩 침상에 앉은 서하의 얼굴이 그제야 연우의 눈에 들어왔다. 연우가 새어 나오려는 신음을 애써 삼키며 입술을 악물었다.

하얗게 질린 그의 얼굴은 어두운 불빛 속에서도 확연하게 보였다. 이 얼굴을 한 그를 본 적이 있었다. 자신이 죽음의 문턱에서 겨우 돌아왔을 때 그는 이런 얼굴로 스스로를 자책하고 있었다.

그 얼굴이 또다시 눈앞에 있다니……. 연우가 아무런 말도 하지 않고 침상에 앉아 있는 서하의 몸을 선 채로 꼭 끌어안았다.

뛰지 못하고 있는 서하의 심장이 자신의 온기에 다시 뛸 수 있도록.

※

무거운 발걸음으로 태자궁 안으로 들어서던 지운이 공기를 가르는 맑고 환한 웃음소리에 그쪽으로 고개를 돌렸다.

맑은 하늘을 닮은 곱고 소중한 조카들이 화연비의 곁에서 세상에서 가장 행복한 표정으로 웃고 있었다. 무엇을 보는 것인지 화단 옆에 몸을 숙인 꼬마들 곁에서 화연비 역시 조금 볼록해진 배를 하고는 환하게 웃고 있었다.

연우가 떠나고 난 뒤 태손들은 떠난 고모를 대신해 숙모가 되는 화연비에게 정을 흠뻑 붙인 상태였다. 복중에 아기를 가져서인지 화연비 역시 태자의 두 아들을 귀히 여겨 자주 어울리곤 했다.

세상에서 가장 아름다운 풍경이 눈앞에 있는데도 지운은 얼굴을 펼 수가 없었다. 깊은 한숨을 토해 낸 지운이 태자궁 안쪽 정자에 굳은 듯 앉아 있는 태자의 곁으로 다가섰다.

"왔느냐."

무심한 시선으로 태손들이 달리는 모습을 바라보던 태자 경운이 지운을 보고 고개를 들었다. 힘겨움이 묻어 있는 두 형제의 시선이 허공에서 서로를 안쓰럽게 바라보았다.

"어찌하고 있더냐."

알고 있었다. 그 누구도 무운을 만나선 안 된다고 선포했지만 지운은 분명 무운에게 들렸을 것이다. 그것을 알고 묻는 형의 물음에 지운이 깊고 깊은 숨을 토해 냈다.

"물조차 제대로 마시지 않는답니다."

"……."

"어디가 부러지기라도 한 것 같다고 자경이 말했습니다. 처음 이틀 동안 수도 없이 문에 몸을 부딪쳤는데…… 성할 수가 없을 것이라고."

"……바보 같은 놈."

"포기하지 않을 것 같아. 형님."

아프게 일그러지는 지운의 눈을 보는 경운의 눈은 여전히 차가웠다. 그런 경운을 바라보던 지운의 시선이 나비를 쫓아 달리고 있는 태손들에게로 향했다.

"사랑하는 여인도, 아이도…… 놓을 수 없을 거잖아. 태손들을 놓으라 하면…… 가능하겠어?"

"지운아."

"그냥 놓아주면…… 안 될까? 내가 무운 형님 대신 뭐든지 할게. 내가 할게. 그러니까……."

"……."

"형님."

지운의 간절한 부름을 외면하며 경운이 자리에서 일어섰다. 딱딱하게 굳은 큰형의 등에 닿은 지운의 시선이 아프게 흔들려 왔다.

굳게 닫힌 문 아래 조그마한 공간 안으로 시선을 준 자경의 얼굴이 아프게 일그러졌다. 어제 놓아 둔 것들이 고스란히 있었다. 손도 대지 않았음을 알 수 있었다. 음식은커녕 물조차 입에 대지 않는 모양이었다. 벌써 나흘째였다.

"황자님…… 제발. 좀 드셔야 합니다."

"열어."

탁하게 가라앉은 목소리가 조그맣게 들렸다. 그 목소리에 알 수 없는 불안이 등줄기를 타고 흐르는 것을 느끼는 자경이었다. 긴장한 자경이 문 앞에 엎드렸다. 작은 문 너머로 벽에 기대앉아 있는 무운의 모습이 보였다.

"황자님."

"열라고. 가야 한다니까. 나가야……."

털썩. 자경의 눈앞에 벽에 기대 앉아 있던 무운의 몸이 그대로 쓰러져 내리는 것이 보였다. 하얗게 질린 자경이 밖을 향해 외쳤다.

"지운 황자님을 모셔 와라!"

자신의 앞에 마주 앉은 아들의 얼굴을 바라보는 황제의 미간이 꿈틀 흔들렸다.

이레 만에 보는 아들이었다. 아들이 시간을 달라 한 순간부터 지금까지 그 누구도 만나지 않았던 황제였다. 그리고 그 시간이 지나 마주한 아들의 얼굴은 이레 만에 이리 수척해질 수 있을까 싶게 말라 있었다.

황제가 지그시 이를 악물었다.

"시중을 만났다고……."

먹빛으로 잠긴 서하의 눈동자가 들어 올려졌다. 그 어둠에 황제가 숨을 삼켰다. 아들의 눈빛에서 자신을 보고 있었다. 그 옛날 끔찍했던 시간들을.

"그 늙은 구렁이가 조금 전 나를 찾아왔었다. 뭐라고 하였을 것 같으냐."

비릿하게 입꼬리를 올리고 있었지만 황제의 눈은 조금도 웃고 있지 않았다. 아니, 차라리 아프게 반짝이고 있었다. 서하가 그런 아비의 눈을 그저 멍하게 바라보았다. 터질 듯 뛰기 시작하는 심장을 감출 길은 그것뿐이었다.

"30년 전의 구렁이와 지금의 구렁이가 똑같은 거래를 원하더구나. 그 족속들은 언제나 원하는 것이 한 가지거든. 큭큭."

구렁이의 서늘한 몸이 등을 기어 내려가는 듯 섬뜩함을 느낀 서하가 질끈 눈을 감았다. 어차피 그것이리라. 아비가 택했던 그 방법이리라.

자신의 말에 천천히 눈을 감는 아들의 모습에 황제의 붉은 눈동자가 멈췄다.

30년 전 자신도 저렇게 이를 악물고 견뎌야 했다. 너무도 똑같아 미치도록 화가 난다. 하지만 알고 있다. 그때도 지금도 선택이란 없다는 것을.

"후비로…… 타협을 보았다."

심장이, 떨어져 내렸다.

'제 첫 손녀가 올해 열다섯이옵니다.'

징그럽게 부드러운 미소를 머금는 시중의 얼굴을 그대로 쳐 버리고 싶었던 황제였다.

'어찌 타국의 황후를 이 조정이 인정하겠사옵니까. 이미 가여와 의 조약은 깨져도 그만인 것이 되었는데요. 그런 부담을 안고 시 작하실 필요가 없지 않습니까. 폐하께서 이리 힘겹게 반석 위에 올려놓으신 황실의 권위와 위엄을 서하 황자께서 제대로 이어 가 시려면, 또 저희 조정 대신들이 한마음으로 서하 황자님을 태자로 인정하기 위해서는 저희 천여의 핏줄이 필요하지 않겠습니까. 이 나라의 천년대계를 생각하셔야지요. 폐하.'

'그 아이는 손댈 수 없음을 알 텐데…… 그리 눈치가 없을 리 없 으니까. 그대가.'

'하지만 폐하.'

'그 아이가 받아들일 수 있는 패를 내어놓아야 이야기가 되지 않겠는가. 이미 새 패를 쥐어 놓고 그것을 놓쳐 다시 헌 패를 쥐어 야 하는 도박이라면 끝난 일일 테니까. 그 판을 다 엎을 참인가.'

시중의 부드럽게 휘어져 있던 눈꼬리가 살짝 치켜 올라갔다. 환하게 웃고 있던 입가에 짜증이 어리는 것을 바라보며 황제가 고개를 끄덕였다.

'후비로…… 하게.'

아주 잠시 황제를 노려보던 시중의 얼굴이 언제 그랬냐는 듯 밝게 펴졌다. 다시 그 주름진 작은 얼굴에 화사한 미소를 담으며 시중이 황제의 앞에 깊이 고개를 숙였다.

'폐하의 뜻을 따르겠사옵니다.'

그 끔찍한 미소에 구역질이 올라오는 것을 참느라 황제가 이를 악물어야 했다.

"받아들이지 않을 것입니다. 그런 웃기는 제안."

황제의 감겨져 있던 눈이 천천히 열렸다. 미간을 좁히는 황제 앞에 아들이 비릿한 냉소를 입가에 담았다. 그 비소가 너무도 서늘해 온몸이 서늘해지는 느낌이 드는 황제였다.

"후비라…… 큭, 전 죽어도 그런 짓 하지 않습니다."

"지금 네가 한 말이 무엇을 의미하는 것인지 알고 하는 말이냐."

"예. 폐하."

"그들은…… 다시 주하를 끌고 들어갈 것이다."

"그리 두실 것입니까?"

편안한 목소리로 묻는 아들의 말에 황제의 눈썹이 일그러졌다. 서하의 입가에 진한 미소가 번졌다.

"그리 두실 폐하가 아님을 압니다."

"내가 그것을 막아 낸다 하여도…… 너는 그 순간부터 지독한 싸움을 시작해야 할 것이다. 그것이 어떤 것인지 아느냐. 그들의 힘을 네 것으로 만들지 않고 그 힘을 눌러야 하는 것이 어떤 선택인지 알고 하는 소리냐."

"후비를 들이면…… 그것으로 다 끝나리라 보십니까. 아니지 않습니까."

"……."

황제가 숨을 삼켰다. 아들은 이미 다 꿰뚫고 있었다. 그들의 마음도, 자신의 마음도.

"어떻게 해서든 후비에게서 후사를 보게 하려 애를 쓰겠지요. 그녀를 몰아내기 위해 무슨 수라도 쓸 것입니다. 어차피 그들의 제안을 받아들여도 제 싸움은 시작될 것입니다. 저는 죽어도 그녀를 놓을 수도, 잃을 수도 없으니까요. 해서 어차피 시작해야 하는 싸움이라면 처음부터 시작해 보려 합니다. 도와주십시오. 폐하."

황제가 얼굴을 아프게 일그러뜨린 채 오른손을 들어 왼쪽 가슴 위로 올렸다.

'저는 죽어도 그녀를 놓을 수도, 잃을 수도 없으니까요.'

자신은 해 보지 못한 말이다. 자신은 하지 못한 말이다. 했어야 했던 말이다. 30년 전 그때.

"평생을 가야 할 싸움이 될 수도 있다. 네 자리를 걸고 싸워야 할 수도 있다는 말이다. 그런 무모한 싸움을 진정…… 하려는 것이냐. 단지 그 아이 하나로 인해?"

이제껏 한 번도 본 적 없는 아비의 얼굴에 서하가 흐릿하게 입술을 끌어 올리며 고개를 끄덕였다. 아프게 일그러져 있는 눈

191

앞의 이는 지금 그 무소불위의 황제가 아니라 아비였다.

"그들을 얻기 위해 제 것을 내어 주는 짓은 하지 않겠습니다. 하나를 내어 주면 또 다른 하나를 내어놓으라 하겠지요. 저는 그들의 하늘이 될 것입니다. 누가 감히 하늘에게 하늘의 것을 내어놓으라며 하늘과 거래를 할 수 있습니까. 시중이 말하더군요. 하늘은 모두를 품어야 한다고. 예. 품을 것입니다. 하지만 제 것을 내어 주며, 그렇게 구걸하는 하늘 따위 되지 않을 것입니다."

연못 속을 여유롭게 떠다니는 작은 물고기들을 바라보는 연우의 시선이 낮게 가라앉아 있었다.

이제 궁 안이 숨죽이던 이레가 지나갔다. 황제는 다시 제자리로 돌아왔고 모든 것이 예전처럼 흘러가는 것같이 보였다. 겉으로는 그랬다. 하지만 모두가 알고 있었다. 이 평화 속에 소용돌이치게 될 엄청난 폭풍이 아직 불지 않았다는 것을.

아직 태자가 그 자리에 있지만 태자는 곧 태자의 자리를 내어 놓을 것이라 한다. 서하가 태자가 되는 것은 이미 중신들 사이에서도 이견이 없는 일이라고들 했다. 이번 이레 동안 서하는 황궁에서 실질적인 황제였고 시중도 대신들도 그것을 인정했다고들 했다.

그렇게 모든 것이 정리되는 것 같은 상황이지만 그녀가 느낄 때 서하는 아니었다. 그는 잠도 못 자고 먹지도 못했다.

자신의 앞에서는 괜찮은 듯 애쓰지만 새벽이면 그는 언제나 어둠 속에 몸을 웅크리고 아무것도 제대로 넘기지 못했다. 그가 두려워하는 것이 무엇인지 그녀는 알 수가 없었다.

청하궁 중문으로 들어서는 내관들의 모습에 연우가 무심히 시선을 주었다. 서하가 잠들지 못하는 것이 걱정되어 재희를 시켜 어의전에 탕제를 내어 달라 했다. 아마도 그 탕제를 가져온 내관인 모양이었다.

하정이 탕제를 받는 모습을 물끄러미 바라보다 연못 안으로 고개를 돌린 연우가 자신에게 다가서는 기척에 다시 고개를 들었다. 조금 전 탕약을 가져온 내관 중 한 명인 듯했다. 내관이 왜 자신에게…….

"공주님. 연우 공주님 맞으시네요."

반색을 하며 자신을 향해 깊이 고개를 숙이는 내관을 의아함을 담고 물끄러미 바라보던 연우가 천천히 시선을 올렸다. 연우의 눈이 커다랗게 열렸다.

"너…… 다로?"

"예. 다로입니다. 공주님."

환하게 웃고 있는, 아직은 어린 태가 나는 소년 내관의 모습을 바라보는 연우의 얼굴에 오랜만에 환한 미소가 가득 번졌다.

"상상도 못 했다. 널 이런 곳에서 볼 줄은. 그런데 대체 어찌 이 천여에 있는 것이냐?"

환하게 미소를 지으며 묻는 연우의 물음에 소년 내관이 머리를 긁적였다.

"1년 전쯤 이곳의 예부령께서 가여로 오셨을 때 기억하십니까? 아, 공주께서는 기억하지 못하시겠습니다. 공주께서 다치셔서 깨어나지 못하셨을 때입니다. 정말 궁이 난리가 났었지요."

"그때 이곳의 예부령께서 가여에 오셨었구나. 난 몰랐느니."

"제가 예부령의 수발을 들었는데 저를 어여삐 여겨 주셔서 이곳으로 데려와 주셨습니다."

"그랬더냐?"

반가운 옛 동무를 만난 것이 정말 좋은지 환하게 웃음을 머금고 있던 연우가 자신에게로 다가오는 하정과 재희를 보고 손짓을 했다.

의아함을 담고 다가서던 하정의 눈이 커다랗게 열렸다. 소년 내관 다로도 하정을 보고 환하게 웃음을 지었다.

"다로야. 기억나지? 하정아?"

"한데 네가 왜 여기에……."

연신 반가움에 미소를 짓는 연우와 달리 하정의 눈이 의아함을 담고 살짝 일그러졌다. 너무도 낯선 곳에서 상상도 하지 못한 이를 만났기 때문이다.

"예전에 이곳 예부령이 가여로 오셨을 때 데려와 주셨대. 내가 아팠던 그때인 모양이네."

"아, 그때."

하정이 얼굴을 찡그리며 입을 다물어 버렸다.

"어의전에 있는 것이냐?"

연우의 물음에 다로가 잠시 머뭇거리는 듯하다 크게 고개를 끄덕였다.

"지금은 그렇습니다만 곧 다른 곳으로 갈지도 모르겠습니다."

"너를 이곳에서 보니 가여에 있는 것 같아서 좋구나."

연우의 눈에 잠시 아련함이 고여 왔다.

어려서 친구가 없던 궁 안에서 함께 놀았던 내관이었다. 어린 궁녀와 내관들과 함께 이런저런 장난도 많이 하고, 놀기도 많이 놀았던 연우였다. 또래가 별로 없던 궁 안에서 어린 궁녀나 내관들은 그녀에게 아주 좋은 친구가 되어 주었으니까.

눈앞의 내관도 그때 가끔 어울리던 소년이었다. 그런 어린 시절 소꿉동무를 이곳에서 만날 수 있으리라고는 상상도 하지 못했다.

"아, 가 봐야겠습니다. 하면 또 뵙겠습니다. 공주님."

공주를 보며 싱글벙글 웃음을 머금던 다로가 힐끔 재희를 바라보고는 얼른 고개를 숙이고 다급히 걸음을 옮겨 청하궁을 빠져나갔다. 그 뒷모습에 닿은 재희의 시선이 의아함을 담는 것을 본 하정이 고개를 갸웃거렸다.

"왜, 어찌 표정이 그런 거냐?"

"이상해서. 한 번도 본 적이 없는 아이거든. 어의전에 있었다면 내가 모를 리가 없는데."

"가여에서 온 아이라 낯이 익지 않은 것이겠지."

"그런가……."

의아함을 담은 재희의 눈동자가 급한 걸음을 옮기는 소년 내관의 등에 닿았다.

잘못된 충정

잣죽을 반도 먹지 않고 숟가락을 내려놓는 서하의 모습에 연우의 눈가가 약하게 일그러졌다.

요즘 들어 거의 먹지를 못하고 있는 그였다. 자신의 앞에서는 그나마 자신이 걱정할 것을 염려해 조금 먹는 시늉이라도 하는 것임을 알고 있었다. 그러니 대체 자신이 없는 곳에서는 어떠할지 보지 않아도 알 수 있는 그녀였다.

자신을 걱정스러운 눈길로 바라보는 연우의 시선을 느낀 서하가 난감함을 담고 입가를 끌어 올렸다. 하지만 연우의 얼굴은 펴지지 않았다.

"괜찮습니다. 하니 그런 얼굴 하지 마십시오."

"다른 것을 올리라 할까요? 어죽이 더 나으시겠습니까?"

"됐습니다. 한데 공주께서는 다 드셨습니까?"

"예. 어찌……."

무언가 할 일이 있는지 그녀가 다 먹었다는 것을 확인한 서하가 앞에 놓여 있는 상을 밀어냈다. 그리고 의아함을 담는 연우의 손을 잡아 일으켰다.

"갑갑해서 사냥이나 갈까 합니다. 함께 가고 싶어서요."

"사냥을요?"

"말을 달리고 싶어서 미치겠습니다."

아프게 끌어 올려지는 서하의 입가에 쓰디쓴 미소가 번져 왔다. 연우가 먹먹함을 담으며 고개를 끄덕였다.

넓은 벌판이 시원하게 펼쳐져 있었다. 이런 벌판으로 이루어진 가여와 달리 천여에서 이런 벌판을 찾기란 어려운 일이었다.

시야를 가득 채워 오는 넓은 벌판을 응시하는 서하를 연우가 고개를 돌려 올려다보았다. 시리게 푸른 그의 눈동자가 기울어지기 시작하는 햇볕 아래 붉은빛을 담뿍 담고 있었다.

그 눈빛이 너무도 아름다워 한숨을 살짝 뱉어 내는 그녀였다. 보고 또 보아도 그의 눈빛은 심장을 떨리게 하기에 충분했다.

"달리고 싶으시지요?"

연우의 속삭임에 서하가 그녀를 가만히 내려다보다 그녀의 이마에 입술을 내렸다. 따스한 감촉에 연우가 가만히 눈을 감았다.

이마에 닿았던 그의 입술이 눈가로 내려왔다. 심장이 떨려 자꾸만 속눈썹이 바르르 떨렸다. 그의 입가가 슬쩍 끌어 올려지는 것까지 올곧이 느껴지는 게 너무 좋았다.

그의 입술이 그녀의 콧날을 지나 입술에 닿았다. 가만히 내려앉는 그의 뜨거운 숨결에 연우가 빙그레 입가를 끌어 올렸다.

"달려 보십시오. 저는 이곳에서 기다리고 있겠습니다. 건이 있으니 괜찮습니다."

자신을 올려다보며 말하는 연우를 잠시 바라보던 서하가 시선을 들어 올려 넓은 벌판을 바라보았다. 터질 듯 갑갑한 마음이 저 벌판을 휘감아 도는 바람을 맞고 나면 조금은 가라앉을 것 같아 나온 길이었다. 그것을 아는 연우가 그를 놓아주는 것이다.

건에게 연우를 맡긴 서하가 말고삐를 거세게 잡아당겼다. 앞발을 치켜든 말이 그대로 달려 나가기 시작했다.

연우의 시선이 바람과 하나가 된 듯 거침없이 달려 나가는 서하의 모습을 따라 달렸다. 바람이 그를 감고 그가 바람을 품고 있었다. 바람에 날리는 그의 긴 머리카락과 펄럭이는 무복이 바람을 타고 허공으로 날아올랐다.

연우가 잠깐 숨을 삼켰다. 그의 모습이 바람에 실려 날아가 버릴 것만 같은 우스운 공포가 느껴져 왔기 때문이다.

"건."

"예. 공주님."

다른 이들은 다 자신을 화운비라 불러도 건은 여전히 공주님이라 불러 주고 있었다. 5년을 그리 불렀기에 아마도 바뀌지가 않을 것이다. 그는 그런 사람이니까. 그리 한결같고 변함없는 사람이니까.

"무슨 문제가 있는 건지…… 이야기해 줄 수 있나요?"

서하를 좇던 건의 시선이 놀라움을 담고 연우를 향했다. 건의
흔들리는 눈빛에 연우가 숨을 삼키며 고개를 끄덕였다.

"저 사람 무엇을 저리 힘겨워하는 것인지 알고 싶어요. 잠도
제대로 못 자고 먹지도 못하잖아요. 대체 무엇이 저 사람을 그
렇게까지 힘들게 하는 건가요."

차분하게 물어 오는 연우의 물음에 건이 깊은숨을 내쉬며 입
을 열었다.

"태자 전하의 일 때문일 것입니다."

"그 일뿐인 건가요? 정말로?"

건이 불안으로 흔들리는 연우의 동그란 다갈색 눈동자를 응
시했다.

무엇인가 느끼고 있는 것이다. 이 공주는. 서하에 관한 것이
라면 그 무엇이라도 그녀는 본능적으로 느낄 수 있을 것이다.
하지만 그 느낌을 확인시켜 줄 수는 없었다. 그것은 서하가 바
라는 일이 아니기에.

그는 이 일을 절대 그녀에게 알리려 하지 않고 있었다. 다른
것은 몰라도 그 일만은 그녀가 모르게 자신만의 몫으로 남겨 두
려 하고 있었다. 그것을 알기에 건은 말할 수 없었다.

"제가 아는 것은 그것뿐입니다. 공주님."

"그 일이…… 저 사람을 그리 힘겹게 하는 것이군요. 태자 전
하의 일이."

저 멀리 석양을 등지고 이쪽으로 달려오고 있는 서하를 바라
보는 연우의 아픈 눈을 더 이상 바라보지 못하고 건이 시선을 돌
렸다.

이 고운 공주의 얼굴에 미소가 사라지지 않게 하는 것, 그것이 자신의 주인이 저리 치열하게 살기 시작한 이유일 것이다.

'난 원래 무례해요.'

그 동그랗던 눈을 기억한다. 그 순간을 어찌 잊을 수 있을까. 주인은 안타깝게도 그 순간을 잃어버렸지만 자신은 그 순간을 또렷이 기억하고 있었다. 이 어린 소녀가 주인의 운명이 되던 그 순간을.

"공주님."

다가오는 서하를 향해 미소를 짓고 있던 연우가 건의 부름에 고개를 돌렸다. 따스함이 가득한 건의 얼굴이 연우를 향해 있었다.

"무슨 일이 있어도…… 황자님 곁에 계셔야 합니다."

의아함을 담고 건을 바라보던 연우가 자신들의 곁으로 다가서는 서하의 기척에 몸을 돌렸다. 말에서 뛰어내려 그녀를 안아 올리는 서하의 움직임에 연우가 환한 웃음을 터뜨렸다.

붉은 노을 속에 잠겨 있는 아름다운 주인을 바라보는 건의 입가에 미소가 번져 갔다.

황후궁으로 들어서던 태자비가 황후궁 안쪽에서 걸어 나오는 이를 보고 멈춰 섰다. 부드러운 미소가 담겨 있던 태자비의 얼굴이 차갑게 굳었다.

자신을 보고 멈춰 서는 태자비를 발견한 시중이 공손히 머리를 숙였다. 끔찍한 것을 보는 듯 파랗게 질린 얼굴로 태자비도 고개를 숙였다.

"강녕하시지요."

"우스운 말씀입니다. 아버님."

부드럽게 물어 오는 시중의 물음에 태자비의 얼굴에 헛웃음이 서렸다.

"제가 강녕하길 바라시는 것입니까? 설마?"

"태자비마마."

"이제 그 부름 필요 없으실 텐데요."

"끝날 때까지는 끝난 것이 아니지요. 세상사 그 누가 알겠습니까."

아비의 작은 눈 가득 퍼지는 진득한 미소에 태자비가 한 걸음 뒤로 물러섰다. 온몸을 감아 도는 지독한 서늘함에 눈앞이 아득해지는 그녀였다.

휘청거리는 몸을 겨우 세운 태자비가 이를 악물고 눈앞에 서 있는 이를 응시했다. 아비라는 이 지독한 자를.

"세상사는 모르지만 전하의 마음과 제 마음은 압니다. 다시는 아버님 마음대로 되지 않을 것이라는 것도요."

파르르 떨리는 입술로 말대꾸를 하는 딸의 모습에 시중의 인자하던 미소가 순식간에 사라져 갔다. 노기로 붉게 물든 눈을 한 시중이 태자비에게 다가섰다. 태자비가 주춤 몸을 뒤로 물렸다.

"그저 가만히 계세요. 아무것도 하지 마시고 말입니다. 지금까지 그래 왔던 것처럼 이 아비가 다 알아서 합니다. 그저……

숨만 쉬고 계시란 말입니다. 끝을 내는 것도, 다시 시작하는 것
도 제가 합니다."

"아니요."

이를 아득 갈며 딸을 노려본 후 몸을 돌리는 시중의 뒤로, 떨
리지만 또렷한 태자비의 목소리가 들렸다.

"다시는 그러지 못하시게 할 것입니다. 다시는 저를, 전하를
마음대로 하실 수 없을 것입니다."

바들바들 떨리는 손을 꼭 움켜쥐며 아비의 뒷모습을 응시하
던 태자비가 막 황후궁 중문 안으로 들어서는 이의 모습에 커다
랗게 눈을 떴다.

화운비 연우였다. 그 작고 여린 모습의 화운비 앞에 아비가
서 있었다. 태자비가 달리듯 다가서 연우의 앞을 막아섰다. 꼭
어미가 새끼를 지키려 막아서듯. 그런 태자비의 모습에 연우와
시중의 커다랗게 열린 눈이 닿았다.

갑작스러운 태자비의 모습에 태자비를 따르던 궁녀들도 연우
를 따르던 하정도 놀라 어쩔 줄 몰라 했다. 알 수 없는 치열함이
가득한 태자비의 뒷모습을 물끄러미 바라보던 연우가 그런 자신
들 앞에 서 있는 자그마한 사내를 바라보았다.

누구인지 모르는 사내의 눈이 태자비를 건너 자신에게 닿아
있었다. 작은 눈 속에 숨어 있어 그 표정을 느낄 수 없는 사내의
눈동자가 자신을 훑어 내리는 것이 느껴졌다. 알 수 없는 오싹
함에 연우가 숨을 삼켰다.

"어찌 이러십니까. 태자비마마. 화운비마마께 예를 올리려던
것일 뿐입니다."

금방이라도 태자비를 찢고 싶은 듯 시중의 눈이 활활 타올랐다. 하지만 태자비는 물러서기는커녕 손을 뒤로 돌려 연우의 손을 찾아 쥐었다.

당황스러운 태자비의 행동에 연우의 눈이 어지럽게 흔들렸다. 싸늘한 태자비의 손이 너무도 차가워 더 놀라는 연우였다.

"황후마마께서 기다리십니다. 어서 오세요. 화운비."

무서운 것을 피하려는 듯 자신의 손을 잡아끄는 태자비의 손에 이끌려 황후궁 안으로 들어서며 연우가 고개를 뒤로 돌렸다. 아까 그 자리에서 움직이지도 않고 이쪽을 바라보고 있는 사내의 모습이 보였다. 터질 것만 같은 사내의 노기가 여기까지 느껴지는 듯했다.

황후궁 안으로 달려 들어간 태자비가 그제야 달달 떨리는 심장을 움켜쥐며 힘겹게 숨을 토해 냈다. 금방이라도 쓰러질 듯 하얗게 바랜 태자비의 얼굴을 바라보며 연우가 조심스럽게 입을 열었다.

"태자비마마, 제 손은 이제 그만……."

"아."

연우의 말에 놀란 듯 태자비가 이제까지 꽉 움켜쥐고 있던 연우의 손을 놓았다. 얼마나 세게 잡았는지 연우의 손목에 붉은 테가 생길 지경이었다. 스스로의 행동에 놀란 듯 태자비가 움찔 뒤로 물러섰다.

"어찌 그리 놀라셨습니까. 아까 그분이 누구시기에."

"……모르시는 것이 좋은 사람입니다. 상관 마세요."

이제야 숨 쉴 수 있게 된 듯 가슴을 쓸어내린 태자비가 다시 예전처럼 차가운 음성으로 연우를 바라보며 몸을 돌렸다.

조금 전 자신을 그 사내의 앞에서 막아서던 모습이 꼭 거짓처럼 느껴지는 연우였다.

어디가 좋지 않은지 안색이 창백한 황후의 모습에 걱정스러운 얼굴로 태자비와 연우가 예를 취했다. 황후의 흔들리는 시선이 연우에게 닿지 못하고 태자비를 향했다.

"태자는 괜찮습니까."

걱정이 한가득인 황후의 목소리에 태자비가 살며시 고개를 끄덕였다.

"예. 많이 나쁘지 않으십니다. 걱정하지 않으셔도 됩니다."

"그래요……."

낮게 한숨을 토해 내면서도 연우를 똑바로 바라보지 못하는 황후의 모습에 태자비가 연우를 돌아보았다. 언제나처럼 아무런 표정도 담지 않은 태자비였다.

"어마마마께서 몸이 좋지 않으신 듯하니 화운비께서는 이만 물러가세요. 제가 어마마마 곁에서 간병을 하겠습니다."

"저도 함께할 수 있습니다. 태자비마마."

"제대로 할 수 있을 리가 없습니다. 도와주시려거든…… 돌아가세요."

"……예."

서늘함이 뚝뚝 묻어나는 태자비의 말에 연우가 더 이상 고집을 부리지 않고 몸을 일으켰다. 지금 자신을 보는 것이 황후나 태자비 둘 다에게 힘겨울 수도 있을 것 같아서였다.

마음이 자꾸만 복잡해지는 것을 애써 털어 버리려 고개를 저
으며 연우가 황후궁 뜰로 내려섰다. 그리고 그 순간 연우의 얼
굴이 굳어 왔다.

조금 전 태자비가 막아섰던 그 사내가 황후궁 중문 앞에 서
있었다. 아마도 자신을 기다린 듯 자신을 향해 깊이 고개를 숙
이는 사내를 바라보는 연우의 심장이 쿵쿵 울리기 시작했다.

"시중께서 무엇을 확인하러 오신 것이었습니까."

힘겹게 숨을 토해 내던 황후가 태자비의 물음에 움찔 손을 떨
었다. 태자비의 눈이 아프게 황후를 응시했다.

"그들이…… 화운비를 내치려는 것입니까."

"내치는 것은 폐하가 윤허하시지 않은 모양입니다. 해서……
후비를 들이기로 한 모양인데, 폐하께서 내게 아직 아무런 말씀
도 없으시니. 교지가 내리길 기다렸던 모양인데…….

"황자께서 허락하지 않으신 것이겠지요."

"……그랬으리라 짐작이 됩니다."

이제야 조금 전 아비의 말이 무슨 뜻인지 가늠이 되는 태자비
였다.

가차 없이, 말 한 마디 없이 버려 놓고 서하가 마음대로 되지
않는 듯하자 서하를 공격하는 구실로 태자와 자신을 이용하는
것이다. 쓸 마음도 없으면서 버리지는 않을 심산이다. 확실하게
서하를 자신의 패로 만들고 나면 또다시 가차 없이 버릴 것이면
서.

혹여 태자에게 견제가 될까 하여 그리 쫓아내듯 가여로 보냈

던 서하가 황제의 패가 되자, 이제 자신들에게 별 쓸모가 없는 태자 주하를 버리고 서하 황자를 취하는 그들에게 가장 걸림돌은 화운비일 것이다.

황후나 자신처럼 이곳 세력의 딸이 아니니까. 자신들의 가장 큰 견제 세력이 될 수도 있는 가여의 공주이니까.

그렇다 하나 이미 오랜 시간 부부였던 두 사람을 저리 갈라놓으려 하다니. 그 끔찍한 욕심들에, 자신들만의 이익에 눈먼 그들에게 신물이 나는 태자비였다.

"어마마마, 드릴 말씀이 있습니다."

잠시 생각에 잠겨 있던 태자비가 천천히 시선을 들어 자신을 바라보는 눈빛에 황후가 숨을 멈췄다.

이제껏 한 번도 본 적 없는 며느리의 눈빛이었다. 언제나 아프고 언제나 힘겨워만 보이던 그 눈동자가 너무도 편안하게 반짝이는 모습에 황후의 가슴이 아려 왔다.

"……해 보세요."

"저희는 곧 떠날 것입니다."

"……."

아무런 말도 묻지 못하는 황후의 입술이 바르르 떨렸다.

알고 있었다. 아니, 자신이 바랐던 일이었다. 하지만 눈앞에 앉은 며느리의 입에서 그 말이 나오자 머릿속이 하얗게 바래는 황후였다.

한순간도 마음에서, 심장에서 내어놓지 못했던 아픈 손가락인 아들이었다. 태어나면서 태자로 정해졌지만 한 번도 태자로서의 삶을 살아 보지 못했던 아들이 이제 동생을 위해 떠나려 하는 것이다.

"저희가 이곳에 머물러 있으면 황자께 힘겨운 싸움을 안겨 드리는 것입니다. 해서 떠나려 하옵니다."

"놓을 수…… 있습니까?"

"놓으면 살아갈 수 없을 줄 알았습니다. 제게 남은 것은 그저이 허울뿐인 자리인 줄 알았습니다. 한데…… 제게 남은 것이 있었습니다. 이 자리만 보느라 한 번도 제대로 보지 못한 소중한 것이 있었습니다."

"그래요."

"폐하껜 태자께서 윤허를 받으실 것입니다. 어마마마께 알려 드려야 할 것 같아서."

"그래요. 그랬던 거였군요."

황후의 두 눈에 눈물이 그렁그렁 차올랐다. 모든 것을 내려놓은 며느리의 편안한 얼굴을 보니 아들을 얼굴도 어떠할지 상상이 되는 황후였다.

아들도 며느리도 자리가 너무도 버겁기만 했던 아이들이었다. 자신의 것이 아닌 자리에 앉아 한시도 편해 보지 못했던 불쌍한 아이들이었다. 이제야 자신들의 자리를 찾은 모양이었다.

"이제야 인사를 제대로 드립니다. 화운비마마. 시중 사준원입니다."

부드러운 미소를 주름이 많은 얼굴에 담고 고개를 숙이는 조그마한 키의 사내를 보는 연우의 눈이 커다랗게 열렸다. 시중이라면 태자비의 아비일 것이다.

한데 대체 왜 태자비는 아비의 앞에서 그리 적개심을 드러내며 자신을 지키려 한 것일까. 의아함을 담은 채 연우도 시중을 향해 살짝 고개를 숙여 보였다.

"이곳은 보는 눈이 많군요. 조금 걸으시겠습니까."

부드럽게 눈가를 휘며 말하는 사내의 작은 눈이 알 수 없는 번들거림을 담고 있다 느끼며 연우가 고개를 저었다. 시중의 눈이 살짝 일그러졌다.

"하실 말씀이 있으시면 이곳에서 하십시오. 보는 눈이 많은 곳이 좋지 않겠습니까. 다른 이들이 듣거나 보아선 안 되는 것이 아니라면 말입니다. 시중 어르신."

눈앞의 사내는 분명 세상에서 가장 인자한 듯한 얼굴을 하고 있었다. 하지만 그 작은 눈이 품어 내는 열기가 결코 편하지 않은 연우였다. 그리고 그녀의 본능이 알려 주고 있었다. 이 눈앞의 사내를 경계하라고.

움직이려 하지 않는 연우를 잠시 응시하던 사준원이 입가를 비릿하게 끌어 올렸다. 공주라더니 역시 무서운 것이 없는 모양이었다. 헛웃음이 나왔다.

"하면 여기서 말씀 올리지요. 상관없으니까요. 화운비마마께 여쭙겠습니다. 이 천여의 왕실에 타국의 황후가 있었던 적이 있었을까요? 혹여 아십니까?"

직설적으로 물어 오는 시중의 말에 연우의 눈이 차갑게 얼어붙었다. 연우의 반응을 즐기듯 바라보던 시중의 입가에 환한 미소가 번졌다.

"알고 계시는 모양이군요. 예. 한 번도 없었습니다. 저희 천여 황실에서는 이제까지 단 한 번도 타국의 여인을 황후로 삼은 적이 없다는 것입니다. 왜일 것 같으십니까."

"……."

"그 누구도 받아들이지 않아서입니다. 그 누구도 원한 적이 없기 때문입니다. 그 누구도 버티지 못해서입니다. 그래서 그런 것입니다."

"언젠가는…… 달라지겠지요."

떨리고 있었지만 연우는 시중에게 닿은 자신의 시선을 돌리지 않았다. 파르르 떨리는 다갈색 눈동자로 시중을 똑바로 응시하며 연우가 파랗게 질린 입술을 다시 열었다.

"힘들어도 누군가는 이루어 낼 것입니다. 세상이란 그런 사람들로 인해 새로워지는 것이니까요."

"새로움이란 지독한 고통을 동반하는 법이지요."

"그러나 이겨 내야 하는 고통이라면 견디는 이가 분명 있습니다."

부드러운 미소를 담고 있던 시중의 얼굴이 점점 일그러져 갔다. 작고 여린 소녀라 느꼈는데 한순간도 자신에게 밀리지 않고 있었다. 떨리는 입술을 하고도 시선조차 돌리지 않는다.

"한데 말입니다. 그 고통을 누가 견디셔야 할까요?"

그 순간 연우의 눈이 거세게 흔들렸다.

아프게 흔들리는 그녀의 눈동자를 재미나다는 듯 바라보던 시중이 살살 고개를 저으며 몸을 돌렸다. 여유로운 사내의 걸음이 황후궁을 벗어났다.

바람이 불어와 연우의 치맛자락을 휘감아 돌았다. 그렇지만 연우는 그것조차 느끼지 못하고 있었다.

아무런 감각도 느껴지지 않았다. 그녀의 모습에 불안을 담은 하정이 그녀의 치맛자락을 급히 단속했지만 그것마저 그녀는 인지하지 못하고 있는 것 같았다.

어둠 속에서 하루하루 숨조차 제대로 내쉬지 못하는 서하의 모습이 떠올랐다. 태자 때문이라고 믿고 있었다. 지금의 이 정치적 상황이 너무도 힘겨워 그런 것이라고.

태자를 밀어내고 자신이 태자가 되려 하는 것처럼 되어 버린 이 상황이 그를 그리 힘겹게 하고 있다고 생각했다.

한데…… 그를 힘겹게 하는 것이 자신이었던 것일까. 그가 선택해야 했던 것이 태자의 자리가 아니라, 자신이었던 것인가.

허공을 바라보는 연우의 다갈색 눈이 흐릿해져 갔다.

시중의 관저로 들어서는 시중을 보고 예부령 하찬이 급히 일어나 고개를 숙였다. 차갑게 일그러진 얼굴로 예부령의 인사도 무시한 시중이 거칠게 의자에 앉았다.

언제나 느긋한 시중의 낯선 모습에 하찬이 불안을 담고 시중을 향해 시선을 돌렸다.

"무슨 일이 있으십니까. 시중 어르신."

"폐하가…… 약속을 지키지 않으실 모양이네. 이러시면 아니되는데 말이야."

지그시 입술을 악물며 뱉어 내는 사내의 작고 차가운 눈이 번뜩였다.

"서하 황자의 선택이 아니겠습니까. 세상 무서운 것을 모르는 젊은 녀석이라."

"준비는 해 두었는가."

"예. 준비해 두었습니다. 하나 정말 하실 생각이십니까. 위험하지 않겠습니까."

두려움을 담은 얼굴로 묻는 하찬을 보며 시중이 입가를 비틀었다. 보기 싫은 입매에 담기는 조소가 그 주름진 얼굴을 더욱 일그러트렸다.

"잠시라도 태자비의 자리에 앉혀선 안 될 아이야. 절대."

"하면…… 시작할까요?"

"주하 태자가 조금은 시간을 벌어 주겠지. 시간은 만들기 나름이 아닌가."

"그렇지요. 아직 저희는 누구의 손도 들어 준 것이 아니지 않습니까."

소맷자락을 정돈하며 탁자 위에 손을 올린 시중이 손가락으로 탁자를 톡톡 건드렸다. 무엇인가 생각을 할 때면 나오는 시중의 버릇임을 아는 하찬이 숨을 죽이고 기다렸다.

무엇을 담고 있는지 최측근인 자신조차 한 번도 알아차리지 못한 시중의 눈빛이 잠시 후 반짝, 빛을 품었다.

"사흘 후 황궁회의 전에 마무리하게. 그 자리에서 폐하와 황자의 숨통을 조여야 하니까."

"예. 시중 어르신."

차갑게 번들거리는 작은 눈을 바라보며 하찬이 깊이 고개를 숙였다.

온기가 느껴지지 않는 침전으로 천천히 들어선 서하가 약하게 밝혀진 등불에 의지해 방 안을 둘러보았다. 이 문을 열면 바로 느낄 수 있을 줄 알았던 온기가 존재하지 않았다.

그런 그의 시선에 문 반대쪽으로 몸을 향한 채 침상에 누워 있는 작은 인영이 보였다. 그 모습을 확인하고서야 하루 종일 긴장으로 굳어 있던 마음이 스르르 풀리는 듯한 그였다.

하루 종일 수많은 문서와 씨름을 하고 우헌의 도움으로 각부의 실질적인 실무자들과 독대를 하느라 온몸은 피곤에 절어 있었다. 몸은 얼마든지 피곤해도 상관없었지만 이 지독한 긴장감 때문에 찾아오는 지독한 두통은 견디기 힘이 들었다.

자꾸만 반복되는 두통 때문에 약도 제대로 마시지 못하고 있었다. 자신의 상태가 모든 감각을 세우고 있을 그들에게 알려질까 어의도 찾을 수 없는 서하였다.

그런 그에게 이 순간 저 눈앞에 있는 인영은 유일한 안식처였다. 천천히 겉옷을 벗고 침상 앞으로 다가선 서하가 조심스럽게 그녀의 곁으로 스미듯 들어섰다.

가느다란 숨소리를 내며 잠들어 있는 그녀를 깨우고 싶은 마음과 편히 자게 두어야 한다는 두 개의 마음이 그를 괴롭히고 있었다.

망설임을 견디지 못한 그가 조심스럽게 자고 있는 연우의 몸을 돌려 자신의 품에 안았다. 콧속으로 스미는 그 낯익은 향에 이제껏 머리를 뒤흔들던 두통이 순간 사라져 가는 것을 느끼는 그였다.

작고 따스한 몸이 차갑게 식어 있던 자신의 몸을 녹여 주는 듯했다. 긴장으로 날카로웠던 신경이 느슨해지며 스르르 몸이 침상 안으로 빨려 들어가는 느낌이었다. 이대로라면 잠들 수 있을 것 같은 안온함.

그런 감각에 취해 천천히 눈을 감던 서하가 순간 눈을 떴다. 자는 줄 알았던 품 안의 인영에게서 흘러나오는 힘겨운 울음소리 때문이었다. 그녀의 울음소리라는 것을 자각한 순간 온몸의 신경이 팽팽하게 곤두섰다.

"……공주."

"흑, 흐흑."

고개를 들지 않은 채 자신의 품 안으로 파고드는 연우를 서하가 커다란 팔로 더욱 꼭 끌어안았다. 무엇 때문인지 몰라도 차라리 이리 울어 풀리는 것이라면 자신의 품 안에서 울게 하고 싶었다.

다른 곳에서는 울지도 못할 그녀가 울고 싶은 만큼 울고 조금은 편안해졌으면 하는 바람을 담아 서하가 그녀의 작은 몸을 꼭 끌어안은 채 동그란 정수리 위에 가만히 입술을 내렸다.

단단한 서하의 품에 얼굴을 묻은 채 연우가 이를 악물었다. 미안해서, 그리고 너무도 고마워서 그를 부를 수도 얼굴을 볼 수도 없었다. 그의 얼굴을 보면 심장이 터질 것 같아서였다.

자신을 놓지 않으려는 그의 선택이 너무 고마워서, 그렇지만 그것으로 인해 너무도 힘들 그가 너무도 안타까워서 그의 얼굴을 볼 자신이 없는 연우였다.

그런데도 자신은 그에게 자신을 놓으라고 말할 수 없었다. 죽어도 그건 할 수가 없어서 더 미안하고 더 아픈 연우였다.

"미안합니다. 이렇게 힘들게 해서. 이렇게 자꾸만 울려서. 미안……합니다."

아무것도 묻지 않은 채 자신의 머리를 가만가만 쓰다듬으며 낮게 가라앉은 목소리로 다독이듯 뱉어 내는 서하의 목소리에 연우의 울음이 더욱 짙어져 갔다.

"행복해 보이네."

난이 자신을 보며 입가를 아프게 끌어 올리는 연우의 얼굴에 살짝 미간을 좁혔다. 연우가 힘들어하니 한 번씩 궁에 들어와 연우와 시간을 보내 주었으면 한다는 서하의 부탁을 건에게 전해 들어 입궁한 난이었다.

궁 안이 어수선하리란 것은 이미 알고 있었다. 궁 밖에도 이미 궁 안의 상황은 다 알려져 있었고 그 엄청난 회오리 가장 중심에 있을 서하로 인해 연우가 편치 않을 것임은 이미 예상하고 있던 난이었다.

하지만 오랜만에 보는 연우의 모습은 난의 상상보다 많이 좋지 않았다. 그사이 너무 마르고 창백해져 있는 연우였다. 가여에서의 그 활기차고 아름답던 소녀의 모습은 천여의 궁 안에서는 존재하지 않는 듯했다.

"소식은 듣고 있었습니다. 많이 힘드십니까."

"조금 그러네."

말을 아끼며 흐릿하게 웃는 연우의 모습에 난이 하정을 바라보았다. 근심을 담은 하정이 난을 보며 깊은 한숨을 내쉬었다.

"평소에 좋아하시던 것이라 준비해 보았습니다. 드셔 보세요.

공주님."

난이 작은 상자를 내밀었다. 연우가 그것을 열어 보고는 활짝 미소를 지었다. 연우가 어려서부터 좋아했던 율란이었다. 천여에서는 보지 못했던 것이었다.

"오랜만이네. 이거."

"혹 드시고 싶으신 거 있으면 말씀하세요. 가여에서 드시던 것들은 제가 얼추 다 만들 줄 안답니다."

"고맙다. 난아."

연우가 부드러운 미소를 지으며 율란 하나를 집어 들었다. 그리고 천천히 입가로 가져갔다. 그런데 그 순간 연우의 표정이 살짝 일그러졌다.

"왜 그러십니까."

"아, 아니다."

무엇인가 편치 않은 듯한데 애써 아무렇지도 않은 듯 웃어 보이는 연우의 모습에 난이 의아함을 담고 연우를 응시했다. 율란을 작게 베어 무는 연우의 얼굴이 좋지 않았다.

"혹여 속이…… 좋지 않으십니까?"

잠시 작게 베어 문 율란을 오물거리던 연우가 작게 한숨을 내쉬고는 들고 있던 율란을 내려놓았다.

"요즘 자주 그런단다. 신경이 날카로워져서 그런 모양이다. 미안하구나. 공들여 만들어 준 것인데. 속이 편해지면 그때 먹으마."

"속이 좋지 않으실 때는 율란은 들지 마십시오. 소화가 잘 되지 않는 것입니다. 한데…… 요즘 잘 드시지 못하십니까. 얼굴이 많이 상하셨습니다."

"요즘 통 드시지 못하신단다."

하정이 속이 상해 죽겠다는 표정으로 낮게 말하자 난이 고개를 끄덕였다.

"황자님께서도 걱정을 많이 하신다고 들었습니다. 몸조심하셔요. 공주님. 황자님께 공주님이 어떤 존재인지 아시지요? 스스로를 소중히 여기셔야 합니다."

"고맙구나. 난아."

연우의 따스한 눈길이 난을 바라보았다. 어려서는 저 아름다운 모습이 조금 신경이 거슬리고 샘도 났었는데 이제 이 낯선 곳에서 서로를 의지하는 사이가 되었다. 문득 떠오른 생각에 연우가 눈을 동그랗게 뜨고 난을 바라보았다.

"아, 참. 이곳에서 다로를 보았다."

"예?"

기분을 바꾸고 싶은 듯 밝게 웃으며 입을 여는 연우의 말에 난이 의아함을 담고 고개를 갸웃거렸다. 생각지도 못한 이의 이름 때문이었다.

"예전 조원전에 있던 어린 내관 기억하느냐? 얼굴이 귀엽고 계집애처럼 생겨서 큰 내관들이 못살게 하곤 했던."

"그 다로를…… 이곳에서 보셨단 말씀입니까?"

의아함과 약한 불안을 담은 얼굴로 묻는 난의 물음에 연우가 고개를 끄덕였다. 동그란 눈에 맑은 웃음기가 번져 있었다.

"이곳 예부령을 따라 이곳으로 왔다고 하던걸. 어의전에 있는 모양이더라."

난의 얼굴에 살짝 떠오르는 불안함을 연우는 알아차리지 못
했다.

급한 걸음을 옮기던 건이 저 앞에 보이는 이의 모습에 숨을
멈췄다. 너무도 고운 모습에 아직도 그녀를 보면 심장이 터질
듯 뛰는 그였다.

저 아름다운 여인이 자신의 여인이라는 것이 여전히 실감이
나지 않는데 아내가 왔다고 알려 주는 이의 연통에 그제야 정말
저 여인이 자신의 아내라는 자각이 들었다. 지나가던 호위부의
무사들이 홀린 듯 그녀를 바라보는 모습이 보였다.

어느 사내가 저 여인을 그냥 지나칠 수 있을까. 저리 꿈처럼
아름다운 여인인데.

"여기까지 어쩐 일입니까."

자신에게 다가서는 건의 모습에 난이 환하게 미소를 담았다.

커다란 체격에 우직해 보이리만치 단단해 보이는 사내의 모
습은 그저 바라보는 것만으로도 편안해지는 난이었다. 언제나
한결같고 언제나 따스한 사람이 자신의 사내라는 것이 이리 행
복했다.

"공주님을 뵙고 궁을 나가는 길입니다. 바쁘시니 언제 집에
오실지 몰라서 얼굴도 뵙고 싶고…… 꼭 말씀드리고 나가야 할
일도 있고 해서요."

너무도 어여쁘게 웃으며 살짝 볼을 붉히는 난의 볼 위에 건의
손이 가만히 닿았다.

발그레해진 볼이 따스하고 촉촉해 손끝에 전율이 느껴지는

건이었다. 보는 이들이 없다면 이대로 그녀의 입술을 훔치고 싶은 욕망을 겨우 거두어들이며 건이 볼에서 손을 떼었다.

"무슨 일입니까. 무엇을 내게."

"공주님이 하신 이야기가 아무래도 마음에 걸립니다. 다로라는 아이를 이 궁 안에서 보셨다고 하는데…… 제가 알기에 그 아이는 이곳의 예부령과 추문이 있어 가여에서 이곳으로 쫓겨난 아이입니다. 그 아이를 만나신 모양입니다."

"추문이라 하셨습니까?"

"이곳의 예부령께서 가여에 오신 적이 있지 않습니까."

"그랬지요."

또렷이 기억하고 있다. 서하에게는 말하지 않았지만 그때 예부령은 깨어나지 못하는 연우를 두고 다른 여인을 서하의 짝으로 준비해 달라 가여의 황실에 이야기했었다. 그러다 서하에게 죽을 뻔하지 않았던가. 그때의 기억을 떠올린 건의 얼굴이 일그러졌다.

"그때 조원전에 있었던 아이입니다. 예부령의 잠자리 시중을 들다 발각되어 궁에서 쫓겨나려던 것을 예부령이 이곳으로 데려왔다고 들었습니다. 제가 알기론…… 행실이 좋지 않은 아이입니다. 해서 혹 그런 아이가 공주님 곁에 다가오지 않을까 걱정이 되어서요."

건의 얼굴이 차갑게 일그러졌다. 예부령과 연관이 있는 아이라면 경계해야 한다. 지금에는 더욱더.

예부령은 시중의 최측근이며 사돈 지간이다. 시중의 말이라면 죽는 시늉까지도 할 정도로 시중의 오른팔로 인정받고 있는 자였다. 그런 자가 데려온 아이가 공주의 곁을 맴돈다?

"알겠습니다. 일단 제가 호위부원들 중 믿을 만한 이들을 공주님 곁에 모르게 붙여 두도록 하겠습니다. 한시도 눈을 떼지 않게 할 것이니 걱정 마십시오."

"예. 그러시는 것이 좋을 듯해서요. 공주님께서도 요즘 많이 힘드신 것 같아서 신경 쓰실까 말씀을 드리지는 않았습니다."

"황자님께도 아직은 말씀드리지 않을까 합니다. 별일 아닐 수도 있는데 신경 쓰이게 하고 싶지 않습니다. 안 그래도 신경 쓰실 일이 너무 많아 힘겨우신데 공주님에 연관된 일이라고 하면 분명 걱정을 많이 하실 것입니다."

안심하라는 듯 자신을 보며 가만히 웃어 주는 건의 모습에 닿은 난의 시선이 행복하게 반짝였다.

"그 누구라도 공주님에게 위해를 가하려는 자가 있다면 그 자리에서 제압해도 좋다."

"예. 건 님."

어려서부터 함께 우헌의 밑에서 지내 온 이들이었다. 이곳에서 이들만큼 믿을 만한 이들은 없을 것이었다.

괜한 걱정일 수도 있기에 아직은 서하에게 이야기하지 않으려는 건이었다. 하지만 난의 걱정이 기우라 하여도 확실한 대비는 해야 한다고 느낀다. 자신이 원하는 대로 되지 않을 경우 시중이 어떤 수를 쓸지 아무도 모르기 때문이다.

공주 연우는 서하에게 힘이 되기도 하지만 약점이 될 수도 있는 존재인 것이다.

✳

　탕약에 의지해 겨우 잠이 들었던 무운이 살짝 몸을 뒤척이다 미간을 일그러뜨리는 모습에 지운이 숨을 삼켰다. 무운의 입에서 새어 나오는 낮은 신음이 지운의 심장을 조여 왔다.

　"윽…… 하아."

　늑골이 대체 몇 개가 부러진 것인지 알 수도 없을 정도였다. 어의가 어쩔 줄 몰라 할 만큼 무운의 상태는 심각했다. 늑골이 부러지면서 장기를 찔렀는지 내출혈도 있는 듯하다며 불안해하는 어의의 말에 하늘이 노랗게 변했다.

　다행히 기초 체력이 좋아서인지 이틀 만에 정신을 차리긴 했지만 여전히 움직일 때마다 지독하게 느껴지는 통증 때문에 잠조차 제대로 못 자고 있는 무운이었다. 잘 먹지도 못하는데 잠도 쉬이 청하지 못하니 나을 리가 없었다.

　"움직일 생각 마. 아예 침상에 묶어 버릴 거니까."

　"오늘이 며칠이냐……."

　꽉 잠겨 겨우 새어 나오는 무운의 목소리에 지운이 한숨을 토해 내며 고개를 저었다.

　"생각하지 마. 지금 그런 거 생각해서 뭐하려고."

　"……."

　"빌어도 모자랄 판에 아주 죽으려고 했잖아. 큰형님도 폐하도 얼마나 화가 나셨는지 알기나 해?"

　"……."

　대답도 없이 힘겨운 숨을 겨우겨우 뱉어 내는 무운의 야윈 모습에 지운이 고개를 숙였다. 묵직하게 심장이 아파 왔다.

"큰형님에게 혹 무슨 일이 생기면 어린 태손들 대신 이 황실을 이끌어 가야 하는 사람이 형님인데, 그렇게 큰형님이 모든 것을 의지하고 있는 것이 형님인데 이걸 어떻게 그냥 받아들이라는 거야. 게다가 폐하와 어머님은? 이게 말이 된다고 생각하시겠어?"

"……네가 있으니까."

"……."

낮게 울리는 무운의 목소리에 지운이 고개를 들었다. 끔찍한 고통이 따르는 몸은 움직이지 못하고 고개만 돌린 무운의 아픈 다갈색 눈동자가 지운을 바라보았다. 그 따스하고 안타까움이 가득한 눈동자에 지운이 입술을 악물었다.

"나보다 잘할 네가 있으니까 용기를 낸 거다."

"작은 형님."

"큰형님에게 전해 다오."

"……."

"난 갈 거라고. 무슨 짓을 해서라도 그녀에게 돌아갈 거라고. 그러니…… 제발 날 버려 달라고."

"형님!"

"심장이 뛰는 한…… 난 돌아갈 거다. 내 가족에게."

가족. 지운이 무운의 입에서 나오는 말에 입술을 악물며 고개를 돌렸다.

한없이 강하고 한없이 오만했던 형의 모습은 사라져 버리고 아프고 아픈 눈빛을 가진 사내가 눈앞에 있었다.

그 눈빛을 보며 지운은 느낄 수 있었다. 무슨 방법으로도 무운을 막을 수는 없을 것이라는 것을.

"다시는 이런 바보 같은 짓 하지 마. 살아야…… 돌아갈 거 아냐."

퉁명스럽게 말하며 돌아서 걸음을 옮기는 동생의 등을 바라보는 무운의 눈에 안도와 안타까움이 함께 번져 갔다. 언제나 어리고 약하게 보이던 동생의 어깨가 그 어느 때보다 강인해 보였다.

병부령이 자신의 집무실로 들어서는 지운 황자의 모습에 놀라 자리에서 벌떡 일어났다.

한 번도 병부를 찾은 적이 없던 막내 황자의 갑작스러운 걸음이었다. 모두가 쉬쉬하고 있지만 지금 무운 황자가 감금을 당해 있다는 소식을 전해 들었던 병부령이었다.

이유는 알 수 없었지만 황자가, 그것도 병부를 총괄하는 중책을 맡고 있는 왕위 계승 서열 2위의 황자가 태자에 의해 감금당해 있다는 사실은 엄청난 일이 터졌다는 것을 방증했다. 그런 상황에 갑자기 자신을 찾아온 막내 황자의 모습은 불안을 가중시켰다.

"병부에는 어쩐 일로 오셨습니까. 지운 황자님."

"병부령께 부탁드릴 일이 있어서요."

"예? 제게 무슨 부탁을……."

"무운 형님이 관장하시던 일들을 제가 감당하고 싶습니다. 한데 제가 아는 것이 아무것도 없습니다. 병부령께서 도와주실 수 있겠습니까?"

"……황자님, 지금 그 말씀은."

"부족함이 많을 것입니다. 하지만 열심히 해 볼 생각입니다. 많이 가르쳐 주십시오."

지운이 깍듯하게 고개를 숙이자 놀란 병부령이 마주 고개를 숙였다. 지운의 단단한 다갈색 눈동자가 흔들림 없이 병부령을 응시하고 있었다.

"해서…… 지운이 무운의 업무를 익히고 있다는 말씀입니까."

"예. 태자 전하. 지운 황자님께서 무운 황자님이 당분간은 업무를 관장하실 수 없으시니 본인이 처리하시겠다고 하셔서……. 어찌할까요."

난감함을 담고 물어 오는 병부령의 말에 경운이 눈을 감았다.

단 한 번도 앞에 나서 본 적이 없는 지운이었다. 언제나 자신이나 무운의 뒤처리만을 감당할 뿐 그 어느 것도 자신의 영역을 가지려 한 적이 없던 동생이었다.

그런 지운이 무운의 일을 맡겠다고 자처했다 한다. 그것이 무엇을 의미하는지 모를 경운이 아니었다.

감고 있던 눈을 천천히 뜬 태자 경운이 자신의 하교를 기다리고 있는 병부령을 향해 입을 열었다.

"……지운에게 넘기세요. 무운의 업무를."

"예. 태자 전하."

물러나는 병부령을 바라보던 경운의 눈빛이 아프게 일그러졌다.

＊

　아무 말도 하지 못하고 자신을 바라보고만 있는 동생의 모습에 태자 주하가 살며시 고개를 저었다.

　아프게 굳어 있는 동생의 눈빛이 마음에 들지 않았다. 자신과는 달리 세상 그 무엇도 겁내지 않고 거침없던 동생의 아프게 젖은 눈은 정말 싫었다. 그것이 자신 때문이기에 더욱 아픈 주하였다.

　"얼굴이 그게 뭐냐. 이 정도에 그리 상해서 어찌 견디려고."

　"……."

　"서하야."

　다정한 형의 부름에 서하의 얼굴이 약하게 일그러졌다. 저 부름이 얼마나 행복하고 얼마나 따스했었는지 모두 기억하고 있다. 어려서 부모는 거의 불러 주지 않았던 이름을 형은 언제나 불러 주었다.

　'서하야, 우리 서하야.'

　나이 차이가 조금 나서일까. 부드럽고 차분한 주하는 어린 동생을 잘 돌봐 주었다. 정치를 배우기보다 동생을 돌보고 동생과 시간을 보내길 더 좋아했던 그였다. 둘만의 시간은 두 사람에게 너무도 소중한 추억으로 남아 있었다.

　"나 때문에는 절대 힘겨워하지 마라. 나 때문에 망설이지도 말고…… 내 길을 망친 것은 다른 누구도 아닌 나니까. 내가 나

스스로를 이리 만든 것이다. 알지 않느냐."

"……형님."

"좋다. 그 부름."

"한순간도 진정으로 형님의 자리를 탐한 적은 없었습니다."

"안다."

따스하게 번지는 주하의 미소가 서하의 가슴을 따뜻하게 적셔 왔다. 서하의 눈에 물기가 일렁였다.

"제가 짊어져야 하는 길이라 생각했습니다. 모두를 위해."

안타까운 눈빛으로 말하는 서하를 향해 주하가 크게 고개를 끄덕였다. 태자 주하의 얼굴에 환한 미소가 가득 번져 있었다.

"내가 고집을 부렸다면, 놓으려 하지 않았다면 폐하는 아들을 폐서인한 황제가 되셨을 것이다. 네가 없었다면 그것도 쉽지 않았겠지. 아무런 방법도 없었을 것이다. 나 역시 네가 없었다면 이리 편하게 놓을 수 없었을 것이고."

"……."

"나는 정말 괜찮다. 차라리 행복하다. 내가 요즘 얼마나 편히 잠들 수 있는지 아느냐?"

"……형님."

"한데 너는…… 잠들지 못한다 들었다."

태자 주하의 얼굴이 아프게 일그러졌다. 처음 가여에서 돌아왔을 때보다 너무도 수척해진 동생의 얼굴만으로도 알 수 있었다. 지금 이 동생이 자신을 대신해 얼마나 엄청난 폭풍 한가운데 서 있는지.

"나는 그 사람을 선택하는 것에 망설일 아무런 이유가 없었다. 아니, 선택을 할 필요도 없었지. 나는 여인을 연모해 본 적이 없었으니까. 폐하처럼 그렇게 내 힘을 만들어 줄 사람을 택해서 함께 가는 것이라 생각했고 그건 어렵지 않은 결정이었다. 하지만…… 너는 그럴 수 없는 것인 게지?"

모든 것을 아는 듯 말하는 주하의 말에 서하가 깊게 한숨을 토해 냈다. 절대 물러서지 않을 것이지만 그것으로 인한 엄청난 소용돌이와 싸움은 피할 수 없을 것이다. 하나로 모아도 힘겨운 세력이 분열할 것이다. 시중이 아니라 해도 대신들 역시 타국의 공주가 황후가 되는 것은 바라지 않을 테니까.

"그 사람이, 걱정을 하더구나. 화운비가 많이 힘들어질 것이라고. 버텨 내기가 힘이 들 것이라고."

그 사람이라고 태자가 말하는 이가 누구인지 알 수 있는 서하였다. 태자비를 말하는 주하의 눈빛 안에 낯선 것이 보였다.

이제껏 혼인을 하고도 한 번도 담기지 않았던 것이었다. 누군가를 말하며 반짝이는 따스한 빛.

자신의 아내를 언제나 태자비라 부르던 형의 변화가 가슴에 와닿는 서하였다. 두 사람의 관계에 분명 변화가 생긴 모양이었다. 조금은 행복해 보이는 주하의 변화도 어쩌면 그 때문인 듯 느껴졌다.

"네가 잘 버텨 주어야 한다. 그래야 화운비가 버텨 낼 수 있으니까. 바보처럼 사는 것은 나 하나로 충분하다."

"무슨 일이 있어도 소중히 지킬 것입니다. 그 사람은 저에게…… 모든 것입니다."

"모든 것…… 부럽구나. 너의 모든 것을 걸 만큼 소중하고 소중한 이를 가지고 있다는 것이."

"형님께도 곧 생기실 듯합니다."

"……그럴 수 있을까."

주하가 허공을 바라보았다. 아직은 아무것도 확실하게 알 수 없었다. 태자비에게 느끼는 이 마음이 무엇인지.

하지만 예전처럼 그녀의 존재가 부담스럽거나 무의미하지 않다는 것은 확신할 수 있었다. 그녀의 눈물이 아프고 그녀의 웃음이 소중하다.

"이틀 후면 황궁회의가 열린다고?"

"예."

모든 대소신료들이 모이는 정기적인 회의였다. 모두가 모이는 자리, 그들도 그 자리에 모든 것을 걸려 할 것이다. 무슨 수를 써서라도 자신을 꺾고 그들이 원하는 것을 얻으려 할 것이다. 무엇이든 패를 쥐고 거래를 하려 할 것이다. 이쪽에서도 강력한 패가 필요한 상황이었다.

"그래서 말이다. 서하야."

강한 느낌을 주지는 않지만 다른 때와 달리 반짝이는 주하의 눈이 서하를 응시했다. 입가를 끌어 올리는 주하의 낯선 웃음에 서하가 그런 주하를 멍하게 바라보았다.

자신의 몸보다 한참은 더 굵고 커다란 나무줄기에 몸을 기댄 채 연우가 가만히 눈을 감았다.

잠을 잘 자지 못해서인지 요즘은 자꾸만 낮에도 잠이 쏟아지곤 했다. 따스한 햇볕을 받으며 정원에 나와 있어서인지 더욱

노곤해지는 몸을 나무에 기댄 연우가 가만히 하늘을 올려다보았다.

너무도 푸르러서 금방이라도 푸른 물이 떨어져 내릴 것 같은 하늘에는 구름 한 점 없었다. 문득 오라비들과 부모님의 얼굴이 보고 싶어지는 연우였다.

"오라비들은 내가 보고 싶지도 않은 모양이지."

서신조차 보내오지 않는 무심한 오라비들이었다. 만나면 정말 엄청 화를 내 주리라 다짐하는 연우였다.

따스하고 듬직한 큰오라비도, 언제나 까칠하지만 속으로는 무척이나 자신을 사랑해 주는 둘째 오라비도, 그리고 언제나 싸웠지만 가장 정이 많이 든 막내 오라비도 눈물이 날 만큼 보고 싶었다.

"에이, 햇볕이 너무 세서 눈이 부시네."

눈 안에 맺혀 오는 물기가 싫어 연우가 손으로 눈가를 비볐다. 그때였다.

"공주님!"

뒤쪽에서 들려오는 낯익은 부름에 연우가 무심코 고개를 돌렸다. 환한 햇빛 아래 아름다운 얼굴에 진한 미소를 담은 소년이 서 있었다. 고운 얼굴에 맑은 빛이 닿아 반짝였다.

"다로!"

"혼자 계세요?"

"응?"

그제야 하정과 재희가 가까이 있지 않다는 것을 인지한 연우였다. 분명 저쪽에 둘이 앉아 무엇인가를 속닥이고 있었는데 지금은 보이지 않았다.

"어딜 간 거야? 말도 없이?"

"아, 하정 누님은 제가 오면서 만났어요. 감찰궁녀님이 부르신 모양이던데요. 그런데 공주님은 해바라기하고 계셨어요?"

다가와 곁에 무릎을 꿇고 앉은 다로가 가만히 자신을 올려다보는 눈길에 연우가 마주 보며 생긋 미소를 지었다.

"응. 여기가 가장 좋아. 이 궁 안에서. 연못도, 나무 그늘도. 저 하늘도."

"그러네요. 이렇게 좋은 곳은 이 궁 안에서 본 적이 없는 것 같아요."

"그치?"

"아, 아니다. 이곳보다 좋은 곳을 한 군데 알고 있어요."

"이곳보다 좋은 곳?"

"청명루랑 똑같이 생긴 곳이 있어요. 이 궁 안에요. 저도 처음 보고 깜짝 놀랐잖아요. 거기서 보면 이곳 도성이 한눈에 내려다보여요. 가 보신 적 없지요?"

눈을 빛내며 열심히 설명을 하는 다로의 모습에 연우가 빙그레 미소를 지었다. 어려서도 다로는 무엇인가를 말할 때면 손까지 마구 저으며 설명하곤 했었는데 여전히 그 버릇은 고치지 못한 모양이었다.

한데…… 청명루와 똑같은 곳이라니, 서하는 이야기해 준 적이 없는 곳이었다.

"정말 청명루처럼 생겼다는 것이냐?"

"예. 정말 똑같아요. 공주님 예전부터 청명루 진짜 좋아하셨잖아요. 그렇죠?"

"그럼. 내가 청명루를 얼마나 좋아했는데."

"한번 가 보실래요? 제가 모시고 갈까요?"

재미난 장난을 할 때처럼 아름답고 귀여운 눈을 반짝이며 다로가 한 걸음 앞으로 다가와 앉았다. 가여를 그리워하고 있었는데 청명루와 똑같은 곳이 있다는 말은 향수를 부채질하기에 충분했다.

"혹여 먼 곳이냐? 그러면 곤란한데."

"아니에요. 조금만 가면 있는걸요. 제가 몇 번이나 가 보아서 잘 알아요."

"정말? 가 보고 싶다. 그런데…… 하정이는 왜 안 오는 거지?"

연우가 몸을 일으키며 주변을 둘러보았다. 하정이도 재희도 아직 보이지 않았다.

"가는 길이 아까 하정 누님이 가셨던 곳을 지나니까 가서 만나면 되세요. 제가 모시는데 뭐가 걱정이세요?"

귀여운 눈에 반짝임을 담고 조르는 다로의 말에 연우가 자리에서 일어났다. 다른 것이라면 모르지만 청명루와 똑같은 곳이 있다는 것은 거절할 수 없는 유혹이었다.

어쩌면 서하가 가여에 있을 동안 만들어진 곳인지도 모른다는 생각이 들었다. 그렇다면 자신이 한번 가서 보고 정말 청명루와 똑같다면 서하를 데리고 가고 싶은 연우였다.

"앞장서거라. 가 보자꾸나."

"예. 저만 따라오시면 되어요. 공주님."

장난스럽게 팔자걸음으로 걸으며 웃어 대는 다로의 모습에 연우가 환하게 웃음을 토해 냈다.

천여로 와서 이리 웃은 적이 있었는지 기억도 나지 않았다. 귀엽고 재미난 다로의 몸짓은 어려서의 추억을 떠올리게 해 마냥 좋았다.

"아직 멀었느냐?"

꽤 걸은 듯한데 여전히 하정이 갔다는 곳은 나오지 않아 의아함을 담은 연우가 앞장서 걷고 있는 다로를 향해 물었다. 무엇을 찾는 것인지 주변을 두리번거리던 다로가 살짝 미간을 좁힌채 연우를 향해 돌아섰다.

"조금만 더 가시면 됩니다. 천여의 궁은 가여의 궁보다 크고 넓어서 때론 한참을 가야 하는 게 힘듭니다."

"감찰궁녀의 거처가 이리 먼 곳에 있다니 이상하구나."

"궁녀들의 거처는 외진 곳에 있어서 그렇습니다."

"그래?"

"힘드십니까? 이곳에서 잠시 쉬어 가시겠습니까?"

속이 비어서인지 편치 않은 연우가 고개를 끄덕였다. 다행히 조금 앞에 작은 정자가 있었다.

정자에 올라 편하게 앉은 연우의 곁으로 다가온 다로가 소매 안에서 무엇인가를 꺼내 들었다. 무엇인지 모르지만 약한 향내가 확 퍼져 나왔다. 연우의 눈이 호기심을 담고 그것을 바라보았다.

"그게 무엇이냐? 향이 좋구나."

"황감이옵니다. 공주님."

다로의 새하얀 손 위에 보기만 해도 달콤해 보이는 황감이 올려져 있었다. 연우의 눈이 커다랗게 열렸다

"이 귀한 것을 어찌 네가 가지고 있느냐?"

"제가 모시는 어의께서 맛을 보라고 주신 것입니다. 한데 공주님 생각이 나서 이리 가져온 것입니다."

다로가 커다란 손 위에 올라 있는 고운 빛깔의 황감을 연우의 눈앞에 내어 보였다.

"이 귀한 것을 어찌 먹지 않고 내게 주느냐."

"공주님이시니 당연하지요. 드셔 보십시오. 예전에도 많이 좋아하시지 않았습니까. 아직도 좋아하십니까?"

부드러운 다로의 미소를 보며 연우가 크게 고개를 끄덕였다. 자신도 모르게 입안에 침이 고이는 연우였다.

어려서도 어쩌다 가끔 폐하가 손에 쥐여 주셔야 먹을 수 있었던 귀하고 귀한 것이었다. 그녀가 황감을 너무도 좋아해 폐하도 경운도 무운도 자신의 몫을 그녀에게 내어 줄 만큼 그녀는 황감을 좋아했었다. 나이 차가 별로 없는 지운만이 그녀에게 양보하지 않아 그녀를 애태웠던 귀한 것이었다. 새콤한 그 맛이 기억 속에 떠오르자 없던 식욕이 생기는 기분이었다.

고개까지 끄덕이며 그녀에게 먹기를 권하는 다로를 향해 미소를 지어 보이고 막 황감을 입안에 넣으려던 연우가 떠오르는 이의 모습에 손을 멈췄다. 뇌리 속에 요즘 피곤이 한가득 고여 있는 서하가 떠올랐기 때문이다.

"왜…… 그러십니까?"

입에 넣으려던 손을 가만히 내리는 연우의 모습에 미간을 좁힌 다로가 급하게 물었다. 초조함을 담고 있는 다로의 눈을 보며 연우가 미안함을 담아 살살 고개를 저었다.

"안 먹고 가져가고 싶구나."

"어째서요? 공주님? 좋아하시잖아요."

"드리고 싶은 분이 있단다. 요즘 식사도 잘 못하시는데 이것을 드시면 조금 식욕이 돌아오실 듯해서……."

볼까지 조금 붉히며 말하는 연우의 모습에 다로의 미간이 확 일그러졌다. 하지만 그것도 잠시, 무엇인가 생각에 잠긴 듯하던 다로가 다시 부드러운 미소를 지어 보이며 고개를 끄덕였다.

"황자님께 드리고 싶으신 것입니까?"

"……응."

"그리 황자님이 좋으십니까?"

"내겐 그분이 세상이란다."

다로의 얼굴에 미묘한 균열이 갔지만 연우는 알아차리지 못했다. 눈앞의 황감에 닿아 있는 그녀의 눈동자에는 이미 서하만이 가득 차 있었기 때문이다.

"그럼 이렇게 하십시오. 일단 이것은 지금 목도 마르시고 피곤하시니 공주께서 드십시오. 하면 제가 오늘 안에 새것을 다시 구해다 드리겠습니다. 제 방에 아직 몇 개가 더 남아 있습니다."

"……정말이냐?"

"예. 두 분이 함께 드시게 더 가져다 드리겠습니다."

다로의 말에 연우가 활짝 미소를 담으며 크게 고개를 끄덕이고는 황감을 입안에 집어넣었다. 그 모습을 보는 다로의 눈이 지독하게 환한 미소를 담고 있었다.

정자 난간에 기댄 채 두 눈을 꼭 감고 있는 연우의 모습을 다로가 천천히 눈으로 훑어 내렸다.

어려서는 이리 어여쁜지 알지 못했었다. 그저 귀엽고 천방지축인 어린 공주였으니까. 한데 보지 못한 사이에 이리 아름다운 여인이 되어 있을 줄이야.

감고 있는 눈꺼풀에 드리워진 긴 속눈썹이 아주 약하게 떨리고 있는 모습에 다로가 숨을 삼켰다. 일부러 약효를 약하게 한 것이 다행이라는 생각이 들었다. 강한 약에 그녀가 너무 취해 버리면 저런 모습은 볼 수 없을 테니까.

재미있는 것을 구경하듯 연우의 잠든 모습을 바라보던 다로의 귀에 저 멀리서 이쪽으로 다가오고 있는 궁녀들의 발자국 소리와 재잘거리는 목소리가 들려왔다.

열 보, 다섯 보…… 그들의 발소리에 귀를 기울이던 다로가 그대로 그녀의 작은 몸을 끌어안으려 팔을 뻗었다.

그 순간이었다. 다로의 목으로 새하얀 검날이 와닿은 것은.

"황자님!"

우헌과 함께 온 병부령과 이야기를 나누고 있던 서하가 갑자기 거칠게 문이 열리며 달려 들어오는 건의 모습에 자리에서 벌떡 일어났다. 서하의 움직임에 탁자 위에 놓여 있던 찻잔이 바닥으로 굴러떨어졌다.

하얗게 바랜 건의 얼굴이 말하고 있었다. 엄청난 일이 벌어졌다고. 건의 얼굴을 마주하는 서하의 심장에서 차가운 피가 발끝으로 빠져나가는 것 같았다.

"공주께서……."

그 뒤는 듣지 못한 서하였다. 그대로 집무실을 달려 나가는 서하의 뒤를 건과 우헌이 급하게 따라 달렸다.

모두가 숨죽인 한가운데서 서하가 천천히 연우에게로 다가섰다. 정자 기둥에 기대 있는 연우는 너무도 창백해서 숨을 쉬고 있는 것 같지 않아 보였다.

움켜쥐고 있던 손을 천천히 펼쳐 서하가 가만히 그녀의 볼 위에 손가락을 가져다 댔다. 그 커다란 손이 약하게 떨리고 있는 모습에 건의 미간이 아프게 일그러졌다. 저 손이 저리 떨리는 것은 거의 본 적이 없기에.

손끝에 닿는 연한 온기와, 자신의 손바닥에 느껴지는 그녀의 약한 숨결에 서하의 심장이 그제야 다시 뛰기 시작했다.

서하가 연우의 작은 몸을 두 팔에 들어 안았다. 그 움직임 때문이었을까. 걱정스럽게 내려다보는 서하의 눈앞에서 연우의 눈꺼풀이 아주 조금 열려 그를 올려다보았다.

"황……자님?"

목이 메어 그녀의 부름에 답할 수 없는 서하였다. 그녀에게 무슨 일이 생겼다는 본능적 자각 위로 밀려온 숨 막히는 감각은 미칠 것 같은 충동을 불러일으켰다.

숨이 쉬어지지 않아 가슴을 쥐어뜯고 싶었다. 그녀의 모습을 보고 나서야, 그녀의 숨결을 느끼고 나서야 제대로 숨을 쉴 수 있는 서하였다.

"왜 오셨습니까? 여길?"

여전히 잠에 취한 듯 눈을 제대로 뜨지 못한 연우가 조그맣게 묻는 말에 서하의 시선이 호위부원들에게 붙들려 있는 어린 내관에게로 닿았다.

두려움이 일렁이는 눈빛을 하고도 자신과 연우에게서 시선을 돌리지 않는 소년은 본 기억이 없는 이였다.

소년을 향했던 무심한 시선이 연우에게로 돌려지며 따스함을 담았다.

"공주를 모시러 왔습니다."

"……좋습니다. 황자님이 오셔서……."

하얗게 바랜 입술 끝에 연한 미소를 담은 연우가 다시 잠에 빠져드는 모습을 바라보던 서하가 몸을 움직이기 시작했다. 작고 가는 인영을 안고 조심스럽게 걸음을 옮기는 서하의 모습이 무리지어 있던 궁녀들의 눈에 가득 차 왔다.

"어의를 모셔 오고, 저 아이들은 입단속을 시켜라."

"예. 건 님. 그리고 저 녀석은 어찌할까요."

"일단 가둬 놔."

"예."

서하의 뒷모습에 닿아 있던 건의 시선이 힘겹게 돌려졌다.

청하궁으로 들어서는 서하의 모습에 하정과 재희가 달려오다 서하의 팔 안에 안긴 연우의 모습에 새파랗게 질렸다.

감찰궁녀가 찾는다는 전갈에 걸음을 옮겼다가 부른 적이 없다는 말에 소스라쳐 돌아온 그들이었다.

한데…… 정원에 있어야 할 연우가 보이지 않아 기겁했다. 발을 동동 구르며 연우를 찾고 있었는데 그 연우가 하얗게 바랜 얼굴로 서하의 품에 안겨 돌아온 것이다.

잠이 든 것인지 정신을 잃은 것인지 꼭 닫힌 연우의 눈이 하정의 심장을 내려앉게 했다.

"황자님, 어찌 공주께서……."

하정의 물음에도 서하는 대답하지 않았다. 아무에게도 시선을 주지 않은 서하가 그녀를 안고 침전 안으로 들어가는 모습에 숨을 삼키고 있던 하정과 재희가 들어서는 건을 보고 달려갔다.

"오라버니!"

"대체 어디를 갔었던 것이냐. 어찌 공주님의 곁을 비운 거야."

평생 화라고는 한 번도 낸 적 없던 오라비의 싸늘하고 차가운 목소리에 재희가 두려움을 느꼈다. 건이 이렇게 화를 내는 일이라면 분명 엄청난 일이 생겼다는 것이다. 자신과 하정이 자리를 비운 그 짧은 시간 동안.

"무슨 일입니까."

"다로라는 아이를…… 아느냐?"

하정과 재희가 서로의 얼굴을 바라보았다. 며칠 전 보았던 그 가여에서 왔다던 내관의 이름이 건의 입에서 나온 것이다. 불안을 담은 재희의 눈이 다시 건을 바라보았다.

"그 아이를…… 오라버니가 어찌 아십니까? 며칠 전에 이곳에서 본 적이 있습니다. 가여에서 왔다고 하였는데."

건이 입을 열려 하는 순간, 달려 들어오는 어의로 인해 그들의 대화는 거기서 멈춰졌다.

하정이 어의의 뒤를 따라 안으로 들어섰다.

건이 챙겨 온 황감의 껍질을 살피는 어의를 바라보는 서하의 눈에 불길이 일었다. 금방이라도 주변의 모든 것을 태워 버릴 듯 치열하게 타오르는 검은 불꽃은 연우에게 닿을 때만 조금 수그러들 뿐 그 스스로를 태울 듯 아프게 이글거렸다.

어의가 황감을 살피는 한 다경도 되지 않는 시간이 억겁의 시간처럼 느껴지는 서하였다. 어의의 눈빛 한 조각, 숨결 하나에 서하의 심장이 떨어져 내리고 있다는 것을 어의는 알지 못할 것이었다.

황감의 껍질을 살핀 어의가 조심스럽게 연우의 곁으로 다가 앉았다. 고른 숨을 내쉬며 잠들어 있는 연우의 모습은 조금 전보다는 핏기가 돌아온 듯 보였다.

하지만 여전히 깨지 못하고 깊이 잠든 연우의 모습은 서하를 긴장시키기에 충분했다. 어의의 손끝이 연우의 맥을 조심스럽게 짚었다.

"어떤……가?"

참지 못한 서하에게서 낮게 잠긴 목소리가 새어 나왔다. 하지만 진맥에 집중해서인지 어의는 바로 대답하지 않았고 그런 어의의 모습에 서하가 숨조차 내쉬지 못하고 있었다.

맥을 짚은 채 가만히 연우를 살피던 어의가 잠시 후 연우의 팔목에서 손을 떼고 물러나 앉았다. 주름이 많은 어의의 온화한 얼굴이 서하를 향했다. 주름진 얼굴에서도 작은 눈 속의 눈빛만은 투명하리만치 맑았다.

"황자님. 먼저 감축부터 드려야 할 듯합니다."

"무슨…… 말인가."

서하의 얼굴이 차갑게 일그러졌다. 감축이라니, 대체 그 단어가 여기서 왜 나오는 것인지 이해할 수 없는 서하였다. 장난은 아닐 것인데 이 상황에서 감축이라니.

"공주께서 회임을 하셨습니다."

"……뭐?"

서하의 눈이 커다랗게 열렸다. 뒤쪽에 서 있던 하정의 얼굴에도 놀라움이 가득 고였다.

"조금은 증상을 느끼셨을 것인데 아마도 처음이라 생각지 못하신 듯합니다. 그리고 저 황감에 발라져 있는 것은……."

어의의 이어지는 말에 서하가 하얗게 바래는 머리를 느끼며 입술을 악물었다.

회임이라는 말에 기뻐할 순간도 없이 황감 껍질에 시선이 가는 서하였다. 그녀만이 노출되었다 해도 미칠 것 같은데 태아도 노출되었다는 말일 것이다. 저 알 수 없는 것에.

"다행히 아주 소량의 산조인입니다. 이것을 사용한 자가 사용량을 제대로 알지 못한 듯하옵니다. 천행이라고 보옵니다. 보통의 건강한 사람이라면 그저 졸릴 정도의 양이어서 공주께도 크게 문제가 되지 않으며 태아에게도 다행히 아무런 문제가 없을 것이옵니다. 걱정하지 않으셔도 되옵니다. 황자님."

"한데 왜 깨어나지 못하시는 것인가, 소량이라면?"

불안을 담고 연우에게 시선을 주는 서하를 부드러운 미소를 담고 바라보던 어의가 고개를 끄덕였다.

"회임을 하셨기에 자꾸만 잠이 쏟아지시는 공주껜 작은 양이

240

라도 효과가 클 것이옵니다. 하나 그저 편히 잠이 드신 것이오니 염려치 마십시오. 약에 취하셨다기보다는 스스로의 몸에 취하신 것이옵니다. 약효가 그것을 조금 돕고 있을 뿐이옵니다."

"정말 아무런 탈이 없을 것이란 말인가. 공주에게도? 내……
아이에게도?"

아이라는 단어가 떨리는 서하의 입에서 새어 나오자 어의가 부드럽게 미소를 지으며 고개를 크게 끄덕였다. 그제야 서하의 푸르게 변해 있던 입술에서 힘겨운 숨이 토해져 나왔다.

"어의."

연우에게 다가앉는 서하를 보며 일어서던 어의가 차갑게 울리는 서하의 목소리에 그 자리에 멈춰 섰다. 조금 전 떨리던 목소리나 얼굴과는 달리 시리도록 차가운 서하의 목소리가 낯설었다.

"잠시 화운비의 회임은 밝히지 말아 주게."

"……예? 어째서."

"내가 직접 말할 때까지 그 누구에게도 말해선 안 되네. 알겠는가."

편안하던 어의의 얼굴에 그늘이 졌다. 공주의 무사한 모습으로 잠시 잊고 있었다. 이 일이 생긴 연유를. 직접 듣지 않았어도 한평생을 궁 안에서 살아온 어의가 느끼지 못할 리 없었다.

지금 이 소용돌이치는 궁 안에서 공주를 저리 만든 이들이 누구일지는 서하 역시 다 알고 있을 것이다.

"명심하겠사옵니다. 황자님."

쌕쌕 작게 새어 나오는 연우의 숨소리만이 가득한 공간. 서하의 애 닳은 시선이 여전히 잠에 빠져 있는 작은 얼굴에 닿아 움직일 줄을 몰랐다.

그저 바라보기만 해도 가슴이 저리는 사람인데, 품 안에 안고있어도 그립고 그리운 사람인데 행복하게 해 주지 못하고 저리힘겹게 하는 스스로에게 지독한 환멸이 차오른다.

평범한 범부도 자신의 여인을 이리 지켜 내지 못할 리는 없을것이다. 수많은 적들이 들끓고 있는 이곳에 저리 무방비하게 두었다는 지독한 자책감이 그를 숨조차 제대로 내쉬지 못하게 몰아세우고 있었다.

스스로를 용서할 수 없어 심장이 터질 것 같았다. 만약 건이미리 알고 대비하지 못했다면 오늘 대체 어떤 일이 일어났을까, 생각하는 것만으로도 가슴은 먹먹하게 피가 흐르고 있었다. 지옥 문 앞에서 그녀를 끌어 올린 듯 자신의 앞에 있는 그녀를 바라보는 것만으로도 심장은 아프게 울려 왔다.

서하의 길고 커다란 손이 연우의 볼을 가만히 쓸었다. 어느새이리 여윈 것인지 동그랗고 귀엽던 볼은 흔적도 없고 수척해진연우의 모습만이 눈앞에 있었다.

수척해져서인지 더 아름답고 더 곱지만, 그것이 아픈 서하였다. 저리 곱지 않아도 되니 통통하고 붉은빛을 품었으면 하는간절함. 연우의 볼을 더듬던 서하의 손이 머뭇거리다 연우의 아직은 납작한 배 위로 옮겨 갔다.

차마 닿지 못한 그의 손이 가만히 허공을 스친다. 이 안에, 믿기지 않지만 새 생명이 자리 잡고 있다고 했다. 자신과 그녀의 아기. 아기가 아기를 가졌다는 말이 이럴 때 쓰는 말일 것이다. 가만히 연우의 배 위를 맴돌던 그의 손이 꽉 움켜쥐어졌다.

그녀가 무사함을 안 순간부터 그녀만을 보느라 미처 생각지 못했던 분노가 서서히 들끓어 오르기 시작하는 서하였다. 이가 갈렸다. 온몸이 파르르 떨릴 정도로 치밀어 오르는 분노가 온몸을 타고 터질 듯 흘렀다.

그가 자리에서 일어났다. 이곳에 더 있다가는 미쳐 소리라도 지를 것 같아서였다. 그녀를 깨우고 싶지 않으니까. 그녀가 이 현실을 알게 하고 싶지 않으니까.

"한순간도,"

문을 열고 나오는 서하를 향해 고개를 숙이던 하정과 재희가 끔찍하게 차가운 서하의 목소리에 숨을 삼켰다.

"공주에게서 떨어지지 마라. 폐하의 명이라 해도, 절대로 움직이지 마라."

"예. 황자님."

숨을 죽인 채 기다리던 건과 무사들이 침전에서 나오는 서하를 보고 고개를 숙였다. 아까 연우를 안고 달릴 때의 그 초조함이 사라진 서하의 얼굴에는 그 어느 때보다 서늘함이 가득 고여 있었다.

"어디에 두었느냐."

"병부 지하에 두었습니다."

"대가를 치르게 해 주어야겠지. 내 심장을 건드렸으니까."

서하의 입꼬리가 서늘하게 올라갔다.

이제껏 서하에게서 한 번도 본 적 없는 끔찍한 미소에 건이 온몸을 감아 도는 서늘한 냉기를 느껴야 했다.

 밖은 분명 봄날의 따스함이 한가득이었는데 그 온기는 자취
도 없는 곳에 갇힌 다로가 몸을 웅크리고 다리 사이로 머리를 집
어넣었다. 쥐 죽은 듯한 고요가 더 불안하고 무서운 그였다.

 자신에게 닿았던 서하 황자의 무심한 시선이 떠올랐다. 차라
리 화가 고여 있었거나 절망이 고여 있었다면 이해할 수 있을 텐
데 그 눈은 끔찍하게 무심했다. 그래서 더 두려운 다로였다. 그
무심한 눈빛 속에 담긴 것이 무엇인지 읽히지 않았으니까.

 눈치로 살아온 세월이었다. 상대의 눈빛만으로 그 마음을 읽
는 것 따위 아무것도 아니었다. 그런데 아까 본 그 깎아 놓은 듯
생긴 새하얀 사내의 마음은 결코 읽을 수 없었다.

 살기는 이미 틀렸을 것이다. 죽는 것이 무서운 것이 아니었
다. 어떻게 죽는가가 무서운 다로였다.

 저 멀리서 울리는 듯한 문소리에 다로의 두려움이 가득 고인
동그란 눈이 천천히 들어 올려졌다. 어두운 공간을 울리는 엄청
난 발소리들이 들렸다. 무사들의 걸음이다. 그들이 온 것이다.
다로의 온몸이 부르르 떨렸다.

 갇혀 있던 공간의 문이 열리고 횃불의 불빛이 안으로 스며들
었다. 그리고 그 일렁이는 불빛 아래 조금 전 보았던 무심한 눈
동자가 자신의 앞에 다가왔다.

 천천히 시선을 들어 올린 다로가 또다시 자신을 향해 있는 그
검은 눈동자를 바라보았다. 지독하게 검어서 차라리 먹빛으로
보이는 눈동자는 너무도 아름다워서 소름이 돋을 지경이었다.

그 눈동자에 일순 차가운 미소가 어렸다.

"이 아이 이름이 뭐라고 했지? 건?"

"다로라 합니다. 가여에서 내관으로 자란 아이입니다. 1년 전 예부령 하찬이 자신의 수발을 들다 문제가 생긴 이 아이를 이곳으로 데려왔다고 합니다. 한데…… 내관 명부에는 이 아이의 이름이 없습니다."

다로가 숨을 삼켰다. 내관 명부는 확인해 볼 수 있었겠지만 자신이 예부령과 이곳에 온 것은 천여의 이들은 알 리가 없었다. 한데 그들은 이미 자신이 예부령의 사람임을 알고 있었다.

건의 말에 천천히 고개를 끄덕인 서하가 다로의 앞에 고개를 내렸다. 짙푸른 머리카락이 새하얀 얼굴을 덮으며 흘러내렸다. 얼굴의 반을 덮은 머리카락 때문에 그의 얼굴은 더 새하얗게 보였다.

"다로, 귀여운 이름이군. 소꿉동무로 불리기 좋은 이름이고. 안 그런가? 다로?"

비웃는 듯 자신을 바라보는 서하의 모습에 다로가 이를 악물었다. 어린 꼬마를 보는 듯한 시선에 일순 속에서 불이 타오르는 다로였다. 자신을 아이로 느끼는 눈앞의 사내가 끔찍하게 부럽고 끔찍하게 화가 터져 나왔다.

"소꿉동무로만 머물지 않았을 수도 있지요."

붉게 물든 눈을 하고 도발하듯 내뱉는 다로의 말에 서하가 살짝 미간을 좁혔다.

"너는 그 시간에 머물지 않았겠지만 나의 그녀에게 너는 그 시간에 머물러 있는 사람이다. 해서 나는 그녀에게 그 무엇도 말해 주지 않을 작정이다."

"……."

분노로 들끓던 다로의 시선이 의아함을 담고 서하를 올려다 보았다. 비릿하게 입가를 끌어 올린 서하가 다로의 눈을 한 치의 흔들림도 없이 응시했다.

"네가 어떻게 세상에서 사라져 간 것인지 그녀는 아무것도 모르게 될 것이다. 너는 처음부터 존재조차 하지 않은 것이다."

"그건!"

"알게 해 주길 바라느냐? 한 점의 의심도 없이 소꿉동무를 따라간 그녀가 너의 마음을, 너의 정체를 알기 바라느냐 말이다. 아닐 것인데……."

"……."

대답하지 못하는 다로를 보며 서하가 천천히 몸을 일으켰다. 평정심이 자꾸만 흐트러지고 있었다. 기분이 좋지 않았다.

더 이상 다로의 눈을 보지 않고 서하가 건을 향해 고개를 끄덕였다. 건의 손짓에 다로를 묶었던 끈을 푼 무사들이 다로를 탁자 앞에 앉히고 그의 손을 탁자 위로 올려놓았다.

자신의 손아귀와는 상대도 되지 않는 무사들의 손힘에 억지로 끌려 올라온 손가락이 하나씩 탁자 위에 펴지자 다로의 얼굴에서 핏기가 가셨다.

뒤돌아 있던 서하가 다시 다로를 향해 섰다. 약하게 들끓던 그의 시선은 다시 차디차게 얼어 있었다.

"너도 곱게 죽을 수 있으리라 기대한 것은 아니겠지. 네가 건드린 것이 무엇인지 알 테니까."

"……"

"넌 이곳을 건드렸다. 절대 건드려서는 안 되는 이곳을."

서하의 길고 단단한 손가락이 자신의 심장이 있는 곳을 정확하게 가리켰다.

"해서 난 너를 천천히, 내 심장이 만족할 때까지 천천히 죽여 줄 생각이다. 어차피 네가 누구의 사주를 받았는지 무엇이 목적이었는지는 알고 있으니 널 살려 주기 위해 겁박할 필요는 조금도 없는 것이니까."

다로의 눈에 두려움이 넘실거리기 시작했다. 어차피 죽을 것이라는 것은 알고 있었지만 막상 죽음이, 그것도 상상조차 할 수 없이 끔찍할 그 순간들이 눈앞에 다가오자 두려움에 숨이 막히는 것이었다.

다로의 눈에 가득 차 오는 두려움을 읽으며 서하가 느릿하게 손가락으로 다로의 새하얗고 길기만 한 손가락을 쓸었다. 길지만 검을 들어 단단하고 옹이가 박힌 서하의 손가락과는 달리 다로의 손가락은 여인의 손가락처럼 길고 부드러웠다.

서하의 손길이 스치자 다로가 부르르 몸을 떨었다.

"손가락을 하나하나 잘라 주고 나면 발가락을 잘라 주마. 그러고 나면…… 팔을 하나씩, 그리고 두 다리를 자르면 되겠지. 쉽게 죽지도 못할 것이다. 그렇게 다 잘라 낸 네 몸뚱이에서 무엇을 끄집어내 줄까? 네 눈앞에 무엇을 꺼내 보여 주면 좋겠느냐."

"으헉!"

다로가 두려움에 온몸을 떨며 헛구역질을 하기 시작했다. 하지만 서하의 차디찬 목소리는 끝나지 않았다.

"아, 볼 수는 없겠구나. 비명조차 지르게 해 주지 않을 것이니. 네 눈도, 네 혀도 이미 없어진 후일 테니까."

보기도 힘겹게 덜덜 떨리는 다로의 가는 몸이 탁자 위에 엎어지듯 기대어졌다. 앉아 있을 수도 없는지 힘겹게 비틀리는 몸이 금방이라도 무너져 내릴 것같이 위태로웠다.

"두려운 것이냐."

서하의 투명하리만치 맑고 차가운 목소리가 다로의 귓가로 스며들었다. 끔찍한 두려움에 몽롱해져 오는 의식 속에서도 다로는 느낄 수 있었다. 이 순간을 잡아야 한다는 것을. 최소한 끔찍한 죽음에서 벗어나기 위해서는.

"살려…… 주십시오. 뭐든지, 뭐든지 시키는 것은, 아니, 물으시는 것은 다 말씀드릴 것입니다. 제발. 제발."

덜덜 떨리는 다로의 입에서 제대로 삼키지 못한 침이 주르륵 흘러내렸다. 무사들에게 잡힌 손가락을 필사적으로 몸 쪽으로 끌어당기며 다로가 서하를 향해 비명처럼 외쳤다. 하지만 목에서 힘겹게 새어 나오는 목소리는 스스로에게도 들리기 힘들 정도로 작아져 있었다.

파랗게 질린 얼굴로 몸이 부서져 내릴 듯 끔찍하게 떨고 있는 다로를 서하의 무심한 시선이 가만히 내려다보았다.

"편안한 죽음의 대가는…… 주인을 무는 개가 되는 것이다. 잊지 마라. 다로. 이 고통이 한 번으로 끝날 수도, 수백 번 반복될 수도 있음을."

다로의 곁에서 몸을 일으킨 서하가 천천히 고개를 끄덕이자 무사의 검이 그대로 다로의 손으로 내리꽂혔다.

온몸이 거대한 추를 달아 놓은 듯 무거운 것이 첫 느낌이었다. 그리고 그런 속에서도 천천히 돌아오는 의식의 끝에 지독한 고요가 연우의 심장을 두근거리게 했다.

몽롱한 의식은 아직 무슨 일이 있었던 것인지 떠오르지 못하게 했다. 그저 느껴지는 것은 자신의 침상 위처럼 편안한 곳에 누워 있다는 것과 익숙한 향이 느껴진다는 것뿐.

기억의 마지막은 서하의 따뜻한 눈길과 목소리였음을 떠올리며 연우가 천천히 눈꺼풀을 들어 올렸다. 기억 속에 존재했던 그 모습이 거짓말처럼 눈앞에 있었다.

"잘 잤습니까?"

자신을 보며 벽에 기대앉아 있던 서하가 다가오는 모습을 바라보며 연우가 가만히 고개를 끄덕였다. 꿈속인 듯 느껴졌던 기억이 꿈이 아니었던 모양이었다. 밖에서 잠이 들었던 자신이 청하궁에 와 있는 것을 보니.

다가앉은 서하의 손이 가만히 연우의 얼굴을 쓰다듬었다.

"어찌 여기 계십니까? 아, 다로가 청명루와 같은 곳이 있다고 데려다준다 하였는데……"

청명루. 그랬구나. 그곳으로 가고 싶어 그 녀석을 따라나섰던 것이다. 그녀는.

안쓰러움을 담아 서하가 연우를 물끄러미 내려다보았다. 이 작은 청하궁에 갇혀 하정과 재희만을 의지해 하루하루를 지내고 있는 연우였다. 그런 그녀에게 소꿉동무의 출현은 그리도 반갑고 새로운 일이었을 것이다. 한 점 의심도 없었을 정도로.

자신을 바라보는 서하의 눈이 아프게 일그러지는 모습에 연우가 조심스럽게 몸을 일으켰다. 그런 연우를 바라보던 서하가 한 팔로 그녀를 끌어당겼다. 연우의 작은 몸이 그의 품 안으로 파묻혔다.

서하의 강인한 팔이 뒤에서부터 그녀를 꼭 끌어안았다. 그의 따스한 숨결이 그녀의 어깨에 닿았다.

"무슨 일이 있으셨습니까? 몸이 뜨거우십니다."

연우의 말에 대꾸도 하지 않은 서하가 그녀의 목덜미에 입술을 가져다 댔다. 약하게 파닥거리는 숨결이 입술로 전해져 왔다. 느릿하게 그의 입술이 그녀의 목덜미를 훑었다. 간지러운지 연우가 몸을 움츠렸다.

"청명루가 보고 싶으셨습니까."

낮게 가라앉은 서하의 물음에 연우가 살짝 고개를 끄덕였다. 그에게 말도 없이 청하궁을 나간 것에 화가 난 것일까 두려운 연우였다.

"당분간은 높은 곳에는 가실 수 없습니다."

"……예?"

의아한 듯 되묻는 연우의 작은 몸을 서하가 더 깊이 끌어안았다. 서하의 커다란 손이 그녀의 납작한 배 위에 올려졌다. 아직 아무것도 느껴지지 않는 납작한 몸이었지만 서하의 커다란 손이 가만히 소중하게 그녀의 배를 감쌌다.

"이 안에 우리의 아기가 있으니까요."

"……."

연우의 숨이 멈췄다. 놀란 듯 굳은 연우의 작은 몸을 돌려 서하가 그녀의 얼굴을 바라보았다. 작고 동그란 눈에 어린 놀라움을 바라보며 서하가 고개를 끄덕였다.

연우가 작은 손을 들어 올려 자신의 입을 막았다. 그녀의 눈에 금세 눈물이 그렁그렁 차올랐다.

"해서 당분간은 높은 곳은 절대 안 되십니다."

"황자님의 아기가…… 제 배 안에 있단 말입니까? 우리의 아기가요?"

"예."

주르륵, 연우의 보드라운 볼 위로 눈물이 흘러내렸다. 촉촉하게 젖은 연우의 볼을 가만히 쓰다듬던 서하가 그대로 그녀의 입술을 삼켰다. 그녀의 눈물에 젖은 입술이 그의 숨결에 더욱 깊이 젖어 들었다.

"지금…… 무어라 하셨습니까. 예부령."

소름이 끼치도록 차갑게 식어 버리는 작은 눈을 차마 똑바로 바라보지 못하고 예부령 하찬이 고개를 숙였다. 자신이 확실하게 처리하겠다고 큰소리를 쳐 놓았는데 하루 전에 이리 문제가 생기리라고는 생각지 못했기 때문이다.

"누가 없어졌다고요?"

"그것이, 그 일을 확실하게 처리할 수 있는 아이인데…… 분명 아무 문제 없이 처리할 수 있었는데 갑자기 그 아이가 사라져 버렸습니다. 궁 안을 샅샅이 찾아보았으나 찾을 수가 없습니다."

"그 아이 따위가 중요한 것이 아니지 않습니까. 해서…… 원하는 소문은 만들어 놓으셨습니까."

짜증이 가득 어린 눈으로 바라보는 시중의 말에 하찬이 식은 땀이 흐르는 이마를 소매로 닦아 내렸다. 내일 아침이면 황궁회의가 열리는데 화운비를 몰아세울 빌미가 마련되어 있지 않은 것이다.

"그, 그것이……."

"쉽게 추문을 만들 수 있으시다 그리 자신을 하시더니…… 겨우 이런 것입니까."

"분명 어제 그 아이를 몰래 입궁시켰습니다. 그 아이를 찾아야 합니다. 시중."

"잠자리가 허전할까 두려우셔서요?"

차디차게 내뱉는 시중의 말에 예부령의 얼굴이 흙빛으로 변했다. 마뜩잖다는 듯 차디찬 시선으로 예부령을 바라보던 시중이 보고 있던 장계를 내려놓았다.

"이미 늦어 버린 일입니다. 아무런 말도 못 하게 하려 했지만 할 수 없지요. 이렇게 된 이상 일단은 후비로 물러나고 다음을 기약할 수밖에요. 그 대신."

자신에게로 다시 돌아오는 시중의 잔인하리만치 집요한 시선에 예부령이 고개를 숙였다.

"그 아이는 찾아서 확실하게 처리하세요. 이미 사용기한이 지난 것은 남겨 둬 봤자 귀찮아질 뿐입니다. 후환은 확실하게 없애야 하는 것 아시지요?"

반박이나 애원 따위 듣지 않겠다는 듯 차갑게 몸을 일으키는 시중의 뒷모습에 닿은 예부령의 얼굴이 아프게 굳어졌다. 가장 마음에 드는 아이였는데. 아까워도 어쩔 수 없었다.

"진성…… 타협은 생각지 않는 것이냐."

새벽의 하늘이 열리기 전 이미 검붉은 황자의 정복을 입고 자신의 앞에 앉아 있는 아들을 향해 황제가 나직하게 물었다. 차갑게 식은 아들의 얼굴로 이미 알고 있었지만 묻지 않을 수 없는 황제였다.

"이미 말씀 올렸습니다."

"아직 태자로 봉해지지 않은 상태의 싸움이다. 네게 이롭게 시간을 벌 수도 있음이야. 주하를 다시 입에 올리는 것은 내가 처리해 주마. 태자로서 자리를 확고하게 하고 시작해도 늦지 않을 것이다."

"한 수를 물러 주면 그들도 다음 수를 생각하겠지요. 제가 한발 물러난 만큼 그들은 한발 다가왔다 생각할 것입니다. 그렇게 하지 않겠습니다."

서하가 천천히 고개를 들었다. 아프게 일그러진 아비의 검은 눈동자를 바라보는 서하의 눈동자는 아무런 흔들림도 담고 있지 않았다.

"네 모든 것을 걸어야 할 것이다. 어쩌면 이 황실 모두까지도."

"그런 두려움 때문에…… 놓으셨던 것입니까? 그분을?"

서하의 물음에 황제의 얼굴이 하얗게 식었다. 언제나 치열하게 반짝이던 황제의 검은 눈동자가 아프게 흔들렸다.

"평생 그리워하셨겠지요. 곁에 둔 어머님에게 내어 줄 마음 한 조각 남아 있지 않으셨으니까요."

"……."

"그리 지옥의 마음을 얻고 타협을 하셔서 만족하셨습니까. 그들의 힘을 얻고 이 나라의 평화를 얻었다 생각하셨습니까. 그리 얻은 평화가 진정한 평화였다 생각하십니까."

"그 선택이 최선이라 여겼다."

"해서 이리 반복되는 것입니다."

서하의 나직한 말에 황제의 눈빛이 아프게 일그러졌다.

아니라 말할 수 없었다. 대대로 황제들은 대신들의 세력과 힘을 손에 넣기 위해 정략혼인을 해 왔다. 그들에게 태자라는 미끼를 던져 주고 확실한 황권을 얻을 수 있었으니까.

"그러다 어느 순간 힘의 균형이 무너지면…… 그 타협은 족쇄가 될 것입니다. 형님의 모습처럼."

"……."

"폐하께선 모든 것을 걸고 폐하의 선택을 하셨습니다. 저 역시 제 모든 것을 걸고 선택을 할 것입니다. 저의 선택은 타협이 아닙니다. 그 대가도 제가 받을 것이며 제가 짊어질 것입니다."

"……두렵지 않느냐."

살짝 떨림을 담으며 새어 나오는 황제의 물음에 서하가 말간 눈을 들어 올렸다. 투명하리만치 검은 눈동자에 연한 미소가 번졌다.

"제게 가장 두려운 것은 저 스스로를 잃는 것입니다."

"내가 무엇을 해 주면 되느냐."

허탈함을 담으며 고개를 저은 황제가 허리를 펴고 꼿꼿한 자세로 옥좌에 몸을 붙였다. 안타까움을 담던 눈동자는 거짓말처럼 사라져 있었다.

"병부의 통수권을 제게 주십시오."

"!"

황제의 눈썹이 살짝 흔들렸다. 하지만 황제는 바로 고개를 끄덕였다.

"그것이면 되느냐."

"그것이면 충분합니다. 저희를 지켜봐 주시면 됩니다."

"저희?"

의아함을 담은 황제의 물음에 서하가 환한 미소를 입가에 담았다.

커다랗고 화려한, 하지만 텅 비어 있는 황제의 집무실을 바라보는 황제의 눈가에 아련함이 고여 왔다.

그때 다른 선택을 했다면 무엇이 달라졌을까. 그녀를 놓지 않았다면…….

'망설이지 마십시오. 태자께서 택하신 길입니다. 그 선택을 저는 믿습니다.'

그렇게 말하던 그녀를 잡을 수 없었다. 그렇게 돌아서 가던 그녀의 뒷모습마저 눈에 다 담을 수 없었다.

내가 한 선택이었으니까. 그녀를 놓고, 그녀를 잃고 세상을 얻었기에 그리워할 자격도 없었다. 그리워하지도 못했고 곁에 둔 황후를 사랑하지도 못했다. 세상을 얻는 대가로 스스로를 잃었다.

꼭 감은 황제의 눈이 아프게 흔들렸다.

어의가 벌써 태아에 좋은 탕제를 보낸 것인지, 빈 탕제 그릇을 들고 침전에서 나오는 하정의 모습이 다가서는 서하의 눈에 들어왔다. 얼른 고개를 숙인 하정이 물러나자 서하가 침전 문을 열었다.

깨어난 지 오래되지 않은 듯 침의 차림의 연우가 그를 보고 환하게 미소를 머금는 모습이 시야를 가득 채웠다. 가슴 저 깊은 곳에서부터 뿌듯한 희열이 차오르는 느낌에 서하가 그녀를 마주 보며 웃었다.

"오늘 황궁회의가 있습니까?"

자주 입지 않는 관복에 시선을 주며 묻는 연우의 말에 서하가 고개를 끄덕였다. 그녀는 이 검붉은 관복을 마음에 들어 했다. 수놓인 범 문양이 마음에 드는 모양이었다.

"힘들지 않습니까? 초기에는 많이 힘들 수도 있다고 들었는데."

약한 걱정을 담고 자신의 곁으로 다가와 앉는 서하를 밝은 웃음으로 바라보며 연우가 고개를 저었다.

"이상하게 자꾸 졸리다 생각했는데 그것이 아기 때문이었던 모양입니다. 여전히 좀 졸리고 식욕은 없지만 곧 괜찮아질 것이라 하정과 재희가 말했습니다. 아기를 가진 여인들은 처음엔 다 그렇다고요. 그러고 보니 화연비도 처음에 그랬습니다."

여전히 조금은 파리한 안색을 하고 있었지만 행복해서인지 연우의 눈은 맑게 반짝였다.

그 눈이 자신을 얼마나 설레게 하는지 아마 연우 본인은 모를 것이라 생각하며 서하가 가만히 연우의 볼에 입술을 가져다 댔다. 연붉은색으로 물든 볼은 따스했다.

"난이 평소에 좋아하시던 것들을 만들어 입궁하겠다고 하였습니다. 오늘 제가 조금 늦을 것입니다. 하니 그저 편하게 쉬고 계세요."

"오늘 많이 바쁘십니까? 바쁘신데 오신 것입니까? 저 때문에?"

미소를 담으면서도 조금은 걱정스러운 얼굴로 묻는 연우의 볼을 서하의 거친 손바닥이 살며시 쓸었다. 거친 손바닥 안으로 따스하고 보드라운 살결이 온전히 느껴져 왔다.

"제게 세상에서 가장 소중한 것은 그대와 이 아이니까요."

서하가 연한 미소를 지으며 말하고는 연우의 배 위에 커다란 손을 조심스럽게 올렸다. 연우의 얼굴에 함박웃음이 퍼져 나갔다.

"누구도 오늘 황궁회의의 일을 공주께 말해서는 안 된다."

서하의 말에 하정과 재희가 굳은 얼굴로 고개를 끄덕였다. 오늘 모든 것이 바뀔 것이다. 한데 서하는 그것을 연우에게 완벽하게 숨길 모양이었다.

그녀가 조금이라도 놀라거나 긴장하는 것을 바라지 않는 서하였다. 자신이 모든 것을 정리한 세상에 그녀가 웃을 수 있으면 되는 것이다.

"그리고 그 누구도 오늘 청하궁으로 들어오게 해서도 안 된다. 명심해라."

"예. 황자님."

건의 뒤에 둘러섰던 무사들이 고개를 숙였다. 이제부터 청하궁을 완벽하게 경비할 이들이었다. 도성 수비대와 병부에서 가장 뛰어난 이들로만 만들어진 호위대였다.

"도성 수비는?"

서하의 물음에 건의 옆에 서 있던 우헌이 고개를 숙였다.

"그 아이 쪽은?"

서하의 물음에 우헌을 돌아본 건이 서하의 곁으로 다가왔다. 서하의 얼굴이 싸늘하게 식었다.

"새벽에 침입자가 있었습니다. 예부령의 사병들이었습니다."

"하……."

서하가 진득하게 입꼬리를 올렸다. 사방으로 찾아다녔던 모양이었다. 하니 병부의 지하 옥사까지 온 것이겠지. 그곳이 어디라고 사병을 보냈단 말인가. 급해도 너무 급했던 모양이다. 예부령 하찬은.

"그 아이와 함께 데려와."

"예. 황자님."

"가자."

서하가 옷깃을 여미며 천천히 걸음을 떼기 시작했다. 차디차게 얼어붙은 서하의 뒤를 건과 우헌, 그리고 무사들이 따랐다.

술렁이던 황궁이 서하의 등장에 일순 찬물을 끼얹은 듯 고요해졌다. 검붉은 관복에 칠흑 같은 머리를 길게 늘어뜨린 서하의 모습은 얼음을 조각해 놓은 듯 시리게 차가웠고 눈이 부시게 아름다웠다.

차디차게 얼어 있는 그 눈빛 아래 놓인 대신들이 그 눈을 마주하지 못하고 고개를 숙이는 사이로 서하가 천천히 걸음을 옮겼다. 그 걸음은 정확히 예부령 하찬의 앞에서 멈춰졌다. 하찬의 몸이 움찔 떨리는 것을 보는 시중의 눈빛이 차갑게 일그러졌다.

"몸이 편치 않아 보이십니다. 예부령."

따스하게 묻고 있었지만 그 말속에 담긴 얼음 조각을 느끼지 못하는 이는 없었다.

서늘함이 뚝뚝 묻어나는 서하의 시리게 검은 눈동자가 하찬을 훑어 내렸다. 시선으로 사람을 벨 수 있다면 아마도 하찬은 지금 피를 흘리며 쓰러져 내렸을 것이다. 그만큼 서하의 검은 눈동자는 끔찍하게 차가웠다.

"아니옵니다. 황자님."

"아프시면 아니 되시지요. 제가 보여 드리는 것들을 하나도 놓치지 않으셔야 할 테니까요."

속삭이듯 말하는 서하의 얼굴에 담긴 미소가 차라리 더 끔찍한 하찬이었다. 새벽에 병부로 다로를 찾으러 들어간 이들도 돌아오지 않았다. 혹시나 했던 불안이 진실이 되었다. 서하의 싸늘한 눈빛이 그것을 증명해 주는 듯해 오금이 저릿해 오는 그였다.

하찬에게 비릿한 냉소까지 지어 주는 서하의 모습을 주시하던 시중이 자신을 지나치며 약하게 고개를 숙여 예를 취하는 서하를 응시했다.

도도하리만치 흔들림을 담지 않은 시선이 편치 않았다. 아직 어리다고까지 할 수 있는 20대의 녀석이 자신들을 조롱하듯 웃음까지 담는 것에 차디차게 가라앉아 있던 심장이 들썩였다. 무슨 생각을 하고 사는지 알 길이 없는 현 황제를 대할 때에도 느끼지 못했던 기분이었다.

황제는 타협에 능한 이였다. 하나를 주고 하나를 받는다. 그래서 차라리 대하기 어렵지 않았다. 절대 손해는 보지 않는 자이지만 눈앞의 저 녀석처럼 안하무인으로 덤비는 짓은 하지 않으니까.

한데 저 눈앞의 녀석은 타협도, 양보도, 그 무엇도 하려 하지 않았다. 모든 것을 건 싸움을 하려는 자는 골치가 아픈 법이다. 상대가 다치거나 이쪽이 다쳐야 그 싸움이 끝나는 법이니까.

"폐하 납시오!"

내관의 목소리가 황궁에 울려 퍼졌고 황금 용포에 쌓인 황제가 모습을 드러냈다.

"서하 황자는 이리 가까이."

용상에 앉은 황제가 바로 서하를 향해 손을 까닥였다. 모두의 시선이 황제의 시선을 따라 서하에게로 움직였다.

서하가 황제의 곁으로 다가서자 황제가 서하의 손을 잡아끌었다. 커다랗고 주름진 아비의 손이 자신의 손을 힘주어 잡는 것을 느낀 서하의 가슴에 따스한 무엇인가가 퍼져 나갔다.

"오늘 그대들에게 선포할 것이 있다."

황궁 안은 숨소리조차 들려오지 않았다.

"나 천여의 황제는 오늘부로 태자 주하를 폐하고 황자 서하를 태자로 명한다. 이것은 나 황제의 직권이며 그 누구도 내 결정에 이의를 제기할 수 없다."

"하오나 폐하."

아무도 이의를 제기하지 말라는 말이 무색하게 황제의 말이 끝나는 동시에 시중 사준원이 자리에서 한 발 앞으로 걸어 나왔다. 편안하리만치 부드러운 미소를 담은 시중의 미소가 황제를 향했다. 서로의 시선을 마주한 두 사내의 눈동자가 얽혀 들었다.

"지금 내가 분명…… 그 누구도 내 결정에 이의를 제기하지 말라 하였습니다. 시중."

"대신들의 의사조차 막으실 참이십니까. 그것은 폐하답지 않은 처사이옵니다. 저는 그저 제 의견을 말씀드릴 뿐이옵니다. 폐하의 뜻을 따를 수 없다 선언한 것이 아니지 않사옵니까."

"폐하."

타오르기 시작하는 황제의 눈빛을 보고 서하가 한 발 앞으로 몸을 움직였다. 두 사람의 논쟁 가운데 부드러운 미소까지 띤 채 앞으로 나서는 서하에게로 모두의 시선이 쏠렸다.

"대신들의 의견은 들어 주십시오. 모든 결정은 폐하의 뜻이시지만 의견은 들어 주셔야 하지 않겠습니까."

여유로운 서하의 말에 대신들의 꿀꺽 마른침을 삼켰다. 황제보다 한 수 위의 자태를 보여 주는 황자 서하였다. 자신들의 의견 따위 듣기는 하겠지만 어차피 이 일의 최종 권한은 황제에게 있다는 은연중의 암시였다. 황제를 향해 편안하게 웃어 보이던 시중의 미간도 아주 약하게 일그러졌다.

"그럴까. 그래, 황자가 말하니 그럽시다. 말해 보시오. 시중. 내 결정에 무슨 문제가 있습니까."

아주 잠시 서하를 만족스러운 눈길로 보던 황제가 부드럽게 미소를 담으며 시중을 바라보았다. 여유를 보이는 부자의 모습에 긴장하는 것은 대신들이었다.

"태자의 자리는 이 나라의 다음 국본을 책임지는 자리이옵니다. 한데 어찌 특별한 이유도 없이 태자의 자리를 바꾸실 수 있단 말입니까. 태어나면서부터 태자로 살아오신 주하 태자가 계십니다. 태자께서 몸이 그리 강건치 않으시다 하나 아직 젊으시고 폐하께서도 여전히 강건하시니 이리 쉽게 태자를 바꾸는 것은 폐하의 치세에 누가 될 수도 있을 것이옵니다. 다시 한 번 숙고해 주시옵소서. 폐하."

"시중의 의견이 합당하다 사료되옵니다. 폐하."

기다렸다는 듯 입을 열며 고개를 들던 하찬이 자신을 바라보는 서하의 시선에 움찔 고개를 숙였다.

노려보는 것이 아니었다. 자신을 향해 황자 서하는 빙그레 미소까지 띠고 있었다. 노기를 띠고 있는 것보다 미소를 담고 있는 눈이 더욱 무서운 것은 태어나 처음 느끼는 낯선 감정이었다.

"이야기 잘 하셨소. 국본이라……. 한데 그 국본이 자신의 의무와 책임을 제대로 할 수 없을 만큼 강건하지 못하다면 그것은 분명 커다란 문제가 있는 것이 아니겠소?"

"태자께서 강건하시지 못해 의무와 책임을 이행하시지 못하시는 것은 저희들의 불찰이기도 하옵니다. 저희가 태자 전하를 잘 보필한다면 그것 또한 아무런 문제가 없다고 사료되옵니다. 폐하."

한 치도 물러서지 않겠다는 듯 말을 이어 가는 시중을 황제의 노기 어린 눈이 천천히 훑어 내리기 시작했다.

대신들과 타협점을 잘 찾는 황제였지만 오늘의 일은 쉽게 타협이 될 성질의 것이 아니었다. 팽팽하게 맞서고 있는 이 사안은 서하 황자의 힘이 어디까지인지에 달려 있는 것이 진정한 결론이었다.

"그 말씀은 어폐가 있다고 생각됩니다. 시중."

황제와 시중의 말을 그저 듣고만 있던 서하가 입을 열자 모두의 시선이 서하를 향했다. 자신이 직접 태자로 거론되고 있는 상황에서 앞으로 나서는 황자의 모습에 모두가 서로를 바라보았다.

"보좌를 빙자하여 월권을 행사하는 것은 절대 국본을 모시려는 자의 마음이라 볼 수 없기 때문입니다."

황궁 안이 숨을 죽였다.

"나라에는, 이 조정에는 지켜야 하는 자신의 자리가 있습니다. 위로는 폐하가 계시고 아래로는 모든 것의 근본인 백성이 있습니다. 그중 누구 하나라도 자신의 자리를 제대로 지키지 못한다면 이 나라는 흔들리고 질서는 무너질 것입니다. 한데 누군가가 자신이 지켜야 할 자리를 넘어 질서를 무너뜨리려 한다면,

그것으로 자신이 가져야 할 권한보다 더한 것을 원한다면 질서
는 무너져 내릴 것입니다."

모두가 시선이 서하를 향했다. 붉고 진한 입술 끝에 비릿한
냉소를 담은 서하의 시선이 대신들을 느긋하게 내려다보고 있었
다.

"그 질서를 지켜 내지 못하는 태자는 태자라 할 수가 없습니
다. 자신의 권리를 행사하지 못하는 이가 어찌 국본이라 할 수
있단 말입니까. 아니 그렇습니까? 시중."

"하면 태자라는 그 하늘이 내린 국본의 자리를 탐한 자는 질
서를 지키는 것이라 하실 수 있습니까."

"탐했다 하셨습니까?"

서하의 눈빛이 싸늘하게 식어 내렸다. 시중도 서하도 한 치도
물러서지 않고 서로를 몰아가고 있었다. 겉으로는 서로를 향해
웃고 있지만 저들은 지금 서로의 심장에 검을 겨누고 있는 것이
리라.

"큭큭."

순간, 서하의 입에서 새어 나온 웃음소리에 모두의 눈이 커다
랗게 열렸다. 시중의 흔들림 없는 눈동자가 거칠게 흔들렸다.

"탐했다는 것은 무언가를 가진 이가 그것을 주려 하지 않는데
다른 이가 욕심을 부렸다는 말이지요. 그 뜻이 맞습니까? 시
중?"

"그렇습니다. 잘 아시는군요."

"그것을 가진 이가 스스로의 의지로 내어 주었다면 그것은 탐
한 것이 아니겠군요."

그 순간이었다. 서하의 말에 고개를 든 대신들의 눈에 생각지 못했던 이의 모습이 보인 것은.

황궁의 문이 소리 없이 열리고 주하의 모습이 보이자 대신들이 모두 깊이 몸을 숙였다. 붉은 태자의 정복에 감싸인 주하가 거침없는 걸음으로 황제의 앞으로 다가설 때까지 모두가 눈을 들어 올리지 못했다.

"모두 고개를 드십시오."

부드럽게 울리는 주하의 목소리에 대신들이 주춤거리며 고개를 들었다.

"오해가 있으신 듯해 들어온 길입니다."

지난 이레의 시간 동안 파랗게 질린 얼굴로 용상만을 지키던 이라고는 믿을 수 없을 만큼 환하고 편안한 모습으로 모두를 바라보는 주하의 모습에 시중의 얼굴에 천천히 균열이 가기 시작했다.

"이 결정은 제가 한 것입니다."

그 순간 모두의 시선이 커다랗게 열렸다.

모두가 자신을 바라보는 시선 앞에서 주하가 천천히 태자의 관복을 벗기 시작했다. 용이 새겨진 핏빛처럼 붉디붉은 태자의 용포가 주하의 몸에서 천천히 떨어져 나왔다.

거칠게 떨리는 시중의 붉어진 눈동자가 그것을 한순간도 놓치지 않고 바라보았다.

태자의 용포를 벗어 낸 주하가 그것을 곁에 선 서하에게로 내밀었다. 그리고 서하가 그것을 아무런 망설임 없이 두 손으로 받아 들었다.

"모두의 앞에서 말씀드립니다. 나 천여의 태자 주하는 지금 이 시간부로 태자의 자리를 스스로의 의지로 내려놓으며 그 막중한 책임과 권리를 황자 서하에게 넘길 것입니다. 이것은 그 누구의 의지도 아닌 저 자신의 의지이며 저 자신의 선택입니다. 처음이자 마지막으로 저 스스로 한 선택이기에 절대 번복은 없을 것입니다."

처음이었다. 태자 주하가 황궁에서, 모든 대신들 앞에서 자신의 의견을 흔들림 없이 뱉어 낸 것은.

태자의 모든 업무를 장인인 시중이 처리하고 있다는 것은 대신들 사이에서 공공연한 비밀이었다. 그랬던 태자 주하의 상상도 하지 못했던 단호한 모습은 경악스러울 수밖에 없었다.

숨소리조차 들리지 않는 황궁을 편안하고 부드러운 시선으로 쭉 둘러본 주하가 황제를 향해 몸을 돌렸다. 그리고 차가운 황궁 바닥에 무릎을 꿇은 주하가 황제를 향해 깊게 고개를 숙였다. 태자로서 아비인 황제에게 드리는 마지막 인사였다.

한참을 그렇게 황제의 앞에 고개까지 숙인 채 일어날 줄 모르던 주하가 천천히 몸을 일으켰다. 푸른빛이 도는 장옷만을 걸친 사내의 투명하리만치 맑고 시원한 시선이 앞을 향해 있었다. 힘겨움은 아무것도 담기지 않은 주하의 걸음이 천천히 황궁을 나서는 모습이 모두의 시선 안에 들어왔다.

"하실 말씀이 아직 남아 있습니까. 시중."

태자의 붉은 관복을 손에 움켜쥔 서하가 내뱉는 말에 시중 사준원의 얼굴에 거칠게 균열이 갔다.

따스한 햇볕이 좋은지 일부러 해를 향해 얼굴을 내밀고 눈을 감고 있는 연우를 바라보던 난이 들고 온 것들을 앞에 조심히 펼쳐 놓았다.

그것들을 바라보는 하정의 눈이 커다랗게 열렸다. 음식이 많이 달라 구경조차 해 보지 못했던 가여의 음식들이었다. 게다가 연우가 좋아하는 것들로만 채워져 있었다.

"공주께서 좋아하시는 것들을 어찌 이리 다 알고 있는 거냐?"

"내가 화궁에만 얼마를 있었는데……."

살짝 하정을 향해 눈을 흘긴 난이 여전히 눈을 감은 채 해바라기를 하고 있는 연우를 응시했다. 어리고 세상을 하나도 모르는 것 같던 공주가 벌써 아기를 가졌다는 것이 신기하고 또 새로운 그녀였다.

자신을 향해 눈을 똑바로 뜨고 호령하던 어리던 그 모습이 눈앞에 선명하게 떠올랐다. 그때는 어린아이에게조차 무시를 당하는 기분에 미칠 것 같았는데 그것도 다 지나고 보니 자신의 허황된 욕심에서 비롯되었던 우스운 일일 뿐이었다.

"공주님."

난의 부드러운 부름에 연우가 그제야 천천히 눈을 떴다. 동그랗고 맑은 눈동자가 빛을 담아 환하게 반짝였다.

"어서 와."

때 아닌 소풍이었다. 청하궁 안이었지만 따스한 햇볕 아래 자리를 깔고 맛깔스럽고 풍성한 음식들을 먹고 있는 네 여인의 모습은 소풍을 와 재잘거리는 소녀들과 다를 바 없었다.

"잘 드시네. 우리 공주님."

통 아무것도 먹지 못하던 연우가 제법 음식들에 손을 가져가
자 하정이 눈시울을 붉히며 말했다. 연우가 큭큭 웃음을 토해
내며 고개를 끄덕였다.

"응. 이것들은 익숙해서인지 먹을 만하네. 진짜 맛있다. 난
아."

"다행입니다. 영 드시지 못하신다고 들어서 걱정을 하였습니
다."

"잘 먹고 싶은데, 황자님께서 걱정하시지 않게 하고 싶은
데…… 잘 안 되는구나."

연우의 말에 난이 흐뭇한 미소를 담았다. 서로를 저리 위하는
공주와 황자의 모습이 아름다웠다. 저리도 서로 애달픈 것일까.

"지금도 잘하고 계십니다."

"아무것도 도와 드리지 못하는 것을."

환하던 연우의 얼굴에서 미소가 일순간 사라졌다. 허공을 바
라보는 연우의 눈에 아련함이 고여 왔다.

"지금도 그분은 죽을 듯 버티고 계시겠지."

하정과 난, 그리고 재희의 눈이 서로를 바라보았다. 지금 황
궁에서 벌어지고 있는 일을 연우가 알고 있다는 것인가? 어찌?

놀라는 그들의 모습에 연우가 아픈 미소를 지어 보이며 고개
를 끄덕였다. 그녀의 야위고 작은 얼굴에 미소와 아픔이 함께
고였다.

"모른 척하고 있을 뿐이다. 그것이 그분이 원하시는 것이니
까. 지금 모든 것을 걸고 싸우고 계시는 그분을 위해 내가 할 수
있는 것은 이 자리를 온전히 지켜 내는 것이니까. 흔들리지 않

고 그분을 기다리는 것이니까. 이 아이를…… 지키는 것이니까."

"어찌…… 아신 것입니까? 황자님께서 아무것도 모르게 하시려 하신 것인데."

"밤새 잠을 이루지 못하시다가 새벽에 홀로 일어나셔서 관복을 입으셨다. 그리고 잠이 든 내 얼굴을 한참이나 바라보고 계셨다. 깨어 있었지만…… 눈을 뜰 수 없었다. 그것은 황자께서 바라는 것이 아니니까. 그분이 모르길 바라신다면 난 모르고 있을 것이다. 난 그분의 선택을 믿으니까."

"……."

"어떤 선택을 하셨든, 그것이 어떤 결과를 가져오든 난 언제나 그분을 기다리고 그분 곁에 있을 것이니까 그 결과는 중요하지 않다."

연우의 다갈색 눈동자가 단단하고 차분하게 빛나고 있었다.

"태자 서하는 교지를 받들라."

모두가 숨죽인 가운데 태자의 용포를 어깨에 걸친 서하가 황제 앞에 무릎을 꿇었다.

보통은 시중이 태자 교지를 태자에게 전달하는 것이 예였으나 지금은 황제가 직접 자리에서 일어나 서하의 손에 교지를 내밀었다. 두 손으로 교지를 받든 서하가 깊이 몸을 숙였다.

그 모습을 바라보는 모두의 시선이 시중을 향했다. 살짝 일그러져 있는 시중의 얼굴에는 더 이상 어떤 표정도 담겨 있지 않았다. 이미 시중이 이 상황을 인정했음을 모두가 느낄 수 있었다.

황제를 향해 예를 취했던 서하가 교지를 든 채 자리에서 일어 난 몸을 돌리는 순간 모든 대소신료들이 황궁 바닥에 무릎을 꿇 었다.

"태자 전하 만세!"

조금은 허탈한 모습으로 천룡전 뜰로 내려서던 주하가 자신 을 기다리고 있는 인영의 모습에 그 자리에 굳은 듯 멈춰 섰다.

낯선 모습이었다. 순간 눈앞의 이가 누구인지 알아차리지 못 했다. 그녀는, 너무도 낯선 모습으로 서 있는 여인은 자신의 비 였다. 태자비의 복색을 벗어 던진 수수한 옷차림의 그녀를 순간 알아보지 못했던 것이다.

"괜찮으십니까."

다가서며 묻는 여인의 모습을 물끄러미 바라보던 태자가 순 간 깨달았다. 이제 태자비라 부를 수 없는 여인의 이름을 자신 은 알고 있지 못하다는 사실을. 그 오랜 시간 자신의 곁에 있었 던 비이건만 그저 태자비라 불렀을 뿐 한 번도 이름을 불러 본 적이 없었기 때문이다.

"내가…… 그대를 어찌 불러야 합니까."

잠시 흐려졌던 여인의 얼굴이 주하의 흔들리는 눈동자에 이 내 맑은 웃음을 담았다.

"아란입니다. 제 이름."

"아……란."

고왔다. 태자비라는 부름보다 너무도 고운 그녀의 이름에 주 하가 아프게 미간을 좁히며 웃음을 보였다. 웃어야 하는데 미안해서, 그리고 고마워서 웃음이 나오지 않았다.

어쩔 줄 모르고 그저 선 채로 자신을 보고 있는 주하의 곁으로 아란이 다가왔다. 그리고 작고 새하얀 손을 주하에게로 내밀었다. 가늘고 작은 손을 주하가 물끄러미 내려다보았다.

"세상으로 함께 가시겠습니까?"

지독하게 화려하기만 하던 태자비의 옷에 감싸여 있을 때에는 저리 어여뻐 보이지 않았던 미소였다.

지금 수수한 차림으로 그저 밝은 빛 아래 서 있는 자신의 여인이 너무도 고와서 저 깊은 심장 어딘가 고장 난 듯 뛰어 대는 것을 느끼는 주하였다.

낯선 심장을 느끼며 주하가 그녀의 작은 손 위에 자신의 커다란 손을 올렸다. 그녀의 손이 그의 손을 꼭 쥐어 잡았다. 심장은 이제 떨어질 기세였다.

구름 위를 걷듯 가벼운 두 사람의 걸음이 천룡전 뜰을 가로질렀다. 바람을 타고 흩날리는 연홍색 치맛자락과 푸른빛 장옷 자락이 날리는 모습이 천룡전을 지키고 있던 이들의 눈에 마지막으로 새겨진 두 사람의 모습이었다.

❀

침상에서 천천히 몸을 일으키는 무운을 보고 급히 자경이 다가섰지만 무운은 손을 들어 자경을 막았다. 부축하지 말라는 무언의 손짓에 자경이 손을 거두었다.

아직 움직일 때마다 조금씩 쑤셔 오는 몸에 힘을 주며 무운이 일어섰다. 이제 조금씩 움직이기 시작한 무운의 모습을 자경이 불안을 담은 눈으로 지켜보고 있었다.

처음에는 숨조차 제대로 내쉬지 못하던 무운이었다. 늑골이 한 개도 아니고 몇 개가 부러졌는지 모른다고 어의가 한숨을 내쉴 정도의 상태였다. 다행히 열흘이 되어 가는 지금은 조금씩 움직일 수가 있었다.

"오늘 며칠이냐."

매일 묻는 그였다.

"초이레입니다. 황자님."

"젠장!"

초조함이 밴 무운의 입술 끝이 아프게 일그러졌다.

카린의 곁을 떠나온 지 벌써 보름이 되었다. 사흘만 달라 했는데…… 연락도 없이 보름이 지났다.

"지운을 만나고 싶다."

"연통하겠습니다."

"밖에는…… 몇이나 있는 거냐."

무운의 물음이 무슨 뜻인지 아는 자경이 잠시 망설이다 한숨을 내쉬었다.

"몇 명 되지 않습니다. 지운 황자께서 철수를 명하신 지 며칠 되었습니다. 요즘 지운 황자께서 병부의 일을 처리하고 계십니다."

무운의 눈이 자경을 향해 들어 올려졌다. 무엇인가를 묻는 무운의 눈빛을 읽으면서도 자경은 대답할 수 없었다. 이것은 자신이 대답할 사안이 아니기 때문이다.

"지운 황자님께 연통을 넣도록 하겠습니다. 탕약······ 드십시오."

자경이 내미는 탕약을 무운이 그대로 입안으로 쏟아부었다.

문 안쪽으로 보이는 무운의 모습을 지운이 물끄러미 바라보았다.

매일매일 그는 달라지고 있었다. 무섭도록 빠른 회복력을 보여 주었다. 아마도 원래 강건한 체력과 하루라도 빨리 일어나고 싶은 마음이 만든 결과일 것이다. 하고 싶은 것이 생기면 그 누구도 말릴 수 없는 집중력과 힘을 보여 주는 무운이니까.

아득하게 짙어진 눈으로 무운을 바라보던 지운이 천천히 문을 열었다.

"바쁘다며?"

헬쑥해진 얼굴에 진한 미소를 담으며 묻는 무운의 말에 지운이 앞에 마주 서며 고개를 끄덕였다.

예전에는 자신보다 언제나 한참은 크고 강해 보이는 형이었는데 지금 마주한 무운의 모습은 자신과 별반 다르지 않게 느껴졌다. 태산 같던 형은 사라지고 그저 사내의 모습으로 남은 형만이 눈앞에 있었다.

"누구 덕분에."

불안이 가득 고인 목소리로 내뱉는 지운의 말에 무운이 큭, 웃음을 뱉어 내다 미간을 찡그렸다. 기침이나 웃음을 토해 낼 때는 여전히 아픔이 느껴져 왔다.

"지운아."

"다정하게 부르지 말지. 나 별로 듣고 싶지 않은데."

지운이 얼굴을 살짝 찡그리며 무운의 시선을 피했다.

고통에 숨조차 제대로 내쉬지 못할 때에는 그 뒤는 어떻게 되더라도 어서 완쾌되었으면 하고 바랐던 마음이 간사하게도 조금 바뀌고 있었다. 몸을 움직일 수 있게 된 형의 선택은 묻지 않아도 알 수 있었으니까.

그리고 알고 있기에 이제 움직이기 시작한 형의 모습이 반갑지 않은 그였다. 움직일 수 있게 되면, 형은 이곳에 머물지 못할 것이다.

"언제나 난 네 형이고 형님의 동생이다. 그건 변하지 않을 거다."

"……."

"무슨 일이 생기면…… 달려올 거다. 어디에 있든."

지운의 눈동자가 거칠게 흔들렸다. 무운과 마주하지 못하는 지운의 눈동자에 뿌연 안개가 서렸다.

"형도 잊지 마. 난…… 죽어도 형 동생이라는 거."

퉁명스럽게, 떨리는 목소리를 감추기 위해 고개도 돌리지 못하고 내뱉은 지운이 거칠게 걸음을 옮겼다. 보이고 싶지 않았다. 두 눈에서 흐르기 시작한 것을.

❈

"소룡전과 교화전을 최대한 빠른 시간에 다시 손보도록 하겠사옵니다."

서하의 눈치를 살피며 굽신거리는 예부령의 모습에 시중의 날 선 시선이 닿아 있었다. 서하가 태자로 봉해지자마자 서하에게 납작 엎드리는 예부령이었다.

그 간사함과 나약함에 시중이 혀를 찼다. 저런 나약한 이와 큰일을 도모했다는 것이 우습게 느껴졌다. 차라리 저자가 하려던 일이 미수에 그친 것이 다행이라 느껴질 지경이었다. 일을 벌였다 해도 수습조차 하지 못했을 위인이니까.

"그러실 필요 없습니다. 지금 그대로 입궁할 것입니다."

"하오나."

"그런 필요 없는 곳에 인력과 재정을 낭비하지 마세요."

"……예. 태자 전하."

"맞사옵니다. 지금은 그런 것보다 더 중요한 일을 논해야 하옵니다."

하찬을 서늘한 눈으로 응시하던 서하가 부드럽게 끼어드는 시중의 말에 천천히 고개를 돌렸다.

차갑게 일렁이는 서하의 시선과 알 수 없는 여유를 담고 진득하게 빛나는 시중의 눈빛이 허공에서 부딪쳤다. 시중의 입가에 맺히는 비릿한 미소에 서하가 숨을 삼켰다. 진짜 싸움이 시작된 것이다.

서하를 향해 굽신거리는 이들을 물끄러미 내려다보던 황제가 시중의 말에 천천히 몸을 일으켰다. 알 수 없는 치열한 살기가 서로를 향하고 있었다. 황궁의 공기가 숨죽일 만큼 차갑게 식어 내렸다.

"그 중요하다는 일, 시작해 보시게."

황제의 입가가 비릿하게 끌어 올려졌다. 무엇인가 치열하게 싸움을 시작할 때면 나오는 황제의 버릇이었다. 저 얼굴을 할 때의 황제는 절대 물러서지 않는다.

한데 더 두려운 것은 그런 황제를 바라보는 시중의 얼굴이었다. 작아서 눈동자도 잘 보이지 않는 시중의 눈에 가득 찬 분노와 욕망. 하나를 내어 주었으니 절대 다른 것은 내어 주지 않을 것이라는 무언의 암시였다.

세 사람의 숨 막히는 기운에 대신들 모두가 숨을 죽이는 순간, 시중의 입에서 마침내 그 말이 흘러나왔다.

"천여 태자비의 자격에 대한 문제이옵니다."

"자격이라 하셨습니까."

서하의 목에서 새어 나오는 서늘한 목소리에 대신들 모두가 고개를 움츠렸다. 마음에 들지 않으면 비아냥을 섞어 날카롭게 쏘아붙이는 황제와 달리 서하는 한 조각의 감정도 담지 않은 듯 날카롭고 서늘하게 말을 뱉어 냈다.

등줄기가 서늘해질 정도의 살기가 그 안에 배어 있음을 직감한 이들은 절로 몸이 움츠러들었다. 하지만 시중의 얼굴에서는 미소가 떠나지 않았다.

"황자님의 배필로 계실 때에는 물론 아무 상관 없던 문제입니다. 하지만 태자비로는 분명 문제가 있지 않겠습니까. 다른 나라의 공주이십니다. 화운비께서는."

"정확히 말씀하시지요. 저희와 동맹을 맺은 가여의 유일한 적통 공주입니다. 내 비는."

내 비는. 힘주어 말하는 서하의 눈빛이 금방이라도 시중을 죽일 듯 노려보고 있었다. 그 눈빛을 피하지 않고 고스란히 받으며 시중이 고개를 끄덕였다.

"예. 분명 그러하십니다. 화운비께서는 가여의 공주이시지요. 이 천여의 피가 하나도 섞이지 않은 분이란 말입니다. 한데……어찌 그런 분이 이 천여 미래의 황후가 되실 수 있사옵니까. 이제껏 이 천여 황실에서는 그런 일은 없었사옵니다. 왜 그런 일이 없었던 것인지는 그 누구라도 알 수 있을 것입니다. 그것은 황후마마는 미래의 황제를 낳는 분이기 때문입니다. 미래의 태자가 온전히 천여의 피를 이어받은 자가 아니라 다른 나라의 피를 이어받은 것이라면…… 문제가 있지 않겠습니까."

"그것을 문제라 여긴단 말씀입니까."

"예. 모두가 느끼는 문제일 것입니다."

"모두란 말은 빼시지요. 시중만이 느끼는 문제일 수도 있지 않겠습니까."

"진정 그러할까요? 태자 전하?"

시중의 눈이 대신들을 향해 들어 올려졌다. 무언의 압박을 하는 시중의 눈빛 앞에 대신들의 눈빛이 혼란스럽게 흔들렸다.

이제껏 이런 식의 황궁회의는 접해 본 적이 없는 그들이었다. 황궁회의 전에 이미 시중의 의견이 관철되거나 황제의 의견이 관철되어 있었다.

황궁에 들어오기 전 언제나 황제와 시중은 서로의 의견이 다를 시 타협점을 찾았고 그런 관계로 조정에는 조금의 분란도 없었던 것이다.

한데…… 이 천여의 운명을 가를 정도로 중차대한 문제에서 그 타협이 조금도 이루어지지 않았다는 것은 대신들에게 엄청난 혼란을 주는 일이었다.

어느 쪽의 손을 들어 주어야 할지 알 수 없는 대신들이 서로를 응시했다. 흔들리는 대신들의 모습에 시중이 짜증스럽다는 듯 미간을 좁혔다.

"내 비가 가여의 공주인 것이 그리 문제가 된다면 이 문제는 대체 어찌 해결해야 할까요?"

태자의 입에서 과연 무슨 대답이 나올까 호기심을 갖고 지켜보던 대신들의 눈에 그 붉고 아름다운 입술을 진하게 끌어 올리는 태자 서하의 모습이 들어왔다.

이 순간에 어울리지 않는 미소라 더욱 진하고 아름답게 보이는 것일까. 모두의 의아함을 담은 얼굴을 재미나다는 듯 죽 훑어 내린 서하가 자신을 응시하고 있는 황제를 올려다보았다.

무엇이냐 묻는 아비의 눈빛을 느끼며 서하가 살짝 고개를 숙였다.

"폐하께 아뢰옵니다. 누군가의 사주로 제 비인 화운비에게 불경스러운 짓을 저지르려 했던 이가 있었습니다. 그자를 이 황궁으로 불러 누구의 사주인지, 목적이 무엇이었는지를 확인할 수 있도록 윤허하여 주시옵소서."

그 순간이었다. 호기심을 담고 서하를 바라보던 하찬의 얼굴이 잿빛으로 변한 것은.

"뭐라 하였느냐, 태자! 누구에게 불경스러운 짓을 하려 했다고?"

느긋하게 상황을 바라보고 있던 황제의 눈빛이 타올랐다. 붉은 기운을 담은 황제의 노기로 인해 황궁의 공기가 들끓기 시작함을 느낀 대신들이 모두 숨을 삼켰다. 활화산처럼 황제의 노여움이 터질 게 불 보듯 뻔했기 때문이다.

"제 비인, 이제 이 천여의 태자비인 화운비에게 의도적으로 추문을 남기려 한 자가 있었사옵니다."

"그놈을 당장 이 앞에 끌고 오라!"

황제의 고함 소리가 벼락처럼 허공을 울렸다. 그 목소리에 기다리고 있었던 듯 황궁의 문이 열리고 호위부 무사들의 손에 이끌려 오는 한 소년의 모습이 모두의 눈에 들어왔다.

흐트러진 머리와 내관복에 감싸여 있었지만 한눈에도 시선을 끄는 고운 소년이었다. 끌려 들어오는 소년의 모습을 두려움이 섞인 눈빛으로 힐끔거리며 살피던 하찬이 기겁하며 눈을 감았다. 그 모습에 닿은 시중의 얼굴이 차갑게 일그러져 갔다.

가까워지는 소년을 살피던 대신들의 눈에 경악이 어렸다. 가까이 다가온 소년의 내관복은 온통 피로 얼룩져 있었다. 그리고 그 피가 누구의 것인지는 한눈에 알 수 있었다.

핏덩이가 엉겨 붙어 있는 소년의 오른손에는 네 개의 손가락만이 남아 있었다. 흉측하게 잘려 나간 손가락이 있던 자리에는 아직도 흥건하게 검붉은 핏물이 고여 있었다.

털썩! 무사들이 소년을 태자 서하의 앞에 내동댕이치듯 앉혔다. 이미 넋이 나간 듯 아무것도 담기지 않은 소년의 불투명한 눈빛이 주변을 천천히 살폈다.

누군가를 찾듯 천천히 허공을 스치던 소년의 눈동자가 하찬에게서 멈추자 서하의 입가에 비릿한 냉기가 흘러들었다.

"이 자는 내관의 복색을 하고 있었지만 확인해 본 결과 내관 명부에 없는 자였습니다. 내관도 아닌 이를 둔갑시켜 궁 안에 둘 수 있을 정도의 힘을 가진 자가 들여보낸 것입니다. 그 목적은…… 제 비이자, 이 나라 천여의 태자비에게 추문을 씌우기 위해서였습니다."

서하의 말이 끝나기가 무섭게 황제가 옥좌에서 벌떡 몸을 일으켰다. 거친 걸음으로 달리듯 소년의 앞으로 다가선 황제가 몸을 숙여 소년의 얼굴을 바라보았다.

멍하게 주변을 보고 있다가 자신의 앞에 다가선 이가 누구인지 확인한 소년의 눈이 커다랗게 열렸다. 황궁 바닥에 앉아 있는 소년의 크지 않은 몸이 부들부들 떨리기 시작했다.

금방이라도 부서질 듯 떨어 대는 소년의 턱을 황제의 단단한 손가락이 쥐어 잡았다. 소년 다로의 눈동자가 바스라질 듯 흔들렸다.

"누구냐. 말하거라. 네놈을 이곳으로 들여보낸 자가 누구인지 말하지 않는다면…… 네놈을 죽여 달라 애원하게 만들어 주마. 제발 죽여 달라 절규하게 만들어 줄 것이다. 그 누가 감히 내 황실을 능멸하려 한 것이냐!"

핏물이 떨어져 내릴 듯 들끓는 황제의 시선이 다로를 죽일 듯 노려보는 모습에 하찬의 얼굴은 하얗게 바래 갔다. 부들부들 떨리는 손끝을 숨기기 위해 관복 소매 속으로 손을 밀어 넣으려 애쓰는 하찬에게로 서하의 날 선 시선이 닿았다.

"다로, 이 안에 널 가여에서 데려와 이곳에 넣어 준 이가 있겠구나. 그렇지 않느냐."

느긋하게 하찬에게로 시선을 던지며 묻는 서하의 말에 황제에게 여전히 잡힌 턱을 바르르 떨며 다로가 신음과도 같은 소리를 내었다.

"으……."

"누구냐. 어떤 놈이냐."

이를 갈며 내뱉는 황제의 목소리에 부르르 몸을 떤 다로가 천천히 시선을 들어 올렸다. 검붉은 핏물이 밴 다로의 눈동자가 정확히 예부령 하찬에게로 닿았다.

끔찍한 정적이 황궁을 감싸 돌았다. 그 누구라도 알 수 있었다. 한없이 힘겨워 보이는 어린 소년의 눈이 간절함을 담고 누구에게 닿아 있는지.

살려 달라 애원하는 듯 애달프기까지 한 소년의 눈동자는 정확히 자신의 주인에게 닿아 있었다. 다로의 시선을 느낀 하찬이 부르르 몸을 떨었다.

금방이라도 터질 것처럼 타오르던 황제의 눈동자가 차갑게 식어 내렸다. 다로의 턱을 거칠게 밀어낸 황제가 천천히 자리에서 일어났다.

바닥을 쓸듯 용포가 움직였다. 황제의 걸음을 따라 움직이는 용포에 수놓인 용이 용트림을 하듯 꿈틀거렸다. 숨소리조차 내지 않고 움직이던 황제가 하찬 앞에서 그대로 멈춰 섰다.

"그대가 내 아이를 건드렸는가?"

내 아이? 모두가 일순 힘겨운 숨을 삼켰다.

황제의 성격을 알고 있는 대신들이었다. 이 지독한 황제는 내어 줄 것은 거침없이 미련도 남기지 않고 주는 성격이지만 자신의 것이라 여겨 지키려 들면 그 누구도 이길 수 없는 사람이었다.

그런 황제가 화운비를 내 아이라 칭했다. 이미 황제에게 그녀는 자신의 황실을 이어 가게 할 태자비인 것이다.

금방이라도 바스라질 듯 거칠게 흔들리는 눈빛을 하고 버티고 있던 하찬이 주룩 바닥으로 미끄러져 내렸다. 무심한 눈으로 내려다보던 황제가 하찬의 앞에 몸을 숙였다. 끔찍한 것을 바라보듯 일그러진 하찬의 눈과 황제의 눈이 마주했다. 비릿하게 끌어 올려진 황제의 입이 열렸다.

"다로라 하였느냐. 꼬마. 이자가 너에게 무엇을 하라 시켰는지 한 가지도 빼놓지 말고 읊어 보거라."

"예, 예부령께서는 연우 공주님이 절 아신다는 것을 알고……연우 공주께 다가가라 하셨습니다."

다로의 입에서 힘겹게 새어 나오는 말에 서하가 질끈 눈을 감았다. 속에서 핏물이 역류하는 듯 피 내음이 목을 타고 올라왔다. 서하의 이가 악물어졌다.

"음…… 다가가라. 그리하셨소? 예부령?"

그 붉디붉은 입가에 시리게 차가운 미소를 담으며 황제가 예부령을 향해 물었다. 범이 먹이를 가지고 놀듯 재미있어 죽겠다는 듯 일그러지는 황제의 미소와 달리 예부령의 얼굴에는 핏기가 아예 남아 있지 않았다. 황제의 물음에 대답하지 못하는 예부령의 입이 뻐끔거렸다.

"그리고 그 후에 어찌하라 명하더냐."

황제의 물음에 다로가 꿀꺽 마른침을 삼켰다. 얼마나 떨고 있는지 이마와 눈에 핏줄이 돋아난 다로의 얼굴은 괴이하게 보이기까지 했다.

"궁인들이 모두 보는 곳에서, 추, 추문이 될 만한 것을 만들라 하셨습니다. 그저 그렇게 보이기만 하면 된다고, 다른 이들의 눈에 그것이 연우 공주님인 것만 보이면 된다고. 그리하고 궁을 나오면 내관 명부에 이름도 없는 저는 존재조차 하지 않는 자이기에 아무 탈도 없을 것이라고 하…… 하셨습니다."

그 순간이었다. 모두의 시선 안에 조금 전까지 숨조차 내쉬지 못하고 있는 것 같던 예부령 하찬이 벌떡 몸을 일으킨 것은.

"시중께서 명하신 일입니다!"

벽력처럼 절규하는 예부령 하찬의 쉰 목소리가 황궁을 울렸다.

"시, 시중께서 우리 천여의 태자비는 가여의 핏줄일 수 없다고! 그것만은 무슨 일이 있어도 막아야 된다고 하셔서! 제가! 제가 목숨을 걸고 한 짓입니다! 천여를 위하여!"

하지만 하찬의 말은 끝까지 이어지지 못했다. 황제의 손아귀가 하찬의 목을 움켜쥐었기 때문이다.

자신보다 한참은 큰 황제의 손아귀 힘에 묶여 하찬이 매달리듯 허공으로 끌려 올라갔다. 목이 졸려 허공에서 버둥거리는 하찬을 한 손에 가둔 황제가 점점 검붉어지는 하찬의 얼굴을 재미나다는 듯 올려다보았다.

"천여를 위하여? 누가! 누가 감히 네게 천여의 운명을! 천여의 미래를 정하라 하였느냐! 네놈이 무엇인데! 내가 정하는 것이다. 이 천여의 미래는. 이 황실의 미래는! 알겠느냐? 하찬?"

하찬의 몸이 허공에서 경기를 일으키기 시작했다. 숨통이 막힌 몸뚱이가 바들바들 떨며 그 입에서 거품이 새어 나오고 있었지만 황제는 손길에서 힘을 빼지 않았다.

얼마를 그렇게 있었을까. 모두가 숨을 죽인 황궁 바닥으로 온기가 사라진 하찬의 몸뚱이가 툭 떨어져 내렸다.

모두의 시선 안에 숨이 끊어진 듯 보이는 하찬의 널브러진 몸이 보였다. 만에 하나 숨이 붙어 있다 하여도 제대로는 살 수도 없을 듯 느껴지는 하찬의 모습이었다. 아니, 지금 이 자리에서 저리 죽는 것이 하찬에게는 더 나을 수도 있을 것이라 모두가 느끼고 있었다.

여전히 붉은 기운을 떨치지 못한 황제의 눈빛이 천천히 시중을 향해 돌려졌다. 이 끔찍한 상황에서도 숨소리 하나 달라지지 않은 시중이 서하와 황제를 물끄러미 바라보다 살짝 고개를 저었다. 너무도 편안한 그 동작에 황제의 눈꼬리가 가늘게 떨렸다.

"이제 제 차례입니까, 폐하."

"…….."

"가여의 어린 계집 하나를 태자비에 앉히기 위해, 미래에는 이 천여의 황후로 만들기 위해 이리 폐하의 충복들을 죽이실 참입니까. 이런 황제였다고 역사에 기록되길 바라십니까."

"충복이라…….."

서하의 입에서 웃음이 새어 나왔다.

"이 황실이 어떻게 세워졌는지 잊으신 것입니까. 대대로 황제들께서는 신중하고 신중하게 태자비를 고르셨고 그 결과로 지금의 이 천여가 굳건한 것입니다. 황제 혼자만의 나라가 아니기에 대신들과 함께 가야 하기에 모든 황제들이 스스로의 욕망을 내려놓고 정치적 타협점을 찾았던 것입니다. 그것을 지금 태자께서는 끊으려 하시는 것입니다. 고작 한 여인을 놓지 못해서 말입니다."

"나라를 위해서라 하셨습니까? 나라를 위해서 황제의 욕망을 끊어 낸다?"

"예. 분명 선대 왕들께서는 그리 하셨습니다."

"아니지요. 나라를 위해서가 아니라 편안하게 이 자리를 지켜 내기 위해서였습니다. 그대들의 힘을 편하게 얻어 이 자리를 편하게 이어 가기 위해 타협한 것뿐이라 말입니다. 그 누구도! 자신의 모든 것을 걸고 자신의 마음을, 자신의 나라를 올바로 지켜 낼 용기가 없었기에 한 타협이었을 뿐입니다. 제 여인이 천여의 여인이 아니어서 안 된다고요? 하면…… 천여의 여인이었던 선대 황제들의 여인은 왜 황후가 되지 못한 것입니까?"

"그것은!"

"그대들의 딸이, 혹은 손녀가 아니었기 때문이겠지요. 그대들의 핏줄이 아니란 그 이유 하나로 말입니다."

"태자 전하! 어찌 저희들의 충정을 그리 욕심으로 만드십니까."

시중 사준원이 울컥 피를 토해 내며 무릎을 꿇었다. 파랗게 질린 사내의 주름진 얼굴에 닿은 서하의 얼굴이 파랗게 질렸다. 끔찍할 만큼 포기하지 않는 저 늙은이의 모습에 구역질이 올라오는 서하였다.

"충정이라 하였느냐!"

서하의 목에서 피를 토하듯 절규가 터져 나왔다. 대신들의 몸이 자신도 모르게 움찔 떨렸다.

투명한 물처럼 잔잔하던 서하의 눈동자가 거칠게 흔들리고 있었다. 애써 지키던 평정이 깨어진 순간 서하의 서늘한 눈동자에는 지독한 살기가 고여 흐르기 시작했다.

"충정으로…… 이 천여 황실 유일의 태손을 해하려 한 것이냐."

순간, 황궁 안이 서늘한 정적에 감싸였다. 황제조차 서하의 말이 무슨 소리인지 알아듣지 못한 듯 미간을 좁힌 채 서하를 바라보았다. 한 점 흔들림도 없던 시중의 눈동자도 순간 거칠게 흔들림을 담았다.

"어의를 들라 하라!"

서하의 일갈에 건이 황궁의 문을 열었다.

"헉!"

노곤한지 커다란 나무 그늘에 앉아 잠이 든 연우를 지켜보고 있던 하정이 갑자기 몸을 일으키는 연우를 보고 놀라 앞으로 다가왔다.

"공주님! 왜 그러세요?"

연우가 하정의 물음에는 답하지 않고 가만히 자신의 손을 가슴 위로 올렸다. 커다랗게 울리는 심장의 울림이 손끝으로 고스란히 느껴졌다.

하정의 불안이 가득한 눈이 그런 연우를 응시했다.

286

"왜요? 어디 아프세요? 어의를 부를까요?"

"아니, 아픈 거 아니야."

"그럼 왜요?"

"꿈을…… 꿨어."

"예?"

조금 떨어진 곳에 앉아 있던 재희까지 연우의 말에 연우의 곁으로 다가앉았다. 궁금함이 가득 고인 재희의 눈이 연우의 동그란 입술을 바라보았다.

"황금빛 빛을 품은 커다란 용이 내 품으로 달려들었어. 얼마나 크고 아름다웠던지 지금도 또렷이 생각이 나네."

"헉!"

재희가 두 손으로 입을 가렸다. 손으로 가렸는데도 환하게 벌어지는 입술 끝이 보였다.

"그거…… 태몽이에요!"

"정말?"

하정이 놀라며 묻자 재희가 크게 고개를 끄덕이며 함박웃음을 지었다.

"예전에 황후궁에 있을 때 들은 적 있어요. 황후마마께서 옛날에 서하 황자님을 잉태하셨을 때 커다란 검은 범이 황후마마께로 달려 들어오는 꿈을 꾸셨다고 했었어요. 범도 엄청난 태몽이라고 난리였다던데 황금 용이면 진짜……."

재희의 말에 하정의 눈동자도 커다랗게 열렸다.

자신들이 더 흥분해서 난리인 하정과 재희를 물끄러미 바라보던 연우가 가만히 자신의 배 위에 손을 올렸다.

아직 납작한 배 안에 작은 아이가 있다는 것이 실감 나지 않았는데 조금 전 꿈속에 보았던 용을 떠올리자 알 수 없는 무엇인가가 가슴을 가득 채워 오는 것 같았다. 연우의 작은 손이 가만가만 자신의 배를 쓰다듬었다.

언제나처럼 흔들림 없는 편안한 표정으로 황궁으로 들어선 어의가 황제 쪽을 향해 깊이 고개를 숙였다. 눈앞에 보이는 살벌한 풍경 앞에서도 어의는 동요 없이 평정을 유지하고 있었다. 오랜 세월 궁 안에서 살아온 자의 여유였다.

"어의, 조금 전 태자가 말한 것이 사실인가. 태자비인 화운비가 태손을 잉태하고 있다는 것이?"

흥분을 담은 황제의 떨리는 목소리가 황궁을 울렸다. 저리 떨리는 황제의 목소리는 생전 처음 듣는 서하였다. 이제껏 한 번도 느껴 본 적 없는 감정이 울컥 가슴을 적셔 왔다.

"사실이옵니다. 강건한 태손께서 화운비, 아니, 태자비마마의 태중에 계심을 제가 확인했사옵니다."

"아무 문제가…… 없는가? 내 태손에게?"

무엇을 묻는 것인지 이미 알고 있는 어의였다. 어제 일어났던 일을 말함일 것이다.

서하의 말대로 지금 이 순간까지 입을 다물었지만 이런 사태가 벌어지리란 것은 예측하고 있었다. 누군가 태자비를 음해하기 위해 산조인을 먹였다는 사실은 그것이 태자비의 몸을 상하게 했든 그렇지 않았든 엄청난 일임에 분명하기 때문이다.

게다가 그 태자비의 몸에 용종이 자라고 있었다. 그 누구라도 이 순간 살기를 바라는 바보 같은 짓은 하지 않을 것이다.

"누군가가 태자비마마를 위해하려 약을 쓴 것은 사실이옵니다. 만약 그 약재가 조금만 더 강한 것이었다면 태자비마마나 태손께 엄청난 화가 미쳤을 것이옵니다. 다행히 그 약재가 미미하여 두 분 다 무탈하시옵니다. 폐하."

이제껏 한순간도 흔들리지 않았던 시중 사준원의 눈동자가 처음으로 흔들렸다. 약하게 흔들리던 시중의 눈동자가 자신의 앞으로 다가서는 서하를 향해 들어 올려졌다.

서하의 얼음 조각처럼 차가운 검은 눈동자가 시중의 흔들리는 눈동자를 움켜쥐듯 응시했다. 피가 맺힌 서하의 입술이 천천히 열렸다.

"충정이라…… 하셨습니까? 시중?"

아득, 이를 갈며 내뱉는 서하의 물음에 처음으로 시중 사준원의 입술이 열리지 못했다.

스르릉. 스르릉.

황궁 바닥에 무엇인가가 끌리는 소리에 모든 대신들이 불안을 담고 고개를 들다 기함하며 한 발 뒤로 물러섰다. 어느새 용상 곁에 있던 보검을 잡은 황제가 그것을 끌며 시중에게 다가섰기 때문이다.

"호부령!"

거칠게 터져 나오는 황제의 부름에 호부령이 급히 앞으로 달려 나와 몸을 숙였다. 시중의 목에 검을 겨눈 채 황제가 이를 갈았다.

검을 쥔 황제의 손이 화를 참지 못하고 바들바들 떨리는 모습이 호부령의 눈에 들어왔다. 호부령의 얼굴이 사색이 되었다.

"황제의 핏줄인 태자나 태손을 해하려 한 자는 어찌 처결하느냐. 말해 보라."

눈앞에 시중을 두고 황제가 물었다. 시중을 바라보는 황제의 눈은 금방이라도 터질 듯 이글거리고 있었다.

"태자나 태손을 해하려 한 것은 폐하를 해하려 한 것과 같이 반역으로 보아 거열형으로 그 죄를 묻사옵고, 삼족을 멸하여 그 가문의 모든 사내들은 참수되며 여인들은 노비로 삼사옵니다."

바들바들 떨며 내뱉는 호부령의 말에 시중 사준원이 빙그레 입가를 끌어 올리며 서하를 향해 고개를 돌렸다. 미소를 담은 입가와 달리 번들거리는 시중의 눈동자가 서하를 죽일 듯 노려보았다.

"감축드리옵니다. 태자 전하. 전하가 이기셨습니다. 하지만 그 대가는 끝없이 치르셔야 할 것입니다."

"행복하게 치를 것입니다. 보지 못하실 테니 그것이 안타까울 뿐입니다. 시중."

서하가 입가에 연한 미소를 담으며 살짝 고개를 숙여 보였다. 마지막 인사였다.

청하궁 중문을 들어서던 서하가 순간 중심을 잡지 못하고 비틀거리자 건이 급히 다가섰다. 문을 잡고 선 서하가 손을 들어 다가오는 건을 말렸다. 하얗게 바랜 서하의 입술에서 약한 숨이 새어 나왔다.

"괜찮아. 조금…… 피곤해서 그런 거다."

온몸의 기운이 다 빠져나가 버린 것 같았다. 길고 길었던 싸움이 이제야 끝났다는 안도감과 어쩌면 이제 다시 시작일지도 모른다는 압박감이 한꺼번에 몰려왔다. 하지만 가장 큰 것은 그녀를 온전히 지켜 냈다는 만족감이었다.

온몸의 신경이 다 터질 듯 긴장하고 있던 것에서 놓여나서일까. 온몸이 무너져 내릴 듯 힘겨운 서하였다.

"쉬십시오. 전하."

휘청거리며 청하궁 안으로 들어서는 서하의 뒤를 바라보던 건이 고개를 숙였다.

달빛만이 가득한 정원에 홀로 선 서하가 안쪽을 가만히 응시했다. 그녀가 잠들어 있을 침전 쪽은 칠흑 같은 어둠만이 가득했다. 그녀는 아마도 잠들었을 것이다. 이 시각까지 깨어 있을리 없으니까. 새벽이 오고 있는 시각이었다.

끔찍하게 길었던 하루가 끝났고 저 몇 걸음 앞에 그녀가 있다. 자신의 아이를 복중에 품은 너무도 어여쁘고 숨 막히게 소중한 그녀가. 서하가 한 걸음을 내디뎠다.

그 순간 심장이 쿵 내려앉았다. 하루 종일 차갑게 굳어 있던 심장이 뒤쪽에서 달려와 자신의 커다란 몸을 감싸 안는 작고 보드라운 손길에 터질 듯 뛰기 시작함을 느꼈다.

그 온기가 무엇인지는 보지 않아도 알 수 있었다. 차가운 새벽의 공기 사이로 그녀의 달콤한 체향이 코끝을 간지럽혔다. 입가에 자신도 모르게 미소가 번졌다.

"다녀오셨습니까."

등을 울리며 자신이 좋아하는 그 목소리가 들려왔다. 커다란 등 한가운데 조그맣게 닿은 온기가 커다란 몸을 온통 따스함으로 감싸고 있었다. 숨이 막히도록 좋은 감촉에 서하가 그것을 음미하듯 움직이지 않았다.

차가운 새벽의 바람이 맞닿은 두 사람을 스치며 지나갔다. 그제야 꿈에서 깨어나듯 서하가 몸을 돌려 작은 인영을 품 안으로 끌어안았다. 그녀의 작은 몸이 싸늘함을 품고 있었다. 그의 미간이 일그러졌다.

"지금까지 이곳에 계셨던 것입니까?"

걱정이 한가득 고인 눈길로 자신을 내려다보는 서하의 물음에 연우가 살살 눈동자를 굴렸다. 맞다고 하면 분명 한 소리를 들을 것인데 아니라고 거짓말도 할 수가 없었다. 서하의 저 아름다운 먹빛 눈동자가 바라보고 있으면 절대 거짓을 말할 수가 없기에.

"대체……."

일그러지는 서하의 미간을 바라보던 연우가 팔을 들어 올려 서하의 목에 감았다. 그리고 그 목을 자신에게로 끌어 내려 그의 입술에 자신의 입술을 가져다 댔다.

따스한 온기를 나누어 주고 싶은 듯 연우의 작은 입술이 서하의 파리한 입술을 잠깐 머금었다 떼었다.

"이러신다고…… 봐 드리지 않습니다."

퉁명스러운 서하의 말에 연우가 큭, 웃음을 뱉어 냈지만 서하의 미간은 펴지지 않았다.

"행복했습니다."

연우의 작은 입술에서 새어 나오는 목소리에 서하가 의아함

을 담고 그녀를 내려다보았다. 연우의 동그란 눈동자에 달빛이
내려와 반짝였다.

"아기와 함께 기다리는 것이 조금도 힘들거나 무섭지 않았으
니까요."

서하의 눈동자가 거세게 흔들렸다. 품에 안고 있는데도 너무
도 그립고 너무도 소중해 미칠 것 같은 이 기분을 어떻게 해야
하는지 알 수가 없는 서하였다.

"그래도 이리 차가운 곳에 오래 계셨으니…… 벌을 받으셔야
겠습니다."

응? 놀라움을 담는 연우의 동그란 눈 가득 서하가 가까이 다
가오는 모습이 들어왔다. 그리고 뜨겁고 마른 입술이 그대로 연
우의 작고 보드라운 입술을 삼켜 버렸다. 숨조차 쉴 수 없을 만
큼 뜨겁게.

내 선택은 그녀입니다

금방이라도 다 쏟아져 내릴 듯 칠흑 같은 밤하늘을 수놓고 있는 별들을 바라보며 카린이 힘겨운 숨을 토해 냈다.

망루 위에서 바라보는 하늘은 그날과 하나도 다르지 않았다. 저 밑에서 자신을 올려다보던 사내의 그 눈빛이 떠올랐다. 한점의 망설임도 흔들림도 담겨 본 적 없는 듯 뜨겁게 타오르던 사내의 눈빛이.

심장이 떨렸다. 그 눈빛이 고스란히 심장에 박혀 들어 숨조차 편히 내쉴 수 없었다. 생전 처음 사내를 보며 숨이 막히던 순간이었다. 그 밤도 오늘처럼 저리 별이 가득했다.

"안 오네. 당신."

카린이 씁쓸하게 내뱉었다. 그 누구에게도 할 수 없는 말을 허공에라도 해 보고 싶었다. 터질 듯 아프고 피가 맺힌 심장을 토해 내고 싶었다.

알고 있었다. 약속했지만, 사흘만 기다려 달라던 그 말에 고개를 끄덕였지만 그녀는 이미 알고 있었다. 그는 돌아오지 못할 것이라는 것을.

거대한 제국인 가여의 둘째 황자다. 태자가 아니라 해도 그는 어린 태손들보다 실질적인 황권에 더 가까이 있는 이였고 가여의 병부는 이미 그의 것이었다. 그런 그임을 너무도 잘 알기에 그녀는 기대조차 할 수 없었다. 그런 그를 이런 작은 부족에 내어놓을 황실이 아닐 것이다.

그는 무슨 수를 써서라도 오려 하겠지만 황제를 이길 수는 없을 것이다. 힘들겠지만 이리 시간이 가고 나면 그는 포기할 거고 이곳을 잊을 것이다. 자신과 린을. 차라리 그게 그에게 좋을 테니까.

"하……."

달빛과 별빛 속에 자신이 내뱉는 숨결이 흩어지는 것이 보였다. 움츠리고 있던 몸을 일으켜 망루에서 뛰어내리려던 카린이 순간 고개를 돌렸다. 어떤 소리가 들렸기 때문이다.

"뭐……야?"

저 멀리 칠흑 같은 어둠 속에서 무엇인가가 이쪽으로 달려오고 있는 것이 느껴졌다. 공기를 가르는 무엇인가의 움직임이 별빛 아래 확연하게 보였다. 카린의 손이 곁에 두었던 활을 그대로 들어 올렸다. 그리고 활시위를 치켜들었다.

차갑게 빛나는 카린의 회갈색 눈이 점점 가까워지는 것의 움직임을 좇다 그대로 굳어져 버렸다.

별빛이 만든 환영일 것이라고 무심히 생각했다. 너무도 그리워하다 보니 생긴 환영일 거라고. 눈을 감았다 뜨면 사라질 꿈같은 것이라고 생각하며 천천히 눈을 감았다.

귀로는 여전히 그 소리가 들려오고 있었다. 눈을 뜰 수가 없었다. 환영이라 해도 사라지게 두고 싶지 않았다. 꿈속에서 만나곤 하는 그의 환영은 이리 소리까지 들려주진 않았으니까. 그저 저 눈앞의 인영처럼 모습만을 잠시 보여 주다 사라져 가곤 했으니까.

이 말발굽 소리를, 저 눈앞의 인영을 놓치고 싶지 않았다. 환영이라 해도 오랫동안, 할 수만 있다면 끝없이 잡아 두고 싶었다.

이를 악문 카린이 천천히 눈을 떴다. 눈을 뜨면 사라져 버릴 환영을 한 번만, 다시 한 번만 보고 싶은 간절함에 천천히 눈을 뜬 카린의 시선 안에 그가 보였다. 부서져 내리는 달빛 아래 칠흑 같은 흑마 위에 앉은 채 자신을 올려다보고 있는 그가.

망루에서 뛰어내리는 카린의 모습을 물끄러미 보고 있던 무운이 말에서 내려 팔을 벌렸다. 그녀에게 오라는 듯. 믿을 수 없는 인영을 향해 천천히 걸음을 옮기던 카린이 그대로 달렸다.

"윽!"

무운의 팔 안으로 잠기듯 안긴 카린의 귀로 낯선 신음 소리가 들려왔다. 놀란 카린이 고개를 들었다. 이를 악문 채 미간을 좁힌 수척할 대로 수척해진 무운의 얼굴이 보였다.

카린이 그의 품에서 떨어져 나오려 몸을 뒤로 물렸지만 무운의 팔은 그녀를 풀어 주지 않았다.

"당신⋯⋯."

"가만있어. 움직이면 더 아파."

이를 악물고 뱉어 내는 그의 목소리에 굳은 듯 움직임을 멈춘 카린의 귓가로 무운의 뜨거운 숨이 쏟아져 들어왔다. 커다란 사내의 머리가 그녀의 어깨에 기대어졌다.

"늦었다."

가슴으로부터 새어 나오는 듯 내뱉는 사내의 말에 카린이 그의 가슴으로 스스로를 파묻었다. 움찔, 그녀의 움직임에 그의 몸이 흔들렸다. 의아함을 담은 카린이 고개를 들어 무운을 바라보았다.

"당신 지금 몸이⋯⋯."

"늑골이 다 부러졌거든. 아직 덜 붙었어."

장난스럽게 뱉어 내는 무운의 말에 카린이 그대로 그의 품에서 자신의 몸을 빼냈다. 무운이 미간을 일그러뜨린 채 그런 그녀를 노려보았다.

"그 몸으로⋯⋯ 말을 탄 거예요? 여기까지?"

"죽기야 하겠어."

"당신은 진짜!"

붉게 물든 눈을 하고 카린이 몸을 돌려 걷기 시작했다. 가득 차오르던 눈물이 이제 주룩주룩 걷잡을 수 없이 볼 위로 흘러내렸다. 어깨까지 들썩이며 울음을 터뜨리는 그녀를 바라보던 무운이 팔을 들어 올렸다.

"나 데려가야지. 아파서 못 걷겠어."

"혼자 와요!"

씩씩거리며 걸음을 옮기는 카린의 등 뒤로 무운의 따스한 눈빛이 닿았다. 별빛이 고스란히 그의 눈 안에 담겨 있었다.

❀

정원으로 내려서던 서하가 연못 앞에 서서 안을 물끄러미 바라보는 연우 곁으로 다가갔다. 조금은 서운함이 담긴 표정으로 연못 안과 그 옆의 커다란 전나무를 바라보던 연우가 서하를 향해 흐릿한 미소를 지어 보였다.

"서운합니까."

부드럽게 묻는 서하의 말에 연우가 천천히 고개를 끄덕였다. 그녀의 고개가 다시 커다란 전나무로 향했다.

"이곳이 제게 가장 편안한 곳이었습니다. 이 나무에 기대 연못 속을 바라보고 있으면 기분이 너무 좋았답니다."

서하의 입가에 씁쓸한 미소가 번졌다.

가여에서는 연우가 홀로 지내야 할 시간이 많지 않았다고 알고 있다. 기억이 다 나지는 않지만 특별하게 할 것이 없던 가여에서의 시간 동안 자신은 아마도 이 공주와 수많은 시간을 함께했을 것이다.

그러던 그녀를 이곳에서는 언제나 홀로 두어야 했었다. 너무도 바빠 그녀가 잠든 후에야 돌아온 적도 수없이 많았으니까. 그렇게 이 외로운 궁에서 홀로 지내는 시간 동안 저 나무와 연못이 그녀의 친구가 되어 주었던 모양이다.

"연못과 전나무를 교화전으로 옮기라 할까요?"

서하의 말에 동그랗게 눈을 뜨던 연우가 바로 고개를 저었다. 서하가 의아함을 담고 다시 물었다.

"옮길 수 있습니다. 며칠이면 가능한 일입니다. 그리우실 것 아닙니까."

"저 연못도 전나무도 이곳이 저들의 집인 것을요. 다른 곳으로 옮기면 힘들 것입니다. 다시 뿌리 내리고 살아가는 것이."

"……."

"그리고 저 연못과 전나무는 제가 교화전으로 가더라도 자주 와서 살피고 가꿀 것입니다. 아기가 태어나면 이곳에 머물게 할 것이니까요."

"이곳에 말입니까?"

"예. 전 이곳이 정말 좋습니다. 태자께서 황후마마의 품을 벗어나서부터 쭉 지내 오신 곳이지 않습니까? 이 아이가 황자든 공주든 전 이 아이를 이곳에서 거하게 할 생각입니다."

환하게 웃으며 말하는 연우의 곁으로 다가선 서하가 그녀를 품 안으로 끌어당기며 그녀의 배 위에 손을 올렸다. 커다란 서하의 손안에 그녀의 작고 납작한 배가 가득 찼다.

"그러다 저처럼 멋대로인 녀석이 되면 어찌합니까."

"당연히 그리되겠지요."

고개를 돌리며 장난스러운 미소를 짓는 연우의 얼굴을 바라보는 서하의 눈이 커다랗게 열렸다.

"태자 전하의 아이이니 당연하지 않겠습니까? 저는 벌써부터 단단히 각오하고 있습니다."

"……이런."

동그란 눈에 행복한 미소를 가득 담으며 장난을 하는 그녀가 너무도 사랑스러워 가슴 저 깊은 곳이 찌르르 울려 왔다. 이 여인을 지키지 못했다면 대체 어찌 살 수 있었을까.

난감한 얼굴로 소룡전과 교화전을 번갈아 바라보는 연우의 눈길에 서하가 큭, 입술을 깨물며 한 걸음 뒤로 물러섰다. 그녀의 하는 양을 지켜보고 싶어서였다.

분명 태자의 거처는 소룡전이며 태자비의 거처는 교화전이란 것을 교지를 듣고 알았을 것인데도 그녀는 지금 이 순간 엄청나게 당황한 것 같았다. 자신과 떨어져 지내야 한다는 것이 그녀에게 저리도 큰 충격이라는 사실이 재미나고 행복했다.

눈앞에 닥친 현실이 점점 실감이 나는지 손가락을 입에 문 연우가 잘근잘근 손톱을 씹었다.

그런 모습조차 너무도 귀엽고 사랑스러워 계속 지켜보고 싶었지만 홀몸도 아닌 사람을 저리 힘겹게 하는 것이 싫어 서하가 가만히 그녀의 뒤로 다가가 어깨를 감싸 안았다.

흠칫 놀라며 그녀가 고개를 돌렸다. 두려움이 고인 동그란 눈동자가 안쓰러웠다.

"어쩝니까, 이제? 그대는 교화전에, 나는 소룡전에 거해야 합니다."

"……."

새초롬하게 다문 그녀의 입술에 접문을 하고 싶은 그였다.

"왜요? 싫습니까?"

"……한 번도 황자님, 아니, 태자 전하와 떨어져 있어 본 적 없습니다. 5년 동안."

금방이라도 눈물을 쏟을 것처럼 일그러지는 그녀의 얼굴을 보며 서하가 큭, 약한 웃음을 삼켰다.

"앞으로도 그럴 것입니다. 저는 태자의 업무를 볼 때만 소룡전에 거할 것입니다. 그 외의 시간은 언제나 교화전에 있을 것입니다."

걱정이 가득 고여 있던 연우의 얼굴에 순간 거짓말처럼 환한 미소가 번졌다.

"정말이십니까?"

"그럼요. 걱정이 되어 어디 다른 곳에 머물 수가 있겠습니까."

다정하게 웃어 보이며 서하가 그녀의 동그란 이마에 가만히 입술을 가져다 댔다.

"궁녀들이 봅니다!"

화들짝 놀라는 연우의 볼이 붉게 물들었다. 서하가 크게 웃음을 토해 냈다.

"언제부터 그런 것을 신경 쓰셨습니까? 금시초문입니다?"

"그거야…… 이제 제가 태자비니까."

"그건 싫습니다. 태자비가 아니라 황후가 되셔도 지금 그대로의 모습으로 계십시오. 다른 모습은 제가 싫으니까요."

"정말이시지요?"

서하가 따스한 표정으로 고개를 끄덕이는 순간 연우가 가는 팔을 벌려 서하의 커다란 몸을 끌어안았다. 궁녀들이 모두 볼을 붉히며 고개를 돌리는 모습에 건이 난감한 한숨을 토해 내는 것도 모른 채.

무엇을 담고 있는지 여전히 알 길 없는 나른한 시선의 황제 앞에 서하와 연우가 깊이 몸을 숙여 예를 취했다.

태자와 태자비가 된 후로 처음 드리는 문안이었다. 상기된 표정의 황후와 달리 황제의 얼굴은 아무런 표정도 담겨 있지 않았다.

"몸은…… 괜찮은 것입니까. 태자비."

걱정과 기쁨을 함께 담고 물어 오는 황후의 말에 연우가 활짝 미소를 지으며 고개를 숙였다.

"예. 어마마마. 음식을 먹기가 조금 힘겨웠는데 어의께서 보내 주신 탕제를 마시고 난 이후에는 좋아졌습니다. 걱정하지 마십시오."

"이런 경사가……. 큰 연회라도 열어야 하는 것인데."

기쁨을 담던 황후의 입가가 씁쓸하게 다물어졌다.

10년이 넘는 시간 동안 주하에게서는 듣지 못했던 잉태 소식인데 조정의 상황이 좋지 못해 연회를 열지 못하는 것이 못내 아쉬운 황후였다. 조정의 이들이 죽어 나가고 시중과 예부령의 자리가 공석인 지금, 황실이 연회를 여는 것은 모양새가 좋지 않았다.

"연회는 무슨…… 혼인하였으면 태기는 당연한 것을."

심드렁하게 서하와 연우를 바라보던 황제가 비웃음을 담은 듯 입가를 비틀어 입을 열었다. 황제의 말에 황후의 얼굴에 그늘이 지는 것을 보며 연우가 입가에 환한 미소를 담았다.

"예. 폐하. 하니 제가 계속 태손을 낳아 드리겠습니다."

"풋!"

황제의 말에 씁쓸한 미소를 지으며 찻잔을 들어 올려 입으로 가져갔던 서하의 입에서 차가 품어져 나왔다. 황궁 내관이 얼른 달려와 서하의 옷을 닦아 내었다.

"못난 놈."

서하의 모습에 끌끌 혀를 차는 황제의 모습을 바라보던 연우가 빙그레 미소를 지었다.

말은 저리하고 있었지만 예전에 서하를 볼 때면 아무것도 담기지 않았던 황제의 눈가에 따스함이 물들어 있음을 느끼는 연우였다. 황제는 마음을 표현할 줄 모르는 것뿐이리라.

"태자비야."

"예. 폐하."

서하를 향했던 황제의 시선이 연우를 향했다. 초롱초롱한 눈망울을 빛내며 흔들림 없는 목소리로 대답하는 연우의 모습을 황제가 물끄러미 바라보았다.

예전 태자비는 한 번도 저리 자신을 똑바로 바라보지 못했다. 언제나 무엇인가 힘겨운 듯, 불안한 듯 자신을 보지 못한 채 대답하곤 했었다.

황제가 사냥터에서 자신의 물음에 당돌하게 대답하던 그녀를 떠올렸다. 절대 서하의 곁에 다른 여인을 두려 하지 않던 그 고집도.

"네가 저 못난 놈을 잘 보필해야 할 것이다. 쉽게 갈 수 있는 길을 저리 멍청이처럼 돌아가려고만 하니…… 문제가 생길 때마다 저리할 것이니 잘 살피거라."

"예. 아바마마."

"아바마마?"

낯선 호칭에 황제가 고개를 갸웃거렸다. 연우가 방긋 미소를 지으며 얼굴을 붉혔다.

"아니 되옵니까? 황후마마께서는 어마마마라 부르라 하셨는데 폐하껜 아바마마라 부르면 아니 되옵니까?"

서하가 다시 뿜을까 찻잔은 들지도 못한 채 손으로 입을 가렸다.

세상에 태어나 한 번도 아버지라 불러 본 적이 없던 황제였다. 기억이라는 것이 생기면서부터 눈앞의 아비는 언제나 황제였을 뿐, 아비의 자리에 있은 적은 없던 이이니까.

가여에서 연우가 황제를 아바마마라 부를 때의 이질감이 떠올랐다.

"아바마마라…… 어감이 그럴듯하구나. 그래 뭐, 곧 할바마마가 될 것이니 그까짓것 정도야."

황제가 툭 던지듯 하는 말에 황후와 서하의 눈이 커다랗게 열렸다. 두 사람의 반응은 보지 못한 것인지 연우가 생긋 웃으며 황제를 향해 어여쁘게 고개를 숙였다.

"그럼 이제부터 아바마마라 부르겠사옵니다."

물러가는 태자와 태자비를 물끄러미 바라보던 황제가 자리에서 일어나려는 황후에게로 시선을 돌렸다.

아들과 며느리 앞에서는 그리 따스한 표정을 짓던 이의 얼굴에 다시 아무런 것도 담겨 있지 않았다. 그 얼굴이 처음으로 마음에 박혀 들었다.

"소첩은 이만 물러가겠습니다."

"허리는…… 괜찮으신가."

"예?"

일어나려던 황후가 갑자기 들려오는 황제의 말에 의아함을 담고 고개를 들어 올렸다. 무슨 소리인지 확실하게 인지하지 못한 황후였다.

언제나 이런 의례적인 자리가 끝나면 자신과 황제는 처음 보는 이처럼 각자의 궁으로 돌아갔다. 이리 두 사람이 말을 섞은 것은 거의 기억에 없는 황후였다.

"어의의 말이 황후가 한동안 허리가 많이 아팠다 하던데."

"……."

황후의 눈이 어지럽게 흔들렸다. 그 모습을 물끄러미 바라보던 황제가 천천히 눈을 감았다 떴다. 지독하게도 검은 눈동자가 황후의 심장으로 박혀 들었다.

"조심하시게."

"……그 사람이."

던지듯 말을 건네고는 고개를 돌리던 황제가 황후의 입에서 나온 떨리는 목소리에 미간을 좁혔다. 황제의 의아함을 담은 눈이 황후를 훑어 내렸다.

"많이 아프다 합니다."

공간이 숨을 죽였다. 황제의 눈이 아프게 흐려진 황후의 눈을 말없이 응시하고 있었다. 치맛자락을 꼭 움켜쥔 황후가 힘겹게 시선을 들어 올려 황제를 바라보았다. 여전히 힘겨움을 담고 있었지만 황후는 시선을 돌리지 않았다.

"의원의 말이 오래 견디지 못할 것이라……."

"……의원을 보낸 겁니까."

"……."

"그 사람에게 왜 황후가 의원을 보낸 것인지 설명하실 수 있으십니까."

낮게 먹빛으로 가라앉은 황제의 시선이 황후를 응시했다. 황후가 힘겨운 숨을 삼키며 애써 시선을 들어 올렸다.

제대로 시선조차 마주하지 못하고 살아온 지아비였다. 저 품에 안겨 두 아들을 낳았지만 황제는 언제나 황후에겐 저 먼 곳에 있는 닿을 수 없는 이였다.

"처음에는…… 혹여 폐하께서 그 사람을 곁에 두신 것이 아닌가 불안하여 그 사람을 찾으라 했었습니다."

"……."

황제의 눈가에 차가움이 일렁였다

"한 번도 찾지 않으셨지요. 한 번도 그 사람이 어디에 있는지 확인조차 하지 않으셨습니다. 그 사람의 생사까지도."

"……."

황후의 눈에 연한 안개가 끼기 시작했다. 눈물은 나오지 않았다. 그저 뿌옇게 흐려지는 시선을 들어 올려 자신의 지아비를 올려다보았다.

"그것을 확인한 후에도 그 사람을 종종 보았습니다. 알고 싶었습니다. 저에게는 시선 한 번 제대로 주신 적 없는 폐하께서 대체 왜, 저 여인의 무엇이 그리 소중하셨는지 알고 싶었습니다."

"해서…… 알아내셨습니까."

황후가 천천히 고개를 저었다. 힘겨움이 묻어나는 얼굴에 허탈한 웃음이 서렸다.

"미워하고 투기하였습니다. 저는 한 조각도 갖지 못한 제 지아비의 마음을 모두 가진 여인이기에. 한데 그 여인을 보면서 알았습니다. 그 여인도 저처럼 불행하다는 것을요. 저를 마음에 담은 적조차 없으신 폐하께서는 그 여인도 버리셨던 것입니다. 평생 가져 보지 못한 저나, 황제라는 이름 앞에 버림을 받은 그 여인이나 다를 바가 없었습니다. 이미 폐하의 그 무엇도 갖지 못한 그 여인에겐 제가 투기할 무엇도 남아 있지 않았습니다. 해서…… 안타까워졌습니다. 저와 같은 그 여인의 모습이 말입니다. 숨 막히게 그리워하면서도 닿을 수 없는 것은 그 여인도 저도 마찬가지였으니까요."

"해서…… 살피신 것입니까."

짙게 가라앉은 황제의 시선에서 황후는 그 무엇도 읽을 수 없었다. 그 얼굴을 보며 황후가 흐릿하게 웃었다.

"폐하 대신이라 생각했습니다. 그래야 한다고 생각했습니다."

황제의 눈이 거칠게 흔들려 왔다. 황후에게 닿지 못한 황제의 시선이 허공을 향했다. 아프게 일그러지는 황제의 모습을 뒤로하고 황후가 문을 닫았다.

❋

저 멀리 흩날리는 모래바람을 보며 카린이 품 안에 안고 있던 린의 몸을 앞으로 내밀었다. 무엇이 그리 좋은지 린이 팔다리를 버둥거리며 거칠게 움직였다.

"린, 아빠 보이니? 저기 아빠 오시네."

따스함이 가득 묻어난 목소리가 카린의 입에서 새어 나왔다. 아직 멀리 있지만 그녀의 눈에는 벌써 그의 모습이 느껴졌다.

새하얀 무복에 감싸인 사내의 단단하고 커다란 몸은 멀리서도 한눈에 들어올 만큼 멋졌다. 무리를 통솔하며 흑마 위에 앉아 벌판을 달려오는 이의 모습에 또다시 심장이 뛰는 것을 느끼며 카린이 환한 미소를 지었다.

몸이 회복되자마자 무운은 선족 무사들의 훈련을 시작했다. 무사의 숫자가 너무 부족하다 느낀 것인지 그는 성년이 되어 가는 젊은이들을 더 모아 기존의 무사들과는 다른 기초훈련부터 시작했다. 기존의 무사들에겐 또 다른 형태의 훈련이 기다리고 있었다.

가여 제일 검이라 불리던 그의 무술은 선족 무사들에게는 새로운 것이었고 더 강해지는 근본이 되어 주었다. 그저 주먹구구식으로 무사들을 통솔하던 카린과 달리 가여의 병부의 통솔권을 쥐고 있던 무운은 무사들을 제대로 통솔하는 것도 달랐다.

그가 무사들의 훈련을 맡은 지 석 달 만에 무사들은 두 배의 숫자로 늘었고 실력도 엄청나게 향상되었다.

무사들의 모든 것을 알아서 처리하는 무운 덕분에 카린은 린의 양육에 전념할 수 있었다. 하루가 다르게 커 가는 린을 감당하는 것도 쉬운 일이 아니었기에 언제나 지쳐 있던 카린에게 지금 이 시간들은 달콤한 휴식과도 같았다.

자신이 하지 않아도 아무런 문제 없이 지속되는 평화가 너무
도 편안하고 든든했다.

어느새 자신의 앞까지 달려온 무운을 보고 린이 다리를 마구
흔들며 흥분했다. 요즘은 몸으로 놀아 주는 것을 좋아해 무운만
보면 안아 달라 보채는 린이었다. 과격한 무운의 움직임을 린은
정말 즐기는 것 같았다.

"왜 나와 있는 거야? 날이 차가운데?"

카린에게서 린을 받아 안은 무운이 한 팔로 린을 들어 올리자
무운의 움직임이 좋은지 린이 온몸을 뒤틀며 꺅꺅 소리를 질렀
다.

그런 아들을 사랑스럽게 바라본 무운이 그대로 린을 허공으
로 던졌다. 꽤 높은 곳으로 던져지면서도 린의 즐거운 비명은
줄어들지 않았다.

"이 녀석은 왜 이리 과격한 걸 좋아하는 거야?"

걱정스러운 카린의 시선을 알면서도 무운은 또다시 린을 한
손으로 들어 올렸다. 아비가 무엇을 해 줄지 이미 알고 있는 듯
린이 신나 발길질을 하며 몸을 뒤틀었다.

"과격한 걸 좋아하는 사람 닮은 거죠, 당연히."

입술을 삐죽거리며 카린이 말하자 무운이 린을 한 팔에 안은
채 나머지 한 팔로 카린의 허리를 끌어당겼다. 린과 카린 모두
커다란 무운의 품 안에 갇힌 모습에 뒤에서 보고 있던 무사들이
큭큭 웃음을 토해 냈다.

서릿발 같고 전혀 여인 같은 모습을 보이지 않았던 자신들의
대장이 저리 영락없는 여인의 모습인 것이 아직도 잘 적응이 되

지 않는 그들이었다.

"무운!"

"왜?"

앙칼지게 자신을 밀어내려는 카린을 품 안에 가두며 무운이 그녀의 목에 얼굴을 파묻었다. 언제나처럼 그녀에게서 나는 바람의 내음이 좋았다. 여인의 살내음보다 바람의 내음이 어울리는 여인. 그것이 자신의 여인인 카린이기에.

무운이 침상에 걸터앉아 마족의 상황을 적어 놓은 서신을 읽어 내리다 무심히 시선을 들었다.

선족과의 경계에서 일어나는 일들은 이곳에서도 파악할 수 있었지만 그 외의 곳에서 일어나는 일들은 얼마 전부터 지운이 간단하게 서신을 적어 전서구편에 보내 주고 있었다.

아마도 이 일은 지운 혼자만이 아는 일일 것이다. 가여 병부로 모이는 모든 정보 중에 자신에게 필요할 것 같은 것만을 요약해 보내는 것이니까. 경운도 모르는 일일 것이다.

별다른 것이 없는 서신을 대충 훑어 내린 무운의 시선이 린을 안은 채 서성이고 있는 카린에게로 닿았다.

카린의 품에서 실컷 젖을 빤 린은 저리 조금 품에 안고 흔들면 금방 잠드는 아이였다. 힘이 장사고 한시도 가만히 있지 못하는 성정 때문인지 린은 잠도 갓난쟁이치고는 오래, 푹 자는 편이었다.

아이를 안고 가만가만 속삭이듯 자장가를 흥얼거리고 있는 카린에게 닿은 무운의 시선 안에 따스함이 번져 갔다.

저런 모습이 숨어 있어서였을까. 겉모습에서는 조금도 여인의 태가 느껴지지 않던 그녀에게 처음 본 순간부터 여인을 느꼈던 것은.

조심스럽게 잠든 린을 요람에 눕히는 카린을 바라보던 무운이 그대로 몸을 일으켜 그녀를 뒤에서 끌어안았다. 린이 깰까 소스라치게 놀란 카린의 날 선 눈동자가 무운을 돌아보았다. 서늘함이 담겨 있었지만 그 눈빛이 언제나 좋은 무운이었다.

"당신한테서 린 냄새가 나네."

무운이 카린의 목덜미에 코를 묻으며 하는 말에 카린이 풋, 약한 웃음을 토해 냈다.

"내 냄새가 린에게 밴 거죠."

"아, 질투 난다. 저 녀석이 온통 빼앗아 간 느낌이란 말이야."

"당신은 정말……."

아들에게 질투를 느끼는 무운의 모습에 카린이 고개를 저었다. 그런 카린을 꼭 끌어안고 그대로 침상에 눕는 무운이었다.

자신의 내음을 확인하고 싶은 듯 깊이 숨을 들이마시는 무운의 움직임을 느끼며 카린이 그의 머리를 꼭 끌어안았다.

자신을 미치도록 원하는 그가 숨 막히게 좋았다. 그의 곁에 있으면 자신은 언제나 여인이다. 그것도 지독한 사랑을 받고 있는 행복한 여인. 아직도 가끔은 그가 이렇게 언제나 곁에 있는 것이, 이 현실이 믿기지 않는 카린이었다.

"무운."

"응."

그녀의 품에 얼굴을 묻은 그는 쉬이 대답하지 않았다.

"무운."

"……왜?"

"오늘, 가여에 드나든다는 상인을 만났어요."

"……."

가여라는 말에 무운의 몸이 움찔 굳는 것을 느낀 카린의 얼굴에 안타까움이 번졌다.

"가여 황실에도 물건을 대는 모양이던데…… 가여 백성들은 당신이 죽었다고 생각한대요."

"……."

무운이 천천히 몸을 일으켰다. 짙게 가라앉은 다갈색 눈동자를 카린이 안타깝게 바라보았다.

"황실에서 그리 소문을 내고 있다고."

"알아."

어쩔 줄 몰라 하며 입술을 깨무는 카린의 입술 위를 무운의 커다란 엄지손가락이 가만히 쓸었다. 묻지 말라는 무언의 말이었다.

아프게 흔들리는 카린의 눈을 마주 바라보며 무운이 고개를 저었다. 흘러내린 진갈색 머리카락이 그의 얼굴에 살랑였다.

"상관없어. 어차피 내가 선택한 것이니까."

"정말…… 괜찮아요? 꼭 이래야 하는 거예요?"

"안 그러면? 이 선족을 아프신 아버님에게 맡기고 떠나려고? 가서, 그 거대한 가여 황실 안에서 숨죽이며 없는 사람처럼 살아야 하는데 당신이 그걸 할 수 있어? 린이 그 갑갑한 곳에서 살길 바라? 언제나 선족의 핏줄이라는 굴레를 쓰고?"

카린이 시선을 내렸다. 어차피 선택은 하나였다. 그가 이곳으로 오든 오지 않든 자신은 린을 데리고 그곳으로 갈 수 없었으니까. 선족을 위해서도 린을 위해서도.

"린은 선족을 지키는 이가 될 거야. 내가 그렇게 만들 거니까. 그렇게…… 나는 그대와 함께 이곳을 지킬 거야. 그곳은 내가 아니어도 지켜 낼 이가 많아. 걱정하지 않아도 된다고."

"후회……하지 않을 자신 있어요?"

흔들리는 카린의 눈을 바라보던 무운이 가만히 그녀의 이마에 입을 맞췄다. 따스하고 단단한 숨결이 와 닿는 이마가 뜨겁게 느껴졌다.

"후회 따위 하지 않아. 그럴 거였으면 이 선택 하지 않았으니까. 그런데……."

미간을 살짝 일그러뜨리며 무엇인가 편치 않은 얼굴을 하는 무운을 카린이 불안한 듯 응시했다.

"언제까지 이렇게 이야기만 해야 하나? 나 무지 급한데. 사흘 동안 못 안았잖아."

"무운, 당신은……."

"내가 뭐? 너무 멋지다고? 알아. 이야기해 주지 않아도. 충분히."

할 말이 없어 멍하게 입을 벌리는 카린의 입안으로 무운의 숨결이 쏟아져 들어왔다.

언제나처럼 자신의 모든 것을 태워 버릴 듯 뜨거운 사내의 숨결을 느끼며 카린이 가만히 눈을 감았다.

❋

　서하가 멍하게 입을 벌린 채 앞에 있는 연우를 바라보고 있었
다. 그 모습이 우스운지 하정과 재희가 킥킥거리며 비어 있는
접시를 치우고 다시 새 음식들을 채워 놓았다. 상 위에 새로 놓
인 음식들 위로 연우의 손이 바쁘게 움직였다.

　"하……."

　서하가 고개를 저었다. 대체 어찌 저런 조그마한 입으로 저
많은 것들이 들어가는지 이해할 수가 없었다.

　지금은 제법 볼록해졌다고 해도 태안의 아기를 빼고 보면 여
전히 자신의 한 손에도 거의 잡힐 듯 가녀린 그녀의 몸에 대체
저 많은 음식들이 어떻게 들어가는 것인지 이해가 되지 않았다.

　식욕이 조금씩 느는 것은 알고 있었지만 요즘은 자주 함께 식
사를 하지 못해 이 정도로 늘었음은 알지 못했던 서하였다.

　"괜찮습니까."

　"예?"

　작고 도톰한 입술을 오물거리며 열심히 음식을 먹고 있던 연
우가 서하의 물음에 무슨 소리냐는 듯 동그란 눈을 치켜떴다.
시선은 그를 향해 있었지만 손에는 여전히 음식이 들린 상태였
다.

　"너무 많이 먹는 것 같아 걱정이 됩니다."

　"아닙니다. 요즘은 매일 이렇게 먹고 있지만 한 번도 탈이 난
적은 없습니다."

　"그리…… 허기가 지는 것입니까? 아기를 가지면?"

315

도통 이해가 되지 않았다. 그녀는 저리 음식을 탐하는 이가 아니었기 때문이다. 음식을 맛있게 먹는 편이었지만 많은 양을 먹는 것은 아니었다. 한데 지금의 그녀는 거구의 사내보다 더 많은 음식을 입안에 밀어 넣고 있었다. 정말 밀어 넣는다는 표현이 맞는다고 서하가 생각했다.

　"모르겠습니다. 하루 종일 배가 고픕니다. 어의께서 태손이 크느라 그런 것이라고 하셨습니다. 제가 잘 먹어야 태손이 강건하게 나올 수 있다고 먹고 싶은 것은 모두 먹으라 하셨습니다."

　"어의가 그리 말했다면…… 괜찮겠지요."

　여전히 황당한 얼굴로 서하가 말을 하는 중간에도 연우는 쉬지 않았다. 그런 연우를 바라보는 것만으로도 배가 부른 듯해 서하는 음식에 손을 대지 않았다. 천여로 오고 나서 조막만 해졌던 얼굴이 동그란 달덩이처럼 고왔다.

　가장 신기한 것은 그녀의 볼록하게 솟아오른 배였다. 대체 어찌하면 저렇게 몸이 바뀔 수 있을까 신기했다. 그리 가늘고 작은 몸이 아기가 자라면서 점점 부풀어 오르듯 볼록해져 갔다. 요즘은 하루하루가 다른 듯했다. 두 달 후 정도면 태손이 세상으로 나올 예정이라 그런 것 같았다.

　하정과 재희가 상을 물리자 연우가 힘겨운 몸을 일으켰다. 그녀의 곁으로 다가간 서하가 조심스럽게 그녀를 부축해 주자 연우의 입가에 환한 미소가 번졌다.

　"태자께서 도와주시니 편합니다. 하정이나 재희는 이리 편하게 일으켜 주지를 못하거든요."

　몸이 무거워지면서 일어나는 것이 힘겨운 연우의 곁에 언제나 함께 머물러 주지 못하는 것이 안쓰러운 서하가 낮게 미간을 좁혔다. 되도록 시간을 내려 애쓰지만 태자가 되면서 해야 할 일이 산더미로 늘어난 것이다.

서하의 표정을 살핀 연우가 살래살래 곱게 고개를 저었다.

"그런 얼굴 하지 마십시오. 그냥 투정 부려 보는 것입니다. 얼마나 바쁘신지 잘 압니다."

"내일은 화원 산책 함께할 수 있습니다."

"제가 화원을 매일 산책하는 것은 어찌 아십니까?"

"그대가 하는 일 중 내가 모르는 것은 없습니다."

"헉! 혹여 제 일거수일투족이 전하께 보고되는 것입니까?"

아니라고 말할 수 없어 서하가 시선을 살짝 돌렸다. 하루 종일 그녀가 어찌 지내는지 궁금해하는 그를 위해 건이 매일 그녀의 일과를 보고하고 있다는 말은 차마 나오지 않았다.

"그대 곁을 한시도 떠나기 싫은 제 마음입니다."

서하의 말에 연우가 살짝 눈을 흘기다 배시시 입가를 끌어 올렸다. 도톰한 입술에 맺히는 미소가 좋아 서하가 살짝 그 입술을 훔쳤다. 놀란 연우의 눈이 동그랗게 떠졌다.

"오늘은 늦을지도 모릅니다. 먼저 침수 드세요."

"예. 전하."

교화전을 나서는 서하를 따라 연우가 무거운 몸을 움직였다. 수려한 모습을 감추지 못하고 태자복에 감싸여 궁을 나서는 서하의 뒷모습에 닿은 연우의 시선에 따스함이 가득 고여 왔다.

한순간도 한가할 여유가 없는 태자의 일상 속에서도 이리 하루에 한 번씩은 그녀를 살피는 그였다. 짧은 시간이라 해도 그가 이 시간을 내기 위해 얼마나 애쓰고 있는지 알기에 연우는 충분히 행복했다.

"태자비마마, 내의녀 들었습니다."

뒤에서 들려오는 하정의 목소리에 연우가 살짝 한숨을 토해 내며 몸을 돌렸다. 하루 중 가장 행복한 시간이 지나고 나니 하루 중 가장 힘겨운 시간이 기다리고 있었다.

반 시진 정도가 지나고 땀을 닦으며 조용히 태자비의 침전을 나서는 내의녀의 앞에 하정이 조심히 다가섰다. 초조함이 가득한 하정의 눈을 마주한 내의녀가 살며시 고개를 저었다. 살짝 기대를 담았던 하정의 얼굴에 그늘이 드리워졌다.

"오늘도 내의녀가 들었고 그 후에 오수를 즐기시고 지금은 황후마마와 산책을 하신다 합니다."

건의 말이 끝나자 서하가 의아한 표정으로 고개를 들었다.

"내의녀가 매일 들른다는 거야? 요즘? 원래 산달이 가까워지면 그런 건가?"

"그것은……."

서하가 픽, 웃음을 담으며 고개를 저었다. 곧 아빠가 될 자신도 모르는데 건이 그것을 알 리가 만무한 일이었다. 물을 것을 물어야 했는데.

"형님 쪽은……."

말을 돌리는 서하의 물음에 건이 작게 접힌 서간을 내밀었다.

"어제 온 전갈입니다. 연도에 아직 머무시는 것 같습니다. 별 문제는 없어 보이신다 합니다."

"들킨 것은 아니겠지?"

"아닙니다. 확실하게 처리하도록 일러두어 그럴 염려는 없습니다. 여전히 바느질거리와 수를 주문하고 있습니다. 워낙 솜씨가 좋으셔서 다른 상인들도 탐낼 정도라 합니다."

"그 긴 시간 동안 그런 걸로 소일거리를 하셨을 테지."

그들 자신도 모르게 밀정을 곁에 두고 언제나 살피고 있는 서하였다. 알게 하고 싶지는 않지만 모른 척 살 수도 없었다. 혹여 무슨 일이 생긴다면 자신이 가장 견딜 수 없을 것 같아 건을 통해 은밀하게 하고 있는 일이었다.

다행히 주하의 건강도 별문제는 없는 듯했고 아란이 삯바느질을 하거나 수놓은 것을 내다 팔며 살아가는 모양이었다. 그 거래를 이쪽에서 몰래 터 주고 있다는 것은 그들도 모를 것이다.

주하가 원한 것이기도 했고 아란 때문에도 내어놓고 물러난 태자의 몸으로 살 수 없는 주하였다. 만약 주하가 그런 삶을 살려 한다면 대역죄인의 딸인 아란은 주하 곁에 머물 수 없어졌다. 그것을 알기에 서하로서도 그들을 내어놓고 살필 수가 없었다.

"가여의 예부령은 도착한 거야?"

"예. 오늘 아침 도착했다 합니다. 조원전에서 머물고 있습니다."

"조금 후에 만나자고 전해."

"예. 태자 전하."

서하의 얼굴에 그늘이 드리워졌다. 가여를 떠올리면 가장 먼

저 떠오르는 것은 언제나 무운이었다. 함께했던 기억들이 조금씩 떠올라 가슴 저 깊은 곳이 아려 왔다.

그의 선택을 지지하지만 그를 죽었다고 선포해야 했던 가여 황실의 상황도 아프고 힘겨운 그였다. 아직 이 상황을 연우에게 이야기조차 하지 못했다. 홀몸도 아닌 그녀가 충격을 받을까 두려웠다.

"오늘은 병부 먼저인가?"

"예."

기본적인 하루 일과를 확인한 서하가 자리에서 일어났다. 오늘도 또 정신없는 하루가 시작된 것이다.

"맛있습니까."

"예. 어마마마. 입에서 살살 녹습니다. 어마마마께서도 드셔 보십시오. 정말 맛있습니다."

"전 단것을 좋아하지 않습니다. 태자비께서나 어여 많이 드세요. 이제 체력도 많이 기르셔야 하니 무엇이든 드시고 싶은 것은 말씀만 하세요. 폐하께서 어떤 것이라도 구해 주신다 하셨습니다."

"정말요?"

"그럼요."

황후가 흐뭇한 표정을 지으며 연신 가여에서 온 예부령이 손수 전해 준 화과자를 먹고 있는 연우를 바라보았다.

어려서부터 좋아했던 것이리라. 하니 가여의 황후가 딸을 위해 이리 챙겨 보낸 것일 터였다. 가만히 연우를 응시하는 황후의 눈빛에 따스함이 번져 갔다.

이 아이가 온 이후 황궁에 봄바람이 불기 시작했음을 모르지 않았다. 주하가 그리된 것은 좋은 일이라 할 수는 없다 하여도 생각할수록 차라리 잘된 일이라 생각되는 황후였다.

시골 한적한 곳에서 잘 지내고 있다고, 걱정하지 마시라 서하가 전해 주고 있었다. 형에 대한 애정이 많은 서하가 잘 챙기고 있으리라 알기에 걱정하지 않는 그녀였다. 차라리 지금 그렇게 사는 것이 주하나 아란에게 더 좋은 일임을 너무도 잘 알기에.

"태자가 바빠 잘 챙겨 주지 못해 서운하지 않습니까."

황후의 안쓰러움이 담긴 물음에 연우가 곱게 눈을 휘며 고개를 저었다. 동그란 얼굴에 걸린 함박웃음이 너무도 고왔다.

"아닙니다. 신경 많이 쓰십니다. 어차피 특별하게 태자께서 도와주셔야 할 일이 있는 것도 아니니 괜찮습니다."

"곧 산실청을 준비할 것입니다. 요즘도 내의녀가 매일 들르고 있습니까."

황후의 약하게 걱정을 담은 말에 연우가 천천히 고개를 끄덕였다. 환하던 미소가 조금 약해지는 것을 보며 황후가 고개를 저었다.

"너무 걱정하실 것 없습니다. 아직 시일이 조금 남았고 또 그런 쪽으로는 천여에서 가장 용하다는 산파도 들일 예정입니다. 그런 경우가 종종 있다고 하니 너무 걱정 마세요."

"예. 어마마마."

"우리 태손께서 어미를 위해 빨리 자리를 잘 잡으셔야 할 텐데…… 내의녀가 시키는 것들이 힘이 드시지요?"

"조금…… 그렇습니다."

"출산 전에는 꼭 역아가 아니어도 그런 훈련을 시킵니다. 순산을 위해서 필요한 것들이지요. 귀한 태손이 태어나는 일이니 태손에게도 태자비에게도 확실한 준비가 필요할 테니까요."

자상하게 어루만지듯 하나하나 일러 주는 황후의 말에 연우가 고개를 끄덕였다.

"한데…… 태자는 아직 모릅니까."

"예. 시일이 지나면 자연적으로 해결될 일이라 어의께서 말씀하셔서 말씀드리지 않았습니다. 괜한 걱정을 하게 해 드리기 싫습니다."

"그럽시다. 나도 아직 폐하께 말씀드리지 않았답니다. 요즘 태자비의 일이라면 조금 지나치시니 괜한 걱정 하실까 해서요."

황제를 떠올리는 황후의 입가에 은은한 미소가 번졌다.

이제껏 30년 가까이 부부라는 인연으로 곁에 있으면서도 요즘 같은 모습은 본 적이 없었다. 처음에는 그리 저 아이에게 싸늘하더니 요즘은 크게 내색하진 않아도 산달을 앞둔 며느리를 걱정하는 것이 눈에 보일 정도였다. 그도 늙어 가는 것일까.

화원을 천천히 거니는 연우의 곁에서 황후가 며느리의 자태를 물끄러미 바라보았다. 어의나 내의녀의 말처럼 배가 크고 동그란 모습이 영락없는 아들을 품고 있는 것처럼 보였다.

태손이 없는 황궁이었다. 가여에는 태자에게 태손만 두 명이고 막내 지운 황자에게서 얼마 전에 또 태손을 보았다는 소식을 들었다. 천여에도 이제 태손만 있다면 황궁은 흔들림 없는 모양새를 갖추게 될 것이다.

작은 몸이 뒤뚱거리며 걷는 모습이 귀여우면서도 한편으로는 안타까웠다. 자신도 두 아들을 저리 품에서 키워 죽을 고생을 하며 낳았던 기억이 새삼 떠올랐다. 목숨을 걸고 아이를 낳은 여인의 고통은 천한 여인이나 황실의 자신들이나 다를 바가 없을 것이다.

"하아, 하아."

조금 걸었는데도 숨이 찬 것인지 가볍게 숨을 토해 내는 연우의 모습에 황후가 그 곁으로 다가가 손을 내밀었다. 연우의 동그란 눈이 황후의 손을 바라보았다.

"잡으세요."

그 말에 연우가 황후의 손 위에 자신의 작은 손을 올렸다. 따스함이 가득한 부드러운 손이 연우의 손을 꼭 쥐었다. 단단하고 커다란 서하의 손을 잡았을 때와는 다른 포근함에 가슴이 따스해지는 느낌이었다.

옛날 서하가 했던 말이 떠올랐다. 어린 시절 하고 싶지 않은 검술 훈련을 받을 때 절대 들어 줄 리 없는 황제에게도 말하지 못했고 그 말을 들어도 아무것도 해 주지 못해 가슴만 아플 어머니께도 아무 말도 할 수 없었다던 말. 따스하지만 약한 심정의 황후는 그랬을 것이다.

"태자께서는 어렸을 때 많이 개구쟁이셨습니까? 그래서 아바마마께 혼도 많이 났었다고 하셨는데."

"그랬지요. 주하와는 많이 달라서 가끔은 겁이 날 지경이었답니다. 고집도 세서 혼도 많이 났지요. 성격도 까칠해서 힘들었고요."

"예. 처음에 가여로 와서 혼인을 한 후에도 한동안은 무척이나 까칠하셨습니다."

"그랬습니까. 지금 태자비를 대하는 모습으로는 상상도 되지 않는데."

"그러시지요? 하지만 예전에는 저를 어린아이라고 막 무시하시기도 하고 그랬습니다."

옛날이 떠올랐다. 그의 기억 속에는 없을 그 시간들이. 자신의 기억 속에 소중히 남아 있으니 상관없다고 생각하다가도 가끔 그의 기억 속에는 이런 소중한 시간들이 없다는 것이 서운하고 속상한 연우였다.

"이런. 없는 사람 뒷담화를 하시는 것입니까? 두 분이?"

그때였다. 듣고 있어도 언제나 그리운 그 목소리가 뒤쪽에서 들려왔다. 연우와 황후가 동시에 고개를 돌렸다. 붉은 용포에 감싸인 서하의 모습에 두 여인네의 눈이 동그랗게 커졌다.

"이 시각에 태자께서 어쩐 일이십니까."

"잠시 짬이 나서 들렀습니다."

은은한 미소를 담고 시선을 연우에게서 거두지 못하는 아들의 모습에 황후가 빙그레 미소를 지으며 고개를 끄덕였다.

"예. 그러세요. 그리 자주 살펴 주셔야 여인네들은 나중에 한이 남지 않는 법입니다."

"평생 구박받지 않으려면 열심히 해야 하는 것이라 다들 그럽니다. 아, 오늘도 내의녀가 들었다고요?"

편안한 미소를 지어 보이던 황후가 서하의 물음에 놀라 연우를 바라보았다. 놀란 듯 커다란 눈을 어찌할 줄 모르는 연우의 모습이 황후의 시선을 잡았다.

"한데 원래 산달이 가까워 오면 내의녀가 저리 자주 드는 것입니까? 어마마마? 어찌 매일."

"맞습니다. 산달이 가까워 오니 혹 태자비와 태손에게 문제가 있을까 하여 제가 매일 살피라 언질을 주었습니다. 그리고 여인이 아기를 낳으려면 많이 힘이 들기에 미리미리 준비도 도와주라 한 것이고요."

어찌할 줄 모르던 연우의 시선이 따스함을 담고 자신을 보는 황후에게로 향했다. 황후의 눈이 말하고 있었다. 걱정 말라고. 연우가 황후를 향해 약하게 고개를 숙여 보였다.

"자, 태자께서 오셨으니 이 어미는 돌아가겠습니다. 화원 산책은 태자와 하세요. 태자비."

"감사합니다. 어마마마."

만족스러운 미소를 지으며 걸음을 옮기는 황후의 뒷모습에 서하와 연우의 시선이 함께 닿았다. 요즘 들어 많이 편안해진 듯한 황후의 모습을 느끼는 그들이었다. 조금씩 조금씩 황후의 삶이 변해 가는 것 같았다.

"어머님이 편안해 보이십니다."

"그렇지요? 아마도 아바마마께서 조금씩 마음을 주시는 모양입니다."

"그리 느껴집니까?"

"예. 예전에는 아바마마에 대한 이야기를 거의 하지 않으셨는데 요즘은 자주 하십니다."

"그래요."

서하의 얼굴에 아련함이 고였다. 이제껏 한 번도 부부의 모습을 보여 준 적이 없던 부모였다. 그런 부모의 새로운 모습은 낯설지만 가슴이 아릿할 만큼 행복한 일이었다.

서하가 고개를 들어 화원을 둘러보았다.

잘 가꾸어진 화원은 꼭 가여의 화궁을 연상시켰다. 예전의 기억은 조각조각 남아 있지만 이곳에 오기 전 그곳에서 연우를 여인으로 마음에 품던 그때가 떠올라 왔다.

그 마음이 이 여인을 처음 만났을 때부터인지 아니면 기억을 잃은 후부터인지 그것이 가장 궁금한 그였다.

그것만은 꼭 알고 싶었다. 기억 저편의 그녀는 자신에게 어떤 의미였는지. 지금도 목숨을 내어놓을지언정 그녀를 잃을 수는 없을 정도로 연모하지만 그것이 언제부터 기인한 것인지를 가끔은 미칠 듯 알고 싶어진다.

"이곳을 매일 산책하시는 것입니까."

"예. 산달이 가까워 오니 꼭 산책을 해서 몸을 움직여야 한다고 내의녀가 신신당부하였습니다. 순산을 위해서는 적당한 운동이 꼭 필요하다고 합니다."

"함께 걸을까요?"

서하가 커다란 손을 연우의 앞에 가만히 내밀었다. 단단하게 굳은살이 박인 서하의 커다란 손 위에 연우가 손을 올렸다. 따스하고 단단한 손이 작고 여린 손을 꼭 쥐어 잡았다.

일부러 자신의 보폭에 맞춰 천천히 걸음을 옮기는 서하의 배려에 행복한 미소를 지으며 연우가 한 발 한 발 조심스럽게 내디뎠다.

매일 뛰어다니곤 하던 버릇은 태손을 가진 후 사라졌다.

그런 연우의 모습을 서하가 물끄러미 바라보았다. 너무도 곱고 소중해서 가슴 저 깊은 곳이 짜릿하게 저려 왔다. 할 수만 있다면 심장에 넣어 두고 싶은 모습이었다. 세상에서 가장 사랑하는 여인이 자신의 아이를 가진 모습은 세상 그 무엇과도 비할 수 없을 만큼 아름다웠다.

"이제부터 될 수 있으면 이 시각에 이곳으로 오겠습니다."

서하의 뜻밖의 말에 연우가 고개를 돌렸다. 서하가 입가를 환하게 끌어 올렸다.

"좋은 남편도, 좋은 아비도 되고 싶으니까요."

"이미 태자께선 좋은 남편이시고 좋은 아비이십니다."

연우의 동그란 다갈색 눈동자 가득 행복한 기운이 차올랐다.

그 순간이었다. 서하가 그 자리에 굳은 듯 멈춰 선 것은.

"왜 그러십니까?"

"쉿! 움직이지…… 마십시오. 태자비."

이제껏 환하게 웃고 있던 서하의 시선이 서늘하게 식어 내리는 것을 느낀 연우가 숨을 삼켰다. 자신의 손을 잡고 있는 서하의 손아귀에 엄청난 힘이 실려 있었다. 아플 지경이었지만 연우는 그를 보며 숨조차 내뱉지 못했다.

그저 무심히 시선을 주었을 뿐이었다. 진한 향내를 풍기는 꽃들 사이로 내딛는 그녀의 걸음에 시선을 주었을 뿐이었다.

그 시선의 끝에…… 지독하게 낯설고 지독하게 기분 나쁜 이질감이 느껴져 왔다. 눈보다 감각이 먼저 느끼고 있었다. 그 이질적인 존재를.

꼭 범의 문양처럼 진한 줄무늬가 가득한 뱀의 모습을 확인한 순간 서하가 연우를 그대로 자신의 뒤로 잡아당겼다.

연우의 움직임에 성이 난 것인지 독사가 머리를 들어 올려 서하를 응시하는 모습이 연우의 시선에 들어왔다.

"태자 전하!"

너무도 놀라 하얗게 질린 연우의 목소리를 귓가로 들으며 서하가 뱀에게서 시선을 돌리지 않았다. 그리고 그 순간, 날듯 몸을 움직이는 뱀을 향해 서하가 움직였다. 연우의 심장이 내려앉았다.

한순간이었다. 서하가 튀어 오른 뱀의 머리를 그대로 잡아 던져 올린 것과 서하의 뒤쪽에서 건의 검이 허공을 그은 것은. 회백색 검날이 허공을 가로지른 후 반으로 잘린 뱀의 몸뚱이가 바닥으로 투둑 떨어져 내렸다.

"괜······찮으십니까?"

덜덜 떨리는 연우의 손길을 느끼며 서하가 그녀를 향해 돌아섰다. 금방이라도 쓰러져 내릴 듯 흔들리는 그녀의 시선이 그의 시야를 가득 채웠다. 서하가 연우를 안았다.

"괜찮습니다. 다 괜찮습니다."

작은 몸이 덜덜 떨리는 감각이 끔찍하게 두려운 서하였다. 머릿속이 하얗게 변해 갔다.

무릎을 꿇은 건이 반으로 잘렸지만 아직도 꿈틀거리고 있는 뱀을 살폈다. 분명 독사였다. 만약 연우나 서하가 뱀에 물렸다면 살아남기도 힘들었을 것이다.

"무엇이냐."

여전히 연우를 품에 안은 채 속삭이듯 묻는 서하의 말에 건이 입을 열었다.

"칠점사입니다."

"칠점사?"

서하의 얼굴이 하얗게 식어 내렸다. 맹독을 가진 뱀이다. 그런 뱀이 대체 어찌 황궁 안의 화원에 버젓이 다닐 수 있단 말인가.

"교화전으로 들어가시지요. 전하. 이곳을 샅샅이 살피겠사옵니다."

"그래야겠다. 태자비, 안으로……. 태자비?"

품에 안겨 있는 연우를 향해 고개를 숙이던 서하가 무너지듯 쓰러져 내리는 연우를 느끼고 그녀를 당겨 안았다. 연우의 거친 숨소리가 서하의 심장으로 스미듯 들려왔다.

"태자 전하, 하아. 하아. 아악!"

힘이 들어가지 않는 가는 손으로 서하의 팔을 쥐어 잡은 연우가 약하게 신음을 토해 냈다. 그녀의 몸짓에 서하의 뇌리가 하얗게 바랬다.

서하가 그대로 연우를 들어 안다 주춤 미간을 좁혔다. 연우의 치마가 흥건하게 젖은 것이 느껴졌기 때문이다. 서하가 연우를 안은 채 달리기 시작했다.

"어의를 불러!"

놀라 어쩔 줄 몰라 하는 하정을 향해 고함을 친 서하가 그대로 그녀를 안고 침전 안으로 들어갔다.

자신의 품 안에서 겨우겨우 숨을 내쉬는 연우를 침상으로 내려놓은 서하의 눈이 아프게 일그러졌다. 무엇인가로 푹 젖어 버린 연우의 치맛자락에 혈흔이 보였다. 분명 무엇인가 크게 잘못되어 가고 있는 것이다.

"하아, 하아."

촉촉하게 땀으로 젖은 얼굴을 하고 겨우겨우 숨을 내쉬던 연우가 자신을 내려놓는 서하의 움직임을 느낀 것인지 서하의 옷을 움켜쥐었다.

가느다랗고 긴 손가락이 파란 힘줄이 보일 정도로 자신의 옷을 쥐고 있는 것을 보는 순간 서하가 이를 악물었다. 머릿속에서 무엇인가가 터지듯 아득해졌기 때문이다.

"태자 전하, 가지 마세요. 하아. 하아."

"안 갑니다. 여기 있습니다. 태자비. 내가 보입니까?"

자꾸만 까무러치려는 듯 늘어지는 연우를 서하가 가만히 흔들었다. 출산에 대한 것은 모르지만 지금 그녀가 정신을 잃는 것은 위험할 것 같은 직감이 뇌리를 채웠다.

품 안의 모습만으로도 심장은 터질 듯 뛰는데 타는 듯 고통을 담기 시작하는 머리는 서하를 숨 쉬지 못하게 밀어붙이고 있었다.

"아직, 아직 우리 태손이 자리를…… 아흑!"

알아들을 수 없는 말을 반복하며 이를 악무는 연우의 작은 몸을 서하가 품 안으로 당겨 안았다. 끔찍한 고통에 움츠러드는 작은 몸이 너무도 아프게 느껴져 숨이 막혔다.

"어떻게 된 일입니까."

관복조차 제대로 입지 못하고 달려온 어의가 연우의 상태에 넋을 놓고 서하를 바라보았다. 오늘 오전까지도 내의녀가 살핀 태자비가 이리 갑자기 비정상적인 상태의 출산 기미를 보이는 것이 납득이 되지 않았다.

"화원을 산책하다 독사를 만나…… 많이 놀랐습니다."

"이런!"

어의의 얼굴이 사색이 되었다.

출산을 오래 남겨 놓지 않은 산모가 놀라면 심박수가 엄청나게 올라가고 그것은 태아를 자극한다. 그러면 위험을 느낀 태아는 산모의 몸 밖으로 나오려 하고 그 태아의 선택으로 출산은 시작되는 것이다.

정상적인 경우라면 크게 걱정할 것이 없었지만 현재 태손은…… 역아였다.

"시간이 없으니 교화전에 산실청을 설치하겠습니다. 어서들 서둘러라!"

어의의 말에 내의녀들이 일제히 움직이기 시작했다.

"태자 전하께서는 소룡전에서 기다려 주십시오."

침상 위에 준비를 해야 하는데 여전히 연우를 안고 꼼짝도 하지 않는 서하의 모습에 어의가 조심스럽게 말했다.

산실청에는 원래 어의를 제외하고 남자는 머물 수 없었다. 게다가 황제나 태자 등은 출산에 함께하지 않는 것이 황궁의 법도이기도 했다.

"함께할 것이다."

터질 듯 아파 오는 머리 때문에 서하가 이를 악물고 신음처럼 뱉어 냈다. 대체 어찌 그녀를 두고 나가라는 것인지 이해할 수도 없는 그였다. 지금도 이리 힘겨워하는데 어찌 혼자 둔단 말인가.

"태자 전하, 산실청이옵니다. 태자께서는 계셔선 아니 되옵니다."

난감함을 담고 아뢰는 어의의 말에 거세게 고개를 저으려던 서하가 자신의 옷깃을 당기는 연우의 움직임에 고개를 내렸다. 조금은 진통이 나아진 것인지 연우가 천천히 시선을 올려 서하를 바라보았다.

"서방님."

그녀의 입에서 새어 나오는 서방님이라는 부름에 가슴이 저릿했다. 태자라는 호칭은 지금 이 순간 아마도 떠오르지 않는 모양이었다.

"괜……찮습니다. 헉헉. 그러니 나가 계셔요. 견딜 수 있습니다."

"하지만."

"황궁의 법도랍니다."

연우의 눈에 그렁그렁 눈물이 맺혔다.

무서웠다. 이 상상조차 해 보지 못한 고통을 얼마나 견뎌야 할지 모른다는 자각이 드는 순간 끔찍하도록 무서움이 찾아왔다. 그런데 서하마저 자신을 떠나야 한다니.

하지만 끔찍한 고통이 잠시 사라진 지금 연우의 머릿속에 찾아온 것은 그가 태자라는 자각이었다.

다른 황자도 아닌 태자가 황궁의 법도를 무시하고 아내의 출산을 함께 겪는다는 것은 후에 그를 곤혹스럽게 할 수 있을 것이다. 가여에서도 산실청에 사내가 들어가는 것을 본 적은 없었으니까. 두려움으로 그를 잡으려 한다면 그는 머물 것임을 알고 있었다. 해서 더욱 그를 내보내려 하는 연우였다.

"저는 잘할 수 있습니다. 믿으시지요?"

불안으로 아프게 흔들리는 눈동자를 하고도 짐짓 연한 미소를 억지로 짓는 연우를 바라보는 서하의 가슴이 찢어질 것처럼 아려 왔다. 서하가 깊게 숨을 삼키고 천천히 고개를 끄덕였다.

"바로 앞에 있을 겁니다."

다짐하듯 말하는 서하를 향해 연우가 천천히 고개를 끄덕였다.

정말 떨어지지 않는 발걸음을 옮긴 서하가 산실청을 나섰다. 저도 모르게 이가 악물어지고 숨이 잘 쉬어지지 않았다. 조금 전 느꼈던 그녀의 떨림이 여전히 가슴과 팔에 남아 있었다. 그 지독하게 아프던 느낌도.

"태자 전하, 괜찮으십니까. 안색이."

다가선 건이 물었다. 서하의 안색이 너무 창백해 불안한 건이었다. 그저 불안하기만 하다고 저리 얼굴색이 변할 서하가 아니었다. 서하가 머리를 살짝 저으며 미간을 좁혔다.

"머리가…… 깨질 것 같아."

"또 통증이 오신 것입니까."

"그런 거 같아."

한동안 과거의 기억을 생각지 않아서인지 찾아오지 않던 두통이 아까 연우가 무너져 내리던 순간부터 서하를 갉아먹기 시작했다.

머리를 무엇인가 단단한 올가미로 조이는 듯한 느낌. 연우를 보고 느끼는 것만으로도 힘겨운 그를 지독한 두통이 더욱 힘겹게 하고 있었다.

"대체 이게 무슨 일입니까!"

달려온 길인지 힘겹게 숨을 내쉬며 다가서는 황후를 보고 서하가 얼른 고개를 숙였다.

"조금 전까지 아무런 일이 없었는데 어찌! 내의녀도 아직 출산의 기미는 보이지도 않는다 했거늘."

"놀랄 일이…… 있었습니다."

입술을 악물며 서하가 조용히 말했다. 그 순간을 떠올리자 알 수 없는 분노가 심장을 삼킬 것만 같았다. 태자비가 거니는 화원 안에 끔찍한 독을 지닌 칠점사라니. 이것은 우연이라 하기엔 너무도 이해할 수 없는 일이었다.

"놀랐단 말입니까? 태자비가? 무엇 때문에."

"화원에…… 독사가 있었습니다. 다행히 제가 처리했습니다만 많이…… 놀랐습니다."

독사에 놀랐다기보다 그녀는 그가 다칠까 두려웠을 것이다. 독사 앞에 자신을 막아선 서하가 혹여 다칠까 그 작은 심장이 요동치는 것이 등 뒤로도 느껴져 왔으니까. 황후의 얼굴이 하얗게 질렸다.

"산모가 놀라면 안 되는 것을…… 이 일을 어찌합니까. 아직 준비가 되지 않았는데, 우리 태손이 아직."

"그게…… 무슨 말씀입니까. 어마마마."

순간 서하의 얼굴이 싸늘하게 식었다. 조금 전 연우가 품에서

334

알 수 없는 말을 했었는데 지금 황후도 이해할 수 없는 말을 하고 있었다. 대체 무엇이 준비가 되지 않았다는 것인가.

아들의 물음에 깊은숨을 한 번 내쉰 황후가 차분하게 가라앉은 눈으로 아들을 바라보았다.

며느리가 알리고 싶어 하지 않음을 알지만 이미 이렇게 된 상황에 아들은 알고 있어야 한다 느끼는 황후였다. 지금 이 상황이 얼마나 위험한 일인지 아들은 알 권리가 있을 것이다.

"태손이…… 역아입니다."

"……뭐라 하셨습니까? 역아가 대체……."

무슨 말인지 언뜻 이해하지 못한 서하와 달리 그 곁에 선 건의 얼굴이 파랗게 질렸다.

"배 속의 태아는 태어나기 전 자리를 잡아야 합니다. 한데 우리 태손이 아직 그 자리를 잡지 못했습니다. 그것은 출산이 순조롭지 못할 수도 있다는 것입니다. 태자비와 태손 둘 다 위험할 수도 있습니다."

"!"

순간 서하가 숨을 멈췄다.

"왜 내의녀가 매일 들러야 하느냐고 물으셨지요. 그래서였습니다. 태자의 의아함이 맞습니다. 모든 것이 정상이라면 매일 내의녀가 올 이유는 없었지요. 태자비는 태손이 제자리를 잡을 수 있도록 힘겨운 시간을 보내고 있었습니다. 태자께 알리고 싶어 하지 않아 말할 수 없었습니다. 아직 태손이 태어나실 때까지 시간이 충분하다 여겼기에 열심히 하면 자리를 잡을 것이라 여겼으니까요. 그런데 어찌 이런 일이……."

파랗게 질린 서하는 황후의 말에 아무런 대꾸도 하지 않았다. 그저 짙게 가라앉은 서하의 시선이 산실청 안으로 향했다. 너무도 무감했던 스스로에 대한 화가 치밀어 오르기 시작했다.

매일매일 힘들었을 그녀를 알아차리지도 못했다. 그저 그녀의 일상만을 보고받으며 충분하다 느끼고 있었다.

조금만 더 그녀의 상태에 관심을 가졌더라면 알 수 있었을 것이다. 조금만 더 그녀를 살폈더라면…… 이리 아무것도 모르고 있지는 않았을 것이다.

"아악!"

그 순간이었다. 연우의 비명임이 분명한 소리가 산실청 안에서 새어 나왔다. 서하의 눈에 붉은 핏줄이 섰다.

얼마의 시간이 흐른 것일까. 산실청 안에서 힘겨운 모습으로 나오는 어의의 모습에 기다리고 있던 모두의 시선이 닿았다.

깨질 듯한 머리를 겨우 들어 올린 서하가 어의의 앞에 섰다. 불안함이 가득한 어의의 눈이 서하의 먹빛 눈동자를 조심스럽게 바라보았다.

"태자 전하."

"말하라."

"태손의 위치가 너무도 좋지 않으셔서 힘겨운 출산이 되고 있습니다. 해서 감히 아뢰옵니다."

손까지 덜덜 떨고 있는 어의의 모습에 서하가 이를 악물었다.

평생을 궁 안에서 살아온 어의였다. 어의전 말단 의원에서부터 현재 황제를 돌보는 어의가 될 때까지 숱한 사건을 보고 겪었을 그의 낯선 모습에 심장이 차갑게 식어 내리는 느낌이었다.

"만에 하나 두 분 중 한 분만 무사하실 수 있다면, 그런 선택을 해야 한다면…… 어찌하오리까."

입술을 바들바들 떨며 내뱉는 어의의 말에 곁에 서 있던 황후가 주르륵 바닥으로 미끄러져 내렸다. 서하의 검붉은 시선이 천천히 들어 올려졌다.

"뭐……라?"

"태자 전하. 만에 하나 그런 상황이 오면 제 목숨을 내어놓을 것입니다. 하지만 결정해 주셔야 하옵니다."

"태자…….."

황후가 부들부들 떨리는 목소리로 서하를 불렀다. 간절함이 담긴 황후의 눈빛이 무엇을 말하는지 서하는 모르지 않았다. 아니, 모를 수가 없었다. 이런 상황에 태자로서 무엇을 선택해야 하는지는 이미 알고 있었으니까. 하지만 죽어도 그건 할 수 없는 서하였다.

"태자비다. 무슨 짓을 해도 좋다. 그녀를 살릴 수만 있다면."

어의가 질끈 눈을 감았다.

"태자…….."

하얗게 바랜 얼굴로 바닥에 쓰러져 있던 황후가 앉은 채 태자의 옷자락을 쥐어 잡았다. 어미의 간절함이 밴 목소리를 들으면서도 서하는 고개를 내리지 않았다. 그의 시선이 향한 곳은 여전히 연우의 신음 소리가 들려오는 산실청 안이었다.

"어의."

차디차게 얼어붙은 서하가 다시 산실청으로 들어가려는 어의

를 불렀다. 난감함을 가득 담은 어의의 눈이 서하를 돌아보았
다.

"내가 들어갈 것이네."

"예?"

"내가 필요할 테니까. 그녀에게."

아무 소리도 들리지 않는 모양이었다. 황후의 간절함 부름도,
놀란 어의의 목소리도 듣지 못한 듯 서하가 그대로 산실청의 문
을 열어젖혔다.

눈앞에 펼쳐진 모습에 서하가 이를 악물고 감았던 눈을 천천
히 떴다.

천장에서부터 길게 늘어져 있는 줄을 잡고 있는 연우의 너무
도 가늘고 파리한 두 팔이 가장 먼저 시선에 들어왔다. 그리고
그 밑으로 내려진 서하의 시선에 입에 무명천을 물고 도리질을
하고 있는 연우의 땀과 피에 젖은 모습이 박혀 들었다.

숨이 쉬어지지 않을 만큼 덮쳐 오는 두통을 이를 악물며 견딘
서하가 그대로 그녀의 머리맡으로 움직였다. 놀란 하정이 얼른
몸을 비켜 서하에게 자리를 내어 주었다. 서하의 팔이 연우의
상체를 들어 안았다.

"납니다. 태자비."

거의 까무러칠 지경으로 하얗게 질려 있던 연우의 고개가 아
주 천천히 그에게로 돌려졌다. 온통 터진 핏줄 때문에 붉어진
그녀의 동그란 눈이 힘없이 그를 올려다보았다. 그 눈빛에 심장
이 쪼개지는 것 같았다.

"태……자님."

"함께할 것입니다. 내가 그대와 함께할 겁니다. 그러니 무서워 마요. 내가 지킬 거니까."

온통 찢겨진 연우의 입가에 흐릿한 미소가 번졌다. 그 미소가 번지는 입속에 고여 있는 흥건한 핏물에 서하가 이를 악물었다. 신음이 터지려는 것을 참는 서하의 얼굴에 파란 핏줄이 툭툭 돋아났다.

지옥이었다. 서하가 그렇게 생각했다. 지옥이 있다면 바로 이곳일 것이라고.

끝없이 계속되는 고통에 연우는 비명조차 내지르지 못하고 자꾸만 까무러쳐 갔고 그런 연우를 내의녀들이 흔들어서 자꾸만 깨우고 있었다. 지금 이 상태에서 의식을 잃으면 산모도 아기도 위험해진다는 것이었다.

산모가 호흡을 하지 못하면 태아는 숨을 쉴 수 없고 어떻게 해서든 태아가 나와야 산모도 살 수 있는 것이다.

그녀에게 지키겠다고 다짐했지만 그가 할 수 있는 것은 아무것도 없었다. 그 사실이 순간순간 서하를 더욱 미치게 했다.

아무것도 할 수 없다는 무력감, 그저 지켜볼 수밖에 없다는 자각은 그를 숨 쉬기조차 힘겹게 몰아세웠다. 차라리 자신이 고통을 대신 감내할 수 있다면 행복할 것 같았다. 그렇게 지옥 같은 순간이 흐르고 있었다.

"산파가 오셨습니다!"

바깥쪽에서 들리는 목소리에 어의가 급히 달려 나가는 모습을 눈으로 좇던 서하가 다시 축 늘어지는 연우를 팔 안에 끌어안았다.

"공주. 조금만, 조금만 더 견뎌야 합니다. 제발."

서하가 이를 악물었다. 몇 번이고 악문 이 사이에서는 계속해서 비릿한 혈 향이 느껴졌다. 뒤집어지는 속과 터질 듯 아파 오는 머리 때문에 헛구역질이 올라올 지경이었다.

하지만 서하는 품 안의 연우를 내어놓지 않았다. 그대로 사라져 버릴 것처럼 불안했기 때문이다.

산실청으로 급히 들어선 것은 중년의 여인이었다. 차분하게 틀어 올린 머리는 머리카락 한 올 나와 있지 않았다.

작고 또렷한 시선으로 연우의 상태를 살피던 여인이 아주 잠시 서하를 바라보았지만 이내 연우의 출산을 돕고 있는 내의녀의 손끝으로 향했다.

"이리 시간을 끌면 태자비께서 어찌 견디신단 말입니까."

낮지만 지독하게 차분하고 냉정함이 묻어나는 여인의 목소리에 내의녀들이 움찔 몸을 숙였다. 여인이 수내의녀를 밀어내고 자리를 잡았다. 여인의 차분한 시선이 서하를 바라보았다.

"태자비께서 많이 고통스러우실 것입니다. 하나 견디셔야 합니다. 절대 태자비마마를 놓으시면 안 됩니다. 태자 전하."

여인의 말이 귀로 스며드는 순간 서하의 심장이 얼어붙었다. 아무런 설명도 없었지만 그는 느낄 수 있었다. 이 순간을 견디지 못하면 그녀를 잃을 수도 있다는 것을.

그 순간 심장에 무엇인가가 번져 왔다. 똑같은 느낌, 똑같은 공포. 그녀를 잃을 수도 있다는 똑같은 자각. 분명…… 이전에 느꼈던 감정이었다.

"윽!"

그 순간이었다. 머리를 무엇인가 거대한 것이 그대로 내려친 듯 둔탁한 고통이 엄습했다. 악문 이가 덜덜 떨렸다. 그녀를 안고 있는 온몸이 굳어 왔다. 하지만 서하는 시선을 돌리지도 눈을 감지도 않았다.

끔찍하게 떨렸지만 그녀를 안은 팔에 더욱 힘을 주었다. 터질 듯 조여 오는 두통에 신물이 올라올 지경이었지만 그는 자신의 커다란 품으로 그녀를 더욱 안을 뿐이었다.

"아악!"

여인의 머리가 연우의 허리 아래로 드리워져 있는 장막 안으로 들어가고 잠시 후, 겨우겨우 숨을 내쉬던 연우가 온몸을 뒤틀며 비명을 내질렀다. 그의 팔을 움켜쥔 그녀의 손가락이 그의 살을 파고들었고 그녀의 손톱이 서하의 팔에 박혀 들었다.

'제가, 싫으십니까?'

서하가 고개를 들었다. 머릿속 어딘가에서 낯익은 목소리가 들려왔다. 그리고 그 순간 머릿속에 떠오르는 달빛에 가려진 동그란 눈. 작고 귀여운 여자아이의 모습이 뇌리에 떠올랐다.

'천여에는 제가 없지 않습니까!'

환한 아침 햇살을 가득 담고 있었던 너무도 투명한 동그란 다갈색 눈동자. 그 눈동자가 눈앞에 있는 것 같았다.

"하아, 하아."

거칠게 새어 나오는 그녀의 숨소리에 허공을 바라보던 서하가 그녀를 끌어당겼다. 땀과 눈물로 촉촉이 젖은 다갈색 눈동자가 힘겹게 그를 향해 들어 올려졌다.

그 눈이었다. 터질 듯한 머릿속을 가득 채운 투명한 햇살을 가득 품고 있던 그 동그랗고 곱던 눈. 두려움 따위 담겨 있지 않던 초롱초롱하던 소녀의 눈동자.

'질 수도 이길 수도 없는 싸움을 하시게 한 제, 잘못입니다.'

동그란 눈에 가득 번지던 투명한 눈물이 떠오른다.

'언제나 저만 걱정하지요. 서방님께서는 저 따위 신경도 쓰지 않으시는데, 저만! 언제나 불안하고 무서워하는 것이지요. 또 다치실까 봐, 그날처럼 또다시 피 흘리며 쓰러지실까 봐 저만 두렵고 무섭고 화가 나지요.'

화를 담은 채 촉촉하게 젖어 가던 열여섯 살, 아름답던 소녀의 눈동자.

'얼굴…… 보고 싶어요.'

어둠 속에 잠겨 있던 자신의 심장으로 스며들던 작은 목소리. 자신을 숨 쉬게 해 주었던 목소리.

'서방님의 진짜 각시가 되게 해 달라고 빌었습니다.'

눈물을 가득 담고 웃고 있던 심장이 저리도록 곱고 곱던……
내 각시의 눈동자.

"태손께서 자리를 잡으셨습니다, 태자비마마! 조금만 더 견디
셔야 합니다!"

절대 흥분 따위 담기지 않을 것 같던 중년 여인의 고함 소리
에 이제 정말 숨조차 쉴 수 없을 것처럼 늘어져 있던 연우가 서
하를 잡고 있던 팔에 힘을 주었다.

서하가 촉촉하게 젖은 그녀의 이마에 가만히 입을 맞췄다. 미
칠 것 같은 서하의 심장 고동이 연우를 감싸고 울리기 시작했
다.

그때였다.

"으앙!"

진한 혈 향이 가득한 공간에 우렁찬 울음소리가 울려 퍼졌다.

기억……하나요?

태손의 몸을 닦아 태자의 앞에 내어 보이던 내의녀가 태손 쪽
은 쳐다보지도 않고 연우만을 응시하고 있는 서하의 모습에 어
쩔 줄 몰라 어의를 바라보았다.

황실에서 그리 기다리고 기다리던 아들이었다. 열 달을 다 채
우지도 못하고 어미의 몸에서 태어났음에도 태손은 강건했고 울
음소리는 너무도 우렁찼다. 한눈에도 서하를 빼닮은 아기의 모
습은 내의녀들의 시선을 빼앗을 정도였다.

하지만 태손이 태어나는 순간 의식을 잃은 태자비에게 시선
을 빼앗긴 태자는 태손 쪽은 거들떠보지도 않았다. 난감함을 담
고 어쩔 줄 몰라 하는 내의녀에게 어의가 고갯짓을 했다.

조심스럽게 태자비의 산후처리를 한 내의녀들과 산파, 그리
고 끝까지 뒤에서 자리를 지킨 어의가 태손을 모시고 나가자 산

실청 안은 고요가 찾아왔다.

자신의 심장으로 스미듯 느껴지는 연우의 약한 숨결에 서하가 그제야 겨우 숨을 내쉬었다. 약한 혈 향과 땀 내음이 가득한 공간에는 그녀와 서하만이 남아 있었다.

"공주."

서하의 입에서 나직한 부름이 새어 나왔다.

너무도 익숙한 스스로의 부름에 서하가 부르르 몸을 떨었다. 이것이 이리 익숙하다는 자각은 온몸을 따스한 물에 담근 듯 편안하게 했다. 모든 것이 제자리로 돌아간 듯한 안정감이 날카로워져 있던 그의 온몸을 감쌌다.

"처음 보았던 공주가 어떻게 느껴졌는지 내가 얘기한 적…… 없었지요?"

서하의 긴 손가락이 땀으로 그녀의 얼굴에 엉겨 붙어 있는 머리카락을 가만히 걷어 냈다. 파랗게 질려 있는 그녀의 입술에 그의 손가락이 스치듯 닿았다.

"작은 조약돌 같았습니다. 너무도 작은데, 한 손에 꼭 잡힐 듯 너무도 작은데 절대 부서지지 않을 듯 단단해 보였습니다. 이상한 기분이었습니다."

황궁에서 처음 본 그녀는 그랬다.

"조원전에서 보았을 때에는 정말…… 하하."

서하가 고개를 젖히며 약한 웃음을 토해 냈다. 그때의 모습은 정말 심장 저 깊은 곳에 각인이 되어 있었던 모양이다. 그 눈빛 하나, 손짓 하나까지 또렷하게 되살아났다. 그 황당하던 기분의 한 조각까지 전부 다.

"솔직히 말할까요? 난감했습니다. 그대와 한평생을 함께해야할 것이라는 것이 말입니다."

그때처럼 또렷한 시선으로 자신을 올려다보았으면 좋겠다고, 그때처럼 황당하게 만들어 주면 좋겠다고 생각하며 서하가 그녀의 야윈 얼굴선을 가만히 어루만졌다.

"혼인식 날은 또 어땠습니까. 정말…… 공주는 그때."

"……말하지 마십시오."

낮게 잠겨 있었지만 또렷하게 들리는 연우의 목소리에 허공을 향했던 서하의 시선이 아래로 당겨졌다. 붉게 물든 연우의 눈이 천천히 떠졌다. 그 붉은 기를 담은 동그란 눈동자가 시야를 채우는 순간 서하가 이를 악물었다. 서하의 눈에 천천히 물기가 차올랐다.

"그때 일은…… 정말 듣고 싶지 않습니다."

다 찢겨져 움직일 때마다 여전히 핏물이 조금씩 배어 나오는 연우의 입술에 서하의 떨리는 입술이 가만히 닿았다. 조금이라도 그녀가 아플까 너무도 조심스럽게 닿아 오는 서하의 까칠한 입술 감촉에 연우가 낮게 숨을 내쉬었다.

"혼약주를 벌컥 들이켠 것 말입니까?"

"……태자 전하."

"아니면, 혼인 첫날 코를 고신 것 말입니까?"

장난스러운 말을 뱉어 내는데도 서하의 눈에 점점 물기가 차오르다 주룩, 그의 야윈 뺨을 타고 흘러내렸다. 연우의 가느다란 팔이 힘겹게 들어 올려졌다. 그녀의 손이 그의 볼에 흥건한 물기를 닦아 내렸다.

"기억이 사라지던 그 순간…… 무엇을 생각했는지 아십니까."

힘없이 깜빡이던 연우의 눈꺼풀이 정지했다. 그녀의 숨도 함께 멈춰졌다.

"그대에게 돌아가야 한다고, 무슨 짓을 해서든 그대에게 돌아가고 싶다고 생각했습니다."

붉은 연우의 눈에 천천히 차오르는 물기를 바라보는 서하의 입가에 은은한 미소가 번졌다. 그 순간의 선택이 고마워 숨이 막힐 것 같았다. 그녀 곁에 있는 스스로의 모습이.

"우리…… 태손은요?"

그제야 연우의 시선이 서하에게서 허공으로 돌려졌다. 서하의 시선도 그제야 허공을 더듬었다. 기억나지 않았다. 그녀에게 멈춰 있던 모든 감각 안에 다른 것은 들어올 수가 없었기에.

파랗게 질리는 연우의 모습에 놀라 고개를 들어 올리던 서하가 그 자리에 굳어 버렸다. 확인하지 않아도 알 수 있었다. 문 너머에서 들려오는 우렁차고 커다란 울음소리 때문에.

상상도 못 했던 황제의 모습에 놀란 연우가 몸을 일으키려다가 끔찍한 통증에 이를 악물었다. 서하가 그런 그녀의 팔을 잡아 움직이지 못하게 하며 고개를 저었다.

"괜히 탈 나면 저놈의 원망이 날 향한다. 그대로 있거라."

자신의 아내를 살뜰히 챙기는 아들을 못마땅한 눈으로 흘겨본 황제가 누워 있는 며느리에게서 한참 떨어져 자리에 앉았다.

"얼마나 대단한 놈이기에 어미를 저리 반죽음을 만들어 놓은 것인지…… 울음소리 한번 크구나."

칭찬인지 흉인지 모를 말을 흘리는 황제의 시선이 황후의 품에 안겨 있는 손자에게서 떨어지지 못했다. 언제나 시리도록 차갑기만 하던 아비의 눈에 고인 낯선 따스함에 서하가 깊게 한숨을 내쉬었다.

이제야 끔찍한 시간들이 다 지나갔다는 것이 실감이 났다. 온몸의 힘이 다 빠져나가는 것 같았다.

"태손은 태자비가 낳았는데 왜 네가 죽을상이냐. 못난 놈."

"……."

"급하다고 산실청 안까지 쳐들어와? 하, 참."

도대체 마음에 들지 않는 상황이라는 듯 미간을 좁히는 황제는 바라보지도 않고 황후가 조심히 태손을 들어 연우의 품에 안겼다. 울 것 같은 얼굴로 연우가 작은 아기를 내려다보았다.

동그란 눈 가득 담겨 있는 짙푸르도록 검은 눈동자가 가장 먼저 시선에 들어왔다. 그리고 오똑하지만 정말 작은 코와 벌써 무엇을 원하는지 오물거리는 동그랗고 붉은 입술이 심장을 온통 뒤흔드는 것만 같았다. 숨이 쉬어지지 않을 만큼 품 안의 존재가 온몸으로 와 닿았다.

"어렸을 때의 서하와 똑같은 모습을 하고 있구나. 어찌 저리 닮은 것인지."

"저놈을 저리 닮았으니 벌써부터 걱정이다. 아가, 네가 잘 키워야 할 것이다. 저놈처럼 되게 하지 않으려면."

입으로는 서하가 못마땅해 죽겠다는 듯 이죽거렸지만 황제의 시선은 태손과 연우에게 닿아 있었다.

역아라 산고가 크고 위험할 수도 있다는 소식에 황궁에 머물 수 없어 산실청까지 쫓아온 황제였다. 두 아들을 얻을 때에도 한 번도 산실청 근처는 온 적이 없었다. 한데 태자비도 태손도 위험할 수 있다는 전갈에 그런 것을 생각할 여지가 없었던 것이다.

"예. 아바마마."

"성격은 어미를 닮아야 하는데……."

자신도 모르게 중얼거리는 황제의 말에 서하가 놀란 듯 황제를 바라보았다. 자신의 말에 자신도 놀란 듯 황제가 거칠게 몸을 일으켰다. 더 이곳에 머물렀다가는 보여선 안 되는 모습을 보일 것 같아 당황스러운 황제였다.

"아명은 태령이라 하였다. 그리 부르면 될 것이야."

무심함을 가득 품은 목소리로 던지듯 말하고 황제는 산실청을 나섰다. 그런 황제의 뒤를 황후가 따르며 연우를 향해 환한 미소를 지어 보였다.

"몇 날을 고심하신 이름이구나. 혹여 여아면 아령이라 하려 하셨단다."

황제와 황후가 나가자 산파가 들어왔다. 처음 보았을 때처럼 단단하고 아무런 표정도 담고 있지 않은 얼굴로 가만히 태자와 태자비 앞에 고개를 숙여 보인 여인이 무릎걸음으로 연우의 곁으로 다가 앉았다.

"태손께서 젖을 찾으십니다. 태자비께서 바로 깨어나지 못하시어 배가 고프실 것입니다."

"이런……."

"몸이 아직 많이 힘이 드실 것인데…… 괜찮으시겠습니까?"

"어서 서둘러 주시게."

연우의 고운 미간이 일그러졌다. 자신의 상태 때문에 어린 태손이 배를 곯고 기다렸다는 것에 가슴 저 깊은 곳이 아려 오는 연우였다. 생전 처음 느끼는 낯선 감정이었다.

아직 힘겨운 연우의 몸을 서하가 뒤에서 안듯이 받쳐 주자 산파가 익숙한 손놀림으로 연우의 적삼을 걷고 아기가 젖을 물기 편하게 도왔다.

"아!"

"아픕……니까?"

웃는 것도 아니고 화가 난 것도 아닌 난감한 표정으로 산파가 하는 양을 물끄러미 보고 있던 서하가 연우의 약한 비명에 화들짝 놀라며 그녀를 당겨 안았다.

산파가 웃음을 참느라 손을 입으로 가져갔다. 하지만 그런 산파의 모습은 안중에도 없는 듯 서하는 연우의 상태를 살피느라 여념이 없었다.

"아닙니다. 아프다기보다…… 이상한 느낌입니다."

살짝 미간을 좁힌 채 얼굴을 붉힌 연우가 하는 말에 서하가 불안함을 담고 산파 쪽으로 시선을 주었다. 무슨 문제인지 간절함을 담고 묻는 태자의 얼굴을 보며 산파가 빙그레 미소를 지었다.

높은 귀족 집안의 수많은 아기들을 받아 왔던 자신이었다. 한데 태자가 이리 자신의 내자를 끔찍하게 여기는 모습을 보게 될 것이라고는 상상도 하지 못했다.

"걱정하지 않으셔도 됩니다. 태자 전하. 태자비께서는 처음 태손에게 젖을 빨게 하시기에 조금 힘드실 수도 있사옵니다. 처음이라 그런 것일 뿐 태손께서 제대로 젖을 빠실 수 있게 되면 조금도 힘드시지 않을 것입니다."

"내 몸의 모든 것이 다 태손의 입으로 빨려 들어가는 느낌입니다."

무엇인가에 혼을 빼앗긴 듯 설레는 목소리로 연우가 속삭였다. 산파가 흐뭇한 얼굴로 고개를 끄덕이고는 몸을 움직여 방을 나갔다.

"……좋으십니까?"

자신의 가슴에 얼굴을 묻고 그 작은 입술을 옹골차게 움직이는 아이에게 넋이라도 놓은 듯 시선을 빼앗긴 연우가 퉁명스럽게 들리는 서하의 목소리에 그제야 고개를 들었다. 얼마의 시간이 흐른 것인지 가늠이 되지 않았다.

"이상한 느낌입니다. 가슴 저 깊은 곳이 꽉 차는 기분입니다."

"조금 기분이 나빠지려고 합니다. 난."

"……예?"

"나를 볼 때는 그런 표정을 지은 적이 없으니 말입니다. 세상을 다 가진 듯한 표정을 지금 짓고 계십니다. 태자비께서."

서운함과 화가 함께 고인 서하의 모습에 연우가 멍하게 그를 바라보았다.

아기가 들어오기 전 세상에서 가장 소중한 것을 보듬듯 자신을 안고 눈물까지 보이던 이가 맞는지 의아할 지경이었다. 서늘

함을 품은 서하의 눈동자가 자신에게 안긴 태손을 향해 있음을
연우는 모를 수가 없었다.

"무엇이…… 싫으십니까?"

"다 싫습니다. 이제 겨우 그대와 나의 모든 시간을 되찾았는
데…… 저 녀석에게 온전히 빼앗겨 버릴 것만 같은 불안이 든단
말입니다."

"태자 전하."

"충분히 빤 듯 보이지요? 하정아!"

연우를 품에서 떼어 놓지도 못하고 서하가 거칠게 품어져 나
오는 숨을 참느라 깊게 숨을 내쉬었다. 하정을 불러 태손을 데
려가라 하려던 것인데 연우의 품에서 떼어 놓으려 하자 저 조그
마한 녀석이 숨이 넘어갈 듯 자지러진 것이다.

그러자 놀란 연우가 얼른 하정에게서 아기를 다시 받아 안아
젖을 물렸다. 기다렸다는 듯 다시 연우의 가슴을 차지한 녀석이
끝도 없이 젖을 빨더니 어느새 잠들어 버렸다. 한데 문제는 그
것이 연우의 품에서란 것이다.

게다가 죽을 고비를 넘기며 태손을 낳은 연우마저 긴장이 풀
려서인지 자신의 품에서 자꾸만 눈을 감는 것이 느껴져 왔다

이미 푹 잠에 빠진 태손과, 그런 태손을 품은 채 자신의 품 안
에서 잠든 연우를 바라보던 서하가 낮게 한숨을 내쉬며 연우와
태령을 함께 안았다.

그녀의 체취인지 아기의 체취인지 모를 달큰한 향을 코끝으
로 느끼며 서하가 둘을 안은 팔에 힘을 주었다.

"태손 궁하의 탄신을 이리 가까이에서 축원할 수 있게 되어 영광이옵니다. 태자 전하, 태자비마마."

연신 얼굴에 환한 미소를 지으며 고개를 숙이는 가여 예부령의 인사에 연우가 환한 미소를 지으며 고개를 끄덕였다.

"이곳에 계실 때 이런 소식을 전하게 되어 다행입니다. 돌아가시거든 아바마마와 어마마마께 저와 태손이 모두 건강하고 무탈하다 전해 주세요."

"예. 난산이시라는 소리에 얼마나 마음을 졸였는지 모릅니다. 이리 강건하신 모습을 뵈니 소신 마음이 흡족하옵니다. 천여의 조정에서 공주님을 태자비로 인정치 않으려 한다는 소식을 들으신 경운 태자께서 많이 노여워하셨는데 그것이 기우셨던 모양입니다."

생각지 못했던 가여 예부령의 말에 서하의 얼굴에 일순 긴장이 어렸다. 그런 서하의 모습에 연우가 예부령을 보며 고개를 저었다.

"아닙니다. 그런 것이. 그런데…… 오라버니들께서는 모두 안녕하십니까?"

서하의 차갑게 식어 내리는 얼굴을 보며 일부러 화제를 돌리는 연우였다. 그 일을 다시는 서하 앞에서 거론하고 싶지 않았다. 그것으로 인해 그가 얼마나 힘겨워했는지 너무도 잘 알기 때문이다.

"태자 전하와 지운 황자님께서는 무탈하십니다. 무운 황자님의 일 때문에 황후마마께서 조금 힘들어하실 뿐."

"무운 오라버니께 무슨 일이라도 있습니까?"

걱정이 어린 얼굴로 묻는 연우의 말에 예부령의 시선이 서하를 슬쩍 올려다보았다. 서하가 모를 리 없는데 연우가 모르고 있는 것이 난감한 예부령이었다. 이 이야기를 지금 이곳에서 해야 하는지 판단이 서지 않았다.

"그 이야기는 제가 해 드리겠습니다. 태자비. 예부령께서는 먼 길을 가셔야 할 테니 이만 출발하세요."

"예. 태자 전하."

서늘한 눈매로 축객령을 내리는 서하의 모습에 예부령이 얼른 고개를 숙이고 몸을 일으켰다. 저 태자 서하가 가여에서와 달리 얼마나 서늘하고 무서운 이인지 이곳에 와서 절감하였기에 그의 말에 두말없이 일어나는 예부령이었다.

예부령이 나간 후 서하가 자리에서 일어나 연우의 앞에 마주 앉았다. 불안이 가득 고인 연우의 동그란 다갈색 눈동자가 서하를 바라보았다. 잘게 떨리는 눈동자가 안타까워 서하가 연한 미소를 지어 보였다.

"걱정하셔서 몸이 상하실까 싶어 알려 드리지 못했습니다."

"무슨…… 일입니까. 왜 무운 오라버니가."

"무운 황자가 가여 황실을 떠났습니다. 황자의 신분은 온전히 버린 것으로 압니다."

"……예?"

경악이 어린 연우의 눈이 커다랗게 떠졌다. 상상도 하지 못했던 일에 소스라치는 연우의 모습이 불안해 서하가 그런 연우를 품 안으로 끌어당겼다.

허깨비처럼 스미듯 안긴 연우가 그의 품에서 천천히 숨을 내쉬었다. 그가 설명을 해 주길 기다리는 듯 품에 안긴 연우는 더 이상 아무 말도 묻지 않았다.

"선족과 마족의 전투에 저와 무운 황자가 갔었던 것을 기억하시지요?"

잊을 수 있을 리가 없는 곳이다. 선족의 땅. 그가 자신을 두고 떠나 자신을 잃어버리고 돌아왔던 그곳이니까.

"그곳의 한 여인을 연모했었던 모양입니다. 바람을 품은 여인이 있었는데…… 그 여인과 무운 황자가 서로를 마음에 담았던 것이겠지요."

어렴풋이 카린의 모습이 기억나는 서하였다. 그녀의 바람 속에 무운이 갇혀 버렸던 모양이었다.

"그 여인이 무운 황자의 아들까지 낳았는데…… 가여로 들어가 살 수는 없던 모양입니다. 그 여인은 선족을 이끌어야 하는 이였으니까요. 해서 무운 황자가 선택을 한 모양입니다. 그녀와 자신의 아이를 선택한 것이지요."

"……."

서하의 품에서 연우가 겨우겨우 숨을 내쉬었다. 이곳에서 이리 듣는 것만으로도 숨이 막히게 놀랄 일인데 이 일을 겪어야 했을 가여의 가족들은 대체 어떤 마음이었을지 가늠도 되지 않다.

"경운 태자께서는…… 무운 황자를 죽은 사람으로 선포하신 모양입니다. 그리 결정하신 것이지요."

"흑!"

가슴이 저렸다. 큰오라비가 무운과 지운, 그리고 자신을 어찌 생각하는지 너무도 잘 아는 연우로서는 경운이 그 선택을 하기 위해 얼마나 아팠을지 상상이 되었다. 가슴을 쥐어뜯는 선택이었을 것이다.

"나는…… 무운 황자를 이해할 수 있습니다. 나였다 해도 그러했을 것이니까요."

낮게 심장을 타고 들려오는 서하의 목소리에 연우가 촉촉이 젖은 눈길을 들어 올렸다.

연우의 머리카락을 천천히 쓰다듬으며 서하가 연우의 볼 위에 흐른 눈물 자국을 가만히 닦아 주었다. 너무도 따스한 그 손길에 연우가 눈물이 담긴 미소를 지어 보였다.

"그는 지금 무척이나 행복할 것입니다. 그러니 걱정 마요."

"휘익!"

손가락을 입술에 가져다 대며 무운이 거칠게 휘파람을 불자 허공을 날던 매가 공중을 한 바퀴 유유히 돌고는 그대로 곤두박질치듯 밑을 향해 날았다.

그 매의 움직임에 무운이 팔을 들어 올렸다. 속도도 가늠할 수 없을 만큼 빠르게 내려오던 매가 속도를 천천히 줄여 무운의 팔 위에 사뿐히 내려앉았다.

"아따! 아따!"

매를 보고 팔을 벌리며 펄쩍펄쩍 몸을 일으키는 린을 한 손으로 안고 말을 달린 카린이 무운의 옆으로 말을 몰았다. 무운을 보자 린의 움직임이 더욱 과격해졌다.

"이 녀석 이걸 잡고 싶은 모양인데?"

"무운!"

린의 앞에 매를 들이미는 무운의 모습에 카린이 화들짝 놀라며 린을 품 안으로 끌어당겼다. 하지만 다가오는 매의 모습에 흥분한 것인지 린은 카린의 품에 들어가지 않으려 발버둥을 쳤다. 카린의 눈빛이 하얗게 무운을 노려보았다.

"미안, 린. 이놈을 너한테 줬다가는 내가 네 엄마에게 쫓겨나겠다. 그건 곤란하거든?"

매의 깃털을 잡고 싶어 허공으로 손을 마구 내젓는 린의 손길을 피해 매를 허공으로 날려 보낸 무운이 다시 고삐를 잡으며 카린을 돌아보았다.

"린은 내가 안을까? 그 녀석 움직임이 많아서 힘들잖아?"

"린을 안고 사냥을 할 거예요? 설마?"

"왜? 하면 안 되나?"

기가 막힌 얼굴로 멍하게 자신을 바라보는 카린 쪽으로 팔을 뻗은 무운이 린을 자신의 말 위로 옮겼다. 아비의 품이 신나는지 린이 발버둥을 치며 꺅꺅 소리를 질렀다.

린을 한 팔로 안고 다른 팔로는 고삐를 잡은 무운이 그대로 고개를 돌려 무리를 바라보았다. 그의 짙은 다갈색 눈동자가 빛을 품고 아름답게 반짝였다.

"사냥, 시작해 볼까?"

그대로 앞으로 질주하기 시작하는 무운의 뒤로 선족의 무사들이 달리기 시작했다. 작렬하는 태양의 빛 아래 새하얀 무사복이 끝없이 넓은 황야를 질주하고 있었다.

✼

"해서…… 올해 흉년으로 백성들이 입을 고통을 덜어 줄 방법을 아직 찾지 못했단 말입니까?"

끔찍하게 차디찬 서하의 목소리에 대신들이 고개를 들지 못했다.

흉년을 대비한 구휼미 외에 추가 조치를 준비하라는 태자의 명에 아직 방법을 찾지 못한 대신들이었다. 설마 저리 화를 낼 것이라고는 상상도 하지 못했기 때문이다. 구휼미 외에 대체 무슨 뾰족한 수가 있단 말인가.

"대체! 그대들이 하는 일이 무엇입니까! 구휼미는 이미 매년 모아 놓은 것이 아닙니까! 흉년이면 구휼미를 푼다는 것은 이제 백일이 된 태손도 알 일입니다! 그것 외의 더 확실한 방안을 마련해 보란 말입니다! 녹봉의 값만큼은 일들을 하셔야 하지 않겠습니까?"

대신들이 꿀꺽 마른침을 삼켰다. 황제보다 한술 더 뜨는 요즘의 태자였다. 황제는 불같이 화를 내지만 뒤끝은 없다. 한데 이 태자는 불처럼 화를 내지 않지만 절대 잊지도 그냥 넘어가지도 않았다.

문제는 요즘 더욱 화를 내는 일이 잦아졌다는 것이다. 얼음과 불꽃 사이를 오가는 태자의 모습에 아직도 적응이 되지 않는 대신들이었다.

"다음은 병부인가?"

"예. 병부 장군들의 인사안이 올라와 있습니다. 오늘은 낙점을 해 주셔야 한다고 합니다."

"……이 많은 숫자 중에 오늘 낙점을 하라고?"

"예. 전하."

확 일그러지는 서하의 모습에 건이 낮게 한숨을 토해 냈다.

태손이 태어난 후 황실이 떠나가게 엄청난 연회가 열렸었다. 태자와 태자비가 정해진 후 있었던 옥사와 대신들의 문제로 가라앉아 있던 황실의 위엄을 세우기 위해 황제는 그 어느 때보다 웅장한 연회를 준비했고 그 자리에서 태자에게 자신의 권한 중 상당 부분을 위임했다.

이제 어엿한 태손이 있으니 태자가 실질적인 황제 노릇을 해도 무방하다 생각하는 듯 보였다. 한데 단지 그것이 황제의 목적이 아니었음을 그때 서하는 알지 못했다.

자신의 권한을 서하에게 대부분 넘겨준 후 황제는 황후와 함께 하루 종일 태손을 돌보고 있었다. 말이 돌보는 것이지, 태손을 돌보는 것은 황후와 유모였고 그 곁에서 하루 종일 태손의 재롱을 보는 것이 황제의 요즘 일과였다.

태손이 깨는 시각에 깨고 태손이 잠드는 시각에 자는 황제에게 대신들은 그 무엇도 결재를 받을 수가 없었다. 태손과 함께 있는데 업무를 들고 황제에게 갔다가는 정말 엄청난 폭풍을 직면해야 하는 것이다.

그러니 모든 대신들이 태자에게 업무를 상의할 수밖에 없었다. 문제는 서하의 욕구불만이 하루가 다르다는 것이었다.

"폐하는 지금 또 황후궁에 계신 건가?"

날이 바짝 곤두선 검처럼 날카로워져 있는 서하의 물음에 건이 한숨과 함께 고개를 끄덕였다.

"내 아들이거든!"

버럭 고함을 치는 서하의 말에 건이 터지려는 웃음을 참느라 이를 악물어야 했다.

정말 요즘 같아선 서하는 불만이 쌓여 몸져누울 것처럼 보였다. 건이 보기에도 황제의 처사는 조금 심했다. 모든 업무를 서하에게 맡겨 서하는 정작 아들의 얼굴은커녕 연우의 얼굴조차 보기 힘든 하루하루를 보내고 있었다.

"오늘은 무슨 일이 있어도 일찍 업무를 마칠 거야."

전장 앞에 선 장수가 승리를 기원하듯 이를 악물며 말하는 서하의 모습에 건이 이마를 짚었다. 오늘 일정을 아직 다 말해 주지 못했던 건이었다. 미리 말하면 저 성질에 뒷목을 잡을 것만 같아서였다.

오늘만, 오늘만 하며 버틴 것이 벌써 두 달이 넘어가 서하의 인내가 이제 한계에 다다랐음을 알고 있었다. 물론 서하의 인내만이 아니라 자신의 인내도 이젠 정말 한계였다.

하지만 자신은 그나마 다행이었다. 난이 얼마 전 아기를 가진 것이었다. 그에 반해 서하는 얼마 전부터 어의에게 이제 다시 합방을 해도 좋다는 전갈을 받은 상태였다. 그날부터 서하가 더 조바심을 낸다는 것을 건은 알고 있었다.

"태자 전하."

번개의 속도로 병부 장군들에 대한 보고서를 읽고 있는 서하를 건이 조심스럽게 불렀다. 말해야 할 것이 있는데 정말 두려움이 몰려왔다. 짜증이 가득 고인 서하의 날 선 눈동자가 건을 바라보았다.

"또 뭐."

"칠점사를 풀었던 내관을 찾았다는 전갈이 왔사옵니다."

짜증을 얼굴 가득 담고 있던 서하의 시선이 서늘하게 내려앉았다. 건의 아픈 시선이 서하를 바라보았다.

연우의 몸은 쉽게 회복되지 못했었다. 보통은 며칠이면 움직이는 것에 문제가 없는 출산이건만 너무도 힘겹게 태손을 낳은 연우는 한 달이 넘어서야 겨우 움직일 수 있었다.

그 정도로 몸이 많이 상해 서하를 두렵게 했던 그녀의 출산이었다. 그 모든 원인이 그 화원에 있던 독사였기에 서하는 죽일 듯 그 범인을 찾으려 했다.

"어디 있대."

"그동안 계속 도망을 다닌 모양입니다. 한데…… 노모를 모시고 도망을 다닌 모양입니다. 해서 먼 곳에 오래 머물지 못하고 고향 가까이로 돌아온 듯합니다. 그자의 고향을 지키고 있던 이에게서 온 연통입니다."

언젠가는 고향 쪽에 기별이 올 것이라 생각하고 고향 쪽에 밀정을 심어 두었다. 그 밀정의 시선에 걸린 모양이었다.

한데…… 노모라.

"사준원이 노모가 사경을 헤맬 때 도움을 준 모양입니다. 그 일로 인해 내관이 되어 궁 안에서 사준원의 수족 노릇을 했던 것 같습니다."

은혜를 갚으려 했다는 것인가. 서하가 깊게 숨을 내뱉었다.

자신의 밀정으로 삼기 위해 손을 내밀었을 것이다. 시중 그자는 그렇게 자신의 사람들을 벗어나지 못하게 묶어 놓는 것으로 유명했던 이니까.

그자의 목적 따위는 상관없이 그자에게 매인 이들은 모두 그에게 한 가지씩의 빚을 가지고 있었다. 사람의 약하고 선한 마음을 이용할 줄 알았던 것이리라. 그자는.

"호위부를 보낼까요?"

"일단 지켜보라고 해."

"……예."

얼마 전 자신에게 연우가 했던 말이 떠오른 서하였다.

'독사를 푼 자를 찾고 계시다 들었습니다.'

'태자비는 신경 쓰실 필요 없습니다. 내가 처리할 것입니다.'

'더 이상은 피바람이 불지 않았으면 좋겠습니다. 그것이 저나 태령으로 인해서라면 더욱더요. 조금 힘들어도 모두를 품으셔야 하는 태자 전하와 태령입니다.'

'그래서…… 그대와 태령을 해하려 한 것을 용서하라는 말입니까.'

'그저 덮으시면 안 됩니까? 더 이상 그 누구도 그것으로 다치지 않게 말입니다.'

'안 됩니다. 그건.'

'그 누구도 저나 태령으로 인해 아파하는 이가 없었으면 좋겠습니다. 태령이 이어 가야 하는 곳이니까요. 이 천여는.'

그랬다. 그녀를 반대하고 그녀의 몸에서 태손이 나오는 것을 겁냈던 이들의 명분은 그녀가 가여의 공주라는 것이었다. 다른 것에 대한 거부감. 다른 나라의 핏줄이 이 가여를 잇게 되었을 때의 변화를 두려워한 것일 것이다. 그들은.

그런 그들에게 태령을 거부하려던 이들에 대해 계속 기억하게 하는 것이 과연 괜찮을까, 그 문제를 다시 수면 위로 올려도 진정 괜찮은 것일까 두려워지는 서하였다.

그저 천여의 태손인 태령이 아니라 가여의 피를 이어받았기에 피를 부르는 태손 태령으로 기억되게 하고 싶지 않았다. 자신이 흘린 피를 아들이 또 흘려야 하는 일은 막고 싶었다.

짙은 어둠이 깔린 교화전으로 들어서는 태자의 모습에 연통을 받은 재희가 달려 나왔다. 피곤이 가득한 시선으로 안쪽을 바라보는 태자의 앞에 고개를 숙인 재희가 급히 입을 열었다.

"태자비마마께선 아기씨와 함께 침수 드신 듯합니다."

"……같이?"

일순 서하의 미간이 차갑게 굳어졌다. 그런 태자의 모습에 재희가 얼른 다시 입을 열었다.

"아기씨께서 오늘 낮에 아주 약한 신열이 오르셔서 걱정되시어 곁에 있게 하셨습니다."

"지금도 신열이 있느냐."

"이제 괜찮으신 듯하옵니다. 어의께서 걱정하지 말라고 하셨습니다."

"유모는?"

유모의 존재를 확인하는 서하의 모습에 고개를 숙인 재희의 입가에 살짝 미소가 번졌다.

"옆방에 대기해 있사옵니다."

천천히 안쪽으로 걸음을 옮기는 서하의 뒷모습을 바라보고 있던 재희가 고개를 돌려 오라버니를 바라보았다.

피곤을 달고 사는 것은 태자만이 아닌 모양이었다. 오늘 낮에 잠시 외출을 했다 난에게 들렀을 때 오라비가 벌써 거의 닷새째 집에 오지 않았었다는 소식을 들었던 재희였다.

"내가 알아서 할 테니 잠시 나갔다 와. 올케 입덧 때문에 많이 힘든 것 같던데."

"……"

재희의 말에 건의 얼굴이 살짝 구겨졌다. 생각만 해도 그리운 사람이 힘겹다는 소리가 가슴을 찔렀다.

"새벽 전에 돌아올 거다."

"알았어. 걱정 마."

급히 걸음을 옮기는 건의 뒷모습을 바라보는 재희의 얼굴에 환한 미소가 번졌다. 건이 떠나자 재희가 얼른 몸을 움직여 유모가 있는 방 쪽으로 향했다. 곧 아기씨를 데리고 나와야 할 것임을 재희는 본능적으로 느끼고 있었다.

혹 잠이 든 그녀나 태령을 깨울까 싶어 조심히 소리도 나지 않게 문을 연 서하가 그 자리에 멈춰 섰다. 열린 문 사이로 스미듯 들어오는 달빛에 드러난 너무도 아름다운 모습에 심장이 두근, 움직임을 멈추는 듯 느껴졌다.

아마도 그를 기다리느라 옷도 갈아입지 않고 태령을 안고 어르다 함께 잠이 든 모양이었다. 그가 가장 좋아하는 색인 연홍색 치마저고리를 입은 연우의 품에 조그마한 태령이 안겨 있었다.

먹성이 좋아서인지 다른 아이들보다 훨씬 큰 태령을 품 안에 안은 채 모로 누워 있는 연우의 모습은 어미라고 하기엔 아직도 너무 어리고 또 너무 고왔다.

가는 두 팔에 혹여 놓칠세라 태령을 꼭 품어 안은 모습이 너무도 어여뻐 가슴 저 깊은 곳이 뻐근해지는 서하였다.

혹여 찬바람이 들어와 태령이나 연우에게 고뿔이라도 들까 서하가 조심히 문을 닫고 연우의 앞으로 다가가 앉았다.

그저 바라보기만 해도 세상을 다 얻은 듯한 느낌이란 것이 이런 것이리라. 세상에서 가장 소중한 두 존재가 눈앞에서 가장 편안한 모습으로 잠들어 있었다. 그 무엇도 방해할 수 없는 견고한 자신의 품이 저 둘을 지키고 있으니 가능할 것이다.

하지만! 감상은 여기까지. 며칠 만의 재회를 감상으로만 보낼 수 없는 서하가 조심히 연우의 팔을 풀고 태령을 가만히 들어 안았다. 깊이 잠이 든 것인지 연우는 그의 움직임에도 깨어나지 않았다.

"으응……."

그 순간이었다. 태령이 몸을 비틀며 낮게 옹알이처럼 입을 움직인 것은. 서하가 일순 움직임을 멈추고 숨을 참았다.

황궁에서 시중 사준원을 상대할 때보다도, 마족과의 전쟁에서 타란을 마주했을 때보다도 더 심장이 조여 오는 서하였다. 세상에서 서하의 심장을 멈추게 할 수 있는 이는 아마도 연우와

이 손안에 있는 작은 녀석뿐일 것이다.

다행히 서하의 조심스러운 움직임에 깨어나지 않은 태령을 조심스럽게 들어 안은 채 문밖을 바라본 서하가 빙그레 미소를 지었다. 문밖에 이미 유모의 그림자가 대기하고 있는 것이 보였다.

정말 이해할 수 없는 일이었다. 어찌 같은 배에서 나온 오누이가 저리 다를 수 있단 말인가. 눈치라고는 전혀 없는 건과 달리 재희는 정말 영특한 아이였다.

"편히 쉬십시오. 태자 전하."

유모에게 조심히 태령을 넘기고 안으로 들어서는 서하를 향해 재희가 나붓하게 고개를 숙였다. 마음이 급한 서하의 눈에 재희의 입가에 맺힌 진득한 미소는 다행히 보이지 않았다.

여전히 새근새근 옅은 숨소리를 내뱉으며 잠이 들어 있는 연우의 곁으로 다가간 서하가 태령이 누워 있던 자리에 자신의 몸을 눕혔다.

차마 가느다란 그녀의 팔을 벨 수는 없어 그녀의 팔에 목을 놓고 가만히 그녀의 품 안으로 커다란 몸을 밀어 넣은 서하였다.

아무리 조심해도 커다란 몸이 품을 파고들었기 때문일까. 약하게 떨리는 연우의 눈꺼풀이 보였다. 서하의 간절한 시선이 그 눈꺼풀의 움직임을 좇았다.

투명하리만치 맑은 다갈색 눈동자가 몇 번의 떨림 속에 온전히 그의 시야에 들어왔다. 잠기운을 담은 그녀의 눈은 눈앞에 있는 이가 누구인지 아직 확실하게 느끼지 못한 듯했다. 서하가 그런 그녀의 고운 눈가에 부드럽게 입을 맞췄다.

"언제 오셨습니까?"

아직 잠이 남은 그녀의 살짝 잠긴 목소리가 귓가로 달큰하게 스며들었다. 그녀의 눈빛도 그녀의 살결도, 그녀의 목소리까지도 그에겐 이제 달달하다 못해 몸이 녹아내릴 것처럼 좋았다.

스스로 생각해도 이건 병이었다. 각시에게 중독되어 버린 불치병. 아마 약도 없을 것이다. 아니, 있다 해도 절대 먹지 않을 것이다. 이 병에서 헤어나고 싶은 마음은 조금도 없으니까.

"많이 피곤합니까."

가만히 자신의 눈가를 쓰는 서하의 손길에 흐릿한 미소를 지어 보이던 연우가 그제야 태령의 존재가 떠오른 것인지 의아함을 담고 고개를 들려 했다.

그런 연우의 움직임을 서하의 손이 막았다. 그녀의 턱을 잡아 움직이지 못하게 자신의 시선에 고정한 서하가 그녀를 향해 고개를 저었다.

"태령인 지금 이 순간 잊읍시다. 아주 잘 자고 있으니까요."

"낮에 약한 신열이 있었습니다."

"지금은 멀쩡합니다. 전혀 문제없습니다."

연우의 동그란 눈이 잠시 황당한 표정을 짓다 하얗게 서하를 노려보았다. 서하가 입술을 뚱하게 내밀었다.

"난 지금 피곤에 절어 죽을 것 같은데 그대는 태령이만 걱정이 되고 나는 상관도 없는 모양입니다."

"지금 태령이를 질투하시는 것입니까?"

"모두 태령이에게만 관심이 있으니 하는 말입니다. 폐하께선 아주 나를 죽이시려 작정하신 분 같습니다. 말만 정무를 나눈 것이지, 아무런 것도 관할치 않으시니 그 모든 것이 제 일입니다. 하니 나는 숨 쉴 시간도 부족해졌단 말입니다. 안 보이십니까? 내 이 초췌한 모습이?"

연우가 입술을 가리며 천천히 몸을 일으켰다. 눈앞에 뚱한 얼굴로 자신을 보고 있는 이가 자신이 아는 그 사람이 맞는 것인지 확인해야 할 것 같았다. 태산 같은 모습으로 그 누구도 자신을 건드리지 못하게 막아 내던 사람은 대체 어디로 간 것인지 알 수가 없었다.

그리 냉랭하고 차가운 모습으로 자신에게 관심도 없다고 선언하던 그 열일곱의 서하는 허공으로 사라진 것일까, 땅으로 꺼지기라도 한 것일까. 한데 지금 자신의 앞에 있는 이 투정쟁이 사내의 모습이 너무 사랑스럽다면 자신 역시 이 사내처럼 열병에라도 걸린 것일까.

씩씩거리며 화를 어찌하지 못하던 서하가 자신의 얼굴을 가만히 쓰다듬는 연우의 손길에 움찔 몸을 떨었다. 열이 올라 있던 몸이 그녀의 손길에 화르륵 불이라도 붙는 느낌이었다.

"차갑기만 하시던 서방님은 어디로 가신 것일까요? 어마!"

장난스러운 눈빛으로 서하를 바라보며 그의 얼굴을 가만히 쓰다듬던 연우가 작은 비명을 내질렀다. 자신을 올려다보던 서하가 그대로 자신의 손목을 잡아 눕혔기 때문이다.

어느새 그의 밑에 깔려 버린 연우의 얼굴이 화르륵 불타올랐다. 자신을 누른 채 내려다보는 그의 시선에 담긴 열기가 고스란히 느껴져 왔다.

"듣기 좋습니다."

"무엇이 말입니까?"

그가 무엇을 말하는지 이해할 수 없어 연우가 동그랗게 눈을 뜨고 그를 올려다보았다. 아름답게까지 느껴지는 서하의 야윈 턱선이 그녀의 시야를 사로잡았다.

"그대가 서방님이라고 불러 주는 것 말입니다."

"……."

"언제나 동그란 눈을 하고 카랑카랑한 목소리로 그렇게 불렀었지요. 나를 말입니다."

말을 잇지 못하는 연우의 붉어져 가는 눈을 가만히 바라보던 서하가 천천히 입술을 내렸다. 까칠함이 입술에 닿아 왔다. 그녀의 눈꺼풀이 깜빡였다. 그 느낌이 좋아 서하의 입매가 길게 늘어졌다.

서하의 입술이 그녀의 눈 위에서 코로, 볼 위로 천천히 움직였다. 그 따스하고 감질 나는 움직임에 연우는 숨도 크게 쉬지 못하고 그 감각을 느끼고 있었다. 뱃속 저 깊은 어딘가가 간질거리는 느낌이었다. 숨을 크게 쉬기만 해도 이 느낌이 없어질 것 같아 숨을 참는 연우였다.

"그때, 기억납니까?"

잠긴 듯 울려 나오는 서하의 나직한 목소리에 연우가 감고 있던 눈을 천천히 떴다. 서하의 칠흑 같은 눈동자에 담겨 있는 자신의 모습이 보였다. 짙푸른 눈동자가 자신을 가득 품고 있었다.

"우리 둘만의 혼인식, 그리고 우리의 첫 밤 말입니다."

서하의 부드러운 물음에 연우가 천천히 고개를 끄덕였다. 그녀의 볼이 붉게 물들어왔다.

"그때 공주가 유성우를 보면서 그리 빌었다 했었지요. 내 진짜 각시가 되게 해 달라고."

연우의 눈에 물기가 천천히 차오르기 시작했다. 한순간 한순간 심장이 아리게 소중한 시간들을 기억하는 서하의 목소리가 심장이 아플 만큼 행복했다.

너무 행복하면, 너무 소중하면 심장이 아플 수도 있다는 것을 처음 느껴 보는 연우였다. 너무 행복해서 이대로 숨이 멈춰 버리고 싶을 만큼.

숨도 제대로 내쉬지 못하고 자신만을 응시하는 연우를 물끄러미 내려다보며 서하가 가만히 손가락으로 그녀의 얼굴을 쓰다듬었다. 그녀의 얼굴을 손안에 새기듯, 온 감각에 새기듯 천천히 쓰다듬던 서하가 입가를 살짝 끌어 올렸다.

"그때 유성우를 보면서 나는 무엇을 빌었을 것 같습니까?"

예전 기억에 취해 그저 아득한 시선으로 서하를 올려다보던 연우의 눈이 순간 반짝, 빛을 품었다. 생각하지 못했던 일이었다. 그때 그날 그도 함께 유성우를 보았었다. 그도 무엇인가를 빌었던 것인가?

"궁금합니까?"

연우가 고개가 떨어질 만큼 거세게 고개를 끄덕였다. 큭, 서하가 웃음을 토해 냈다. 그녀의 동그란 눈에 가득 담긴 호기심이 보였다. 그 반짝이는 총명한 눈동자가 너무도 익숙해서 행복한 그였다.

"그 순간 그대의 눈빛이 너무 고와서, 숨이 막히도록 아름다워서…… 죽는 순간까지 이 눈빛 앞에 있게 해 달라고 빌었습니다. 난."

연우의 눈꺼풀이 바르르 떨렸다. 그 눈에 매달린 긴 속눈썹에 맺힌 이슬방울이 토독 떨어져 내리는 것을 서하의 입술이 받아 냈다. 그녀의 눈물 한 방울조차 아까운 듯 그녀의 눈가에 내려앉은 서하의 입술이 떨어질 줄 몰랐다.

너무도 오랜만의 달콤한 잠에 빠진 부부를 잠에서 억지로 불러낸 것은…… 교화전을 뒤집어 놓을 듯 들려오는 우렁찬 울음소리였다.

그의 끝도 없는 욕망에 갇혀 탈진하듯 잠이 들었던 연우가 힘겹게 몸을 일으키다 난감함에 미간을 좁혔다. 실오라기 하나 걸치지 않고 잠들었던 것이다.

그녀가 곁에 흩어져 있는 옷을 챙겨 입는 기척에 서하도 천천히 몸을 일으켰다. 거세게 일그러진 그의 미간에는 여전히 피곤이 가득 고여 있었다.

"청하궁으로 보내라고 해야겠어."

짜증이 가득 고인 얼굴을 거친 손으로 쓸어내며 말하는 서하를 살짝 흘긴 연우가 밖에서 어른거리는 그림자를 불렀다.

"재희야, 태령이 데려오거라."

"예. 태자비마마."

이제나저제나 태자비가 기척을 내 주시길 소원하고 있던 재희가 냉큼 대답하고는 움직이는 모습을 그림자로 느끼며 서하가 거칠게 겉옷을 걸쳐 입었다.

오늘만큼은 아침까지 그녀를 품고 푹 자고 나서 새벽에 다시 그녀를 안으려 생각하고 있었는데 아들놈이 계획을 다 망쳤다. 연우를 그리 괴롭히며 태어나더니 이제는 자신까지 괴롭히는 아들 녀석을 생각하니 부아가 치밀어 올랐다.

눈 밑에 푸른 기가 도는 유모가 혹여 태자가 다른 말이라도 할까 두려운지 바로 태령을 연우의 품에 안겨 주고는 도망치듯 방을 나갔다.

어떻게 아는 것인지 연우의 품에 안기자마자 그 엄청나던 울음을 거짓말처럼 뚝 그치고 그녀의 가슴으로 파고드는 태령의 모습을 서하가 하얗게 흘겨보았다.

대체 이제 백일밖에 안 된 놈이 유모 젖을 그냥 먹으면 되지, 왜 꼭 지 어미의 젖만을 찾느냐 말이다. 대체 그 차이가 뭐기에!

"유모를 바꿀까? 유모가 젖이 부족한 거 아닙니까?"

허겁지겁 어미의 품에 얼굴을 묻고 서하에게까지 빠는 소리가 들릴 정도로 세차게 젖을 빠는 태령의 모습에 서하가 고개를 갸웃했다. 그런 서하를 바라보며 연우가 살래살래 고개를 저었다.

"저보다 더 많이 나옵니다. 제가 양이 작아 모자란다고 내의 녀가 걱정을 하였는데 이리 자꾸 제 품만 찾아 걱정입니다."

"까탈스럽기는, 덩치는 산만 한 녀석이 아무거나 먹지."

짜증이 나서 어쩔 줄 몰라 하는 서하의 모습에 연우가 빙그레 미소를 지으며 품 안의 태령을 내려다보았다.

까탈스러운 것이 누구를 닮았을지는 세상사람 모두가 알 것이다. 이래서 황제가 성격은 연우를 닮아야 할 것이라 걱정한 모양이었다.

"더 주무셔요. 피곤하실 텐데."

연우의 말에 고개를 저으며 서하가 그녀의 곁으로 다가앉았다. 잠이 완전히 깨 버려서인지 다시 잠들긴 힘들 것 같다.

이러다 저 꼬맹이가 배가 불러 잠이 들면 다시 유모에게 보내 버리고 연우를 품고 한숨 더 자고 싶은 마음이 굴뚝같은 서하였다.

그렇게 연우 곁에 있고 싶어 다가앉은 서하의 눈에 그녀의 가슴에 안긴 작은 존재가 들어왔다.

시선이 떼어지지가 않았다. 그녀에게 고정하려 했던 시선이 꼼지락거리는 작은 존재의 모습을 담느라 흔들리지 못하고 있었다. 그저 젖을 빠는 단순한 움직임에도 아기는 꼬물꼬물 자신의 온몸을 힘겹게 움직였다.

너무도 작아 그 작은 것에 손가락 다섯 개가 다 있는 것도 신기한 손이 연우의 적삼을 꼭 움켜쥐고 있었다. 절대 놓지 않겠다는 듯 작은 손에 힘이 들어가 있는 것이 느껴졌다. 우습다기보다 뭔지 모르게 가슴 저 깊은 곳이 싸해 오는 서하였다.

얼마를 있었을까. 여전히 연우의 품에 안겨 있었지만 태령이 잠들었음을 느낄 수 있었다.

달큰한 젖 내음에 취한 듯 잠든 태령이 깰까 걱정스러운 연우가 태령을 꼭 안은 채 길게 하품을 했다.

서하의 시선이 그런 연우의 얼굴을 향했다.

피곤함이 가득 고여 있는 동그란 눈이 보였다. 자신이 밤새 괴롭힌 것이 떠올랐다.

"유모에게 데려가라 할까요? 잠들었는데?"

서하의 말에 연우가 고개를 저었다.

"이러다 언제 또 깰지 모릅니다. 그냥 안고 있는 게 나을 듯합니다."

"그럼…… 내가 안고 있을까요?"

뜻밖의 서하의 말에 연우가 고개를 들었다. 무엇이 쑥스러운지 살짝 고개를 흔들며 서하가 팔을 내밀었다. 길고 단단한 그의 팔에 연우가 조심스럽게 태령을 안겨 주었다. 어색하게 태령을 안은 서하의 얼굴에 난감함이 고였다.

"괜찮으십니까?"

"조금 더 눈을 붙여요. 내가 안고 있을 테니."

서하의 말에 잠시 망설이던 연우가 자리에 누웠다. 매일매일 태령에게 몸의 것을 다 빼앗겨서인지 언제나 피곤을 달고 사는 그녀였다.

침상에 누운 채 연우가 태령을 안고 서성이는 서하의 모습을 물끄러미 바라보았다. 한숨이 나오게 아름다운 모습에 왠지 눈시울이 조금 뜨거워졌다.

너무도 어색하지만 그래서 더 소중해 보이는 모습. 태령이 태어나고 너무 바쁜 서하는 태령을 안아 준 적이 거의 없었다. 그럴 시간도 그럴 필요도 없었으니까.

똑같이 생긴 아기를 안고 있는 낯선 서하의 모습에 가슴이 가득 차올랐다.

"하……."

꼭 감긴 연우의 눈을 바라보며 서하가 낮게 한숨을 내쉬었다. 자라고는 했는데 대체 언제까지 이러고 있어야 하는지 기약이 없음을 이제야 깨달은 그였다.

잠이 든 태령은 재희나 유모에게 넘겨주면 또 깰 것이다. 그렇게 되면 저리 곤히 자는 연우를 또 깨워야 할지 모를 일이었다.

밤새 괴롭혀서 지금 그녀에게 필요한 것은 잠일 것이다. 부자가 쌍으로 재우지 않으니 견딜 재간이 없을 것이니까.

태령을 안은 채 가만가만 서성이던 서하가 무심코 고개를 품 안으로 내리다 우뚝 멈춰 섰다. 언제 깬 것인지 태령이 동그란 검은 눈동자를 빤히 뜨고 자신을 올려다보고 있었다.

너무도 검어서 투명하게 보일 정도의 짙푸른 동그란 눈동자는 자신의 눈에도 자신과 너무도 똑같았다. 저리 자신과 같은 눈은 이제껏 한 번도 본 적이 없었다. 똑같은 눈이 허공에서 서로를 바라보았다.

"에오……."

그 순간이었다. 태령의 도톰하고 붉은 입술이 열리며 알아들을 수 없는 작은 목소리가 새어 나왔다. 새끼 새의 부리처럼 조그마한 혀가 날름거리며 뱉어 내는 작은 소리가 그 어떤 울림보다 강하게 서하의 심장으로 박혀 들었다.

그리고 그렇게 무엇인가를 그를 향해 옹알거리던 태령이 그 작은 손을 천천히 들어 올렸다. 무엇이 하고 싶은지 알 길이 없었지만 태령의 얼굴은 진지했다.

손을 뻗은 태령이 서하를 계속 바라보며 입술을 오물오물 움직였다. 자신도 모르게 서하가 그 손 쪽으로 고개를 숙였다.

따스했다. 그것이 처음 느낌이었다. 따스하고 말캉한, 숨 막히게 좋은 느낌.

자신의 얼굴에 닿은 태령의 손이 꼬물거리자 온몸이 따스한 볕 아래 누운 듯 달콤하고 따스한 감각이 온몸을 감쌌다. 서로 미간을 살짝 좁힌 채 검은 눈동자 두 개가 서로를 뚫어질 듯 응시했다.

"태령아……."

처음으로 눈을 마주한 부자였다.

따스한 온탕에 온몸이 잠긴 듯 편안한 감각을 느끼며 연우가 천천히 눈을 떴다. 아직 잠에서 끌려 나오지 못한 몸은 땅 밑으로 꺼질 듯 여전히 무거웠지만 머리는 맑았다. 그리고 그 순간 열린 눈 안에 담긴 너무도 아름다운 풍경에 연우는 그만 넋을 놓고 말았다.

길고 단단한 몸에 붉은색 용포를 걸친 사내가 맨 처음 시선 안에 들어왔다. 그저 바라보는 것만으로도 여전히 심장을 뛰게 하는 이였다. 그 사내의 품 안에 안긴 작은 인영과 사내가 눈을 마주하고 있었다.

다른 이에게 절대 숙이지 않는 사내의 얼굴이 작은 존재를 향해 숙여져 있었다. 따스함이 가득한 사내의 시선이 자신의 품 안에 있는 존재에게로 빨려들듯 향해 있었다. 그리고 그 순간, 허공으로 들어 올려진 작은 손이 사내의 얼굴에 닿았다. 연우가 숨을 참았다.

"태령아⋯⋯."

사내의 입에서 흘러나온 따스한 그 부름에 연우가 눈을 꼭 감았다 다시 떴다. 터질 듯 울려오는 심장의 울림에 눈가에 물기가 맺히기 시작했지만 눈앞의 모습을 한순간도 놓치기 싫은 연우는 눈물을 닦아 내지도 못했다.

고이는 눈물에 숨 막히게 소중한 모습이 일그러지는 것이 싫어 눈을 깜박이자 물기가 주룩 눈가로 흘러내렸다. 투명해진 시야에 자신을 향해 고개를 든 사내의 검은 눈동자가 들어왔다.

자신의 모습을 확인한 사내의 얼굴에 환한 미소가 번졌다. 아기를 안은 채 사내가 그녀에게로 다가섰다. 그저 익숙한 그 모습에도 심장이 커다랗게 울렸다.

"이런, 이 울보 각시를 어찌합니까."

따스한 목소리와 함께 따스한 온기를 담은 손길이 그녀의 눈가를 스쳤다. 봄바람 같은 아기의 옹알이가 교화전을 물들이는 아침이었다.

−完−

외전.
태령과 린의 시간 속으로

작은 초막이었다. 아주 작고 작은 초막 위로 따스한 연기가
피어오르고 있었다. 아마도 저 뒤쪽에서 저녁을 준비하는 누군
가가 있는 모양이었다.

그리고 작은 초막 안마당에는 다섯 살 정도로 보이는 작은 여
자아이가 해바라기를 하고 있었다. 자꾸만 싸리문 너머를 바라
보는 소녀의 눈동자가 누군가를 기다리는 듯 반짝였다.

얼마의 시간이 흘렀을까.

"아버지!"

지루해 어쩔 줄 몰라 하며 발을 까닥거리던 소녀가 튕겨 오르
듯 일어서는 모습과 함께, 한 사내가 싸리문으로 들어서는 모습
이 보였다. 너무도 낯익은데 너무도 낯선 모습에…… 서하가 숨
을 멈췄다.

"우리 아리, 아비 기다린 것이냐?"

땔감을 한가득 채워 온 지게를 내려놓은 사내가 자신에게로 달려온 여자아이를 꼭 끌어안았다. 아비의 얼굴에 얼굴을 비비는 아이의 눈이 행복으로 반짝거렸다.

"오셨어요?"

아리라 불린 여자아이를 안고 일어서는 이의 앞으로 뒤쪽에서 걸어 나온 여인이 다가섰다. 서하의 시선이 자신도 모르게 그쪽으로 돌려졌다.

그리 화려함만을 두르고 있던 사람이, 그리 차갑던 얼굴을 하고 있던 사람이 맞는 것인가 서하의 시선이 아프게 흔들렸다.

그저 수수하게 머리를 틀어 올리고 새하얀 겉치마를 입은 여인의 배가 누가 보기에도 알 수 있게 볼록하게 솟아 있었다.

여자아이를 안고 있던 사내의 다른 손이 여인의 허리를 끌어당겼다. 무엇이 그리 좋은지 여자아이의 입에서 까르르 웃음이 터져 나왔다. 그 웃음에 잠기듯 중년 사내와 여인의 얼굴에도 편안한 웃음이 번졌다.

"많이 행복해 보이십니다."

품 안에서 들리는 젖은 목소리에 서하가 고개를 내렸다. 그 커다란 눈 가득 물기를 머금은 채 환하게 웃는 이의 얼굴이 보였다. 세상에서 가장 소중하고 가장 고마운 사람의 얼굴이 시선을 가득 채우는 느낌은 언제나 행복했다.

"그런 것 같습니다. 다행입니다."

"한데 신기합니다. 아이 이름을 아리라 부르셨습니다. 우리 아령이와 같은 돌림입니다."

"……그런가."

서하가 흐릿하게 미소를 지었다. 너무도 행복해 보이는데 알수 없는 아쉬움이 밀려왔다. 지존의 자리는 아니더라도 세상 그 무엇도 부럽지 않게 지내야 할 황제의 적장자가 저 작은 초막에서 지내고 있다는 것이 가슴 저 깊은 곳을 아리게 했다.

그런 서하의 마음을 이미 알고 있다는 듯 따스한 눈길로 서하를 올려다본 연우가 입을 열었다.

"저리 살고자 원하셨습니다. 편히 사시자 했는데…… 두 분다 거절하셨습니다."

서하의 의아함이 담긴 눈길이 품 안의 연우를 향했다. 무슨 말인지 이해할 수 없었기 때문이다. 그녀가 형님 내외를 만났다는 것인가? 그리고 어찌 편히 살 수 있다는 것인가. 저 두 사람이.

"제가 두 분을 가여로 보내 드리려 알아보았습니다. 지운 오라버니께서 두 분을 아무도 몰래 가여로 모실 수 있게 모든 것을 준비해 주실 수 있다 하셨는데…… 두 분께서 가지 않겠다고 하셨습니다."

서하가 숨을 참았다. 터질 듯 젖어 오는 심장이 아렸다.

"천여를 떠나는 삶 따위 택하지 않겠다고 하셨습니다. 지금도 너무도 충분하다고, 너무도 행복하다 하셨습니다."

"그리…… 챙기셨습니까."

서하의 애틋함이 담긴 시선을 올려다보며 연우가 고개를 끄덕였다. 서하의 따스한 입술이 가만히 연우의 이마에 닿았다. 그 순간이었다.

"으흠."

뒤쪽에서 어린 소년의 낮은 기침 소리가 들려왔다. 서하가 황급히 연우의 이마에서 입술을 떼었다.

"오라버니! 지금 아바마마가 어마마마께 무엇을 하신 것입니까?"

뒤쪽에서 카랑카랑한 목소리가 공간을 울렸다. 난감한 얼굴을 한 서하가 목소리의 주인공에게로 고개를 돌렸다.

동그랗게 반짝이는 다갈색 눈동자를 하고 건에게 안기다시피 말 위에 앉아 있는 어린 소녀가 서하를 보고 장난스럽게 입가를 끌어 올렸다. 그 진득한 미소가 조금은 두려운 서하였다.

"칭찬을 하신 것이다. 아령아. 네가 글공부를 잘했을 때 내가 해 주는 그것처럼."

서하의 걱정을 말끔히 거두어 주는 차분하고 냉정한 목소리가 들려왔다. 혼자 말 위에 앉아 낯선 공간을 둘러보는 소년의 검은 눈동자에 세상 전부가 담기고 있었다. 태손 태령이었다.

"저 말이 정말이야? 건?"

무엇인가 조금 이상한지 그 작고 동그란 머리를 까딱까딱하며 묻는 아령의 물음에 건이 픗, 웃음을 터뜨렸다. 자신을 바라보는 그 동그란 다갈색 눈동자가 너무도 익숙해 순간 참을 수 없었기 때문이다. 자신은 원래 무례하다며 달려 들어오던 그 눈동자와 어찌 이리 똑같을 수 있을까.

"예. 아령님. 태령님의 말씀은 틀리신 적이 없지 않습니까."

"아닌 거 같은데……."

의아함을 지우지 못한 소녀가 고개를 갸웃거렸다.

"이제 달려 볼까? 갈 길이 멀구나. 괜찮겠느냐. 태령아."

초막 안의 가족들에게서 시선을 거둔 서하가 뒤쪽을 향해 말하자 태령이 고개를 끄덕이며 말고삐를 다시 고쳐 잡았다.

열한 살의 태령과 여섯 살의 아령. 두 아이를 향한 서하의 시선에 따스함이 가득 고였다.

"꼭 잡아요."

서하가 연우를 안은 팔에 힘을 주며 나직하게 속삭였다. 초롱초롱 빛나는 눈을 위로 올린 연우가 환하게 웃음을 머금는 것을 보며 서하가 고삐를 당겼다.

"아버지! 오십니다!"

천리경을 들고 먼 곳을 바라보고 있던 린이 밑을 향해 외치며 망루에서 날듯 가볍게 뛰어내렸다. 바닥에 가볍게 착지한 린이 앞에 묶어 둔 말에 올라타고 그대로 질주하기 시작하자 기다리고 있었던 듯 무사들의 말이 그 뒤를 따랐다.

"어? 저기 린 오라버니다! 저쪽은 다온 오라버니네? 와, 다 모였다."

무엇이 그리 즐거운지 작은 손바닥을 짝짝 부딪치며 환호를 울리는 누이를 물끄러미 바라보던 태령이 저 앞쪽에서 달려오는 새하얀 무복을 향해 고개를 돌렸다.

선족 마을 쪽에서는 린이, 저 멀리 동쪽에서는 다온이 달려오는 것이 보였다. 태령의 검은 시선이 그 모두를 품고 있는 드넓은 평야를 응시했다.

턱에 손을 괴고 바닥에 주저앉은 린이 난감한 시선으로 자신의 파오 안을 둘러보았다. 잠깐 동안 이리 난장판이 될 수 있음이 놀라울 뿐이었다.

소중하게 여기던 범의 이빨이나 여우의 꼬리 등은 꼬맹이들의 장난감이 된 지 오래였고 그것들은 이미 전리품의 가치를 잃어버렸다. 작년에도 이랬는데 올해는 더 심해졌다.

사촌 동생들과 자신의 동생들까지, 모두가 자신의 파오에 모였다. 자신까지 하면 아홉. 그중 여자아이는 겨우 둘, 나머지는 다 정신없는 사내 녀석들뿐이다. 젠장.

서로 씨름이라도 하는지 바닥에서 뒹굴고 있는 어린 남동생들을 물끄러미 바라보던 린의 시선이 한쪽에 앉아 서책만을 보는 태령에게로 향했다. 이 소란스러운 중에도 글이 눈에 들어오는 게 신기할 정도였다.

구석 호롱불 옆에서 자신의 방인 양 편안한 모습으로 서책을 보는 태령의 얼굴이 호롱불에 일렁였다.

깎아 놓은 듯한 얼굴선과 지독하게 검은 눈동자, 새하얀 피부. 사내다운 풍모를 갖춰 가는 몸과 달리 얼굴은 더 고와지는 녀석이다. 가끔 재수 없는 놈이다. 때론 저놈이 형이 아닐까 의아할 만큼.

그렇게 잠시 태령에게 시선을 주고 있던 린이 흥미를 잃은 듯 고개를 돌렸다. 뭉쳐서 몸살을 하고 있는 어린 남동생들에게서 멀찍이 떨어져 앉은 두 누이들 곁에 있는 다온에게로 린의 시선이 옮겨 갔다.

누이들에게 무엇을 그리 자상하게 설명하는지 두 누이들이 재미있어 죽겠다는 얼굴로 다온의 말에 귀를 기울이고 있었다. 따스한 표정으로 손까지 허공을 휘저으며 말하는 다온의 움직임에 두 누이가 깔깔 웃음을 터뜨리는 모습이 보기 좋았다.

자신에게는 한 명도 없는 누이들이였다. 태령과 다온에게는 있는 누이가 자신만 없다. 정신없는 사내 동생들만 셋. 딸을 낳고 말겠다고 매일 결심하는 아버지 때문에 동생은 나날이 늘어 가는데 모두 사내라는 것이 문제다.

기억이라는 것이 생기면서부터 매년 함께했던 이들이였다. 천여의 태자인 서하 고모부와 연우 고모, 그리고 천여의 태손인 태령과 아령. 가여에서 온 지운 숙부와 화연비 숙모, 그리고 지운 숙부의 큰아들 다온과 다정 그리고 다선.

그들은 이렇게 1년에 한 번 이곳을 찾아왔다. 그저 이 벌판에 부는 바람처럼 사는 아버지가 가지고 있는 피가 무엇인지 1년에 한 번씩 확인이 되는 시간이였다.

그렇게 한 해 한 해 느껴 갈 수 있었다. 아버지가 무엇을 버리고 자신과 어머니에게 온 것인지.

"밤 사냥 갈까? 우리끼리?"

오랜 여행에 지쳐서인지 놀던 그대로 바닥에 쓰러져 잠들어 버린 동생들에게 모포를 덮어 주는 다온을 향해 린이 물었다. 그 말에 무심한 듯 서책에만 시선을 주고 있던 태령이 처음으로 시선을 들어 올렸다.

"밤 사냥…… 해 본 적 없지? 너희 둘 다?"

진한 미소를 지어 보이는 린을 향해 따스한 다온의 눈동자와 차가운 태령의 눈동자가 빛을 발했다.

기름을 잔뜩 묻힌 횃불을 든 린이 거침없이 들어서는 어둠 속으로 다온과 태령이 따랐다. 다행히 맑았던 하늘에는 달빛과 별빛이 가득했다. 환한 달빛 아래 드러나는 드넓은 벌판에 일렁이는 횃불의 빛을 따라 세 소년의 거침없는 그림자가 길게 드리워졌다.

벌판을 가로질러 조그마한 웅덩이가 있는 곳에 도착한 세 소년이 커다란 바위 뒤에 몸을 숨기고 앉았다. 밤이 되면 물을 먹으러 오는 동물들을 기다리면 된다는 린의 말 때문이었다.

동물들이 놀랄까 횃불마저 꺼 버린 벌판은 별빛에 희미하게 보이는 사물의 모습이 전부인 칠흑의 세상이었다. 그런 세상을 처음 보는 듯 다온이 주변을 조심스럽게 살폈다.

"이리 불빛이 없는 세상도 있구나."

"원래 불이란 것이 인위적인 것이거든? 이게 자연스러운 거라고. 이 궁 안에서만 살아 본 꼬마 샌님아."

"벌판에서 살아서 좋겠다."

주변을 둘러보는 다온의 말에 놀리듯 비아냥거리는 린을 다온이 하얗게 노려보았다. 동갑인 둘은 만나기만 하면 으르렁거리곤 했다.

세상 모든 것이 우습고 느긋한 린과 달리 어느 것 하나 계산하거나 계획하지 않은 것은 질색인 다온이었다. 그렇게 무엇 하나 맞는 것이 없는 두 사람이지만 또 그러면서 서로 가장 가까운 것도 두 사람이었다.

투닥거리는 두 사람을 뒤에서 물끄러미 바라보던 태령이 짙은 어둠을 품고 있는 밤하늘을 올려다보았다.

이상했다. 천여의 궁에서 보는 하늘과 이곳에서 보는 하늘은 무엇인지 모르지만 참 많이도 달랐다. 천여 자신의 궁에서 바라보는 하늘은 그 하늘의 끝을 볼 수 없게 막고 있는 거대한 담장 때문인지 이리 넓게 느껴지지 않았다.

하지만 이곳에 와서 보는 하늘은 정말 끝이 없다는 것이 무엇인지 확연하게 느끼게 해 주었다. 어디인지 가늠할 수도 없는 저 땅 끝까지 닿아 있는 하늘. 아마 하늘은 저 땅 끝으로 가도 닿지 못할 것이다.

"밤 사냥 해 본 적은 있는 거야?"

이제껏 아무 말도 없던 태령이 아직은 아무 기척도 없는 웅덩이 쪽을 보며 묻자 린이 큭큭 웃음을 토해 냈다.

"다섯 살쯤이었을까? 어머니 몰래 아버지가 나를 데리고 나오신 적이 있어. 그때부터 가끔 아버지가 데리고 오셨어. 동생들 때문에 지친 어머니가 잔소리 못 하실 상태에 가끔씩."

"다섯 살? 다섯 살짜리가 사냥에 와서 뭘 할 수 있는데?"

이해할 수 없다는 듯 눈을 커다랗게 뜨는 다온을 아기 보듯 바라보며 린이 한숨을 폭 내쉬었다.

"다섯 살짜리가 뭘 하겠냐? 활을 쏘겠냐? 검을 잡겠냐? 물어도 꼭. 그저 지켜본 거지. 아버지가 하시는 모든 것을. 이 어둠 속에서 한순간도 긴장을 놓지 않으시는 모습도, 조금의 흔들림도 없이 사냥감을 향해 활을 날리시는 것도 다 지켜보았어. 그 모습이 너무 좋아서 이 밤공기까지 좋아졌으니까."

"아버지와 단둘이 온다는 거야? 여길?"

놀라며 묻는 다온의 말에 린이 크게 고개를 끄덕였다. 만족감이 가득 고인 린의 반짝이는 다갈색 눈동자가 아름다운 별빛이 쏟아져 내리는 밤하늘을 올려다보았다.

"응. 언제나 아버지와 단둘이. 난 그 시간이 너무도 좋다. 아버지의 바람 같은 눈이 좋고, 하늘처럼 넓은 아버지의 등이 좋고, 시원하게 흐르는 바람에 날리는 내 아버지의 미소가 좋아."

"궁에서 살고 싶은 생각은 없어?"

다온의 뜻밖의 물음에 린과 태령의 시선이 모두 다온에게로 향했다. 린이 살짝 미간을 좁혔다.

"글쎄, 아주 없다고는 못하겠어. 난 이곳밖에 모르니까. 알고 싶어. 가여도 천여도. 그 넓은 다른 세상이 어떤 것인지."

"난 더 크면 다른 세상으로 가 볼 거야."

다온의 입에서 흥분이 담긴 목소리가 새어 나왔다. 따스하고 총명한 다온의 다갈색 눈동자가 별빛처럼 따스하게 반짝였다.

"아버지가 만나고 처리하는 일들 중엔 다른 나라와 관련된 것들이 많아. 다르게 생기고 다른 말을 하는 사람들이 얼마나 많은지 모르지? 머리카락 색깔도 눈 색깔도 너무도 다른 이들이 사는 그 다른 세계로 가 보고 싶어, 난. 아버지처럼 저렇게 그저 궁 안에서만 그들을 만나고 싶지 않고 다른 세상으로 갈 거야. 넌? 넌 어떻게 살고 싶은 거냐, 태령?"

"태령은 어차피 황제가 되어야 하는 거잖아? 천여의 후계자인데. 다른 선택이 있기나 해?"

어깨를 으쓱해 보이며 고개를 젓는 린의 말에 태령이 대답을 하지 않고 짙푸른 시선을 하늘로 돌렸다. 수많은 별들 사이에 독보적인 빛을 품어 내며 하늘을 온통 자신의 빛으로 물들이고 있는 만월이 들어왔다.

저 아름다운 달빛도 태양이 떠오르면 모두 숨 죽이며 사라질 것이다. 너무도 강한 태양 빛 아래선 그 무엇도 빛날 수 없기에.

"난 황제가 될 거야."

무심한 듯 흘러나오는 태령의 말에 린도 다온도 무심히 고개를 끄덕였다. 어차피 당연한 일인데 새삼스러울 것이 없는 말이었다. 태령의 말이 이어졌다.

"세상을 다 가질 거야."

무심하게 다시 고개를 끄덕이던 린의 눈이 휘둥그레졌다. 멍한 표정의 다온도 태령을 보며 입을 다물지 못했다.

"왜? 세상을 다 가져야 진짜 황제가 아닌가?"

"미친놈."

무엇이 이상하냐는 듯 오히려 린과 다온을 향해 의아함을 담는 태령을 보며 린이 황당하다는 듯 말을 던졌다. 그리고 그 순간 세 소년의 입에서 웃음이 터져 나왔다.

"쉿!"

얼마를 그리 깔깔대며 웃었을까, 웃음 끝자락에 린의 작은 목소리가 스며들었다. 공기가 숨을 죽이듯 세 소년에게서는 숨소리마저 사라졌다.

"멧돼지다."

커다란 바위 뒤에서 아주 조금 몸을 일으킨 린의 말에 태령도

389

다온도 꿀꺽 마른침을 삼켰다. 두려움을 담고 천천히 고개를 든 다온이 물가의 거대한 물체를 확인하고는 얼른 몸을 숙였다.

"뭐야? 멧돼지 맞아? 범 아니야?"

"멧돼지거든. 저렇게 못생긴 범이 어디 있냐? 범이 들으면 아주 기분 나쁘겠다."

"범은 저놈의 세 배쯤 커."

살짝 웅덩이 쪽을 바라보고 무심히 중얼거리는 태령의 말에 린과 다온의 눈이 또다시 커다랗게 열렸다.

"어찌 아냐? 너…… 범 본 적 있어?"

"응. 작년에."

"정말? 어디서?"

그저 놀라며 커다랗게 입을 벌리는 다온과 달리 린의 눈은 흥미를 담고 반짝이기 시작했다.

범이라 한다. 정말 잡고 싶고 보고 싶은 범. 동물들의 왕이라는 그 엄청난 녀석.

"할바마마 탄신제 때 아버지가 잡은 걸 봤어. 내가 태어나기전에 잡으신 것보다는 작다고 했지만 저 멧돼지의 세 배는 되던걸?"

"우씨, 부러워."

린이 짜증스럽게 뇌까렸다.

자신의 아버지도 예전에 태령의 아버지인 서하 고모부와 함께 범을 잡았었다는 이야기는 들었다.

하지만 고기를 얻기 위해 하는 이곳에서의 사냥에서는 범은 필요치 않았고 일부러 범을 찾는 위험한 사냥은 하지 않는 것이 선족의 사냥 원칙이었다. 천여나 가여처럼 황제의 권위를 위해 열리는 사냥에서나 범을 사냥하는 것이니까. 산 하나를 통째로 감싸야 만날 수 있는 것이 산의 영물인 범일 것이다.

"야. 린."

여전히 범을 잡지 못하는 현실을 한탄하며 씩씩거리는 린을 다온이 조그마한 소리로 불렀다. 화를 담은 얼굴로 린이 버럭 고함을 쳤다.

"왜!"

그 순간이었다. 린의 코끝으로 훅 스며드는 내음이 있었다. 지독한 노린내였다. 놀란 린이 천천히 고개를 돌렸다.

"헉!"

소년 셋이 몸을 숨기고 있는 커다란 바위 바로 뒤쪽으로 다가선 멧돼지가 바위를 향해 푹푹 거친 숨을 토해 내고 있는 것이 세 소년의 눈에 들어왔다. 멧돼지의 붉은 기를 담은 눈이 또렷하게 달빛에 드러나 보였다.

금방이라도 덮치고 싶은지 뭉툭하지만 거친 송곳니를 연신 내밀며 멧돼지가 쿵쿵 소리를 냈다. 세 소년의 등줄기로 서늘하게 식은땀이 주룩 흘렀다.

"어떻게 할 거야."

숨죽인 다온의 목소리에 린도 태령도 대답이 없었다. 불안으로 달달 떨리는 심장을 겨우 진정하며 린 쪽으로 시선을 돌리던 다온이 기함을 하며 굳어 버렸다.

"이얏!"

다온의 시선에, 날듯이 바위 위로 치고 올라가는 린의 모습이 보였다. 린의 손에 들린 검날에 달빛이 부딪치며 아름다운 빛이 허공을 갈랐다. 린이 멧돼지의 등 쪽으로 뛰어오르며 그대로 멧돼지의 목을 그어 내린 것이다.

황색의 빛이 가득한 공간에 붉은 것이 흩뿌려졌다. 그러나 멧돼지는 쓰러지지 않았다. 울컥울컥 목에서 엄청난 양의 피를 쏟아 내면서도 부르르 몸을 떤 멧돼지가 자신의 앞에 서 있는 린을 향해 달리기 시작했다.

린이 다시 검을 들어 올린 것과 멧돼지가 린을 향해 몸을 날린 건 같은 순간이었다.

"린!"

다온의 절규와 같은 비명이 울리는 그 어둠 속의 공간에서 무엇인가가 그 어둠을 뚫고 멧돼지 쪽으로 날았다.

"컥!"

툭! 허공에서 멧돼지가 외마디 비명도 다 내지르지 못하고 바닥으로 떨어져 내렸다. 땅이 울렸다.

저 동쪽의 땅 끝에서 흐릿한 붉은 기운이 조금씩 퍼지기 시작하는 공간, 아직 어둠이 지독하게 남아 있는 공간에 닿은 세 소년의 눈앞에 울컥울컥 피를 토하며 마지막 숨을 내쉬는 멧돼지의 모습이 들어왔다.

바닥에 누운 채 한 조각 숨을 내쉴 때마다 멧돼지의 목에서는 울컥울컥 핏물이 쏟아져 나왔다.

바닥에 모로 누운 멧돼지의 정수리에 박힌 활이 멧돼지가 숨을 내쉴 때마다 까닥까닥 움직였다. 그리고 조금 후 화살이 바르르 마지막 떨림을 담으며 멧돼지의 힘겹던 숨이 멈췄다.

멧돼지 앞에 선 채 움직이지 못하는 린을 바라보던 다온의 시선이 활시위를 천천히 내리는 태령에게로 옮겨 갔다.

린을 향한 멧돼지의 움직임이 린보다 한발 빨랐다. 만약 태령의 활이 멧돼지의 정수리에 박히지 않았다면 린은 멧돼지의 공격을 피할 수 없었을 것이다.

"하……."

다온이 주르륵 미끄러지며 바닥에 주저앉았다. 온몸이 떨려 손가락 하나 움직일 힘도 없었다. 사냥을 따라다닌 적도 없는 다온에게 이런 경험은 생전 처음이었고 정말 눈앞에서 죽어 가는 동물을 보는 것도 처음이었다.

비릿한 피 내음과 끔직한 멧돼지의 모습에 구역질이 올라올 지경이었다. 한데 멧돼지의 피로 칠갑을 하고 앞에 서 있는 린과 활을 거두는 태령은 아무런 표정의 변화도 없었다.

"한 방에 보낼 수 있었는데…… 젠장!"

린이 들고 있던 검을 그대로 던지며 거칠게 욕설을 내뱉었다. 자신이 끝낼 수 있었는데 태령의 도움을 받은 것이 못 견디게 화가 나는 모양이었다.

검날이 제대로 숨통을 끊어 내지 못해 멧돼지에게 시간을 준 것이다. 만약 태령의 활이 한순간이라도 늦었거나 비껴 맞았다면 자신은 멧돼지를 피할 수 없었을 것이다. 인정하고 싶지 않지만 그건 인정해야 했다. 태령이 자신의 목숨을 구한 것은.

"너 제법이다."

린이 태령을 향해 고개를 돌렸다. 들고 있던 활을 내린 태령이 무심한 시선으로 그런 린을 바라보았다. 짙푸른 검은 눈동자

가 달빛을 가득 품고 있었다. 그 서늘한 반짝임이 화가 날 정도
로 아름답다고 린이 생각했다.

"고맙다."

던지듯 말을 하고 고개를 홱 돌려 버리는 린의 모습을 물끄러
미 바라보던 태령의 입가에 스치듯 흐릿한 미소가 아주 잠깐 머
물다 사라져 갔다.

"이걸…… 가져가야 한다고? 우리가? 지금?"

얼이 빠진 듯 하얗게 바랜 얼굴로 자꾸만 확인하는 다온을 향
해 린이 하얗게 눈을 흘겼다. 아까부터 서늘한 냉기를 담고 있
는 린의 반응에 찔끔 눈을 감은 다온이 태령에게 구원을 청하듯
눈길을 주었다.

"이걸 꼭 지금 가져갈 필요는 없잖아. 내일 군사들을 시켜서
가져오라고 하면 되잖아."

"내일까지 이게 남아 있을 거 같아?"

짜증스럽게 뱉어 낸 린이 죽은 멧돼지의 머리 쪽을 들어 올리
려다 힘이 부치는지 그대로 바닥으로 내동댕이쳤다. 그 움직임
에 비릿한 피 내음이 공기 중으로 흩어졌다. 다온의 미간이 일
그러졌다.

"우리 힘으로는 안 돼. 그리고 여기서 계속 있으면 이놈의 피
냄새를 맡고 다른 놈들이 몰려온다."

멧돼지를 포기하지 못하고 자꾸만 끌어 보려 애쓰는 린의 모
습을 무심하게 바라보고 있던 태령이 차갑게 못을 박았다. 린의
얼굴에 짜증이 가득 고였다.

태령의 말이 틀리지 않다는 것을 잘 알고 있었다. 하지만 이리 엄청난 녀석을 잡았는데 포기하고 간다는 것은 사냥꾼의 자존심이 걸린 문제였다.

"저놈 송곳니면 어때? 크기가 저 정도면 누가 봐도 얼마만 한 녀석을 잡은 건지 알 수 있을걸."

"저걸…… 잘라 간다고? 우리가?"

생각만 해도 기분이 나쁜지 인상을 구기며 한 발 물러서는 다온에게는 시선도 주지 않고 태령이 린을 바라보았다. 깊은 한숨을 쉰 린이 천천히 고개를 끄덕였다.

"아우, 이놈 몸은 왜 이리 질기냐. 칼도 잘 안 들어가. 젠장!"

린이 검으로 멧돼지의 튀어나온 송곳니를 잘라 내려 젖 먹던 힘까지 쓰는 동안 태령은 활을 든 채 주변을 살폈다.

이 지독한 피 비린내가 얼마나 멀리 퍼질지 알 수 없었다. 게다가 한밤, 횃불을 밝히고 있다고 해도 굶주린 육식동물들이 다가올 수도 있는 상황이었다.

"야! 불 잘 안 들어? 안 보이잖아!"

짜증이 오를 대로 오른 린이 버럭 고함을 지르자 횃불을 비춰 주고 있던 다온이 어깨를 움츠리며 팔을 린 쪽으로 뻗었다.

지독한 피비린내와 죽어 있는 멧돼지의 모습이 보기 싫어 코를 막고 눈까지 찔끔 감고 있으니 제대로 불을 비출 수 있을 리 없는 다온이었다.

"쉿!"

그 순간 태령의 입에서 낮은 소리가 새어 나왔다. 놀란 다온이 그대로 태령의 뒤로 다가섰다. 린의 손길도 멈춰졌다.

"뭐야."

"몰라. 뭔가 다가오는 것 같아."

저 멀리 무엇인가가 움직이는 것을 느낀 태령이었다. 태령이 활을 들어 올렸다. 그리고 움직임을 느낀 쪽으로 활시위를 천천히 당겼다. 무엇인지 눈에 들어오는 순간 쏠 준비를 하는 태령의 모습이 어둠 속에서 차갑게 일렁였다.

정말 무엇인가가 자신들 쪽으로 다가오고 있었다. 달빛 아래 무엇인지 형체가 뚜렷하지 않아 무엇인지 알 길이 없기에 더 두려운 그들이었다. 횃불의 불빛이 닿는 거리에 들어와야 그것의 형체가 드러날 것이었다.

다온의 두려움이 담긴 거친 숨소리를 등 뒤로 느끼며 태령이 활시위를 당기고 있는 손을 고정시켰다. 무엇이든 제대로 명줄을 끊어 놓지 않으면…… 이쪽이 위험해진다.

그 순간이었다.

"태령 님?"

암흑 속에서 낯익은 목소리가 들려왔다. 숨을 참고 있던 태령이 비로소 숨을 내쉬었다. 린도 다온도 움츠리고 있던 몸을 천천히 일으켰다. 횃불에 다가서는 건의 모습이 보였다.

마을 입구에 장승처럼 서 있는 세 아버지의 모습이 보였다. 린과 다온, 태령이 그 앞으로 천천히 다가섰다. 세 소년을 보호하며 함께 온 무사들이 어둠 속으로 스며들듯 사라졌다. 세 소년과 세 사내만이 달빛 아래 마주 섰다.

"어딜 다녀오는 길이냐."

걱정이 한가득 담긴 얼굴로 묻는 지운의 물음에 다온이 고개를 숙였다. 그래도 아버지를 보니 두려움에 쪼그라들었던 심장이 조금 펴지는 듯했다.

"제가 밤 사냥을 가자고 하였습니다."

대답을 하지 못하고 머뭇거리는 다온을 느끼며 린이 입을 열었다. 놀라 커다랗게 입을 벌리는 지운과 그 말에 차갑게 태령을 바라보는 서하와 달리 무운의 입가에는 연한 미소가 번졌다.

"너희 셋이서?"

놀리는 듯 장난을 거는 듯 묻는 무운의 말에 린이 크게 고개를 끄덕였다.

"다온이와 태령이는 한 번도 밤 사냥을 해 보지 않았다 하여 보여 주고 싶었습니다. 아버지와 하던 밤 사냥이 얼마나 신나는 것인지."

"이런…… 큭."

무운이 고개를 저으며 웃음을 토해 냈다. 이럴까 카린이 제발 린 혼자 데리고 밤 사냥을 가지 말라고 그리 타박했던 것이리라. 겁 없이 혼자 도전할 것임을 잘 알기에.

"해서, 뭔가를 잡긴 잡았느냐?"

재미있다는 듯 묻는 무운의 말에 린이 입가를 환하게 끌어 올렸다. 다갈색의 눈동자가 불꽃처럼 타올랐다.

"거대한 멧돼지를 잡았습니다. 물웅덩이에서. 저번에 아버지가 잡으신 것만큼 커다란 녀석이었습니다."

"멧돼지?"

기가 막히다는 듯 놀라는 지운의 모습에 다온이 한 발 앞으로
나왔다.

　"정말 커다란 놈이었습니다. 아버지. 저는 처음 보아서 범인
줄 알았습니다. 멧돼지가 그리 클 줄은 몰랐습니다. 처음에는
웅덩이 옆 바위에 숨어 있었는데 멧돼지가 다가왔습니다. 물을
마시러 온 것을 보고 어찌 잡을까 궁리하는데…… 그놈이 저희
냄새를 맡았는지 뒤로 다가왔습니다."

　"해서?"

　엄청난 것을 본 듯 다온이 눈까지 동그랗게 뜨고 설명하는 모
습에 무운이 빙그레 미소를 지으며 묻자 다온이 신이 나는지 손
까지 들어 올렸다.

　"정말…… 심장이 멈추는 줄 알았습니다. 너무 커다랗고 또
지독한 냄새도 나고. 그런데 그 순간 린이 그놈에게로 달려들었
습니다. 검을 들고요."

　"헉!"

　지운의 입에서 비명처럼 감탄사가 쏟아져 나왔다. 린의 입매
가 느긋하게 휘었다. 서하의 시선이 이제까지 한 마디도 하지
않고 굳은 듯 서 있는 아들에게로 향했다. 태령은 린과 다온을
그저 물끄러미 바라보고만 있을 뿐이었다.

　"으…… 린의 검이 멧돼지 녀석의 목을 그었는데 그게 조금
빗나갔는지 멧돼지가 피를 철철 흘리면서도 린에게 덤벼들었거
든요. 아 진짜, 무서워 죽는 줄 알았습니다, 전. 그런데 그 순간
태령이의 활이 멧돼지의 미간을 그대로 뚫어 버렸습니다."

　정적이 새벽의 공간을 싸하게 감돌았다.

얼마의 시간이 흘렀을까. 그렇게 잠시 아이들을 바라보다 서로를 마주한 세 사내의 입에서 웃음이 터져 나왔다.

"아하하!"

"큭큭!"

"아, 진짜!"

서로를 가리키며 무엇이 그리 우스운 것인지 허리까지 잡고 바닥에 주저앉는 세 아비의 얼굴을 바라보는 세 소년의 얼굴에 의아함이 감돌았다.

붉은 기운을 가득 담고 동쪽에서 떠오르는 태양이 세 소년의 아름다운 얼굴 위로 물들고 있었다.

"저기 오십니다."

초조함에 미간을 좁히고 있던 태자 태령이 무진의 목소리에 고개를 돌렸다. 해가 지기 시작하는 어둠 속에 닫히기 직전의 궁문을 바람처럼 날렵하게 빠져나오는 린의 모습이 보였다.

검붉은 무복이 막 지는 해를 가득 품고 당당하게 자신 쪽으로 걸어오고 있었다. 넓은 어깨와 큰 키가 무복 때문인지 더욱 돋보였다.

"늦었다."

기다린 것이 짜증스러운지 태령이 하얗게 눈을 흘기자 린이 어깨를 으쓱해 보이며 고개를 저었다.

"설마 내가 아령이를 데려오길 바란 것은 아니지?"

399

"무슨 소리야?"

"아령이 떼어 놓느라 늦었거든? 뭔가 눈치를 챘는지 자꾸만 곁을 맴돌아서 죽는 줄 알았다고."

"그 녀석 정혼이 거론되고 있던데 이참에 진짜 정혼시키자고 말씀드려야겠다. 아바마마께."

"쉽지 않을걸? 아령이가 좋다고 하면 모를까, 마음에 들지 않는다고 하면 폐하께서 잘도 혼인 시키시겠다."

입가를 끌어 올리며 재미나다는 듯 내뱉는 린의 말에 태령이 한숨을 토해 냈다.

린의 말이 맞을 것이다. 아령에게 폐하인 아버지가 얼마나 약한지 너무도 잘 알고 있었다. 아령의 나이 이제 열여섯, 다른 황실이었다면 벌써 혼인을 하고도 남을 나이인데 아직 아령은 그저 천방지축 천여 황실의 보물일 뿐이었다.

"한데 나야 뭐 누가 신경도 안 쓰니 상관없다지만 넌 진짜 괜찮은 거야? 태자 전하가 이리 아무도 모르게 성을 나오고. 나중에 폐하께 꾸중 들어도 난 모르는 일이다."

"기대도 안 해."

"모진 놈. 하여간 말하는 것하고는."

일부러 눈꼬리를 내리며 말하고 있었지만 린의 얼굴에는 시원함이 가득 담겨 있었다. 이럴 때면 정말 바람처럼 자유로운 린이 말도 못하게 부러워지는 태령이었다.

태어나면서부터 태손이었고 지금은 태자란 이름으로 모든 것에 얽매여 있는 자신과 너무도 다르게 린은 하고 싶은 것을 하고, 살고 싶은 곳에서 자유롭게 살 수 있는 이이니까.

세상을 배우겠다고 부모를 졸라 열다섯부터 가여와 천여를 오가며 살고 있는 린이었다. 황실 핏줄이니 왕실의 교육도 받을 수 있지만 의무는 없는 존재. 발길 닿는 대로 하고 싶은 대로 살 수 있는 바람 같은 이가 린이었다.

"그런데 오늘 진짜 귀족 집안 여인들이 다 달맞이 나온다는 것 맞아? 괜히 소문만 무성한 거 아니야?"

살짝 불안을 담고 묻는 린의 말에 태령의 뒤에 꼼짝도 않고 서 있던 무진이 고개를 크게 끄덕였다.

"아닙니다. 오늘 달이 1년 중 가장 환하게 뜰 것이라 천관께서 예언하셔서 도성 안 젊은 여인들이 모두 나와 달맞이를 한다고 했습니다. 오늘 뜨는 달의 기운을 맞으면 연모하는 이를 사로잡을 수 있다고 해서 모든 여인들이 난리랍니다."

"야, 이거 오늘 가면 안 되는 거 아닐까? 다 나를 연모한다 달려들면 어쩌냐고. 그 소원들이 다 이루어지려면 내 몸이 백 개여도 부족할 텐데."

능청스럽게 호들갑을 떠는 린을 보며 태령이 고개를 저었다.

어려서부터 바람처럼 자유롭게 자라서인지 린의 말투나 행동은 늘 거침없었다. 기본적인 예절 따위도 린은 상관치 않았다. 수없이 많은 궁 안의 규율 속에서 자란 태령은 때론 황당했지만 가끔은 지금처럼 너무도 부럽기만 한 린의 모습이었다.

"오늘 상대를 찾아야 하는 건 나거든. 넌 며칠 있으면 여길 떠날 놈이 연인은 찾아서 뭘 하게."

"형이라고는 안 불러도 놈? 와…… 태자 전하 말투가 장난 아니십니다."

"형은 무슨."

"형 맞거든. 내가 너보다 한 살은 더 먹었거든."

"나이만 위면 뭐하나? 정신연령은 내가 한참 위거든."

"그래그래. 네가 형 해라. 까짓것."

세상 그 무엇에도 연연하지 않는 린답게 린은 태령이 형이라 부르지 않아도 상관치 않았다. 태령에게 린은 형이며 하나뿐인 친구였다. 다음 대의 왕, 그런 존재를 이리 편하게 대해 주는 이는 린뿐이니까.

"그런데 꼭 이렇게까지 해야 하냐? 어차피 넌 황제가 될 거고. 그러면 정혼자는 권력의 안배로 정해지는 것일 텐데 이런다고 네 운명의 상대가 짠 하고 나타날 거라고 믿는 거야? 정말?"

린이 살짝 걱정이 어린 얼굴로 물었다.

스무 살이 넘었는데도 아직 정혼자도 정해지지 않은 태령이었다. 태자인 것을 생각하면 늦어도 너무 늦은 혼례였지만 다행히 황제나 황후가 그런 것에 연연해하지 않기에 이제까지 정혼자가 없이 지낼 수 있었다.

하지만 아무리 황제가 묵인한다고 하여도 이제 태자 태령의 나이 스물한 살. 정혼자를 정해 황실의 후계를 확실하게 해야 한다는 상소가 하루가 멀다 하고 올라오기 시작하자 황제도 어쩔 수 없이 황후에게 태자의 정혼자를 찾아보라는 명을 내릴 수밖에 없었다.

정혼자! 생각만 해도 갑갑한 일이었지만 이제 더 이상 미룰 수만은 없는 태령이 정체를 숨긴 채 귀족 여인들을 살펴보려 이리 미행을 나선 것이었다. 얼굴 한 번도 보지 않은 정혼자와 혼인을 한다는 것은 생각만 해도 끔찍한 태령이었다.

"운명이 나타나지는 않는다 하여도, 혹시 알아? 누군가를 만나게 될지?"

"차라리 귀족 집안 여인들을 궁으로 다 불러들여서 앉혀 놓고 발을 드리우고 하나하나 얼굴을 살펴. 그중 천하절색이 있을지 누가 아냐."

"됐거든. 그런 방법은 진짜 싫어."

"까다롭기는. 나 같으면 그렇게 해서 가장 예쁜 여인을 고르겠다."

"예쁜 여인을 고르려면 기방에 가면 널렸을 거 아니야. 거기서 고르는 것이 낫겠지."

"그건 그렇지. 해서 내가 오늘 기방에 가려고. 도성까지만 동행하고 나 기방에 간다."

태령이 하얗게 눈을 치켜뜨며 한숨을 내쉬었다. 웬일로 동행한다 했더니 목적이 다른 곳에 있었던 모양이다.

"맘대로."

저 멀리 궁의 문이 웅장한 소리를 내며 닫히는 것을 물끄러미 바라보던 태령이 걸음을 옮겼다. 시원한 저녁의 바깥바람이 좋은지 어깨를 한번 으쓱해 보인 린이 성큼 그 뒤로 다가섰다.

수많은 등불이 일렁였다. 정작 오늘의 주인공인 달빛은 수많은 등불에 가려 보이지 않을 지경이었다. 끝도 없는 등불 행렬 속에 달빛을 받아 연모를 이루려는 소망을 가진 여인들의 고운 모습이 넓은 장터를 가득 메우고 있었다.

가장 아름다운 모습으로 가장 아름다운 소원을 빌려는 염원들이 모여서일까. 환한 등불과 어울린 여인들의 고운 옷 색깔들이 커다란 화원을 옮겨 놓은 듯 아름다웠다.

"잘 찾아봐라. 난 간다."

장터까지 함께 온 린이 무엇이 그리 신이 나는지 날듯 달려가는 모습을 물끄러미 바라보던 태령이 몸을 돌렸다.

사실 궁 밖으로 바람을 쐬고 싶었을 뿐 여인을 만날 기대 따위 애초에 거의 하지 않은 그였다.

이런 식으로 운명을 만날 리도 없고 어차피 누군가를 만난다 하여도 자신에게 선택권은 거의 없을 것임을 아는 태령이었다. 여인이란 것이 어차피 거기서 거기일 것인데 그런 여인 하나를 얻자고 모험을 할 생각 따위 없으니까.

정혼이라는 피할 수 없는 일을 앞두고 왠지 심난해진 마음을 식히고 싶어 나온 길이었다.

"하……."

태령이 고개를 들었다. 정말 지독하게도 환하고 아름다운 달빛이 땅을 비추고 있었다.

저 달빛 아래 누군가를 만나면 정말 운명이 되는 걸까 하는 막연한 생각을 머릿속에 떠올리며 걸음을 내딛던 태령에게 무엇인가가 강하게 부딪친 것은 그 순간이었다.

"아야!"

달려오던 작은 몸이 그대로 태령의 몸에 부딪쳤다가 뒤로 벌러덩 넘어져 버린 것이다.

크고 단단한 체격의 태령의 몸은 흔들림도 없는데 그의 몸에 부딪친 작은 인영은 넘어진 자리에서 일어나지 못했다. 달빛에 만들어진 그림자가 그 부딪친 것이 여인임을 알려 주었다.

"태자 전하."

인영에게로 한 발 다가서는 태령의 뒤에서 무진이 걱정스럽게 불렀다.

"괜찮아."

무진을 향해 살짝 고개를 끄덕여 보인 태령이 아직 일어서지 못하는 인영에게로 다가섰다. 움츠리고 있는 인영의 그림자가 달빛에 길게 늘어졌다. 가늘고 조그마한 그림자였다.

"괜찮습니까."

웅크리고 있는 인영이 조금의 움직임도 없는 것이 이상해 태령이 인영 쪽으로 몸을 숙였다. 작은 인영의 몸 위로 태령의 커다란 그림자가 드리워졌다.

그 순간이었다. 웅크리고 있던 작은 인영이 태령의 소매를 아래쪽으로 잡아당긴 것은.

"잠시만요."

속삭이듯 새어 나오는 여인의 목소리에 미간을 좁힌 태령이 몸을 일으키려 하자 여인의 손이 그런 태령을 더 아래로 잡아끌었다.

"이봐요. 지금……."

"쉿! 잠시만요. 잠시만 이러고 있어 주세요."

애원하듯 말하며 여인이 태령의 품 안으로 작은 몸을 거의 밀어 넣다시피 숙였다. 품 안으로 파묻혀 오는 여인에게서 익숙하지 않은 달큰한 체향이 느껴졌다. 이상한 느낌이었다.

"어디로 가신 거야? 빨리 찾아!"

"예."

조금 떨어진 곳에서 들려오는 소리에 태령이 고개를 내렸다. 누군가를 피해 도망가는 중이었나 하는 의아함이 들었다.

얼마를 그렇게 있었을까. 뒤쪽에서 들리던 발자국 소리들이 저 멀리로 사라지자 그제야 인영이 그의 품에서 조금 떨어져 나왔다. 여인의 작은 손이 꼭 잡고 있던 태령의 소맷자락을 그제야 놓아주었다.

"하, 큰일 날 뻔했네."

작은 인영이 고개를 들었다. 동그란 눈동자가 달빛에 드러났다. 너무도 환한 빛을 품고 있는 투명한 갈색 눈동자가 곱게 휘어져 환한 웃음이 담겨 있었다. 태령의 시선이 그 눈동자에 멈춰 버렸다.

"고마웠어요. 그쪽 아니었으면 잡힐 뻔했는데."

입가에 진한 미소를 담고 몸을 일으키던 인영의 미간이 그 순간 거칠게 일그러졌다.

"아!"

일어서던 여인이 자신의 발목을 잡고 그대로 주저앉는 모습에 태령이 자신도 모르게 여인의 몸을 받쳤다. 넘어질 뻔했던 여인이 태령의 팔에 몸을 기댔다.

"다쳤습니까?"

여인이 발목을 움켜쥐고 낮은 신음을 흘리는 모습에 태령이 다시 여인에게로 고개를 숙였다. 커다란 그림자에 갇힌 여인에게서 낮은 목소리와 한숨이 흘러나왔다.

"젠장! 미치겠네!"

낯선 말투에 태령의 눈이 커다랗게 열렸다.

난감함에 미간을 좁힌 태령이 주변을 살폈다. 발목을 접질린 것인지 여인은 일어서기도 힘겨워 보였다. 사실 자신이 상관할 바는 아니었다. 그저 가던 길 가면 그만이었다.

한데…… 아까 고개를 들었을 때 마주했던 눈동자가 자꾸만 신경에 거슬려 몸이 돌려지지 않았다. 처음 느끼는 낯선 기분이었다. 다른 사람의 사정 따위 한 번도 상관해 본 적 없던 자신이었으니까.

"팔 좀 잡아 주실래요?"

어쩔 줄 몰라 난감함에 눈동자를 굴리고 있는 태령에게로 여인이 손을 내밀었다. 태령이 자신도 모르게 무심히 여인의 손을 잡았다. 너무도 가늘고 작아 자신의 커다란 손안에 잠기는 손이었다.

태령의 힘에 의지해 겨우 일어나긴 했지만 절대 걸을 수 있는 상태가 아닌 모양이었다. 성한 발을 내딛고는 다친 발을 겨우 끌어 보려던 여인이 고통이 느껴지는지 몸을 움츠리며 잇새로 낮은 신음을 뱉어 냈다.

작은 몸이 고통을 참는 모습이 고스란히 느껴지자 태령의 얼굴에 그늘이 드리워졌다.

"안 되겠습니다. 잡아요."

"네?"

잠시 망설이던 태령이 잡고 있던 여인의 손을 자신의 어깨로 올리고 그대로 여인의 작은 몸을 들어 안았다. 놀라며 여인의 팔이 태령의 어깨를 감싸 안았다.

놀란 무진이 뒤로 다가서자 태령이 고개를 돌려 고개를 저었다. 난감함을 담은 무진의 얼굴이 굳어졌다. 놀란 여인이 몸을 버둥거렸다.

"내려 주세요. 걸을 수 있어요."

"못 걷습니다. 쫓기는 거 같던데 여기 그냥 있으면 그들이 다시 되돌아올 텐데…… 그래도 괜찮습니까? 그냥 여기 두고 제 갈 길 갈까요?"

금방이라도 다시 내려놓을 듯 말하는 태령의 말에 여인의 눈동자가 마구 흔들렸다. 빛을 품은 동그란 눈동자가 생각을 담느라 커다란 눈 안에서 맴도는 모습이 귀엽다고 태령이 생각했다.

"잠시만 결례를 하겠습니다."

망설이는 그녀의 대답을 기다리지 않고 태령이 걸음을 옮기기 시작했다.

✳

자신의 곁에 다가앉아 술을 따르려 서로를 밀치는 기녀들의 모습을 심드렁한 표정으로 바라보던 린이 발이 내려지는 모습에 고개를 돌렸다.

화려하기가 말도 못하게 치장을 한 중년의 기방 주인이 다소 곳이 고개를 숙이며 다가와 린의 앞에 앉았다.

"귀하신 손님께서 오늘 일진이 좋으신 모양입니다. 한 달에 한 번 귀인이 저희 기방의 귀한 손님 앞에서만 비파를 연주해 주는 기회를 잡으셨으니 말입니다. 하늘이 내린 소리를 들으실 수 있을 것입니다."

기방의 주인이 다소곳하게 고개를 숙이고 물러나자 발 바깥쪽으로 누군가가 들어와 앉는 기척이 느껴졌다. 진한 색감의 발때문에 들어서는 이의 모습은 제대로 보이지 않았지만 여인이란 것은 느낄 수 있었다.

"누구냐? 저 아이는?"

린이 빈 술잔에 다시 술을 채워 넣는 여리고 귀엽게 생긴 기녀에게 묻자 기녀가 살짝 발 쪽으로 시선을 주었다.

"저도 누구인지는 모릅니다. 그저 한 달에 한 번 와서 비파를 귀한 손님께만 한 번씩 연주하는 아이입니다. 그 비파 소리가 얼마나 고운지 천상의 소리라 다들 감동하는데 절대 한 사람 앞에서 두 번은 연주를 하지 않기에 애를 태우는 이들이 많다고 합니다. 저 아이 때문에 이곳을 찾는 이들도 많답니다. 혹여 저 아이가 오는 날이 아닐까 해서요. 하지만 언제 올지는 아무도 모르고 또 누구 앞에서 연주를 할지는 그날 수기녀께서 정해 주시니 정말 횡재하신 거랍니다. 오늘."

"비파 연주가 아무리 좋아 봐야…… 응?"

심드렁하게 몸을 틀던 린이 고개를 들었다. 발 저 너머에서 들려오는 낯선 소리가 심장을 움켜쥐는 듯한 기분을 느꼈기 때문이다. 간절함을 담듯 애절한 눈물을 담듯 이어지는 소리에 술잔을 쥔 린의 손이 움직이지 못했다.

삐그덕. 약한 문소리가 쥐 죽은 듯한 공간을 울렸다. 허공만을 응시하던 린의 시선이 문 쪽으로 나른하게 향했다. 예상대로 뒷문으로 은밀히 드나들고 있었다. 린의 예감이 적중한 것이다.

"조심해서 가십시오. 아가씨. 잘 모시게들."

낯익은 이의 낯선 말투에 린의 미간이 살짝 좁아졌다. 분명 기방의 주인 목소리였다. 한데 그 도도하고 세상 무서운 것 없는 여인이 고작 비파를 연주하는 이에게 경어를 쓰며 존대를 하고 있었다.

아까부터 스멀스멀 올라오던 궁금증이 심장을 조일 만큼 가득 차올랐다. 그대로 린이 지붕 위에서 가볍게 뛰어내렸다.

"이런…… 호위 무사들까지?"

갑자기 하늘에서 나타난 린의 모습에 여인의 앞을 호위 무사들이 둘러쌌다. 검을 드는 모습만으로도 제법 검을 잡는 이들임을 알 수 있는 린이었다. 그저 무사 나부랭이가 아닌 진짜 검객들이었다. 그렇다면 그런 무사들을 호위로 거느리고 다니는 정도의 집안 여인이라는 이야기다. 대체.

겁을 내기는커녕 한 발 더 다가서는 린의 모습에 길게 너울이 드리운 전모를 쓰고 있는 여인이 손을 들어 올렸다. 여인의 손짓에 린을 향해 금방이라도 달려들 듯 검을 세우던 무사들이 한 발 뒤로 물러섰다.

큰 키에 호리호리한 여인의 몸이 린의 앞에 섰다. 여인치고는 키가 큰 편이었다. 가늘지만 아름다운 태를 갖고 있는 몸을 한 여인의 얼굴에는 짙고 긴 너울이 드리워져 있어 얼굴은 한 조각도 보이지 않았다.

하지만 여인에게서 풍겨 나오는 향기는 진했다. 목련의 향기.

"이렇게 하지 않으면 다신 만날 기회가 오지 않을 거 같아 결례를 범했습니다."

"……."

린의 말에 여인이 아주 약하게 고개를 끄덕였다. 괜찮다는 뜻인 모양이었다. 구름에 가려져 있던 달이 다시 빛을 품어 냈다. 그리고 그 순간 불어오는 바람이 여인과 린 사이를 스치고 지나갔다.

바람에 살짝 들어 올려진 너울 속에서 여인의 가늘고 붉은 입술과 얇은 턱선이 드러났다. 그리고 그 모습은 꿈처럼 바로 사라져 버렸다.

"비파 연주, 한 번만 더 들을 수 있겠습니까."

"불가합니다."

청아하지만 힘이 있는 낮은 목소리가 너울 너머에서 들려왔다. 린이 입가를 살며시 끌어 올렸다.

마음에 드는 향, 마음에 드는 목소리. 모든 것이 예상처럼 심장을 흔들고 있었다. 자신의 심장이 이리 뜨거울 수 있다는 것이 즐거운 린이었다. 이리 심장을 즐겁게 해 주는 상대를 만났는데 이리 쉽게 놓을 수 있을 리가 없었다. 아니, 놓지 않을 것이다.

"한 번은 되는데 두 번은 안 된다. 왜입니까?"

"한 번은 저를 숨길 수 있지만 두 번은 저를 온전히 숨길 수 없으니까요."

"숨겨야 하는 모양입니다. 스스로를?"

"내어놓을 수 없으니 이리 살아가겠지요."

여인의 음성은 지나치도록 담백했다. 하지만 린은 느낄 수 있었다. 여인의 목소리 안에 담긴 처절한 화를. 여인의 심장에 가득 차 있는 답답함을.

"그 누구라도 그대의 연주를 두 번은 들을 수 없는 것입니까."

"글쎄요."

여인의 입가가 살짝 올라가고 있다고 린이 생각했다. 보이지 않았지만 느낄 수 있었다. 이 여인이 지금 조금은 흥미를 보이고 있다는 것을.

"누굽니까. 그대의 연주를 다시 들을 수 있는 자격을 갖춘 사람은?"

"……황제의 피를 이어받은 이 정도라면? 후후."

재미있는 농담을 하는 듯 여인이 말끝에 웃음을 삼켰다. 아마도 린을 놀리고 싶은 모양이었다. 언감생심 꿈도 꾸지 말라는 말일 것이다.

"그럼…… 되는 겁니까?"

순간 여인이 살짝 긴장하는 것이 느껴졌다. 린의 대답을 예상치 못해서일 것이다. 비웃듯 던진 말에 확인을 하는 사내의 모습이 당황스러우리라.

"가자."

치마를 쥔 여인의 손에 아주 잠깐 망설임이 담겼다고 느낀 순간 여인이 무사들을 향해 입을 열자 무사들이 여인의 앞에 섰다. 린이 그들에게 공손하게 길을 열자 여인의 무리가 린의 앞을 지나갔다.

여인의 움직임에 여인의 얼굴에 걸린 너울이 찰랑거렸다. 그리고 그 너울을 비추는 달빛 아래 아주 가늘고 짙은 여인의 눈매가 흐릿하게 보였다. 달빛을 머금은 여인의 눈매가 린의 눈 안에 들어와 박혔다.

"두 번째 연주 곧 들으러 가겠습니다. 기다려요."

흐르는 듯 걸음을 옮기는 여인의 뒤로 린이 낮게 속삭이듯 말했다. 그를 스쳐 지나가는 여인에게 충분히 들릴 거리에서.

아주 잠깐 흐트러지는 여인의 발걸음이 린의 눈 안에 들어와 박혔다.

멀어지는 여인의 뒷모습을 바라보던 린이 이마를 짚으며 달빛을 올려다보았다.

"아, 싫은데. 황자로 사는 거."

생전 처음 황실의 핏줄이라는 것이 재미있어지는 순간이었다.

여인이란 원래 이리 가벼운 것일까 의아함이 드는 태령이었다. 너무도 가늘고 작아 바람에라도 날아갈 듯 무게감이 없는 여인을 안고 걷는 것이 낯설고 이상한 기분이었다.

아령이 어려서는 가끔 안아 주었지만 그때의 아령은 어린아이였다. 아무리 작고 가볍다 해도 어린아이를 안는 것과는 다른 느낌에 태령의 감각이 낯설다고 아우성을 치고 있었다.

시끌벅적한 장터 쪽을 빠져나와 인적이 드문 커다란 나무 밑에 여인을 내려놓았다. 품 안이 갑자기 허전해져 왔다.

"고맙습니다. 이제 가 보셔도 돼요."

여인이 아픈 발을 살살 만지며 말했다. 태령이 큭, 웃음을 토해 냈다. 여인의 동그란 눈이 웃음소리에 들어 올려졌다. 달빛 아래 또다시 투명함이 가득한 동그란 눈동자가 태령을 올려다보았다. 두 번째인데도 또 심장이 덜컹거렸다.

"걷지도 못하는데 여기서 혼자 있을 생각입니까."

"그게…… 가시던 길에 방해가 되지 않으십니까."

"뭐 그저 달밤에 산책이나 할까 나온 길이니 상관없습니다. 발이나 한번 볼까요?"

태령이 여인의 앞에 무릎을 꿇고 앉는 모습에 무진이 화들짝 놀라며 태령에게로 다가섰다.

"태…… 주인님!"

태자 전하라 부를 뻔한 것을 겨우 삼키며 태령을 부른 무진의 놀란 목소리에 태령이 빙그레 미소를 지으며 무진을 올려다보았다.

"서 있지만 말고 의원에게 가서 약초나 좀 가져와. 접질린 것 같다고 하고."

"……예."

난감함을 담고 잠시 머뭇거리던 무진이 달려가는 모습을 물끄러미 바라보던 태령의 손이 여인의 발목에 가만히 닿았다.

"아!"

아주 조금 닿았을 뿐인데도 작은 몸을 웅크리며 아파하는 여인의 모습에 태령이 깊게 한숨을 내쉬었다.

"아주 제대로 접질렸군요. 당분간 걷기는 틀렸습니다."

"안 되는데!"

여인이 화들짝 놀라며 몸을 일으키려다 다시 주저앉았다. 태령이 그 곁에 커다란 몸을 내렸다.

"혹시 어디로 도망가는 중이었습니까? 아까 누군가 뒤쫓던데."

"……달맞이 핑계로 집에서 도망 나온 길이에요."

이제 다 포기한 듯 눈꼬리를 축 늘어뜨린 여인이 힘이 다 빠진 목소리로 하는 말에 태령이 고개를 저었다.

"그럴 나이는 지난 거 같은데…… 아입니까?"

"아이 아니거든요! 이래 봬도 올해 열여덟이거든요!"

"늙은 아가씨였군요."

"이봐요!"

여인이 도끼눈을 하고 태령을 사납게 노려보았다. 자기 딴에는 사납게 노려본다고 생각하는지 모르겠지만 워낙에 동그란 눈동자가 흘겨보아도 귀여워 태령이 풋, 웃음을 흘렸다.

"늙은 아가씨가 왜 집에서 도망을 나와야 했는지 사연이나 들읍시다. 이렇게 만난 것도 인연인데 그 정도는 말해 줄 수 있지 않습니까?"

"재미없는 이야기예요."

"그건 내가 판단할 일이고."

뚱하게 입을 내민 여인이 그제야 태령을 가만히 훑어 내렸다. 반짝이는 눈동자가 자신을 꼼꼼히 살피는 기척에 태령이 알 수 없는 두근거림을 느꼈다. 다른 이의 시선 앞에서 이리 긴장되는 건 처음이었다.

"그쪽은 귀족 집안 도령 같은데…… 혼인했어요?"

"혼인? 아직인데."

"집에서 막 하라고 하지 않으세요? 그쪽도 늙은 총각인 듯 보이는데."

늙은? 태령이 기가 막혀 고개를 저었다. 자신에게 저리 말하는 이는 태어나 처음 만나는 그였다.

"원하지 않는 혼인을 해야 할지도 몰라서 도망가는 길이었어요. 진짜 사절인 신랑감이라서요."

"어떤 신랑감인데 그리 도망을 가야 할 만큼 별로인 겁니까?"

"태자요."

순간 태령이 숨을 참았다. 여인이 앉은 채로 아프지 않은 다리 한쪽을 살랑살랑 흔들며 이야기를 계속했다.

"얼마 후면 태자 전하 정혼자를 정할 거라는 거 모르죠? 알만한 집안에서만 아는 일인데요. 그 정혼자 후보 중에 제가 들어갔다는 거예요. 한데 전 정말 태자 전하와는 혼인하기 싫거든요. 절대!"

마지막 말에 주먹까지 쥐어 보이는 여인의 모습을 물끄러미 바라보던 태령이 미간을 거세게 좁혔다. 대체 뭐가 저리도 싫다는 것인가? 자신이?

화가 나려는 속내를 삼키느라 힘겹게 숨을 내쉬며 태령이 아무렇지도 않은 듯 여인을 돌아보았다.

"태자비가 되면 세상 가장 귀한 여인이 되는 것인데 뭐가 그리 싫은 겁니까?"

"그런 거 관심 없습니다. 저는 저만 귀히 여겨 주는 사내가 좋습니다. 한데 태자는…… 아니랍니다."

"뭐가 아니란 겁니까?"

"태자 태령에 대한 소문 듣지 못하셨습니까? 까칠하기가 상상을 초월한다지 않습니까. 폐하 젊으신 시절보다 더하면 더했지, 덜하지 않다고 궁녀들이 입을 모은답니다. 게다가 궁녀들 보기를 무슨 돌처럼 그리 무시한다니…… 사내를 좋아하는 것인지도 모르지요. 궁 안에 꽃보다 궁녀들이 더 많을 것인데 아직 어느 궁녀에게도 시선 한 번 안 주었다지 않습니까. 그 나이에 그게 정상입니까?"

헉. 태령이 터지려는 고함을 막느라 손으로 입을 가렸다. 여인을 멀리한다고 그런 소문이 난단 말인가? 사내를 좋아해? 내가? 기가 막혀 머리가 터지려는 태령이었다.

"인물만 잘나면 뭐합니까? 까칠하지, 성격 더럽지, 여인도 좋아하지 않지. 그런 사람의 내자가 되느니 혼자 사는 게 낫지요. 암요. 한데…… 가만히 있다가 황후마마께서 부르시면 가야 하지 않겠습니까? 해서 당분간 도망가 있으려 한 것입니다. 저를 찾는 것을 포기할 때쯤, 그리고 태자비가 다른 이로 정해지면 그때 돌아오면 되니까요."

"그래도 태자비가 될 수도 있는데 아깝지 않습니까, 그런 기회가? 태자가 인물도 준수하고, 검도 잘 쓰고. 그만한 사내도 없을 것인데."

"흥. 인물 잘난 사내는 인물값 한다는 말도 모르십니까? 그러고 보니 그쪽도 인물값 좀 하겠습니다. 여인네들 몇이나 애간장을 태우셨을까요?"

인물값? 속에서 천불이 나는 것을 참느라 머리가 열릴 지경이건만 여인은 아무것도 모르는 듯 이제 본격적으로 태자 태령의 험담을 시작했다.

"게다가 제가 가장 싫어하는 것이 사내가 성격이 까칠하고 여인을 무시하는 것입니다. 태자지, 인물도 좋지, 검도 천여 제일 검이라 어려서부터 난리지. 폐하께서도 만만치 않으셨는데 지금의 황후마마를 만나 정말 좋아지신 것이라고들 했습니다. 그런 폐하보다 태자 전하는 한술 더 뜨신다고 하는데 제가 무슨 수로 감당을 합니까?"

"듣다 보니…… 그쪽이 꼭 태자비로 낙점될 것처럼 생각하는 모양입니다. 태자도 눈은 있지 않겠습니까?"

태령의 말에 달빛을 바라보며 미소 짓고 있던 여인이 홱 고개를 돌렸다. 사납게 치뜬 눈이 태령의 앞으로 다가왔다. 태령이 자신도 모르게 몸을 뒤로 물렀다.

"눈이 있으니 걱정이란 말입니다. 눈이 있으니 절 보고 낙점을 할까 봐요. 흥!"

하얗게 흘기던 눈을 돌려 여인이 달빛을 올려다보았다. 아름다운 달빛이 여인의 작고 동그란 얼굴을 하얗게 비춰 주고 있었다. 태령의 시선이 그런 여인의 얼굴에 닿았다.

"그런데 정말 오늘 달은 이상하게 밝습니다. 저 달의 기운을 받으면 연모가 진정으로 이루어진다 하였는데…… 이루어지고 싶은 연모가 없으니 아쉽습니다. 저 달의 기운은 몇 년에 한 번 오는 것이라 하였는데."

"또 모르지요. 이루고 싶은 연모가 생길지."

나직하게 속삭이는 태령의 말에 여인이 천천히 고개를 돌려 태령을 응시했다. 여인이 가만히 고개를 갸우뚱하며 태령을 가만히 응시했다.

고운 눈빛이 심장으로 몰려 들어오는 것 같았다. 태령이 일부러 시선을 피하며 깊게 숨을 삼켰다.

"이름이…… 어떻게 됩니까? 늙은 총각님은?"

"……령이라 부르면 됩니다."

"령. 특이한 이름이네요."

"그쪽은 이름이 무엇입니까?"

"하진이라고 합니다. 주하진."

천천히 올라간 태령의 시선이 자신을 보고 있는 하진의 시선과 마주쳤다. 짙푸른 검은 눈동자와 투명하리만치 맑은 갈색 눈동자가 서로를 새기듯 시선을 담았다.

"어, 아가씨다!"

그 순간이었다. 저 멀리에서 아까 하진을 뒤쫓던 무리들의 웅성거림이 들려왔다. 아마도 장터를 이 잡듯 뒤지다 이쪽으로 온 모양이었다. 익숙한 이들의 기척에 화들짝 놀란 하진이 벌떡 몸을 일으키다 그 자리에 주저앉았다.

"저 좀 도와주세요. 피해야 한다고요!"

자신에게로 다급히 손을 내미는 하진의 작고 새하얀 손을 태령이 물끄러미 내려다보았다.

아까 저 손을 잡았을 때의 감각이 온전히 되살아났다. 너무도 가늘고 작아 손안에 가득 잠겨 오던 따스하고 부드럽던 손의 감촉이.

"령! 어서요!"

애타는 눈으로 자신을 올려다보며 재촉하는 하진을 가만히 바라보던 태령이 내밀려던 손을 천천히 뒤로 거두었다. 태령의 움직임에 하진의 눈이 커다랗게 열렸다.

"난 가던 길이 급해서."

"뭐……라고요? 이봐요!"

주춤주춤 뒤로 물러서는 태령의 모습에 기가 막히다는 듯 하진의 눈이 커다랗게 열렸다. 뒤로 물러서면서도 태령의 시선은 하진의 동그란 눈에서 떠나지 못했다.

한 걸음 한 걸음, 힘겹게 뒤로 몸을 물리며 태령이 그녀의 모습을 심장 가득 담았다. 그리고 그녀를 향해 말했다.

"다시 만날 겁니다, 우리!"

자신에게서 멀어지며 외치는 태령의 목소리에 하진의 눈이 의아함을 담고 커다랗게 열렸다.

"오늘의 달은 연모를 이루어 주는 달이니까."

몸을 돌리며 속삭이듯 말하는 태령의 마지막 말을 하진은 듣지 못했다. 자신을 향해 몰려오는 이들에게 둘러싸였기 때문이다.

"아까 그 아가씨는 어쩌고 혼자 오십니까?"

무진이 혼자 휘적휘적 걸어오는 태령을 발견하고 다가서며 물었다. 무진의 물음에 태령이 큭, 웃음을 삼키며 고개를 들어 너무도 아름다운 달빛을 올려다보았다. 오늘 밤의 달빛은 너무도 곱게 느껴졌다.

"무진아."

"예. 태자 전하."

"내 정혼자로 내정된 이들의 명단에서 확인해야 할 이름이 있다. 마지막 간택까지 올라오게 해야 해."

"예? 누굴……."

"주하진이라는 처자다. 꼭 올라오게 해."

"예. 말씀드리도록 하겠습니다. 그런데 왜 그 처자는……."

"알려 줘야 할 것이 있거든."

"예?"

꼭 알려 주어야 해. 내가 절대! 사내를 좋아하는 이가 아니라는 것을!

작가 후기

"우리 엄마 직업은 프리랜서 작가예요."

제 아이들이 다른 사람들에게 엄마를 소개하는 말에 울컥하곤 합니다.

10대 때부터 꾸었던 꿈을 불혹이 지나서야 다시 꾸기 시작했고, 지천명을 바라보는 이제야 저는 작가라는 이름을 부끄럽지 않게 말할 수 있게 되었습니다.

이런 저에게 《울보 내 각시》는 처음으로 종이책 출간이라는 설렘을 준 녀석이며 소중한 인연을 만들어 준 기특한 녀석입니다.

누구보다 제 글을 애정해 주시고 언제나 제 편이 되어 주시는 제 에디터, 로크미디어 로맨스팀의 주수지 대리님과 저에게 물심양면 지원을 아끼지 않으시는 로크미디어를 만나게 해 주었거든요.

자판을 두드릴 수 있을 때까지, 가슴 가득 사랑을 그려 볼 수 있을 때까지 저는 로맨스를 쓸 것입니다. 제가 살아 있다는 심장의 두근거림을 놓치고 싶지 않으니까요.

사랑하는 남편과 두 아이, 그리고 제 글을 사랑해 주시는 모든 분들과 함께하는 시간들. 그래서 저는 행복합니다.

제 글을 읽으시는 모든 분들도 저처럼 행복하시길 바라 봅니다. 감사합니다.